KB119139

소설
개마고원

나남
nanam

고 승 철

유소년 시절에 부산, 통영, 마산 등 항도(港都)에서
너른 바다를 바라보며 호연지기를 키웠다.
대학 진학(서울대 경영학과) 이후엔 서울 아파트에 살면서 야성(野性)을 잃었다.
장편소설 《은빛 까마귀》와 《서재필 광야에 서다》를 출간했고,
중편소설 〈로빈훗〉을 발표했다.
경향신문 파리특파원, 한국경제신문 산업2부장,
동아일보 경제부장 및 출판국장 등으로 27년간 언론계에서 활동했다.
낯선 도시를 방문하면 그곳의 과거·현재·미래를 파악하려
박물관·시장·대학을 둘러본다.
취재 또는 개인여행으로 40여 나라를 찾은 체험을 소중한 자산으로 여긴다.
책 읽는 사람을 사랑하고, 그들이 탐독할 작품을 쓰려 스스로를 벼린다.

고승철 장편소설

소설
개마고원

2013년 7월 27일 발행
2013년 7월 27일   1쇄
2013년 8월 15일   2쇄
2013년 8월 30일   3쇄
2013년 9월 15일   4쇄

지은이 • 고승철
발행자 • 趙相浩
발행처 • (주) 나남
주소 • 413-756 경기도 파주시 회동길 193
전화 • (031) 955-4601(代)
FAX • (031) 955-4555
등록 • 제 1-71호(1979.5.12)
홈페이지 • http://www.nanam.net
전자우편 • post@nanam.net

ISBN 978-89-300-0612-5
ISBN 978-89-300-0572-2(세트)
책값은 뒤표지에 있습니다.

소설
개마고원

고승철 장편소설

나남
nanam

낡은 나조반에 흰밥도 가재미도 나도 나와 앉어서
쓸쓸한 저녁을 맞는다

흰밥과 가재미와 나는
우리들은 그 무슨 이야기라도 다 할 것 같다
우리들은 서로 미덥고 정답고 그리고 서로 좋구나

— 백석, 〈선우사〉(膳友辭)에서

소설 개마고원

차례

주요 등장인물

장창덕   거제도에서 상경해 소매치기, 서적외판원 등을 거쳐 성공한 기업인.

윤경복   시인이자 도남그룹 회장. 의형제 장창덕과 함께 대북사업 모색.

강금칠   골프선수 출신인 탈북자. 빼어난 용모와 연기력으로 영화배우 지망.

고열태   중동 건설현장에서 근무한 기술자. 북한 개발사업에 관심을 가짐

로스차일드   월스트리트에서 투자은행을 경영하는 유대계 금융인.

미스 정   장창덕의 첫사랑. 룸살롱을 바탕으로 사업을 키운 여성 재력가.

백영규   북한 외교관. 북한의 민주화를 꾀하다 발각돼 연금당함.

살모사   북한 특수임무 저격대 책임자. 강경 군부세력의 행동대를 지휘.

서연희   유럽에서 활동하는 역사학자로 프랑스 남자와 결혼. 윤경복의 첫사랑.

서재권   도남문화재단 이사장. 대학총장 출신.

성유리   '마드모젤 성'으로 불리는 20대 여성. 스위스 베른중학교 졸업생.

연세라   프랑스 여배우 이자벨 아자니를 닮은 여성. 전직 주간지 기자.

유진호   〈거제타임스〉 회장. '특종제조기'라는 별명을 가진 원로 언론인.

윤오영   함경도 출신의 시인 겸 화가. 거제도 포로수용소에서 석방됨.

이화영   우쿨렐레를 퉁기며 트로트를 부르는 가난한 20대 여성.

지도자   북한의 최고 권력자. 핵무기 처리에 고민함.

진종국   특수 공작훈련을 받은 북한 외교관.

최갑식   거제도에 거주하며 개마고원 사냥꾼 책을 집필.

최 노인   거제도 향토 시인. 문학동인지 〈개마고원〉을 편집.

이 시대에 진정으로 구도(求道)하는 작가는 누구인가. 그런 문사를 '타는 목마름'으로 찾아 헤맨 지 오래다.

은둔형 소설가 S선생이 오랜만에 전화를 걸어왔다. 내가 찾던 그 구도자일까. S선생은 달뜬 목소리로 말했다.

"기막히게 흥미진진한 이야기를 발견했소. 우연히 내 손에 들어왔는데….."

이런 말은 출판사 편집장으로 일하다 보면 흔히 듣는 레퍼토리다. 기대감을 갖고 원고를 검토하지만 마지막 페이지를 넘기고 나면 허망해지는 경우가 대부분이다. 스스로를 유폐(幽閉)한 S선생마저 출판사의 관심을 끌기 위해 센세이션 술책을 쓰는가, 하는 의문이 슬쩍 들면서 입맛이 개운치 않았다. 굵직한 문학상을 여러 개 받았고 베스트셀러 작가로 한 시대를 풍미했던 그가 필생의 역작을 준비한다는 풍문을 듣긴 했는데….

전화를 끊고 나서 10분이 채 지나지 않아 S선생이 편집실로 들이닥쳤다. 백발(白髮), 백수(白鬚)를 휘날리는 도인 풍모는 여전하다. 깡마른 몸매는 허튼 살점을 허용하지 않고 영오(穎悟), 형형(熒熒)한 눈빛은 더욱 번쩍인다.

"좋은 소재를 찾으셨습니까?"

편집장으로서 던지는 사무적인 내 질문에 S선생은 대답 대신에 빙그레 웃으며 허름한 회색 바랑에서 책 비슷한 물건을 꺼낸다. S경제연구소 로고가 표지에 인쇄된 두툼한 다이어리였다.

"오늘 아침, 파주 출판도시로 오는 2200번 버스 안에서 이걸 주웠소."

그는 다이어리를 펼쳐서 나에게 건넸다. 만년필로 정성스레 쓴 글씨가 그득했다. 몇 장 넘겨보니 누군가의 회고록 같아 보였다. 앞뒤를 살펴봐도 소유주의 연락처가 기재돼 있지 않았다.

이날 S선생은 출판사 지우(知友)들을 만날 겸, 야트막한 심학산에 올라 북한 땅을 멀리서나마 살필 겸, 저녁 무렵엔 인근에 조성된 장준하 선생 묘소를 둘러볼 겸해서 새벽같이 집을 나섰단다. 물론 6·25전쟁을 배경으로 한 장편소설의 스토리를 구상하는 게 더 중요한 목적이었다. 버스에 앉아 차창 밖 풍경을 바라보면 작중 인물들이 살아 움직이는 모습이 떠오른단다.

버스에서 내릴 무렵 건너편 빈 좌석에 놓인 비닐 쇼핑백 하나를 발견했다. 누군가가 깜박 잊고 두고 내렸나 보다. 열어보니 다이어리 하나와 작은 유화 2점이 들어있었다. 다이어리에는 페이지마다 깨알같이 작은 글씨가 있었다. 몇 자 읽다가 금세 빠져들었단다. 버스에서 내려 찻집에 들어가 지금까지 꼬박 앉아 읽었을 만큼 몰입했다고 한다.

"자서전일까요?"

"체험을 바탕으로 쓴 소설 초안(草案) 같소."

"다이어리 주인이 분실물을 애타게 찾지 않을까요?"

"아, 그렇겠군. 주인은 출판을 타진하려고 이곳에 오는 버스를 탄 것 같소."

유화는 액자에 들어있지 않고 캔버스 상태인데다 화가 서명이 없어 미완성작인 듯하다. 6호 크기인 2점 모두 말(馬)이 그려졌다.

"이 그림들은 뭘까요?"

"글쎄올시다. 다이어리 내용과 관련이 있는 것 같은데….."

"소품이지만 걸작이네요."

"화가의 치열한 창작혼이 투영된 듯하오."

S선생은 눈을 게슴츠레 뜨고 그림을 감상했다. 고개를 끄덕이는 것으로 보아 그림이 마음에 드는 모양이다.

버스회사에 연락하고 인터넷에도 습득물 안내문을 띄웠다. S선생은 주인과 꼭 만나보고 싶다며 주인이 나타나면 자기에게 연락해달라고 신신당부했다. 그러나 며칠이 지나도록 무소식이었다.

보름쯤 지나 S선생은 다이어리 내용을 전부 복사해 달라고 간청했다. 정독하고 싶단다. 복사본을 받으러 다시 파주에 들른 그는 뼈만 남은 것처럼 말랐다. 그래도 허약해 보이지는 않았다. 발걸음은 기러기 깃털처럼 가볍게 보였다. 몸무게가 없는 선인(仙人) 같았다. 점심을 먹자고 하니 싱긋 웃으며 솔잎 뭉치를 꺼내 보였다. 솔잎 몇 개 우물거리면 한 끼가 해결된다는 뜻이었다.

며칠 후 S선생에게서 전화가 왔다.

"이걸 읽고 나니 내 작품을 쓸 의욕을 상실했소. 차라리 이 작품을 내가 정리하는 게 낫겠소. 주인을 찾아 그분의 이름으로 책을 내면 어떻겠소?"

그렇잖아도 다이어리를 들춰보며 주인이 나타나는 대로 출판 계약을 맺어야겠다는 생각이 들 때였다. 문장이라기보다는 메모 형식의 글이어서 전문가의 손을 거치면 훌륭한 작품이 되리란 예감이 들었다. S선생 같은 실력파 작가가 나선다면 출판사로서는 더없이 좋은 기회다. 그에게 윤문 작업을 부탁하고 다이어리 주인 찾기에 본격적으로 나섰다.

내용을 보니 작성자는 '장창덕'으로 돼 있다. 실명인지 필명인지 알 수 없었지만 일단 그 이름을 가진 분들을 인터넷으로 검색해 분실 여부를 문의했다. 페이스북에서 알아낸 장창덕이라는 분은 최근 지하철 안에서 다이어리를 분실했다고 한다. 이름이 일치하여 주인을 찾았다는 기쁨에 흥분했으나 자세히 따져보니 그가 잃어버린 다이어리는 자신이 다니는 D커뮤니케이션의 업무일지였다. 그는 문제의 다이어리 주인이 아니었다. S경제연구소에 문의했더니 소속원 가운데 그런 글을 쓸 만한 분이 없다고 응답했다.

두어 달 후에 S선생은 필사본 다이어리를 완성된 원고 형태로 정리해서 출판사를 방문했다. 손톱 크기만 한 USB를 건네주며 그는 활짝 웃었다.

"놀라운 작품이오. 문학 인생 30년 만에 고스트 라이터 노릇을 처음 해보네요. 소생이 이 작품에 손을 댔다는 사실은 극비에 부쳐 주시오. 원고료, 수고료 따위는 필요 없소. 내가 사숙(私淑)한 백석 시인이 부각되는 것만으로도 나는 만족한다오. 혹시 이 작품이 한반도 평화 정착에 밤톨만큼이라도 기여한다면 더 이상 바랄 게 없소."

저자를 모르는 상태에서 책을 낸다? 들어본 적이 없는 일이다. 저자 사정으로 익명으로 내는 경우는 있었다. 사이비 종교집단의 부패상을 폭로

하는 책 따위는 저자가 이런 식으로 출판하기도 한다. 그러나 출판사가 저자를 전혀 알지 못하는 상태에서 책을 낸 사례를 들어보지 못했다.

원고를 편집하면서 저자를 찾기 위해 백방으로 수소문했다. 온라인, 오프라인 할 것 없이 심인(尋人)광고도 냈다. 책이 나오기도 전에 '이런저런 원고를 분실한 저자를 찾습니다'라는 광고를 내니 어중이떠중이 사기꾼들이 저마다 저자라며 몰려왔다. 출판계 일각에서는 '교묘한 노이즈 마케팅 아니냐?'는 의혹을 제기하기도 했다.

편집을 마치고도 저자를 찾지 못해 한동안 책을 내지 못했다. S선생에게 저간의 사정을 말씀드리려 전화를 걸었다. 응답이 없었다. 이메일로도 연락했으나 무응답이었다.

기다리다 못해 충북 괴산군에 있는 S선생 주소지로 찾아갔다. 마당이 제법 넓은 한옥이었다. 집이 텅 비어 있었다. 이웃 구멍가게에 들러 선생의 안부를 물었다. 몸피가 유치원 아이만큼으로 줄어든 노파는 마루에서 기어 나와 콜록거리는 기침과 함께 대답했다.

"달포 전에 먼 데 다녀오겠다며 떠났시유. 약초를 캐러 간다나 어쩐다나?"

S선생은 거처도 없이 떠도는 것일까. 문인 집필촌 같은 데를 알아봤다. 선생의 행방은 오리무중이었다. 이제는 저자뿐 아니라 S선생을 찾는 일도 함께 벌여야 했다.

다이어리와 함께 발견된 천마도(天馬圖)를 표지 디자인으로 쓴 북 디자이너가 뜻밖의 말을 했다.

"혹시 이 책의 원저자가 S선생 아닐까요? 본인 이름으로 책을 내기가 쑥스러워 잠적하시지 않았을지….”

S선생의 육필 글씨를 본 적이 없다. 디자이너의 추리가 사실이라면 혹시 S선생은 작품 구상 아이디어를 다이어리에 적어놓았을 수 있겠다. 에밀 아자르라는 가명으로 〈자기 앞의 생〉이라는 소설을 써 공쿠르 상을 받은 로맹 가리(1914~1980)처럼 S선생도 평단의 따가운 시선이 부담스러워 이런 방법으로 새 작품을 발표하려 했을까. 아니면 소재를 제공한 인물의 신분을 노출하지 않으려 S선생이 대필을? 하긴 책 내용에 주인공이 북한의 최고 지도자와 밀담을 나누는 장면 등이 묘사돼 소재 제공자, 저자 모두가 얼굴을 내밀기가 곤혹스러울 수 있겠다. 또 남북한 지도자의 노벨평화상 공동 수상 추진 등 고도의 국제정치적 의미를 띤 프로젝트가 포함돼 있어 저자가 노출을 꺼릴 수도 있겠다.

이 내용이 완전 허구인지, 실화(實話)를 바탕으로 한 것인지조차 편집자로서는 판단하기 어렵다. 언제까지 묵혀둘 수 없어 책을 펴내기로 결단을 내렸다. 진정한 저자가 우리 눈앞에 나타나기를 애타게 기다린다. 유화 2점도 찾아가길 바란다.

질풍노도의 계절

1

'운전기사 급구, 명문대 졸업자 우대, 외국어 능숙자 가산점 부여, 침식 제공'

이런 구닥다리 문구의 구인광고를 신문과 인터넷에 내자 문의전화가 줄줄이 걸려왔다.

"운전만 잘하면 되지, 뭣 땀시 명문대 출신을 구하쇼잉?"

대뜸 시비를 거는 말투였다. 송수화기를 통해 빵빵거리는 자동차 경적이 시끄럽게 들렸다. 아마 오랫동안 손님을 받지 못한 택시기사가 덕수궁 돌담 곁쯤에 차를 세워 놓고 홧김에 전화를 거는 모양이었다.

"여자도 되나요? 외국계 회사인가요? 외국인 사장님을 모시나요?"

40대 보험 설계사 아줌마인가? 뭔가 애잔한 기운이 감지됐다. 무능한 남편 때문에 생업전선에 뛰어든 E여대 영문과 졸업생 여성? 그 남편은 머리 나쁜 직장상사를 탓하며 이곳저곳 대기업, 중소기업을 전전하다 드디어 40대 초반에 백수가 된 S대 출신?

"뭐 하는 회사요? 거시기에 금테 둘렀소?"

50대 남자의 굵은 목소리는 사뭇 위압적이었다. 그러나 위혁(威嚇) 스럽지는 않았다. 파출소나 세무서에 가면 흔히 들리는 말투였다. 공무원 자신은 국가공권력을 행사하려는 거룩한 사명감을 가진 듯 추상같이 심문하지만 듣는 사람에겐 어쩐지 코믹하게 들리는 그런 목소리 말이다.

"이 짜슥아, 장난치는 거 아냐?"

입사지원서를 100군데 넘게 내고도 아직 취업하지 못한 30대 초반의 남자? 그는 당장이라도 권총을 들고 나를 응징하러 올 것 같은 호전성(好戰性)을 보였다. 그는 악덕 기업주를 처단하는 데 앞장서는 급진적 NGO 운동가로 변신할 자질을 가진 듯하다.

"학철연인데요. 당신네들, 너무 한 것 아뇨? 지금이 어떤 세상인데?"

학철연? 우리나라 성씨 가운데 학 씨가 있나, 그렇게 잠시 자문했다. 내가 학? 학? 이렇게 말하니 상대방은 '학력철폐운동연대'라고 또박또박 발음했다. 그는 운전직종에까지 명문대 운운하는 것은 학력지상주의의 극치라고 꼬집었다. 아마 그의 입가엔 게거품이 흘러나오고 있으리라.

나는 나름대로 성실하게 답변했다. 우리 회사는 지식집약적 업종의 기업이어서 운전기사도 고학력자를 우선하고 월급은 은행원 수준으로 준다고. 능력을 인정받으면 타 직종으로 직무를 바꿀 수 있으며 해외연수도 보내준다고. 이력서 들고 본인이 직접 찾아오시면 면접을 볼 수 있다고. 사장의 운전기사로 일할 것이며 사장이 외국인은 아니라고. 주거지가 마땅찮은 분에게는 사장의 자택에서 침식을 제공할 수 있다고.

방문자는 서른 명 가까이 됐다. 나이는 23세부터 65세까지 다양했고 여성은 5명이었다. 그들은 하나같이 우리 회사 사무실의 분위기를 흘금흘금 살폈다.

'크세노폰 전략컨설팅'이라는 생소한 회사 이름 때문에 어리둥절했으리라. 크세노폰이 누구인지 아는 이가 몇이나 될까.

소크라테스의 애제자인 철학자, 아테네의 용맹스런 장군, 치밀한 관찰력으로 《키루스 대제(大帝)》 등 역사서를 쓴 역사가 …. 이런 크세노폰의 다양한 면모를 비록 명문대 출신자라 하더라도 어찌 알겠랴.

사무실이 광화문 네거리의 랜드마크인 교보빌딩에 자리 잡은 덕분에 싸구려 회사는 아니라고 짐작했을 것이다. 외국계 기업과 주한 외국 대사관이 여럿 입주해 있어 그들의 우아한 사무실 인테리어를 흉내 냈다. 실내 전체에 녹색 카펫을 깔고 책상, 의자, 소파 등은 최고급 이탈리아산 수제품으로 장만했다. 찻잔 따위에도 신경을 써 헝가리의 명품 도자기 헤렌드 제품을 마련했다.

사무실 구석에 놓은 코너 장은 루이 16세풍 앤티크 가구이고, 벽에 건 크고 작은 그림들은 박고석, 장욱진 등 쟁쟁한 화가들의 작품이다. 물론 김환기, 박수근 화백의 초 고가 그림을 걸어놓을 형편까지는 되지 않았다. 축구스타 베컴이 한국에 왔을 때 그와 잠시 환담을 나누고 축구공에 그의 사인을 받았는데 그 공도 사무실 한구석에 놓아두었다.

리셉션 데스크에 앉힌 '마드뫄젤 성'이란 직원은 동시통역사 자격증을 지닌 20대 후반의 여성이다. 불어로 마드뫄젤(Mademoiselle)은 미혼여성을 부르는 호칭이란다. 그녀의 본명 성유리보다는 마드무아젤 성이 내 입에 더 익숙하다. 그녀는 외교관인 아버지를 따라 여러 나라에서 살았다. 영어, 불어, 독일어를 능숙하게 구사한다. 그녀는 '동시통역대학원 겸임교수'라는 직함을 넣은 명함을 자랑스럽게 손님들에게 건네곤 한다.

리셉션 데스크의 벽면에는 내가 저명한 인사들과 악수하는 사진을 걸어놓았다. 미래학자인 앨빈 토플러와 존 나이스비트, 세계외교사의 한 장을 장식한 헨리 키신저 등이 그들이다.

면접을 보러 들른 이들은 일자리를 찾지 못해 절박한 상황에 놓인 사람들이었다. 나는 새로운 돌파구를 마련하려는 자의 강렬한 열망을 '스카우트'하고 싶었다. 그래서 다소 엉뚱한 구인광고를 낸 것이었다. 괴짜를 환영한다.

"편안하게 앉으시고… 자기소개를 해보세요."

나는 이력서를 받아들고 지원자에게 부드럽게 말했다. 그들의 발언 요지를 공책에 적었다. 인상적인 몇몇 지원자는 다음과 같다.

A (30대 남자, 탈북자)

8년 전에 북한을 탈출했다. 고향은 개마고원이다. 중국 여러 곳을 떠돌다 베트남을 거쳐 한국에는 5년 전에 들어왔다.

북한에서 골프선수를 하다가 손목을 다쳐 운동을 그만두었다. 북한에서는 골프가 자본주의 운동이라고 기피하다가 뒤늦게 골프장이 만들어졌다. 아직 골프 선수층은 매우 얇다.

지금 어느 제약회사 사장의 운전기사로 일한다. 그러나 거의 매일 밤 접대 차를 몰아야 하므로 내 시간을 갖기가 어렵다.

언젠가 연기자로 성공하고 싶다. 골프 드라마나 골프 영화에서 주연을 맡는 게 꿈이다. 퇴근 이후에 시간이 나면 연기학원에 다니려 한다. 아직도 주먹에는 자신이 있다. 보디가드 겸용으로도 활용하실 수 있다.

(눈매가 날카롭다. 이집트 출신의 명배우 오마 샤리프를 닮아 부리부리한 눈에 우뚝 솟은 코를 가졌다. 고향이 개마고원이라기에 호기심이 동한다.)

B (40대 남자, K대 건축공학과 졸)

사우디 건설공사에 참여한 기술자다. 사우디에 있을 때 현장소장이 술을 마시다 적발됐는데 내가 소장 대신에 감옥살이를 할 정도로 회사에 충성을 바쳤다. 입사동기 가운데 맨 먼저 부장으로 승진할 만큼 한때는 잘 나갔다.

그러나 관급공사에서 뇌물을 전달하는 역할을 자주 맡으면서 직업에 염증을 느끼기 시작했다. 어느 지자체 발주공사에서 담당 공무원에게 현금 뭉치를 바쳤는데 이 양반이 이걸 먹고도 다른 업체에 공사를 주었다. 우리 측이 항의하자 현금을 받은 적이 없다고 시치미를 떼더라. 내가 결국 배달사고를 일으킨 장본인으로 찍혀 회사에서 잘렸다. 이런 악소문이 퍼져 건설업계에서는 더 이상 일자리를 찾을 수 없다. 제주도 출신이라 인맥이 넓지도 않다.

(그가 입은 감색 양복이 쭈글쭈글해서 어쩐지 홀아비 냄새를 풍긴다.)

C (40대 남자, S대 경제학과 졸)

운동권 출신이다. 대학다닐 때 반미(反美)시위를 주도했고 부평 자동차 부품공장에서 선반공으로 위장취업해서 노동운동을 했다. 세상이 바뀌어 노동운동하던 친구들이 정치계에 입문해 거들먹거리는 모습을 보면 울화통이 터진다. 그들이 정치권 블랙홀에 빠져 기성 정치인처럼 타락하는 꼴에 실망했다.

나는 노동운동판을 떠나 처자식 먹여 살리려 논술 강사, 인터넷신문 논설위원 등으로 일했다. 요즘엔 머리 쓰는 일이 싫어졌다. 차라리 '운짱'을 하겠다.

(광대뼈가 튀어나오고 어깨가 좁은 세장형 몸매다. 외모로 보니 무척 비사교적 성품인 것으로 짐작된다.)

D (30대 여자, Y대 신방과 졸)

고교 때는 사격선수로 활동했다. 강압적인 합숙훈련이 싫어 운동을 그만 두었다. 그 후 유수한 신문사의 뉴욕특파원이 되는 게 꿈이었다. 입사시험에 자꾸 떨어지는 바람에 어쩔 수 없이 타블로이드판 주간신문에 들어가 사회부 기자로 일하고 있다.

재벌 3세 꽁무니 따라다니는 게 주업무다. J그룹의 후계자와 아이돌 여자가수 헤라가 청담동 카페 밀실에서 나오는 장면을 목격하고 특종기사로 터뜨린 적이 있다. 그들의 일거수일투족을 취재해서 기사를 작성하면 데스크가 이 기사를 갖고 장난을 치더라. 해당 기업의 광고 담당자에게 연락해서 광고를 주지 않으면 보도하겠다고 으름장을 놓는 수법이다. 그 바닥에서는 이런 짓을 '엿 바꿔먹기'라고 한다. 나도 점차 사이비 기자 집단의 늪에 빠졌다.

자포자기 상태였다가 광고를 보고 새로운 돌파구를 찾으려 한다.

(30대 초반인데도 몸매가 퉁퉁해 40대 여성처럼 보인다. 몸 관리를 전혀 하지 않았나 보다. 그러나 얼굴을 찬찬히 살펴보니 한 시대를 풍미했던 프랑스 여배우 이자벨 아자니를 닮았다. 큼직한 쇼핑백을 들고 있기에 뭐가 들었냐고 물었더니 내용물인 스낵과자 봉지를 보여준다. 과자 애호가인가?)

E (20대 여자, E여대 불문과 졸)

대학 졸업하고 카페 알바, 번역 등으로 생계를 꾸려오고 있다. 운전기사라면 정규직 아닌가?

운전 솜씨가 그리 신통치는 않지만 운동신경이 발달했기에 금세 익숙해질 것이다. 특기는 트로트 가요 부르기다. 사장님께서 지루해하시면 차를 몰며 얼마든지 생음악 노래를 들려드리겠다. 이미자, 심수봉 노래를 좋아한다. 고복수, 현인 등 남자 가수들의 흘러간 가요도 잘 부른다.

(뺨에 살점이 보이지 않을 만큼 깡말랐다. 피부도 거칠어서 '관리'를 전혀 하지 않은 듯하다. 박민규라는 소설가가 얼굴을 감추려고 쓴 것 같은 무지막지하게 큰 검은 뿔테 안경을 이 여성도 썼다. 안경이 얼굴을 거의 덮을 지경이다. 바이올린 통을 들고 왔기에 바이올린 연주가 취미냐고 물었더니 바이올린이 아니라 우쿨렐레라는 악기라며 악기통을 열어 내용

물을 보여주었다. 기타와 모양은 같은데 크기는 훨씬 작다.)

이들 5명은 면접을 통과했다. 이젠 실기시험이다. 운전기사는 몸
놀림이 빠르고 지리감이 좋아야 한다며, 내일 새벽 6시에 우리 집 앞
으로 오라고 했다. 집 주소는 서울특별시 강남구 수서동 186-10.
5명 모두 정시에 나타날까? 우리 집 주소는 얼핏 들으면 아파트촌
에 가까운 곳 같다. 하지만 대모산 기슭에 자리 잡은 전원주택이다.
말이 좋아서 전원주택이지 산골짜기 주택이나 마찬가지다. 집 앞
100미터 가량의 도로는 비포장이다. 비가 오면 진흙탕으로 질척인
다. 마침 오늘 밤부터 가을 폭우가 예상된다니 지원자들은 내일 아침
에 비탈길 진창에서 곤욕을 치르리라.

2

이튿날 새벽 4시 반, 알람 소리에 눈을 떴다. 2층짜리 넓은 집에
나 혼자 사는 데 익숙해졌지만 때로는 공허하고 공포스럽다.
나는 2층 침실에서 나와 1층 거실로 내려왔다. TV를 켰다. CNN
뉴스를 시청하며 30분간 실내 자전거를 타고 스트레칭으로 몸을 풀
었다. 북한 지도자의 얼굴이 자꾸 화면에 등장한다. 저 젊은이는 어
떤 통치철학을 가졌을까. '악의 축'이라는 북한을 어떻게 이끌어갈
까. 미국, 중국, 일본의 여러 전문가들이 나온다. 이들은 원격 화상
대담을 나누며 저마다 남북한 통일에 대한 전망을 내놓는다.
"북한체제가 어느 날 갑자기 붕괴될 가능성이 보입니다. 북한에서

는 외부와의 정보교류를 통제했던 과거와 달리 요즘엔 인터넷, 휴대
전화 등이 점차 확산되기 때문입니다. 북한에서도 SNS 활동이 널리
퍼지면서 북아프리카의 재스민 혁명 때처럼 독재체제가 하루아침에
무너질 단초가 엿보입니다."

"맞습니다. 북한체제가 무너지면 한반도 통일이 독일 통일처럼 느
닷없이 찾아올지도 모릅니다."

"너무 성급한 추론 아닐까요? 북한에는 아직 정치지도부를 비판하
는 조직적인 세력이 전혀 형성돼 있지 않습니다. 이집트, 튀니지와
는 다릅니다."

"현 체제를 대체할 다른 지도부가 마땅찮습니다. 한반도 통일은 기
대만큼 그리 일찍 이루어지지는 않을 겁니다. 현재의 지도자가 그럭
저럭 주도권을 잡아가는 듯합니다."

"북한 정권 붕괴, 남한에 의한 흡수통일 따위의 시나리오는 탁상공
론 아닐까요. 통일보다는 남북한의 평화적 공존이 현실성 있는 대안
입니다."

나는 이런 토론을 무심코 한쪽 귀로 흘려들었다. 언제 들어도 엇비
슷한 내용이다. 무바라크가 이집트를 그렇게 오래 철권통치할 때 그
의 몰락을 제대로 예측한 전문가가 과연 있었나. 미국의 외교전문지
〈포린 폴리시〉가 무바라크의 실각을 엇비슷하게 예측했을 뿐이다.
리비아의 독재자 카다피가 영구집권할 것 같은 기세를 떨칠 때 어느
전문가가 그의 갑작스런 나락(奈落)을 예상했던가.

전문가들은 미래 예측보다는 사후 분석에 더 능한 법이다. 일이 터
지고 나서야 으레 "이미 예견된 사태"라고 목소리를 높인다. 아무도
내다본 전문가가 없었는데…. '미네르바의 부엉이는 저녁에 난다'는

말이 그래서 나왔나 보다. 미네르바의 부엉이는 하루 일과가 끝난 저녁에 시가지를 날며 그날 일에 대해 이러쿵저러쿵 참견한다는 뜻 아니겠는가. 요즘 심리학에서는 사후확증 편향(hindsight bias)이라는 용어로 설명한다. 어떤 사건이 터진 이후에 "그 사건이 필연적으로 터질 수밖에 없었다"며 미리 알았던 체하는 행위를 말한다. 주식가격의 등락을 미리 알기만 해도 가만히 앉아서 거부(巨富)가 될 수 있지 않은가.

미래를 예견하는 일을 직업으로 하는 역술인도 마찬가지다. 〈주역〉, 〈적천수〉, 〈궁통보감〉 등을 마스터하고 계룡산에서 수련하면 미래가 훤히 보인다고? 우주의 질서, 천문의 운행을 알 수 있다고? 웃기는 얘기다. 복잡다단한 우주의 법칙을 책 몇 권의 지식으로 어떻게 이해하랴? 〈주역〉엔 신비주의의 더께가 너무 두텁게 쌓였다. 공자가 〈주역〉을 하도 열심히 읽어 죽간을 묶은 가죽 끈이 3번이나 낡아 끊어졌다는 '위편삼절'(韋編三絶) 고사도 후세인들이 지어낸 이야기라는 학설도 있다. 천문(天文)에 달통했다는 고대 중국의 복희씨는 해와 달이 지구를 중심으로 빙빙 도는 것으로 아는 초보 천문학 지식의 시대에 살며 〈주역〉을 썼다.

오랜 가뭄이 통치자의 부덕 탓이라며 기우제를 올려 하늘의 노여움을 달래던 시절에 태동한 음양오행설로 오늘날 복잡한 사상(事象)을 어떻게 온전히 설명할 수 있으랴. 태풍, 홍수, 화산폭발 등 자연현상을 하늘이 탐욕스런 인간을 응징하는 것으로 알았던 고대인들의 사유체계로 어찌 현대인의 고뇌를 해결할 수 있겠는가.

나는 한때 전국의 소문난 역술인들을 즐겨 찾았다. 그러나 용하다는 그들의 점괘는 냉정하게 따져보면 '배 고프면 밥 먹어라', '공부 열심히 하면 합격한다' 따위로 요약될 뿐이었다. 득도한 수련자가 공중부양을 자유자재로 한다기에 알현하러 갔더니 영화 특수촬영 때 쓰는 와이어로 그런 사술(詐術)을 부린다는 사실을 알고 실망한 적도 있다. 아직도 축지법이 가능한 것으로 믿는 사람이 있고 서울시내에 축지법 및 공중부양을 가르치는 학원도 명맥을 유지한다. 나는 비논리적인 체계를 경멸하지만 그렇다 해서 세상사가 논리적으로만 진행되지 않아 자주 전율한다.

얼른 샤워를 하고 거실 창문을 활짝 연다. 차가운 늦가을 한기가 밀려닥친다. 차갑고 맑은 기운을 온몸으로 받으며 '망탕'(忘湯)을 마신다. 비루먹은 개 같은 삶의 연속이었던 과거를 잊기 위해 30여 년 넘게 매일 아침 이 약을 들이켠다. 씁쓰레한 액체가 목구멍을 통과하자 머리가 어질해지면서 불쑥불쑥 떠오르는 옛일이 희미하게 사라져 간다. 어머니의 얼굴도, 첫사랑 연인의 살갗 향기도 독한 약 기운에 휩쓸려 가뭇없이 사라진다.

창문을 닫고 우유 1잔, 토스트 2쪽, 바나나 1개 등으로 허기를 달랜다. 부엌 한구석에 설치한 소형 자판기에 동전 몇 개를 넣고 커피를 빼 거실로 나온다. 소파에 앉아 종이컵의 커피 온기를 손으로 느끼며 신문을 훑어본다.

'백두산 대폭발 조짐'이라는 1면 머리기사의 큼직한 활자가 눈에 들어온다. 어느 학술 세미나에서 한 교수가 그런 주장을 펼쳤단다. 제목만 보면 오늘이라도 금방 백두산이 터질 것 같다. 천지에 담긴 물이 20억 톤이라는데 이 물과 천지 아래의 마그마가 치솟아 오르면 천지 일대 개마고원은 초토화된다는 경고성 기사였다.

내가 가진 주식 종목들은 다행히 급락세는 면했다. 기업들의 투자
심리가 위축됐단다. 정부는 투자활성화를 위해 온갖 대책을 마련할
모양이다. 통치자가 내일 아침 재계총수들을 청와대로 불러 조찬 간
담회를 가질 예정이란다. "투자에 앞장서지 않으면 재미없을 것"이라
고 총수들을 겁박하는 자리가 아니겠는가. 세월이 흘러도 이런 방식
은 여전하다.

넥타이를 매고 양복 상의를 입으니 5시 45분이었다. 실외로 나왔다.
여전히 주위는 깜깜했다. 피자처럼 둥글넓적한 새벽달이 보인다.

투두두둑… 휘이이잉….

10월이라지만 비가 내리며 찬바람이 몰아치니 몸이 으스스 떨렸
다. 승용차를 주차장에서 빼 대문 앞에 세웠다. 운전석에 앉아 바깥
동향을 살폈다.

새벽 5시 50분. 대문 앞에 두 사람이 서 있다. 하이빔을 켜니 그들
은 눈이 부시는지 우산으로 얼굴을 가린다. 남자, 여자였다. 시동을
켜놓은 채 차 바깥으로 나왔다. 그들은 어둠 속에서도 나를 알아본
듯 멈칫하더니 허리를 굽혀 꾸벅 인사를 한다.

"사장님, 왔습니다."

남녀가 거의 동시에 같은 인사말을 내뱉었다. 건설기술자 B와 트
로트를 즐겨 부른다는 아가씨 E였다.

이름이 B는 고열태, E는 이화영이다. 고열태는 신사복을 입고 빨
간 넥타이를 맸다. 젊은 여성 이화영은 독서실에서 자다가 방금 뛰쳐
나온 듯한 '추리닝' 차림이었다.

"언제 오셨소?"

"다섯 시 반에 왔습니돠!"

고열태는 추위에 몸을 떨면서 군대식으로 대답했다. 구두를 보니 뻘밭에 빠졌는지 누런 황토 덩어리가 덕지덕지 붙었다.

"저는 방금 전에 왔어요."

'추리닝녀' 이화영은 콜록거리는 기침과 함께 대답했다. 그녀는 큼직한 후드를 덮어 썼다.

5시 57분, 58분, 59분….

저 멀리 누군가가 이쪽을 향해 마구 달려온다. 우산도 쓰지 않고 비를 맞으며.

6시 정각. 그는 숨을 헐떡거리며 멈추었다. 몸이 호리호리해 바람에 휘날려갈 듯한 운동권 출신자 C, 서운대이다.

"안녕하세요. 저, 왔습니다."

서운대는 인사를 하고 곧바로 소매를 걷어 손목시계를 봤다.

"5시 59분 50초네요."

그는 지각하지 않았음을 큰 목소리로 강조하고 안도의 숨을 쉬었다. 서운대는 점퍼 차림에 목장갑을 꼈다. 농촌에 품팔이하러 가는 복장이다.

"꼭두새벽에 여기까지 오신 여러분, 수고 많았소이다. 한 분만 오셨다면 그분이 합격자일 텐데 세 분이 오셨으니 3 대 1 경쟁이 되는군요. 자, 그럼 … 선의의 경쟁을 펼치시오."

그들은 서로 눈치를 살폈다. 운전실기 경쟁이 이렇게 치열할 줄은 짐작하지 못한 모양이었다. 자기만 독종인 줄 알았다가 다른 지원자들의 새벽 출현에 적이 놀라는 눈치였다.

"실기시험 진행방식을 설명하겠소. 여기서 목적지까지 3명이 교대로 운전대를 잡는 거요. 수험번호는 오늘 아침 도착 순서대로 하겠소. 자, 그럼 1번?"

"옙!"

고열태가 자기가 1번이라고 씩씩하게 대답했다. 그때 승용차 뒤편에서 누군가가 불쑥 나타났다.

"잠깐만요!"

빨간 투피스 정장 차림의 여성이 손을 흔들며 다가왔다. 진흙투성이인 하이힐을 신은 걸음걸이가 몹시 뒤뚱거렸다.

"사장님, 저는 오래 전에 도착했습니다. 구두에 묻은 흙을 긁어내느라…."

타블로이드판 신문의 기자로 일한다는 D, 연세라였다. 그녀는 나뭇가지를 주워 흙덩이를 긁어내고 휴지를 꺼내 구두를 닦았으리라. "제가 2번이에요, 2번!"

연세라가 그렇게 자기 가슴을 치며 외치자 나도 인정할 수밖에 없었다. 제약회사 운전기사로 일한다는 A는 나타나지 않았다.

"그럼 4명이 교대로 운전하도록 하겠소. 차는 이것이오. 벤츠 S클래스이니 꽤 비싼 차…."

내가 차를 가리키자 지원자들은 멈칫거리는 눈치였다. 이런 대형 고급 승용차를 한 번도 몰아보지 못했으리라.

"1번부터 운전대를 잡으시오. 다른 분들도 함께 탑시다."

1번 고열태는 운전석에 앉자 침착하게 시트 높이를 조절하고 안전벨트를 맸다. 고열태는 클래식 음악이 나오는 FM 방송을 틀고 출발했다. 음악 프로그램을 진행하는 여성 아나운서의 알토 음성이 안정감을 준다.

"오늘은 24절기상 상강(霜降)입니다. 첫 서리가 내리는 날이라지요. 그러나 서리 대신 오늘 아침엔 비가 오네요. 빗속에 출근하시는 분, 조심 운전하시길 바랍니다. 들으실 곡은 올리비에 메시앙 작곡 투랑갈릴라 교향곡입니다. 투랑갈릴라는 산스크리트어로 '사랑의 노래'라는 뜻이지요. 20세기 프랑스를 대표하는 작곡가인 메시앙은 바스티유 국립극장 총감독으로 활약한 한국인 지휘자 정명훈 씨를 각별히 아껴 아들처럼 여겼으며 …."

클라리넷 테마 연주가 일품인 3악장이 흘러나왔다.

"제가 사우디 현장에 근무할 때 독일 차, 프랑스 차를 좀 몰아봤습니다. BMW는 탄력 있는 주행감이, 벤츠는 묵직한 감각이, 시트로엥은 날렵한 움직임이 느껴지지요."

고열태는 비포장도로에서는 천천히 운전했고 넓은 포장도로에서도 속력을 그다지 높이지 않았다. 횡단보도에 보행자 신호등이 들어올 때 새벽이어서 보행자가 없는데도 고열태는 신호를 꼭꼭 지켰다. 매봉터널을 지나 강남 세브란스 병원 앞에 왔을 때다. 차를 잠시 멈추게 했다.

"수험번호 2번, 운전대 잡으시오."

내가 이렇게 외치자 연세라는 하이힐을 벗고 운전석에 앉았다. 의자 높이를 조절하더니 나름대로 침착하게 출발했다. 차는 도산공원 사거리까지 무사히 잘 달렸다. 그러나 큰 차를 처음 몰아봐서 그런지 조심스럽다 못해 너무 느렸다.

뒤에서 달리던 차가 몇 번 빵빵거렸다. 그러자 그녀는 육두문자를 독백으로 내뱉었다.

"쓰가바알 …."

나름 매력적인 용모를 지닌 여성의 입에서 이런 욕설이 나오다니 내 귀가 의심스러웠다. 이 육두문자는 내가 개구쟁이일 때 동네 아저씨가 만취해 고래고래 고함을 지르며 즐겨 내뱉던 말이었다.

"큰 차, 처음 운전해 보는 거요?"

"예."

연세라는 기어들어가는 목소리로 대답했다. 방금 전에 호기롭게 욕설을 퍼부을 때와는 전혀 다른 말투다.

"됐어요. 그럼 수험번호 3번!"

이화영은 추리닝 아랫단을 걷어 올리고는 운전석에 털썩 앉는다. 운전대를 잡더니 후후, 숨을 내쉰다.

이화영은 연세라보다 차를 더 느리게 몰았다. 시속 30킬로 정도? 달린다기보다는 설설 기었다. 겁에 질려 액셀러레이터를 제대로 밟지 못한다. 불안해서 더 탈 수가 없었다.

"그만, 그만! 수험번호 4번이 운전대 잡으시오. 목적지는 교보빌딩이 아니고 을지로 입구에 있는 도남그룹 빌딩이오."

서운대가 운전석에 앉자 이화영은 실기시험에서 탈락했음을 직감했음인지 안경을 벗고 눈물을 훔친다. 맨 얼굴을 얼핏 보니 양쪽 겉눈썹 끝이 하늘로 치솟은 용미(龍眉)였다. 여성으로서는 드세게 보이는 용미를 감추려 '박민규 안경'을 쓴 모양이다.

서운대는 목장갑으로 운전대 전체를 스윽 닦았다. 라디오 채널을 이리저리 맞추더니 시사 논평과 뉴스가 흘러나오는 프로그램에 고정시켰다.

"사장님, 뉴스를 들으셔야 오늘 하루 사업에 도움이 되시겠지요?"

내향적 성격자로 보이는 서운대는 의외로 공격적인 운전을 했다. 여성 지원자 2명이 느리게 달린 것을 벌충이라도 하듯이 속도를 올려

앞차들을 휙휙 추월했다.

"한국의 국민총생산이 20년 후에는 영국, 프랑스를 능가할 것입니다…."

라디오에서 흘러나오는 빠른 말투의 발언이었다. 전경련 산하 연구기관의 경제 전문가가 이렇게 장밋빛 미래 전망을 밝혔다.

서운대에게 넌지시 물었다.

"저런 일이 가능하겠소?"

"불가능하지는 않다고 봅니다. 연 7퍼센트씩 성장하면 10년마다 GDP가 2배로 불어납니다. 한국은 1960년대 이후 그렇게 성장했습니다. 이 추세대로라면 2030년엔 영국과 프랑스보다 부국이 됩니다. 미국의 투자은행 골드만삭스는 2050년엔 한국의 1인당 GDP가 9만 달러를 넘어서 미국에 이어 세계 2위에 오를 것이라고 예측했답니다. 그때 일본은 6만7천 달러, 독일은 6만8천 달러가량 된다고 합니다. 물론 통일된 한국이 강력한 성장엔진을 가동한다는 전제 아래에서죠."

제법 정교한 논리였다. 경제학 전공자답다.

서운대와의 대화에 건설회사 출신 고열태가 슬쩍 끼어든다.

"20년 안에 남북한이 통일된다면 한국경제에 엄청난 변화가 생길 겁니다."

"어떤 변화?"

이렇게 가볍게 물었는데 고열태는 단박에 열을 올리며 대답한다.

"북한에 놀랄 만한 건설 붐이 불 거란 말입니다. 도로, 항만, 댐, 아파트, 학교, 병원, 철도, 공장… 거의 모든 인프라를 새로 짓거나 고쳐야 해요. 흔히 말하는 단군 이래 최대의 건설특수가 생기는 거지요."

"그런 통일비용을 대려면 남한의 재정이 펑크 날 것 아니겠소?"

"남한의 재정만으로는 턱없이 부족하지요. 현재 조성하는 남북협력기금은 코끼리 비스킷입니다. 그러나 너무 걱정할 것 없습니다. 세계은행, 아시아개발은행 등 공공자금뿐 아니라 국내외 유휴자금이 쏟아져 들어올 겁니다. 한국의 건설업체들은 한몫 단단히 챙기겠지요."

남자 2명의 발언을 들은 이화영이 추리닝 상의 소매를 걷어 올리며 휴우, 하고 한숨을 쉬었다.

"파릇파릇한 이팔청춘 아가씨가 새벽부터 웬 한숨이오?"

"춘향이 같은 쌍팔 청춘, 꽃다운 시절은 지나갔지요. 제 나이 어언 스물네 살이니 삼팔 청춘이라 할까요. 취직시험에서 떨어졌으니 한숨이 절로 나오는 것 아니겠습니까?"

"떨어지다니? 합격자 발표가 났소?"

"제가 운전대를 엉터리로 잡았으니 당연히 불합격이지요."

"합격, 불합격은 사장인 내가 결정하는데 … 나도 합격자가 누군지 모르는데 귀하가 어떻게 아시오?"

"그럼, 운전능력이 중요하지 않단 말씀인가요?"

"중요하긴 하지만 전부는 아니오."

"다른 요소를 고려하신다면… 예를 들어주실 수 있을까요?"

"귀하는 트로트를 잘 부른다고 했지요? 한 곡조 불러보시오."

"지금 여기서요?"

"물론이오."

이화영은 라디오를 꺼달라고 하면서 침을 몇 번 삼키더니 노래를

시작한다. 손바닥으로 자신의 무릎을 탁탁, 치며 박자를 맞추면
서….

"비가 오면 생각나는 그 사아람…."

가수 심수봉의 노래와 엇비슷하다. 갈수록 애절한 콧소리로 바이
브레이션을 넣는다. 노래가 끝나자 차 안에 박수 소리가 그득했다.

타블로이드판 신문기자 연세라의 얼굴을 얼핏 보니 표정이 일그러
졌다. 그녀도 운전 실기에서 낙제점을 받은 셈인데 만회할 방법이 없
어서 그랬으리라.

차가 목적지에 도착했다. 나는 오늘 도남(圖南) 그룹의 계열사 사
장들을 대상으로 "급변하는 기업환경에 대처하는 세종대왕 리더십"
이라는 제목으로 조찬 강연을 한다.

응시자들에게 아침식사를 하며 기다리라고 했다.

"저어기 무교동에 북엇국을 파는 유명한 식당이 있어요. 새벽에도
문을 여는 곳이오. 2시간 후에 만납시다. 그 식당에 손님들이 왜 새
벽부터 종일 몰려드는지 그 요인을 잘 살펴보시오."

밥값을 주려고 지갑에서 5만 원짜리 지폐 1장을 꺼냈더니 연세라
가 대표자처럼 앞으로 불쑥 나서서 넙죽 받았다. 그녀는 그런 일에서
라도 존재감을 나타내려 했다.

3

강연장에 들어서니 계열사 사장과 비서실 임원 등 20여 명이 기다
리고 있었다. 인근 호텔의 케이터링 서비스팀에서 갖고 온 콘티넨털

조찬정식이 탁자 위에 놓여졌다. 20여 분간 빵, 베이컨, 오믈렛 등을 먹은 후 강의가 시작된다.

집에서 간단히 요기를 하고 나왔기에 먹지 않으려 했으나 따끈따끈한 크롸상에서 풍겨나오는 맛난 냄새의 유혹을 이기지 못해 손가락으로 초승달 모양의 그 빵을 덥석 집었다. 남들은 나이가 들수록 밥이 좋다 하는데 나는 반대로 빵이 입맛에 더 맞다. 배를 곯던 소년 시절에 제과점 쇼윈도에 진열된 갖가지 모양의 화려한 케이크를 바라보며 군침을 삼킨 추억 때문일까.

나는 세종대왕이 왜 위대한 국왕이었는지를 밝히면서 그의 리더십을 강조했다. 기업체를 돌며 하도 여러 번 강의해서 연대(年代), 지명, 관련자료 등을 줄줄 읊는다. 내가 열변을 토한 강의내용 일부를 아래에 옮겨 본다.

세종은 '먹을거리(食)는 백성에겐 하늘(民天)'이라며 식량증산을 독려했습니다. 주먹구구식 농사에서 벗어나 과학적 영농법을 도입했지요.

과학기술자 장영실을 등용하여 측우기, 해시계 등을 만든 것은 농사를 잘 짓기 위해서였습니다. 장영실은 농수공급, 파종시기 등을 과학적으로 탐구하였지요.

농사 수확량을 늘리려면 일손이 많아야 했습니다. 인력에 의존하는 영농방식이다 보니 그랬지요. 당시엔 질병에 걸려 숨지는 영아, 유아들이 수두룩했습니다. 백성들의 건강을 챙겨야 노동력이 확보됩니다. 세종의 중요 치적으로 〈향약집성방〉(鄕藥集成方)이란 의학 서적을 보급한 일도 꼽힙니다.

열을 올리며 목소리를 높이는데 어느 사장이 강연장 문을 슬며시 열고 뒤늦게 나타났다. 도남제약 사장이었다. 그는 보건복지부 차관보 출신으로 대여섯 달 전에 영입되었다. 그는 아직 술에서 덜 깬 듯, 얼굴색이 불그죽죽했다. 넥타이가 헐겁게 매인 것으로 보아 간밤에 집에 들어가지 않고 밤새 술을 마신 모양이다. 그는 눈곱을 떼며 하품을 했다. 길쭉한 그의 마상(馬像) 얼굴이 더욱 길어 보였다. 그는 게슴츠레 감기는 눈을 의식한 듯 뺨을 문질러가며 경청하려 애썼다.

나는 그를 주시하며 의약서 〈향약집성방〉에 대해 설명했다.

제약회사 사장이 갑자기 손을 번쩍 들더니 질문했다.

"지금… 〈향약집성방〉 원본을… 어디에서… 볼 수 있습니까?"

혀가 약간 꼬인 발음이었다.

"글쎄요. 규장각에 소장돼 있겠지요."

"규장각이 어디에 있습니까?"

"조선시대엔 창덕궁에 있었는데 세월이 흘러 요즘엔 관악산 서울 대학교에 있답니다. 정문 입구 가까운 쪽에 규장각이라는 독립 한옥을 지어 옛 규장각 사료들을 보관하고 있습니다. 대동여지도를 이어 붙인 대형 한반도 지도를 비롯한 여러 전시물을 구경할 수 있지요. 한 번쯤 방문해 보십시오."

나는 대충 그렇게 답변을 하고 강연을 이어갔다.

세종은 미래를 내다보는 통찰력을 지닌 군주였습니다. 대왕의 리더십은 21세기에도 통용될 수 있습니다. 통일 한국에서는 세종대왕과 같은 탁월한 리더십을 갖춘 지도자가 대통령으로 선출되어야 할 것입니다.

도남그룹의 윤경복 회장님도 세종대왕 같은 분입니다. 여러 사장님들께서는 윤 회장님을 잘 보필하셔서 도남그룹을 세계적인 명문 기업으로 키우시기 바랍니다.

4

"장 사장, 어서 오시게. 아침부터 열강했다며?"

"형님, 그동안 잘 계셨습니까?"

도남그룹의 윤경복 회장은 푹신한 가죽 소파에서 벌떡 일어서서 나를 맞았다. 떡 벌어진 어깨, 탄탄한 근육질 몸매에서 무인(武人) 분위기가 풍긴다.

윤 회장은 나의 오랜 후원자이다. 나는 사석에서는 그를 형님이라고 부른다. 그는 청년시절에 나와 함께 월부책을 팔러 돌아다니며 온갖 신산(辛酸) 한 삶을 겪었다. 그를 처음 만난 30여 년 전의 광경이 눈앞에 어른거린다.

어느 해 가을에 30권짜리 〈세계문학대전집〉이 나왔다. 그 10월에 윤경복은 문학전집 300여 질을 팔아 '월간 판매왕' 자리에 올랐다. 도서판매회사의 외판원 50여명 가운데 단연 독보적인 성과였다. 나는 그 달에 25질을 파는 데 그쳤다. 25질이라도 휴일 빼고 나면 하루에 1질 꼴이니 그리 나쁜 실적은 아니었다.

11월 실적은 더 큰 차이가 났다. 그는 무려 400여 질을 팔았다. 2위와의 격차는 '더블 스코어' 이상이었다. 나는 35질을 팔아 평균치에 머물렀다. 그는 사장에게서 특별 격려금과 유럽여행권까지 받아

부러움의 대상이 되었다. 그의 칭호는 '챔피언'이었다.

월부책 판매회사 사장은 프로복싱 중계방송을 빠뜨리지 않고 시청하는 복싱 애호가였다. 세계 타이틀전이 열릴 때면 문화체육관, 장충체육관 등 경기장을 찾는 게 취미였다.

사장은 한국인 최초의 세계챔피언 김기수 선수가 경영하는 명동의 '참피온 다방'의 단골손님이기도 했다. 풍문에 따르면 사장은 한국 웰터급 랭킹 3위에까지 오른 전직 프로복서란다. 한국 챔피언 타이틀전에 도전했다가 2회 KO로 패배해 권투를 그만두었다는 것이다. 그래도 사장은 현역 선수시절에 늘 김기수와 맞먹었던 것처럼 말했다. 사장은 영업사원들에게 툭하면 판매와 권투경기를 연결시켰다. 복싱 해설가 오일룡 씨의 말투를 흉내 내면서 미간을 잔뜩 찌푸린 채….

"쎄일즈는 말이야, 뽁싱과 같아. 죽기살기로 달려들면 안 될 게 없어. 아무리 맞아도 깡다구를 잃으면 안 돼. 4전 5기 신화, 잘 알지? 홍수환 참피온이 '지옥에서 온 악마'라는 카라스키야를 역전 케이오시킨 장면 말이야. 2라운드에서 4번이나 따운 당하고도 3라운드에서 상대방을 몰아붙여 큰 대자로 뉘어버린 불굴의 투지! 그게 바로 쎄일즈맨 정신이야!"

사장은 쉐도 복싱 자세로 주먹을 내뻗으며 열을 올리기 일쑤였다. 원투 스트레이트에 이어 좌우 훅까지….

12월 판매에서 나는 감히 '윤경복 신화'에 도전하려 했다.

12월 1일, 판매 전략회의를 마치고 영업사원이 각자 외판에 나설 때 나는 윤경복의 뒤를 몰래 밟았다. 그가 어디에 가서 어떻게 파는지를 살펴볼 작정이었다. 그는 회사 문을 나서더니 빠른 걸음으로 주차장 쪽으로 걸어갔다. 자가용이 귀할 때인데 그는 승용차를 몰고 출발했다. 나는 얼른 택시를 잡아타고 뒤를 쫓았다.

"저 포니, 놓치지 말고 따라갑시다."

택시기사를 다그쳤다. 윤경복의 포니는 서울 도심을 벗어나더니 경부고속도로를 탔다. 기사는 포니를 추적하려는 의지를 갖지 않았다. 그래서인지 안성 휴게소 부근에서 포니를 놓치고 말았다.

이튿날 아침, 일찌감치 출근해 판매실적 장부를 정리하느라 볼펜을 굴리는 영업관리과 미스 정에게 따끈따끈한 호빵 하나를 건네며 슬며시 물었다.

"윤경복 선배님, 어제 실적이 어때?"

D여상 야간부를 갓 졸업한 미스 정은 나와 입사 동기생이었다. 신문에 게재된 '영업사원 급구' 광고를 보고 찾아온 날, 그녀는 학교 추천으로 이력서를 들고 왔다. 그때는 단발머리 소녀였다.

우리는 서로를 동기생이라 부르며 유대감을 가졌다. 그녀의 제의로 주말에 광화문 네거리의 국제극장에 처음 들어가 봤다. 국제극장은 개봉관이어서 나 같은 가난뱅이는 비싼 영화요금 때문에 들어갈 엄두를 내지 못하던 곳이었다. 과연 국제극장은 의자도, 스크린도 깨끗했다. 손님들의 때깔도 깔끔했다. '임검석'이라는 맨 뒷자리는 경찰관 몫이었다.

매월말 일요일에는 미스 정과 국제극장에서 영화를 보고 국제극장 맞은편에 있는 덕수제과에서 달콤한 곰보빵과 따끈한 목장우유를 사먹는 데이트가 반복됐다. 그날이 늘 기다려졌다. 그녀는 사무실에서는 나를 '장창덕 씨'라고 부르다가 극장에 갈 때는 오빠라 부르며 팔짱을 꼈다. 그녀는 나를 애인으로 여기지는 않는 듯했다. 물론 나도 사랑을 고백하지 않았다. 어정쩡한 상황이었다.

미스 정의 신체적 특성은 '왕가슴'이라는 단어로 압축된다. 몸은 마른 편인데 유난히 가슴이 컸다. 언젠가 함께 길을 걷다가 그녀가 마주 달려오는 자전거를 피하려 나를 와락 안은 적이 있었다. 그때 그녀의 육덕 풍성한 왕가슴이 전해오는 짜릿한 압박감 때문에 나는 잠시 감전된 듯한 기분을 느꼈다. 그녀 앞에 가면 내 눈길은 그녀의 출렁이는 거대한 가슴 쪽으로 어느 사이엔가 쏠린다. 몸에 착 달라붙는 스웨터라도 입은 날에는 시선 처리에 애를 먹었다.

미스 정은 판매실적 대장을 살피더니 눈을 치켜떴다.

"와, 대단하시네. 윤경복 챔피언님… 어제 45질을 팔았어요."

30권짜리 전집을 하루 만에 45질이나 팔았다니…. 어디에 가서 그런 실적을 올렸나?

"구입자들은 어떤 분들이야?"

"학교 선생님들이에요."

"어느 지역?"

미스 정은 구입자 주소가 적힌 32절지 카드 뭉치를 나에게 보여주었다. 카드를 넘겨보았더니 부안, 점촌, 장수, 창원 등 전국 각지였다. 윤 선배가 고속도로로 차를 몰고 가서 하루 만에 그곳을 모두 돌아다닌 건가? 불가사의한 일이다.

12월 2일에도 포니차를 뒤쫓다 오산 부근에서 놓쳤다. 이런 식으로 무작정 뒤따라가는 것은 무모하다고 판단했다. 다른 방도를 궁리했다. 미스 정에게 윤 선배의 책 구입자 명단과 전화번호를 정리해 달라고 부탁했다.

경북 점촌의 어느 초등학교 교사 이름이 장창자였다. 내 이름 장창

38

덕과 비슷해서 친근감이 들었다. 그분에게 전화를 걸었다.

"문학전집, 잘 받으셨는지요?"

"예. 그런데예?"

"여기는 서적 판매회사입니다. 소비자 만족도를 조사하려고요."

"곧 3교시 수업에 들어가야 합니더. 대답할 시간이 없네예."

"그럼, 한마디만 … 영업사원 윤경복 씨를 어떻게 알았습니까?"

"윤경복? 모르는 사람인데예."

"엊그제 문학전집 판매한 저희 직원 말입니다."

"글쎄예… 저는 윤영 시인님에게서 책을 샀는데예."

"윤영?"

"윤영 시인님이 문학강연을 마치고 권유하시기에… ."

40대 중년 여성으로 추정되는 장창자 선생은 그렇게 말하고 전화를 끊었다. 윤경복, 윤영, 문학강연회…. 어떤 연결고리를 가졌나?

전북 장수의 어느 중학교 복순녀 교사에게 전화를 걸었다.

"문학전집, 잘 받으셨습니까?"

"오늘 아침에 받았어요."

30대 초반의 여성인 듯하다. 막 전집을 받아 완독을 향한 거보를 내딛기 직전의 야심찬 마음에서 목소리가 떨렸다.

"소비자 만족도를 조사하려고요. 영업사원 윤경복 씨와 어떤 관계입니까?"

"어떤 관계라뇨?"

그녀는 '관계'라는 어휘에 갑자기 신경질적인 반응을 보였다.

"오해 마십시오. 관계라기보다는… 어떤 경로로 책을 구입하셨는지… ."

"윤영 시인의 강연을 듣고 권유를 받아 샀을 뿐이에요."

"윤경복 씨는 모르십니까?"

"왜 자꾸 그런 이상한 사람을 캐묻는 거예요?"

그녀는 화를 벌컥 내며 전화를 끊었다. 그러나 나는 오히려 상쾌했다. 뭔가 단서를 잡은 느낌이 들어서다. 12월 1일, 윤영 시인의 문학 강연회에 점촌의 장창자 선생과 장수의 복순녀 선생이 동시에 참석하였다고 추론할 수 있다. 점촌과 장수는 몇 백 킬로미터 떨어진 지역이므로 다른 제3의 장소에서 강연회가 열린 듯하다. 초등학교, 중학교 교사가 함께 모인 이유는 무엇일까.

충남 태안의 국범일 선생에게는 전화 다이얼을 수십 번 돌려서야 연결이 되었다.

"윤영 시인님 강연회는 잘 다녀오셨습니까?"

"예?"

"윤영 시인 강연회!"

"아, 예… 무척 감명 깊었습니다."

"강연회가 어디에서 열렸습니까?"

"수안보에서요."

"학교 선생님들이 단체연수를 받았습니까?"

"예? 잘 안 들리는데…."

전화가 끊어졌다. 수안보에서 열린 교사 연수회…. 다른 교사 몇 명에게 연락을 해서 전체적인 얼개를 알아냈다. 수업 개선사례 대회에 입상한 각급 교사들을 격려하기 위한 연수회가 수안보관광호텔에서 열렸고, 여기에 특강 강사로 윤영 시인이 초대된 것이었다. 그럼 윤영 시인과 윤경복 선배는 무슨 관계일까. 윤 시인이 왜 월부책 판매행위를 윤 선배 대신 해주었을까.

일단 윤영 시인에 대해 파악해야 했다. 나는 그 무렵 새로 개점한 광화문 교보문고로 갔다. 한국 최대의 서점답게 드넓은 매장에 엄청난 분량의 책을 쌓아 놓았다. 그렇게 넓은데도 손님들이 꽉 찼다. 월부책을 파는 시절도 끝장날 것이라는 예감이 왔다.

시집 코너에서 윤영 시집 《삼수갑산을 그리며》와 《이 땅에 온 짜라투스트라》라는 시집을 샀다. 시인 약력을 살펴보니 월간 문예잡지 〈문학과 사유〉를 통해 등단했다. 〈국제일보〉 신춘문예에도 당선됐다. 시인과 직접 통화하고 싶었다. 시집을 낸 출판사에 전화를 걸어 윤영 시인의 연락처를 물었다.

"저희도 전화번호를 모릅니다."

"그러면 집 주소라도 … ."

"시인님께서 신분 노출을 꺼리신답니다. 저희가 마음대로 알려줄 수 없군요."

전화번호부에 나온 윤영이란 이름의 20여개 전화번호에 일일이 전화를 걸었다. 모두 허사였다.

5

"외근 나가지 않으세요?"

미스 정이 눈을 찡긋하며 물었다. 그녀 몸에서 풍기는 향수 냄새에 정신이 아찔해진다. 입사 초기엔 맨얼굴이었으나 요즘엔 입술엔 루주, 손톱엔 빨간 매니큐어를 발랐다. 화장을 한 그녀에게서 관능, 자신감, 신비감 등의 단어가 연상됐다.

"골칫거리가 있어서…."

"골칫거리라뇨?"

나는 윤영 시집을 보여주며 대답했다.

"이 시인을 찾아야겠는데…."

미스 정은 시집을 훑어보더니 이유를 물었다. 나는 윤경복 선배의 실적을 사례연구하려 그런다고 답변했다. 미스 정은 목젖이 훤히 보일 만큼 입을 크게 벌려 깔깔 웃으며 말했다.

"윤 부장님께 직접 물어보면 되잖아요."

"영업비밀 아닌가? 나도 잠재적 라이벌인데 나에게 말해줄까?"

"장창덕 씨는 윤 부장님에 비하면 애송이인데 라이벌이라고 생각할까요? 호호호…."

"세일즈 세계는 냉혹해. 정글이나 마찬가지야."

내 표정이 굳어졌는지 미스 정은 웃음을 멈추었다.

"그럼, 제가 윤 부장님께 살짝 알아볼까요?"

미스 정이 윤경복 선배에게 윤영 시인 건에 대해 알아본다…. 좋은 방책이긴 하나 꺼림칙하다. 미스 정이 윤 선배에게 다가간다면 입심 좋은 윤 선배가 미스 정에 대해 해괴한 소문을 퍼뜨릴지 걱정스럽기 때문이다.

얼마 전 저녁 회식자리에서 윤 선배가 자랑한 무용담이 귀에 맴돈다. 역대 월간 판매왕들이 포상여행으로 유럽 7개국을 순방한 후일담이었다.

"여행의 하이라이트는 '백마 타기'였어. 그 있잖아, 유명한 암스테르담 홍등가… 울긋불긋한 불빛이 비치는 방에 들어갔더니 덩치가

젖소만큼 큰 여자가 벌거벗고 침대에서 비스듬히 누워 손님을 기다리더군. 헤이 베이비! 그 여자가 나를 그렇게 부르더라. 재미 좀 봤냐구? 아이고, 그날 밤만 생각하면 몸이 떨리네. 얼마나 고생, 쌩고생했던지. 밤새도록 배구 토스만 했다니까 ….”

“배구 토스라니요?”

옆에 앉은 내가 호기심에서 물었다. 윤 선배는 번들거리는 눈빛으로 나를 쳐다보았다. 그는 와이셔츠 소매를 걷어 올리고 양손으로 배구 토스 자세를 취했다. 허공을 향해 토스 동작을 반복하며 말을 이었다.

“그 여자 젖통이 얼마나 크던지…. 그 거유녀가 나를 올라 탄 자세였어. 나를 내려다보며 음흉한 미소를 짓더군. 무등산 수박만 한 젖통 두 개가 내 얼굴을 덮치는데 가만히 누워있다가는 콧구멍이 막혀 질식사할 것 같더라구. 죽지 않으려면 배구공을 토스하듯 젖가슴을 밀쳐 올려야 하지 않겠어? 이렇게 통통 토스했다니까!”

순진한 나는 그 말이 진담인 줄 알았다. 회식 이후 윤 선배가 미스 정을 유심히 관찰하는 듯해 불쾌했다. 윤 선배는 미스 정의 큰 가슴을 보며 암스테르담의 몸 파는 여성을 상상하지 않을까. 지금 저 성매매 합법국가에서 막 돌아온 탕자는 배구라는 신성한 스포츠를 모독하고 배구선수들의 당당한 승부욕과 깨끗한 스포츠 정신을 비하하면서 그때의 질펀한 성애를 연상하고 있다. 오! 죄 많은 그를 긍휼히 여기소서. 육체에 패배한 가련한 영혼이여…. 상상의 파티는 갑자기 끝났다.

“뭘 그리 골똘히 생각하세요?”

미스 정이 내 어깨를 가볍게 흔들며 물었다.

"아, 아니…."

"걱정 마세요. 제가 윤 부장님께 알아봐 드릴 테니."

미스 정은 윤영 시집을 들고 자기 자리로 갔다. 그녀는 시집을 들춰보며 나지막하게 낭송했다.

억센 줄기의 나팔꽃이
혁명군의 갑옷을 입고
창공을 향해
원형의 무도를 추는
그해 여름의 참혹한 몸부림이여

미스 정은 감정이 고양되는지 목소리를 조금씩 높였다. 왼손에 시집을 들고 오른손으로는 주먹을 쥐고 흔들었다. 주위를 아랑곳하지 않고 낭송에 몰입했다. 말할 때보다 시 낭송 목소리가 더 청아했다.

덩굴의 생명력이여
시원(始原)의 원형질을 찾아다오!
포말(泡沫)처럼 흩어지는 창공의 연기여
광야의 숨결을 가져다주오!

미스 정의 목소리가 절규 비슷하게 울릴 때 마침 윤 선배가 사무실로 들어왔다. 그는 눈알을 부라리며 미스 정을 노려보았다. 화를 참는 듯 심호흡을 하더니 미스 정에게 다가갔다. 그는 미스 정의 손에서 시집을 낚아챘다.

"미스 정, 지금 뭐하는 짓거리야?"

"아, 윤 부장님…."

그녀는 그때서야 제 정신이 드는 모양이다.

"이 시집, 어디서 났어?"

"장창덕 씨가 …."

"뭐야?"

윤 선배가 나를 쩨려봤다. 그의 눈동자에는 분노와 당혹감이 혼재했다. 그는 나에게 다가와 다짜고짜 내 멱살을 잡고 흔들었다.

"당신, 뭐하는 인간이야?"

"왜 그러십니까?"

"당신이 흥신소 직원이야? 남의 뒤를 캐고 다니고…."

"남의 뒤를 캐다니요? 무슨 말씀입니까?"

"전국 이곳저곳에 전화를 걸어 내 뒷조사를 했다며?"

"뒷조사라뇨? 똥구멍 조사라도 했다는 겁니까?"

"이 자식이 건방지게!"

철썩!

윤경복은 내 따귀를 때렸다. 큰 덩치만큼이나 손바닥도 넓었다. 나는 온 얼굴이 얼얼할 만큼 아파 눈을 찡그렸다.

"뭡니까?"

나도 화가 나서 고함을 지르며 그의 멱살을 맞잡았다. 왜소한 체구인 내가 씨름꾼 덩치의 윤경복과 맞선다는 게 애초에 무리였다. 그가 내 면상에 펀치를 가하면서 나는 나동그라졌다. 눈앞이 핑 돌면서 잠시 의식을 잃었다. 눈을 떴을 때 주변의 직원들이 싸움 구경을 하러 몰려들었다.

"뭐야?"

남자 직원들의 함성이 귓전을 맴돌았다.

"어머?"

여직원들의 비명도 들렸다. 수컷 본능이 발동했다. 죽어도 맞서겠다는 오기가 치솟았다.

나는 벌떡 일어나 윤경복에게 돌진했다. 문자 그대로 저돌적으로 달려들었다. 나는 한 마리의 작은 멧돼지가 되었다. 나의 필살기는 박치기였다. 깡충 뛰며 윤경복의 면상을 머리로 들이받았다.

"읅!"

그가 비명을 지르며 코를 감싸 쥐었다.

"코피 터졌다!"

누군가가 그렇게 말했다. 그의 얼굴은 피범벅이 되었다. 그는 손으로 코피를 닦더니 다시 나의 멱살을 붙잡았다.

"이 자식이 겁대가리 없이….."

그가 고함치며 내 목을 죄어오자 나도 죽기살기로 그의 멱살을 잡았다. 우리는 서로 붙잡고 흔들었다. 그때였다. 미스 정이 윤 선배와 나 사이에 몸을 밀치며 들어와 말렸다.

"왜 이러세요? 제 말을 들어보세요."

미스 정은 두 사내 사이에 끼어들어 온몸으로 싸움을 말렸다. 세 사람이 뒤엉켜 육체끼리 짧았지만 순간적으로 강렬한 마찰이 일어났다. 미스 정의 젖가슴이 내 가슴과 맞닿았다. 몽클하게 느껴지는 포근한 감촉 때문에 뾰족한 전의가 삽시간에 누그러졌다. 윤 선배도 마찬가지인 모양이었다.

우리가 사랑할 수밖에 없는, 언젠가 사랑할 유방의 힘이었다. 유방의 카리스마이며 거역할 수 없는 포스였다. 우리들은 서로 상대방에게 이길 수 있었으나 끝내 거대한 유방을 이길 수는 없었다. 싸움의 중간에 갑자기 개입한 유방은 우리들 주먹이나 박치기보다 강력했고 확고했다. 큰 유방은 치열한 전투를 중단시키는 마취제였고 진통제였다. 우리는 유방에 중독된 환자였다. 우리는 유방 앞에서 작아졌고 선생님의 꾸지람을 듣는 양순한 학생이 되었다. 결국 승리는 유방이 차지하고 우리는 둘 다 맹목적인 패자가 되어 모호한 휴전에 기꺼이 합의했다. 유방은 평화를 사랑하는 유엔(UN)이었다. 강력한 신병기를 가진 평화유지군이며 젖과 꿀이 흐르는 가나안이자 영세중립국이었다. 우리는 유방에 의해 확실히 구출되었다. 모두가 바라는 평화인지도 몰랐다.

　유방이 평화의 상징이라고 누가 말했던가. 고대 그리스의 희극작가 아리스토파네스가 그렇게 갈파하지 않았던가. 그는 걸작 《리시스트라테》에서 아테네와 스파르타 사이의 소모적인 전쟁을 끝내기 위해 아름답고 지혜로운 여성 리시스트라테를 등장시켰다. 그녀는 "아테네 여성이 속이 훤히 비치는 옷을 입고 남편을 유혹해서 전쟁을 끝내야 동침을 허용한다고 하면 평화가 찾아올 것"이라 말하지 않았나.

　미스 정은 우리 둘을 어린 아이 달래듯 설득했다.

　"다 큰 어른들이 직장에서 이게 뭐하는 짓이에요? 이따 퇴근 후 만나서 자초지종을 이야기하세요."

6

　회사 건물을 나서니 함박눈이 내렸고 시내 곳곳엔 크리스마스 캐

럴이 울려 퍼졌다. 회사 부근 곱창집에서 셋이 만났다. 세 사람의 옷에는 핏자국이 얼룩덜룩했다. 숯불에 곱창이 익는 고소한 냄새가 퍼져 식욕을 자극하는데도 나와 윤 선배 사이엔 냉랭한 기운이 감돌았다.

셋은 소주를 연거푸 몇 잔 마셨다. 철딱서니 없는 남정네들을 바라보는 스무 살 미스 정이 오히려 어른스러웠다. 미스 정은 "장창덕 씨가 시집을 가져와 윤영 시인이 누구인지 궁금해 하더라"라고 운을 뗐다. 나도 사실대로 말했다. 내가 잘한 게 별로 없었다. 윤 챔피언의 콧등을 박았으니 뒷감당 걱정이 태산 같았다. 우선 머리를 조아려 용서를 구하지 않으면 이 회사에서 더 살아남기가 어려울 것이라는 예감이 들었다.

"아까 멋모르고 대들었습니다. 죽을죄를 저질렀습니다."

"죽을죄?"

"예. 죽여주십시오."

"그만한 일로 죽이다니… 나는 살인자가 되기는 싫은데…."

그의 목소리가 조금 누그러졌다. 유들유들한 말버릇이 되살아났다.

"선배님은 저에겐 감히 넘볼 수 없는 에베레스트산과 같은 존재입니다."

"그 높은 산에 올라가면 고산병 걸리는데… 흐흐…."

"선배님에게서 한 수 배우려고 윤영 시인과 선배님과의 관계를 추적한 것입니다. 뒤를 캔 것은 아니었습니다."

윤 선배는 대꾸 없이 소주 몇 잔을 더 마시더니 게슴츠레한 눈빛으로 미스 정을 쳐다봤다. 시선이 미스 정의 가슴께로 고정됐다.

"야, 너희 둘, 애인 사이야?"

갑자기 큰 소리로 묻는 질문에 나는 당혹했다. 미스 정은 눈을 동그랗게 떴다. 아주 천진난만한 표정이었다. 둘 다 대답하지 않으니 그는 씩 웃으며 소주를 들이켰다. 나와 미스 정의 잔에도 소주를 따랐다.

"자, 쭈욱 들이켜."

그는 기분이 좀 풀린 모양이다. 잔을 단숨에 비우고 그에게 잔을 건네 술을 따랐다. 그는 흐흐, 웃으며 말을 이었다.

"미스 정, 아까 낭송한 윤영 시인의 시, 어땠어?"

"감동적이었어요."

"정말이야?"

"그럼요."

"윤영 시인이 미스 정에게 프로포즈한다면 연애하고 싶어?"

"윤영 시인님이 남자예요?"

"그래, 남자…."

"윤 씨이니 부장님과 친척인가요?"

"친척? 하하하… 아주 가깝지…."

얼마나 가까운 친척일까. 윤 선배는 입에 넣은 음식물을 천천히 씹어 먹은 후 소주를 들이켰다.

"나도 윤영 시인이 누구인지 밝히지 않으니 답답하기 짝이 없다. 너희들 앞에서 톡 까놓고 말할까? 특급 비밀인데…."

이렇게 미끼를 던지자 미스 정이 윤 선배의 팔을 잡고 흔들며 애원한다.

"부장님, 얼른 말해주세요. 제발!"

미스 정이 이렇게 콧소리를 내며 매달리는 모습은 고혹적이다.

"맨입으로는 안 되지."

"지금 이 식사값, 제가 낼게요."

미스 정이 이러는 사이에 나는 미스 정 대신에 돈을 내려고 벌떡 일어나 카운터로 갔다. 지갑을 열어 얼른 음식값을 계산했다.

부근 호프집으로 자리를 옮기기로 했다. 윤경복은 맥주 안주로는 함경도식 순대가 으뜸이라며 재래시장 안 '아바이 순대집'을 일부러 찾아가 순대와 왕만두를 샀다. 순대집 주인은 윤 선배를 오래 전부터 잘 아는 듯했다. 무척 반기면서 비닐봉지 하나 가득 가자미식해를 공짜로 담아주었다.

두툼한 순대가 질 좋은 것이긴 한데 배가 불러서 별로 먹고 싶지 않았다. 윤 선배는 순대와 왕만두를 게걸스럽게 먹는다. 시뻘건 가자미식해와 맥주는 어울리지 않는데 윤 선배는 손가락으로 가자미를 집어 입을 크게 벌려 먹으며 맥주를 마셨다.

각자 받아 든 500cc 생맥주 잔이 거의 비었을 때다. 윤 선배는 한 잔씩 더 주문했다. 새로 받은 잔을 들고 윤 선배는 일어서서 윤영 시인의 시를 낭송했다.

덩굴의 생명력이여
시원(始原)의 원형질을 찾아다오!
포말(泡沫)처럼 흩어지는 창공의 연기여
광야의 숨결을 가져다주오!

우리는 잔을 부딪치고는 맥주의 청량감을 만끽했다. 윤 선배가 윤영 시인의 시를 암송한다는 사실이 경이로웠다.

"선배님, 그 시를 다 외우세요?"

"물론이지."

책 외판원을 하려면 구변이 좋아야 함을 잘 알지만 윤 선배가 윤영 시인의 시를 줄줄 암송할 만큼 문학에 조예가 깊은 줄 미처 몰랐다. 미스 정도 놀라는 눈치였다.

"윤 부장님, 대단하세요. 저는 아까 시집을 들추어 보며 읽었을 뿐 인데…."

"내가 윤영 시인과 특수관계여서 외운 거야."

"무슨 특수관계?"

미스 정은 궁금해서 못 견디겠다는 듯이 윤 선배에게 밀착해서 팔 을 흔들며 물었다. 밀착도가 너무 심해 보였다. 그녀의 젖가슴이 윤 선배의 몸통을 짓누르는 양상이었다. 윤 선배는 계속 흐흐, 웃으며 그런 상황을 즐겼다. 미스 정은 마침내 그를 껴안다시피 하며 흔들었 다. 말투도 반말로 바뀌었다.

"빨리 말해 줘, 응?"

그는 후후, 하며 거친 숨을 몰아쉬었다. 그런 모습을 빤히 쳐다보 며 옆에 앉아있기가 난처했다. 나는 남은 생맥주를 단숨에 들이켜고 는 묵직한 생맥주잔으로 탁자를 탁! 치며 외쳤다.

"선배님, 빨리 말해주십시오."

그때서야 윤 선배는 제정신이 돌아온 듯 눈을 크게 뜨고 의자에 바 로 앉았다.

"윤영 시인은 바로 나다. 윤경복이 윤영이란 말이야."

"예?"

나와 미스 정은 놀라서 동시에 예?라는 말을 내뱉었다.

"내 필명이 윤영이다. 이제 알겠어?"

어안이 벙벙했다. 윤 선배가 윤영 시인이라면 문학전집 대량판매에 얽힌 궁금증은 해소된다. 그러나 그가 문학전문 출판사에서 시집을 낼 정도의 시인이라는 사실이 믿어지지 않았다.

"아, 멋지다!"

미스 정은 윤 선배를 와락 포옹하며 환호했다. 질투심이 솟구쳤다. 윤 선배는 싱긋 웃으며 나를 응시했다. 눈동자엔 '승자의 자만'이 그득했다.

미스 정이 화장실에 간다고 잠시 자리를 뜨자 윤 선배는 황당한 제안을 했다.

"야, 장창덕! 너, 내 동생 할래?"

"예?"

"내 동생이 된다면 판매왕이 되는 노하우를 모두 가르쳐 주겠어. 대신 미스 정은 나에게 넘겨야 해."

판매왕…. 그 번쩍거리는 타이틀 앞에 나는 얼마나 초라했던가. 판매왕이 될 수 있다면 파우스트처럼 영혼을 악마에게 넘기겠다고 마음먹은 적이 어디 한두 번이었던가.

그는 유혹하는 메피스토펠레스였고 나는 졸지에 파우스트 박사가 되었다. 부끄러운 일이었으나 미스 정은 빅딜의 유일한 조건이었고 교환대상이었다.

나는 돈에 눈이 어두운 샤일록이 되었고, 팔 수 없는 것을 팔아야 하는 봉이 김선달이 되기로 했다. 그녀는 약속을 담보하는 하나의 증거였고 선물이나 뇌물로 압류되거나 선불될 운명에 있었다. 나는 사랑하는 여인을 몇 푼의 돈에 팔아먹는 볼 장 다 본 기둥서방이었고 딸 심청을 공양미에 팔아야 하는 못난 애비 심 봉사였다. 나는 밑천이 떨어져 마누라를 걸고 한 판의 도박을 벌이는 얼치기 노름꾼이었고 여자를 권력자에게 상납하는 채홍사를 자처하고 있었다. 그녀는 두 사람의 사냥꾼에 둘러싸인 사냥감 신세로 전락하고 말았다. 나는 드디어 무거운 영혼을 가볍게 팔았다.

미스 정은 알고 있을까. 이 기막힌 인신매매를. 나도 먹지 못한 감, 익지도 않은 감을 입도선매하는 이 부당거래의 현장을. 일종의 야합이며 약소국의 운명을 흥정하여 부당이익을 챙기는 매국노의 배신행위를. 최후의 만찬에서 예수를 배반하는 가롯 유다의 얼굴에는 잠시 고뇌의 표정이 흘렀다. 그러나 최후의 결단은 바로 앞에 있었고 너무도 인간적인 나는 확실한 보상 약속에 굴복했다. 돈과 매 앞에서 장사 없다는 심정이 되어 나는 기도했다. 나의 마돈나여, 구원의 여인이여, 한없이 아픈 젊은 날이여, 내가 사랑했던 나의 베아트리체여, 잘 가거라.

미스 정이 자리에 돌아왔다. 얼굴에 핏기가 없다. 과음 탓에 화장실에서 토한 모양이다. 허름한 호프집 안엔 손님이라곤 우리밖에 없었다. 40대 초반의 주인아주머니도 꾸벅꾸벅 졸고 있었다. 구석 테이블의 소파에 미스 정을 눕혔다. 그녀는 긴 두 다리를 뻗었다.

갑자기 두 다리가 새삼 섹시하게 느껴졌다. 잠시 전의 윤경복과 맺은 엉성한 계약을 깨고 그녀의 어두운 미로(迷路) 속으로 들어가고 싶었다. 그녀의 긴 다리가 불러일으킨 욕정이 나를 한없이 흔들리게 했다. 그러나 나는 선약 때문에 냉정해야 했다. 영혼을 탕진한 채 집으로 귀환하는 탕자의 심정이 되어 그 긴 다리는 나의 것이 아니라 그

의 것이 될 예정이었고 피할 수 없는 가혹한 운명이었음을 뒤늦게라
도 깨달아야 했다. 나의 운명은 서라벌의 처용이 되는 것이었다. 저
두 다리는 누구의 것인가.

그 다리와 관련되고 겹쳐질 축제, 새로운 정사(情事) 들은 낯선 정
부(情夫) 에 의해 더욱 순조롭게 또 뜨겁게 수행될 것이었다.

나는 한 번 버린 천관녀를 버릇 때문에 또 찾아가는 말의 목(馬頭)
을 눈물을 머금고 베어야 하는 김유신이 되어야 했다.

그때는 사랑보다는 성공을 더 갈구했다. 세상을 딛고 일어서지 못
하면 할복자살하겠다고 쓴 혈서를 가슴에 품고 다닐 때였다.

소매치기, 소년원 출신…. 나의 일그러진 소년시절의 초상이다.
나는 소년원을 나오면서 내 손가락을 물어뜯어 흘린 피로 실제로 그
혈서를 썼다.

나는 윤 선배 앞에 무릎을 꿇었다.

"평생 형님으로 모시며 복종의 예를 다 하겠습니다."

급작스러운 이 행운에 나는 용기백배하였다. 나는 확신할 수 없는
여인과의 작은 사랑을 포기하는 대신, 한 번도 해보지 못한 1등의 고
지에 설 것이고, 더 부자가 될 것이고 분에 넘치는 출세를 할 것이다.
나는 지금까지 살아온 누추한 삶과 영원히 결별할 것이다. 어두운 과
거는 되돌아보지 않으리라.

이제 새로운 새벽이 올 것 아닌가. 인생의 황금기, 힘찬 전성시대
가 눈앞에 바야흐로 펼쳐진다. 아아, 인간은 얼마나 현명하고 기특
하고 이기적인 동물인가.

시인 탄생

1

며칠 후 크리스마스이브 날. 나는 의정부에 책을 팔러 갔다가 서둘러 귀사했다. 그때는 의정부만 해도 서울에서 제법 먼 곳이었다. 종로 5가 종점에 도착한 버스에서 내리니 때마침 함박눈이 펄펄 내리기 시작했다. '화이트 크리스마스'가 될 조짐이었다. 오후 5시경이었다. 어둑어둑해지면서 서울시내에는 팔짱을 낀 연인들이 잇달아 나타났다.

데이트는 남의 일이었고 쓸쓸한 크리스마스를 보낼 내 청춘이 한심스러웠다. 여태까지 점심도 못 먹어 갑자기 허기가 몰려왔다. 길거리 포장마차에서 어묵 2개를 먹었다. 뜨거운 어묵 국물을 마시자 콧날이 시큰거렸다. 눈시울도 뜨거워졌다. 콧물과 눈물이 자꾸 흘러내렸다.

머리와 어깨 위에 떨어진 눈덩이를 툴툴 털며 회사 사무실에 들어서자 윤경복이 다가왔다.

"눈이 벌겋네? 울었어?"

"울긴요. 사내 대장부가…."

"한잔 하지 그래?"

"예. 그런데 형님은 미스 정과 데이트 해야잖아요?"

"미스 정이 뭐야? 형수님이라고 불러야지."

"아, 예… 형수님과 형님이 만나셔야…."

그와 미스 정이 연인관계로 발전했는지 잘 모르겠다. 아무튼 그날 이후 나와 미스 정은 어색해졌고 영화구경도 가지 않았다.

"형수님은 연말 결산일이 다가와서 일찍 퇴근하지 못 한다는군. 생 맥주나 마시면서 기다리자구."

윤경복은 미스 정에게 일을 마치면 호프집으로 즉시 달려오라고 단단히 일렀다. 윤경복과 나는 호프집에서 마주 앉았다. 우리는 쉴 새 없이 맥주를 마시고 안주를 먹으며 이야기를 나누었다. 그는 내가 형님, 형님… 하며 머리를 조아리자 기분이 좋아진 듯하다.

나는 취기가 오르자 형님에게 내가 살아온 험난한 삶의 역정을 털 어놓았다. 둥그런 맥주잔에 철부지 시절의 초상이 어른어른 비친다.

코흘리개 때부터 내 뺨을 사정없이 후려치던 주정뱅이 아버지가 의붓아버지라는 사실은 초등학교 3학년 때 처음 알았다. 그와 나는 성씨가 달랐다. 그는 어머니의 동거남이었다. 혼인신고를 하지 않았 기에 법적으로는 어머니와도 남남이었다.

내 유년기의 영육을 키운 곳은 남해안 거제도이다. 고현읍 부근 마 을에서 초등학교를 졸업하고 어려운 집안 형편 때문에 중학교에 가 지 못했다. 술에 찌들어 하루하루를 살아가는 생활무능력자 의붓아 버지 탓이었다.

"많이 배운다고 행복해지지는 않아. 머리에 먹물이 잔뜩 들어가면 골치만 아플 뿐이야. 물 맑고 공기 좋은 이 바닷가에서 어부로 살아가는 게 좋아."

그런 궤변을 펼치며 중학교 진학을 반대했다. 나보다 공부를 못하는 친구 녀석들도 통영이나 마산, 부산에 있는 큰 중학교에 가는데 나는 거제도 중학교에도 못 들어갔다. 분통터질 노릇이었다. 친아버지가 아니어서 그가 나를 학대한다고 보고 나는 그를 미워했다. 그에게 대들기 시작했다. 말대꾸를 해야 직성이 풀렸고 막걸리를 사오라는 심부름을 시키면 주전자 뚜껑을 열고 침을 퉤퉤 뱉었다.

왼쪽 다리를 절룩거리는 어머니가 식솔의 입에 풀칠이라도 시키려면 구멍가게 장사 이외엔 별다른 일거리가 없었다. 동네 어른들은 막걸리 주전자를 들고 가는 내 뒤통수에 대고 어머니에 관해 수군거렸다.

"저 쪼맨한 놈이 불쌍하고만. 맨날 의붓애비 술 심부름한다꼬. 쟈 에미도 애처롭지. 열 몇 살 땐가 머구리(잠수부) 한다꼬 우리 동네에 처음 왔을 때만 해도 엄청시리 이뻤제. 제주도에서 아가씨 해녀가 왔다고 총각들이 춤(침)을 질질 흘리며 쳐다봤제. 그라다가(그러다가) 잠수병 걸려갖고 하반신을 못 쓰게 됐제. 목발 짚고 다니는 실성한 상이군인이 그런 처녀를 덮쳐갖고 알라(아기)를 배게 했제. 그 인간은 사라호 태풍 불 때 방파제에 쪼그리고 앉았다가 파도에 빠져 죽고 창덕 에미 혼자서 알라를 낳고… 그래도 나중에 알게 된 의붓애비가 지극정성으로 다리를 주물러서 창덕 에미 오른쪽 다리는 성해진 기라."

만취하면 어머니와 나를 마구 때리는 의붓아버지도 술에서 깨어나면 난폭하지 않았다. 골방 한구석에 개다리 밥상을 펴놓고 책을 읽거나 공책에 뭘 끼적거리며 쓰는 게 일과였다. 라디오 방송을 애청하는 것도 그의 취미였다. 그가 혹시 간첩이 아닐까 하는 의심을 품은 적도 있다. 북한방송인지, 대북방송인지를 듣느라 이불을 푹 덮어쓰기 일쑤였다.

그는 담뱃갑 종이에 호랑이, 곰, 말, 사슴 등 야생동물을 즐겨 그렸다. 어느 설날 아침에 그는 드넓은 벌판에서 백마(白馬)가 천둥 번개 치는 하늘로 날아오르는 그림을 그렸다. 말 뒤엔 말꼬리를 잡으려 안간힘을 쓰며 달려가는 소년이 있었다.

"백마가 승천하면 천마(天馬)가 되지."

의붓아버지는 그렇게 중얼거리며 붓을 놀렸다.

그는 가끔 맑은 정신일 때 내 손을 잡고 고현읍내 시장에 가서 풀빵, 팥빙수 따위를 사주기도 했다.

"저기… 수용소…."

포로수용소로 사용되었던 낡은 건물 부근을 지날 때였다. 그는 수용소 철조망을 손가락으로 가리키며 뭘 말하려다가 입을 다물었다. 눈에 눈물이 그렁그렁했다.

며칠 후 어머니와 둘이 앉았을 때 그 이유를 물어봤다. 어머니는 한숨을 휴, 휴 쉬어가며 혼자 판소리 공연하듯 긴 사설을 내뱉었다.

"저 양반도 인생이 불쌍한 사람인 기라. 백두산 아래 동네에서 태어나 살다가 전쟁 땜에 거제도까지 왔으니…. 인민군으로 온갖 고생을 하다가 수용소에 갇혀 살았제. 이승만 박사가 반공포로 석방할 때 맨손, 맨발로 나온 기라. 수용소 근처에서 구멍가게 하는 우리 집에 반찬거리 사러 왔다가 내캉 눈이 맞았제. 니 의붓아부지는 일본 동경에서 미술학교 나왔어. 인민군에서도 장교였고… 낫 놓고 지역(기역) 자도 모리는 내 같은 무지렁이하고는 다른 사람인 기라. 니 진짜 아부지는 니가 태어나기도 전에 세상 베맀는데… 전쟁 때는 카츄샤

(카투사)로 미군 따라 이북에 갔다 카데. 니 삼촌도 같이 카츄사에 가서 쌍디(쌍둥이) 형제끼리 나란히… 근데 개마고원 장진호 전투라는 데서 니 삼촌이 중공군 총에 맞고 죽었다 앙이가. 니 아부지는 동생이 죽어가는 걸 보며 후퇴할 수밖에 없었고… 니 아부지도 그때 동상이 심해 왼쪽 다리를 잘라냈다 앙이가… 니 아부지는 동생을 버리고 온 죄 땜에 맨날 술 먹고 바닷가에 앉아 개마고원, 장진호… 하고 고함치며 울었지. 니 아부지가 태풍 때 죽고 난 뒤 근근이 살아가는 우리 모자를 불쌍히 본 니 의붓아부지가 우리집에 들어와 살았제. 니 이름도 이 양반이 지어주었다 앙이가. 서울에 창덕궁이라는 대궐이 있다 카던데 니가 그런 데서 살라고 이름을 창덕이라 지었다 카데. 저 양반, 너무 미워하지 마라."

어머니의 말만으로는 내 친부에 대해 알기 어려웠다. 어느 날 의부에게 카투사, 개마고원 장진호 전투 등에 대해 물었다. 그는 담배연기를 입으로 품어내며 대답했다.

"네 생부에 대해 엄마에게 이야기 들은 모양이지? 나도 원호청(국가보훈처)에서 나온 서류를 보고 네 아버지에 대해 조금 알고 있단다. 1950년 8월 16일 입대하여 미군 7사단 카투사에 배속된 장정호 이병이야. 네 아버지와 쌍둥이인 삼촌 장진호 이병도 함께 징집돼 같은 부대에 배치됐어. 전쟁 중에 입대한 카투사 병사들은 일본으로 가서 후지산 기슭에서 3주일간 훈련을 받았어. 이들은 미군이 인천상륙작전을 벌일 때 차출되었지. 미군이 인민군을 몰아낼 때 앞장선 병사들이지. 이들은 평양을 점령했다가 연말에 개마고원 장진호까지 갔어. 인해전술로 나온 중공군에 포위된 미군은 가까스로 포위망을 뚫고 흥남으로 나왔지. 그때 장진호 이병은 전사했어. 묘하게도 자기 이름과 같은 장진호 옆에서…. 죽고 나서 이병에서 일병으로 특진했고…."

그 말을 듣고 나는 어린 가슴이지만 장정호, 장진호 형제의 비극을 느낄 수 있었다. 그 후 누군가가 개마고원, 장진호를 들먹일 때마다 나는 얼굴도 모르는 생부와 삼촌을 그리워하게 됐다. 혹한 속에서 숨져간 삼촌, 쌍둥이 동생을 버리고 온 회한 때문에 몸부림치는 아버지를 각각 머릿속에 새겼다. 그럴 때면 나도 바닷가에 나가 한동안 멍하니 앉아 있었다. 그러다가 벌떡 일어섰다. 조약돌을 집어 들어 먼 바다를 향해 힘껏 던져야 망상에서 벗어날 수 있었다.

초등학교를 졸업하고 집에서 빈둥거리던 어느 날이었다. 만취한 의붓아버지가 어머니에게 술상을 차려오라고 했다. 어머니는 술을 그만 마시라고 면박을 주며 말을 듣지 않았다. 그랬더니 그는 방바닥에 뒹굴던 소주병을 들어 어머니 머리를 후려쳤다.

"아악!"

어머니는 비명을 지르며 쓰러졌다. 어머니 머리에서 시뻘건 피가 철철 흘렀다. 눈도 다쳤는지 앞을 보지 못하면서 방바닥을 엉금엉금 기었다. 방바닥엔 금세 피가 홍건했다. 나는 너무도 놀라고 분통이 터졌다. 나도 모르게 몸이 공중으로 붕 뜨면서 내 머리는 그의 면상을 향했다.

퍽!

박치기로 그의 콧대를 박아 피범벅을 만들어 놓았다. 그는 썩은 짚단처럼 폭 고꾸라졌다. 나는 사력을 다해 그의 옆구리를 발길로 서너 번 걷어찼다. 살의를 품은 내 몸뚱이는 주체할 수 없을 정도로 부들

부들 떨었다.

어머니는 울부짖었고 나는 서둘러 도망쳤다. 나는 그 인간을 영원히 보지 않으리라 굳게 다짐했다. 어머니가 그 인간과 함께 사는 한 어머니도 보고 싶지 않았다. 한가한 거제도 바다를 하루 종일 멍하니 쳐다보는 게 고역인 때였다. 중학교 교복을 입은 친구들을 길가에서 마주치면 투명인간이 되고 싶었다. 어린 마음이지만 '탈출'이란 단어가 뇌리를 스치면서 앞뒤 재지 않고 집을 뛰쳐나왔다. 나는 피범벅, 땀투성이가 된 채 울면서 달렸다.

고현에서 성포로 오는 트럭을 얻어 탔고 성포 항구에서 통영으로 떠나는 고깃배에 편승했다. 통영에서 마산까지는 버스를 탔고 마산에서는 도둑기차에 몸을 싣고 서울로 올라왔다.

서울역에 내려 개찰구로 나오지 못하고 개구멍으로 도망쳐 나왔다. 개구멍 앞에 지켜선 양아치에게 붙들려 소매치기 소굴에 끌려갔다. 소매치기들이 모여 잠을 자는 소굴은 서울역 건너편 언덕인 양동에 있었다.

양동은 유명한 사창가였다. 소매치기 두목의 마누라는 윤락가 포주였다. 우리는 그녀를 '싸모님'이라 불렀다. 소매치기들은 서울역에 내리는 손님들이나 명동 일대의 쇼핑족을 대상으로 좀도둑질을 했다.

소매치기를 잘하려면 몸집이 작은 게 유리했다. 남의 눈에 잘 띄지 않기 때문이다. 나는 '날쌘돌이'라 불리면서 면도날 기술을 익혔다. 도루코 면도날 반쪽을 손가락 사이에 넣어 감추곤 신사들의 양복 주머니를 그으면서 찢어 지갑을 털어내는 기술 말이다. 나의 신출귀몰한 솜씨는 그 바닥에서도 소문이 나 신참들이 오면 내가 기술 교관 노릇을 했다.

경찰관의 권총을 훔친 적도 있다. 소매치기 소굴을 덮친 형사들에게 두목, 부두목 등이 줄줄이 끌려갈 때 나는 배가 불룩 나온 형사의 허리춤에서 권총을 빼돌려 도망쳤다.

나는 한강변에 나가 권총을 쏘아봤다. 사격연습에 재미를 붙여 총알을 구하려 황학동 도깨비시장을 누볐다. 그곳엔 미군부대에서 흘러나온 총알이 가끔 거래되었다. 나는 탄창 여러 개를 훔쳤고 당시만 해도 개발되기 전의 한강변에 나가 물에 노는 오리를 향해 방아쇠를 당겼다. 푸드득하며 오리가 고꾸라지는 모습을 보고 묘한 쾌감을 느꼈다. 변성기 무렵인 15세 소년 때였다.

소매치기 소년들이 모두 잠든 심야에 나는 권총을 몰래 꺼내 뺨에 문지르며 낮 동안 달아올랐던 열기를 쇠뭉치의 냉기로 식혔다. 오른손으로 권총을 잡고 왼손 검지로 슬라이더를 밀쳐 약실을 살피고 손잡이 밑으로 탄창을 뽑았다. 탄창에 그득한 총알을 보고 득의만면하여 탄창을 닫았다. 권총을 잡고 방아쇠를 꼼지락거리니 큰 권력을 잡은 듯했다. 나에겐 권총이 삶과 죽음을 가르는 잔혹미(殘酷美)의 상징이었다. 두목이 부럽지 않았다.

보름달이 훤한 어느 심야에 그 장엄한 '나홀로 권총의식'을 벌이다 두목에게 들켰다.

"이눔시키! 이거 어디서 났어? 홍 경사에게서 훔친 거지? 내가 훔쳤다는 누명을 쓰고 얼마나 당한 줄 알아?"

나는 두목에게 앞니 2개가 부러지도록 얻어맞고 권총을 빼앗겼다. 그 후 세월이 흘러 아령 같은 쇠뭉치를 잡을 때 권총 표면에서 느끼던 살기가 전류처럼 손으로 흘러들어왔다. 그 짜릿한 감각은 카타르시스였고 오르가슴이었다.

나는 경찰서에 몇 번 잡혀 갔고 결국엔 소년원에서 '콩밥'까지 먹었다. 다시는 소년원에 들어오지 않아야겠다고 결심한 것은 '항문의 품격'을 지키기 위해서였다. 소년원에서의 밤은 길고 어두웠다. 나보다 뼈가 굵은 놈들이 내 항문을 벌려놓고 거시기를 쑤셔 박았다.

"이 개자식들아!"

내가 고함쳐도 소용없었다. 내 항문은 찢어져 피를 뚝뚝 흘렸고 그 후유증으로 나는 눕지도 못하고 앉기도 힘든 시간을 보냈다. 육체적인 고통은 그렇다 치고 수컷에 의해 내 자존심이 유린당하는 수모는 도저히 참지 못하겠다. 나는 소매치기 소굴에서 도망치다 몇 번이나 붙잡혀 눈알이 터질 정도로 얻어맞고 다시 면도날을 휘둘러야 했다.

그러다 두목과 부두목 사이에 이익 배분 때문에 칼부림이 벌어져 두 사람 모두가 숨지는 사건이 일어났다. 그 피 튀기는 싸움 현장을 지켜봤다. '사시미 칼'로 사람을 찔러 죽이는 끔찍한 장면을 본 때가 내 나이 16세 때였다. 내 또래 다른 아이들은 고등학교에 다니며 대학입시를 준비할 즈음이었다.

소매치기 조직은 와해됐다. 다른 조직에서 나를 스카우트하려고 혈안이 되었다. 이를 차단한 사람은 나를 검거했던 홍 경사였다. 남대문경찰서에서 근무하다가 구로경찰서로 옮긴 그는 내 대부 역할을 맡아 어둠의 소굴에서 빼주었다. 그는 자신의 장인이 운영하는 이발소에 나를 취직시켜 주었다.

"이발 기술, 잘 배워라. 사람 머리통이 죄다 돈덩어리 아닌가? 한국에만도 수천만 개가 있다. 평생 밥걱정하지 않는다. 우리 장인어르신, 이발소 하나로 자식 다섯 명 공부 다 시키고, 시집 장가 다 보냈다."

"권총 훔친 것, 용서해 주세요."

"네가 훔친 거야? 허허… 짜슥아, 그 일 때문에 경위로 승진도 못하고 이파리 계급장만 평생 달고 있다."

내가 가리봉동 이발소에서 남의 머리통을 감아주는 일꾼으로 정식으로 직업세계에 입문했다고 밝혔을 때 경복 형님은 빙그레 웃으며 추임새를 넣었다.

"나도 이발소에서 잔심부름꾼으로 일을 시작했어, 하하하!"

어느 날 내 또래 고등학생이 이발을 하면서도 종이쪽지를 보며 중얼거리는 모습을 목격했다. 영어단어를 외우는 것이었다. 그 꼬부랑 글씨를 나는 전혀 읽지 못한다는 사실에 갑자기 가슴이 답답해졌다. 영어를 배우지 않으면 평생 남의 '대갈통'을 씻는 일밖에 할 수 없을 거라는 위기감이 엄습했다.

나는 등록금이 무료인 야간 공민학교에서 중학과정을 배웠다. 강사들의 면모는 다양했다. 60대 할아버지부터 서울대, 고려대 다니는 대학생 형들까지 여러 연령층이었다. 이화여대, 숙명여대 여학생들도 몇몇 있었는데 그런 누나들의 이지적인 얼굴을 보니 나 자신이 너무 초라하게 여겨졌다. 나 스스로를 구원하려 열심히 공부했고 강사들도 나를 열성적으로 지도해주었다. 영어회화 수업을 맡은 미국인 신부님도 내 서툰 영어발음을 정성스레 고쳐주셨다. 신부님을 따라 성당에도 가봤다. 영어도 아닌 말로 미사를 지내는데 라틴어라고 했다.

"메아 꿀빠/ 메아 꿀빠/ 메아 막시마 꿀빠(내 탓이오/ 내 탓이오/ 내 큰 탓이로소이다) …"

스무 살이 되었을 때 남들은 군대에 안 가려고 안달인데 나는 학력 미달로 군복을 입을 수 없는 게 한(恨)이었다. 이 대목을 털어놓을 때 눈물이 마구 흘러나와 어깨를 들썩이며 울먹였다.

경복 형님은 내 어깨를 어루만지며 위로했다.

"울음 그쳐! 과거가 무슨 소용이냐? 미래가 중요하지."

2

윤경복 형님은 나지막한 목소리로 자신의 파란만장한 삶을 털어놓았다. 그의 어머니는 6·25전쟁 때 흥남부두에서 어린 딸, 젖먹이 아들과 함께 미국 화물선 메러디스 빅토리호에 겨우 올라탔다고 한다. 다섯 살짜리 딸의 손을 잡고 갓난아기 아들은 등에 업고 함흥에서 지독한 추위를 무릅쓰고 걸어 도착한 곳이 흥남부두였다. 그 아들이 윤경복이었다.

유엔군 사령관인 맥아더 장군은 인천상륙작전 성공에 이어 유엔군과 한국군이 평양을 점령하자 자신감이 넘쳤다.

"중공군이 참전할 가능성? 없어요."

맥아더는 그렇게 미국 대통령에게 보고하고 인민군을 북쪽으로 몰아붙였다. 1950년 10월 30일 이승만 대통령은 평양시민들의 환호 속에 평양에 입성했다.

장제스와 치열한 다툼을 벌여 공산국가 중국을 갓 세운 마오쩌둥은 북한이 무너지면 중국이 미국으로부터 위협당할 것으로 걱정했다. 그는 "입술이 없으면 이가 시리다(脣亡齒寒, 순망치한)"면서 중공군을 한반도에 보냈다.

맥아더는 한반도 북부의 험난한 산악지형과 혹독한 겨울추위를 고려하지 않았다. 또 중공군 개입을 간과했다. 중국은 40만여 명의 대규모 병력을 북한에 이미 투입한 상태였다. 중공군은 주로 야간에 이동해 미군이 눈치를 채지 못했다.

미 해병 1사단은 동해안 원산에 도착해서 개마고원 쪽으로 출발했다. 험준한 숲속을 헤쳐 나가면서 북한 임시정부가 있는 개마고원 강계를 향해 진군했다. 미군을 기다리던 중공군 9병단은 장진호 주변에서 미군을 포위하는 데 성공한다.

미군 병력은 1만 5천여 명, 중공군 9병단은 7개 사단 12만 명이었다. 중공군의 인해전술에 밀려 미군은 큰 타격을 입고 후퇴한다. 미해병 1사단은 정예부대여서 그들의 참패에 대해 미국 시민들은 큰 충격을 받았다. 당시 미국의 시사주간지 〈뉴스위크〉는 이 전투를 일본의 진주만 습격 이후 '미군, 최악의 패배'라 논평했다.

누비 솜옷을 입은 중공군들은 어깨에 찬 헝겊 식량주머니에서 옥수수를 꺼내 먹는 열악한 보급상황에서도 전의를 불태웠다. 오합지졸이 아니었다. 장교들과 상당수 병사들은 장제스 군대를 물리친 역전의 노장들이었다.

지휘자는 마오쩌둥과 함께 대장정에도 참여했던 '게릴라전의 고수' 쑹스룬 단장. 중공군은 미군에 비해 기본 화기가 열세여서 게릴라 전술을 쓸 수밖에 없었다.

중공군의 전술은 마오쩌둥의 병법서 《지구전을 논하다》(論持久戰)에서 비롯됐다. 이 책의 요점은 '적이 진격하면 아군은 후퇴하고/ 적이 주둔하면 아군은 교란시킨다/ 적이 지치면 아군은 공격하고/ 적이 후퇴하면 아군은 추격한다'였다. 중공군의 끈질긴 지구전에 미군은 진절머리가 났다.

양측의 공방전은 1950년 11월 27일부터 12월 13일까지 17일 동안 치열하게 전개되었다. 해발 1,000미터 지점인 장진호 일대는 겨울 칼바람이 몰아치는 밤이면 기온이 거의 영하 40도까지 떨어졌다. 낮에도 영하 20도의 혹한이 이어졌다. 양측은 각각 추위라는 또 다른 강적과 싸워야 했다.

  중기관총은 부동액을 채우고 수시로 손질해야 했다. 경기관총은 목표가 있든 없든 1~2시간마다 사격을 해서 얼어붙지 않도록 해야 했다. M1 소총은 윤활유를 너무 두텁게 바르면 얼어 뭉치므로 얇게 발라 문질러야 했다. 공중에서 투하되는 보급품도 땅 표면에 부딪혀서 깨지기 일쑤였다. 차량도 2~3시간마다 시동을 걸어주어야 엔진이 얼지 않았다. 지프차는 꽁꽁 언 장진호 위를 달렸다.

  땅이 돌덩이처럼 얼어 참호를 파려면 죽을힘을 쏟아야 했다. 가장 큰 골칫거리는 동상이었다. 전투나 작업을 마치고 땀을 흘리면 발과 발싸개 사이에 얇은 얼음막이 생겨 양말을 갈아 신지 않으면 그대로 얼었다. 동상자들이 속출했다. 썩은 팔다리는 톱이나 도끼로 잘라냈다. 부상자를 치료할 링거액이나 모르핀도 얼어버려 사용하기 어려웠다. 부상 부위에 감은 붕대도 함부로 갈 수 없었다. 전투식량 C레이션을 일일이 녹이기 어려워 얼음조각이 있는 상태로 먹었기에 장염과 설사에 시달리는 병사들이 수두룩했다. 밤낮 없이 전투가 이어져 침낭에 들어가 잠을 자기도 곤란했다. 적의 기습에 대비해서 침낭 속에 잘 때에도 지퍼를 끝까지 잠그지 못하도록 했다. 몇몇 병사가 지퍼를 끝까지 올렸다가 얼어붙는 바람에 바깥으로 나오지 못하고 중공군 공격을 받아 숨졌기 때문이다.

  장진호 전투에서 미 해병 1사단의 인명피해는 전투 사상자 3,637

명에 비전투 사상자 3,657명이었다. 비전투 사상자 대부분은 동상 환자였다. 중공군 9병단의 사상자는 더 많았다. 전사자 2만 5천 명에 부상자는 1만 2천 5백 명에 이르렀다.

장진호에서 미군들은 혹한 속에서 궤멸위기에 몰렸으나 극적으로 포위망을 뚫고 나와 흥남으로 왔다. 장진호 남단 하갈우리에 임시 비행장을 만들었는데 이곳을 이용해 상당수 병력이 비행기로 장진호를 벗어났다. 미군의 패배라는 혹평을 받긴 했지만 중공군 대부대가 그곳에 머무는 바람에 중공군의 남하를 지연시켰다.

1950년 12월 말 흥남부두엔 장진호에서 철수한 군인, 인근지역 피란민 등 20만 명이 한꺼번에 몰려 엄청난 혼잡이 빚어졌다. 이들은 서둘러 남쪽으로 가야 했다. 대대적인 후퇴였다.

피난민을 한 명이라도 더 태우려 배에 실린 무기를 바다에 던졌다. 피난민들도 바리바리 싸든 짐을 버려 1만 4천 명이 탈 수 있었다. 여객선이 아니어서 안락한 자리는 없었다. 모두 짐짝처럼 쪼그리고 앉아서 매서운 바닷바람을 맞아야 했다.

메러디스 빅토리호는 28시간 동안 파도와 싸우며 부산항으로 이동했다. 식량, 식수, 이불 등이 모자라 탑승자들은 추위와 굶주림에 시달려야 했다. 선원들은 옷을 벗어 여성과 아이들에게 입혔다.

12월 24일 크리스마스이브에 부산항에 도착했다. 하지만 부산시내에 피난민으로 득실거린다는 이유로 입항이 거절됐다. 선장은 할 수 없이 60킬로를 더 달려 크리스마스인 12월 25일 거제도 장승포항에 도착해 피난민을 내려놓았다. 항해 도중 배에서 아기 다섯이 태어났다.

경복 모친은 민간 똑딱선을 타고 다시 부산으로 갔다. 큰 도시로 가야 살 길을 찾을 수 있기 때문이다. 모친은 지독한 뱃멀미로 기진 맥진했다. 혼미해진 상태에서 부산항에 발을 딛자마자 붐비는 인파 때문에 딸을 잃어버렸다. 딸을 찾으려 부산 바닥을 내내 헤매던 어머니는 10년 가까이 찰가난과 화병을 이기지 못하고 경복의 나이 10세 때 피를 토하며 별세했다.

"금숙이를 꼭 찾아라. 꼭!"

경복의 손을 꼭 잡으며 이런 유언을 남기고…. 모친은 경복의 아버지가 백두산 정기를 받아 자란 사람이므로 죽지 않고 어디에선가 살아서 큰 인물이 되었을 것이라 강조했다. 유명한 화가나 시인 가운데 아버지를 찾아보라고 당부했다. 경복은 유년시절 내내 부모의 고향인 함경도에 관한 이야기를 듣고 가자미식해를 먹으며 자랐다.

경복의 아버지는 늙은 나이에 인민군 장교로 '남조선 해방전쟁'에 참전했다가 행방불명되었다. 지금도 생사를 모른단다.

3

어머니 사후에 소년 윤경복은 헌옷가지 몇 벌과 어머니 유품상자가 든 가방 하나를 달랑 들고 혈혈단신 서울로 왔다. 창신동 산비탈에 사는 먼 친척집에서 더부살이를 했다. 초등학교를 마치자마자 직업전선에 뛰어들었다. 하루 끼니를 버는 일이 급선무였다. 온갖 허드렛일을 도맡았다. 이발소에서 먹고 자고 일하면서 틈틈이 아이스케키, 찹쌀떡 장사를 하며 푼돈을 벌었다. 배움에 대한 갈증은 수업료를 내지 않아도 되는 공민학교, 전수학교 등에서 풀었다.

경복의 나이 17세 되던 어느 여름날이었다. 아이스케키 통을 메고 덕수궁에 잠입했다. 고궁에서 그런 잡상행위는 금지되므로 경비원에게 들키면 통째로 뺏긴다. 그렇게 위험한 만큼 고궁 안에서는 아이스케키가 잘 팔리고 이문도 많이 남는다. 덕수궁 안에서 열리는 미술전시회를 보려고 관람객들이 줄을 길게 이었다. 전시관 앞에서 신나게 아이스케키를 팔았다.

"달고 시원한 아이스케키!"

이렇게 목청을 높여 외칠 때 머리를 양 갈래로 딿은 여학생 무리가 눈앞에 나타났다. 단체관람을 온 이화여고 학생들이었다. 하얀 교복 위에 달린 동그란 배지가 두드러졌다. 그 가운데 얼핏 낯익은 학생이 어른거렸다. 초등학교 동기생 서연희였다. 키도 훌쩍 컸고 가슴도 봉긋 솟아 숙녀 티가 물씬 났다. 하얀 피부에 윤곽이 또렷한 이목구비는 여전하다. 땟국물에 절은 '난닝구'를 입고 아이스케키 통을 맨 자신이 너무 초라하게 보여 얼른 도망치려 했다.

"야, 이놈아! 거기 섯!"

경비원의 고함이 들렸다. 경비원은 다가오더니 다짜고짜로 뺨을 후려쳤다.

"이 쥐새끼야. 네 멋대로 장사를 해?"

경비원은 아이스케키 통을 뺏으려 했다. 안 뺏기려 안간힘을 쓰며 버티니 경비원은 케키 통을 발로 마구 찼다.

"쥐새끼가 얻다 대고 반항이야?"

경비원의 발길질이 더욱 거세질 때였다.

"너무 심한 거 아니에요?"

서연희가 경비원을 가로막으며 나섰다.

"뭐야?"

경비원이 서연희를 노려보는 순간 서연희 주위에 여학생 일고여덟 명이 에워쌌다. 경비원은 여학생들의 위세에 움찔했다. 여학생들이 무서워서라기보다는 명문 이화여고에 다니는 학생이라면 아버지 가운데 모모한 고위자들이 많을 것이므로 직감적으로 멈칫했다.

서연희는 눈이 동그래졌다.

"앗! 경복이 아니야?"

"어어… 연희…."

서연희는 짧은 순간에 반가움, 안쓰러움, 당혹감 등이 묘하게 어우러진 표정을 짓더니 살포시 웃었다.

"아이스케키 하나에 얼마씩이니?"

서연희는 지갑을 꺼내더니 통에 남은 서른 개 값을 모두 냈다. 친구들이 모두 아이스케키 한두 개를 받아들었다.

"고… 고마워…."

윤경복은 서연희의 얼굴을 똑바로 쳐다보지도 못하고 빈 아이스케키 통을 메고 서둘러 덕수궁을 빠져나왔다. 그날 윤경복은 중대한 인생 목표를 세웠다.

먼 훗날 서연희 앞에 부끄럽지 않은 남자가 되자!

서연희를 위해서라면 목숨이라도 바치겠다!

"나의 천사!"

윤경복은 서연희의 환한 얼굴을 떠올리며 혼자서 그렇게 외쳤다. 서연희를 생각할 때마다 힘이 불끈 솟았다. 서연희 앞에 어엿한 헌헌 장부로 서는 날까지는 치질 걸린 할망구의 미주알에서 질질 흐르는 고름이라도 빨겠다는 각오를 다졌다.

"총각, 머리통 감는 일 대신에 책 쎄일즈 한번 해보지?"

이발소 단골손님이 소매를 끄는 바람에 윤경복은 19세 때 출판물 판매회사에 들어갔다. 영업직을 맡으면서 장사 재주를 발휘했다. 또래들은 고3일 때인데 그는 양복 차림에 넥타이를 매고 책 세일즈를 시작했다. 대외적인 나이는 27세로 올렸다.

초기에 맡은 책이 〈한국문학전집〉이었다. 책 내용을 잘 소개하기 위해 수십 번 읽었다. 책 말미에 붙은 백철, 조연현 등 권위 있는 문학평론가의 글을 빨간 볼펜으로 밑줄을 그어가며 몽땅 외우다시피 했다. 주 고객은 초중고 교사들이었다. 학교를 찾아가서 구내식당을 찾거나 교무실에서 여유를 보이는 교사에게 접근했다.

그러나 30권짜리 전집을 팔기란 쉽지 않았다. 아무에게나 다가가는 것보다는 일단 국어교사를 찾는 게 효과적이었다. 국어교사를 만나 문학과 국어학습에 대해 이것저것 이야기하면서 신뢰를 얻었단다. 국어교사가 구입하면 다른 과목 선생님들도 따라서 사는 경향이 뚜렷했다.

이들과 대화가 통하도록 김윤식·김현 공저 〈한국문학사〉를 달달 외웠다. 윤경복 형님이 서울대학교 교수인 이들 저자와 스친 인연을 내가 들은 대로 정리하면 다음과 같다. 남의 체험을 이렇게 적을 때마다 내가 저널리스트 또는 소설가가 된 기분이 든다.

4

　김윤식, 김현 교수가 이 전집을 구입한다면 이 사실을 널리 알려 영업에 도움이 될 것이라는 판단이 섰다. 대학 문턱에도 가보지 않았지만 생존을 위한 비장한 투쟁이라 여기고 두려움을 삭였다.

　윤경복은 김윤식 교수 연구실을 무턱대고 찾았다. 문을 두드리니 잠겨 있었다. 우두커니 서 있으니 그 앞을 지나가던 어느 학생이 김윤식 교수는 지금 강의에 들어가셨다고 말하였다. 강의실이 어딘지 물어보니 인문관 205호실이라고 한다. 호기심에서 그곳으로 찾아가 봤다. 뒷문을 살짝 열고 안을 살펴보니 맨 뒷좌석이 비어 있었다. 살며시 들어가 앉았다. 파르스름한 벨벳 재질의 콤비 상의를 입은 김 교수는 열강했다.

　"문학은 흔히 가공(架空)의 진실이라 합니다. 이 말은 서양 문학론의 원조로 불리는 아리스토텔레스의 《시학》에서 비롯됩니다. 원래 아리스토텔레스의 《시학》이란 문학 일반을 뜻하며 특히 비극에 대한 것입니다. 당시엔 소설은 없었으며 운문이 대부분의 문학양식이었지요. 아리스토텔레스는 우선 역사와 문학을 구분해야 했습니다. 그 이유는 역사와 문학은 몸이 한데 붙은 샴쌍둥이 같은 존재였기 때문입니다."

　흥미진진했다. 이런 맛에 대학에 다니는 것이겠지.

　김 교수의 강의가 끝났다. 이제 김 교수에게 달라붙어 전집 구입을 권유해야지…. 뒷문으로 얼른 나와 앞문 쪽으로 다가갔다. 김 교수는 어느 학생과 이야기를 나누며 연구실로 걸어갔다. 윤경복은 뒤따라갔다.

"이게 누구야?"

윤경복 앞을 가로막으며 누군가가 악수를 청했다. 언젠가 출판영업을 함께 하던 옛 동료였다. 대학교재 판촉 교섭차 왔다고 했다. 그와 잠시 이야기를 나누다 김윤식 교수 연구실로 가니 벌써 어디로 갔는지 문이 잠겨 있었다.

이제 김현 교수를 만나러 불문과 교수 연구실 앞을 샅샅이 뒤졌다. 그러나 연구실 문에 붙은 명패에 그런 이름이 보이지 않았다. 그때 어느 늙수그레한 백발노인이 복도에 나타났다. 피부가 바싹 말라 탄력이 거의 남아있지 않은 70~80대 노인이어서 현역 교수 같지는 않았다.

영국인 철학자 버트란드 러셀이 한국인으로 환생한 듯한 그 노인은 윤경복에게 다가와 물었다.

"김광남 교수님 연구실이 여긴가요?"

"예?"

노인은 연구실 앞에 붙은 명패를 확인하더니 문을 노크했다. 반응이 없었다. 안에 아무도 없는 듯했다. 한참을 기다리는 모습이 안쓰럽게 보여 그 옆에 서 있어 주었다. 노인에게 슬쩍 물었다.

"어떤 일로 오셨는지요?"

노인은 대답 대신 휴, 하고 길게 한숨을 내쉬었다. 그리고 한동안 망연히 서 있더니 대답했다.

"죽은 딸아이 소원을 풀어주려고 왔지요. 걔는 서른다섯 살까지 살면서 죽도록 시를 썼지요. 공책에다, 책 모서리에다, 손수건에도 시를 썼어요. 밥 먹으면서도, 목욕하면서도, 걸으면서도 백석 시를 읊었고 랭보의 불시(佛詩)를 암송했지요. 딸아이는 시를 쓰다가 지난 추석날 저녁에 세브란스병원 병상에서 죽었어요. 추석 보름달로 여행을 떠난다면서 웃으며 눈을 감았답니다. 이게 그 아이가 쓴 원고지에요."

"백석… 누구인지요?"

"평안북도 정주 출신의 유명한 시인입니다."

"유명하다는데 왜 문학사 책에 보이지 않나요?"

"해방 이후 이북에 살았다는 이유로…. 고향이 이북이니 거기에 사는 게 당연한 것 아니겠소? 그런데 월북한 문인과 마찬가지로 입에 올리는 것조차 금지되었지요."

"그런데 따님은 어떻게 백석 시를 입수했습니까?"

"아, 그건… 내가 백석 시인과 친구 사이여서…."

노인은 눈을 지그시 감았다. 눈꺼풀이 파르르 떨린다. 백석의 얼굴을 떠올리는 듯하다. 노인은 피곤한지 쪼그리고 앉는다. 잠시 머리를 숙이고 명상을 하다가 벌떡 일어선다. 백석 시를 하나 읊어보겠다며…. 제목이 〈선우사〉(膳友辭)라는 시란다.

낡은 나조반에 흰밥도 가재미도 나도 나와 앉아서
쓸쓸한 저녁을 맞는다

흰밥과 가재미와 나는
우리들은 그 무슨 이야기라도 다 할 것 같다
우리들은 서로 미덥고 정답고 그리고 서로 좋구나

우리들은 맑은 물밑 해정한 모래톱에서 허구 긴 날을 모래알만 헤이며 잔뼈가 굵은 탓이다

바람 좋은 한 벌판에서 물닭이 소리를 들으며 단이슬 먹고 나이들은 탓이다…

"선우(膳友)란 '반찬 친구'라는 뜻이지요. 흰밥과 가자미, 이런 사물을 친구로 삼아 혼자 식사하는 외로움을 형상화한 시랍니다."

"언제 백석 시인과 교유하셨습니까?"

"내가 함흥에 있는 영생고보에서 교편을 잡을 때였지요. 백기행 선생이 그 학교에 영어 선생으로 부임해 오셨지요."

"백기행?"

"아, 백석 시인의 본명이랍니다. 백석은 필명이고…."

"백기행… 어디서 많이 듣던 이름입니다."

"젊은 양반이 그 이름을 어디에서 들었을까요?"

"기억이 나지 않습니다만 어쩐지 귀에 익었네요."

"그럴 리가…."

"어머니가 말씀해주신 것 같기도 하고…."

몸을 새우처럼 옹크린 노인은 누런 봉투를 붙들고 있었다. 제법 두툼했다. 그 안에 원고뭉치가 들었단다.

"그런데 김광남 교수에겐 무슨 볼 일이 있으신가요?"

"딸아이 말로는 김광남 교수가 유명한 평론가라고 하데요."

"김광남? 못 들어본 이름인데요."

"아, 필명을 김현이라 쓴다는군요."

윤경복은 그때서야 '김현'이 필명이라는 사실을 처음 알았다. 김현이라면 백전노장 프로복서의 이름이기도 한데…. 거뭇거뭇한 구레나룻이 트레이드마크인 김현 선수는 100전을 넘길 정도로 많은 경기를 치러 우리 사장이 늘 그의 프로 정신을 칭송했지.

"김현 선생과 만나자고 약속하셨나요?"

"아니에요. 무턱대고 찾아왔어요. 제 딸아이가 김현 선생 추천으로 문단에 나가고 싶다고 입버릇처럼 말했지요. 회화적 이미지를 구현한 시를 썼는데 그런 감각에서는 김현 선생이 탁월하시다면서…."

"제가 잠시 볼까요?"

윤경복은 노인에게서 원고 뭉치를 건네받았다. 펼쳐보니 200자 원고지에 또박또박 쓴 글씨의 시 수백 편이 들어있었다. 불현듯 이 원고가 탐났다. 그때 노인이 뜻밖의 부탁을 했다.

"내가 이 일 때문에 입원해 있는 병실에서 잠시 도망 나왔소. 지금 돌아가야 하니 이 원고를 김현 선생에게 전해주실 수 있겠소?"

윤경복은 그러겠다고 대답하곤 원고를 가로챘다.

그는 그 시 가운데 몇 편을 뽑아 〈문학과 사유〉에 보내 시인으로 추천을 받았다. 또 신춘문예에 당선도 됐다. 필명은 '윤영'이었다. '김현'처럼 외자로 지었다.

윤경복 형님은 생맥주를 벌컥벌컥 마신 후 눈을 껌벅거리며 몽환적인 표정으로 말했다.

"처음엔 양심이 찔려 잠이 오지 않더라구. 노인 얼굴이 눈앞에 어른거려 길을 가다가 다른 노인만 봐도 깜짝깜짝 놀랐지. 그러다가 어느 순간부터 그 어르신이 활짝 웃는 얼굴로 내 눈앞에 어른거리더군. 어르신의 딸로 추정되는 여인의 모습도 어른거리고. 버지니아 울프를 닮았더군. 몸매가 빼빼 마른 버트런드 러셀, 버지니아 울프가 동시에 나타나 나를 격려하는 꿈도 꾸었고… 그 여성 시인이 천상으로 올라가며 윤경복 님에게 드리는 선물이에요… 아무런 부담 갖지 마세요… 제 시를 널리 퍼뜨려 주시면 제 삶은 지상에서도 영생을 누리는 것이에요… 이렇게 말하는 것 아니겠어?"

형님은 생맥주를 다시 들이켠 후 말을 이었다.

"그 노인과 나는 기이한 인연 관계임이 틀림없어. 백기행이란 이름이 귀에 맴돌기에 집에 돌아와 어머니 유품 상자를 열어봤지. 세월이 흘러 혹시 아버지를 만나면 전해달라는 편지, 어머니가 즐겨 읽던 성경책과 다른 책 몇 권, 가계부 따위가 들어있었지. 그 안에 든 《사슴》이란 표지의 책을 발견했는데 바로 백석 시집이었어. 내지를 펼치니 백기행이라는 사람이 우리 어머니에게 이 시집을 증정한다고 서명했더구만. 가끔 어머니가 백기행에 대해 이야기하는 것을 들은 기억이 어렴풋이 나더군. 이웃에 살았던 학교 선생님인데 나이 어린 소녀인 어머니를 무척 귀여워했다고…."

윤경복 형님은 몸에서 열이 나는지 상의 겉옷을 벗고 셔츠 소매를 걷어 올렸다. 그는 양손으로 관자놀이를 문지르면서 말을 이었다.

"나는 천사의 선물을 받을 자격이 있는 사람이라고 스스로 최면을 걸었지. 그게 정의(正義)다. 왜냐? 사회 밑바닥에서 '삼팔따라지'의 자식으로 자랐으니까. 함경도 후손이라고 '여진족'이라 놀림을 받기도 했어. 나는 며칠 밤을 새워 그녀가 남긴 시 308편을 몽땅 외웠어. 운율이 내 몸에 찰싹 달라붙더라. 그러다 보니 나도 시를 짓고 싶어지더군. 보름달이 휘영청 뜬 밤에 공원 벤치에 앉아 눈을 감고 숨결을 고르니 그녀의 목소리로 낭송하는 새로운 시가 귓전에 맴돌더라. 나는 그 시를 받아 적었어. 이렇게 해서 나도 시를 쓰게 된 게야. 《이 땅에 온 짜라투스트라》에 실린 시 20여 편은 내가 지은 거야. 내 창작시도 여러 평론가들로부터 호평을 받았어. 생명의 심연(深淵)을 넘나드는 통찰력을 보이는 시인, 말라르메의 시풍을 동양적인 도(道)의 관점으로 재현한 시인… 그가 바로 윤영 시인이야. 어때? 내가 이래도 가짜 시인이냐?"

형님은 여러 문학 강연회에 강사로 초청받았고 그때마다 문학전집 따위를 팔았다고 한다. 그러니 판매왕 자리를 거의 독차지할 수밖에….

"세일즈를 잘하려면 머리를 써야 한다구. 몸으로 때워서 될 일이 아니야. 아우, 자네도 머리를 쓰시게. 세일즈맨은 자신의 영혼을 팔아야 해. 그 알량한 영혼이 모두 팔리면 새로운 영혼이 생기게 마련이지. 영험력이 더욱 강한 영혼으로…."

형님은 내 앞짱구 이마를 슬슬 쓰다듬었다.

"자네 머리 안에 들어있는 영혼은 어떤 모습일까?"

"저는 영혼 따위를 믿지 않습니다. 보이지도 않는데요."

"보이지 않아도 그 존재를 믿는 사람들이 대부분이야. 내가 어느 강연회에서 영혼 운운하며 '구라'를 세게 푼 덕분에 문학전집을 한꺼번에 54질을 판 적도 있어. 그때 자크 마리뗑이라는 여류 시인의 시를 낭송했더니 여성 참가자들이 눈물을 줄줄 흘리며 전집 구입카드에 너도나도 주소를 쓰더군."

"도대체 어떤 시?"

"잘 들어 봐."

형님은 벌떡 일어나 눈을 지그시 감고 시를 읊었다.

시(詩)는 영적(靈的) 양심이다

그러나, 그것은 포만하게 하지 않고,
더 배고프게 할 뿐이다
이것이 시의 위대성이다

5

그날 이후 나도 형님 흉내를 냈다. 저명한 문학평론가 김현이라는
분의 강의를 듣고 싶었다. 마침 어느 신문을 보니 그분이 '문학이란
무엇인가'라는 주제로 강연한다는 소식이 실렸다. 만사를 제치고 강
연장인 YMCA 강당을 찾아가 맨 앞자리에 앉았다. 내 나이 또래의
대학생들이 자리를 가득 메웠다.

나는 수첩을 펼쳐 김현 선생의 강연 내용을 일일이 적었다. 소형녹
음기를 갖고 가 녹음도 했다. 굵은 뿔테 안경을 쓴 김 선생은 무골호
인 인상이었다. 두상이 큼직해서 보통 사람보다 기억용량이 서너 배
가량 될 듯하다.

그는 사르트르, 바슐라르, 르네 웰렉 등 서양인 이름을 자주 들먹
였다. 내용이 어려웠다. 내가 파는 〈세계문학대전집〉에서 사르트르
의 《구토》를 읽은 적이 있어 그나마 다행이었다. 강연 앞부분은 다
음과 같다.

문학은 인간 정신을 표현하는 한 형태입니다. 그런 관점에서 본다
면, 문학의 기원(起源)을 따진다는 것은 인간이 어떻게 자기를 표현
하기에 이르렀는가 하는 것을 따지는 것인 셈이지요. 그 문제는 진화

론적 실증주의의 압도적인 영향 아래에서 작업한 19세기의 상당수의 학자들을 폭넓게 매혹했습니다. 신의 섭리에 의해 모든 것이 다 결정되었다는 섭리주의의 입장에서 벗어나자, 모든 것의 원초적인 모습이 학자들의 관심을 끌게 된 것이지요. 그렇게 해서 언어의 기원, 문학의 기원, 그리고 더 나아가서 인간의 기원을 찾는 노력이 광범위하게 행해졌습니다.

나는 김현·김주연 공저의 《문학이란 무엇인가》라는 책을 청계천 헌 책방에서 사서 밑줄을 그어가며 읽고 또 읽었다. 사르트르의 저서 《문학이란 무엇인가》라는 번역본도 탐독했다. 문학을 좋아해서라기보다는 문학지식으로 나를 무장시켜 영업을 잘하기 위해서였다. 한마디로, 생존을 위한 몸부림이었다. 독문과 학생을 만나면 토마스 만, 귄터 그라스를 들먹였고 불문과 여학생 앞에서는 로브그리예, 이오네스코, 르 클레지오에 대해 아는 체했다.

어느 봄날 저녁, 서울대 부근에 세일즈하러 갔다. 학생들의 술판에 슬쩍 끼어들어 책을 팔기 위해서다. 학생들이 쓰는 용어를 알아듣지 못해 대화에 끼어들 수 없었다. '국독자'라는 말은 사전에도 없었다. 나중에 알고 보니 '국가독점자본주의'라는 말의 약어였다. 아무튼 학생들이 열변을 토하는 자리 옆에 혼자 앉아 막걸리를 마셨다. 아랫도리가 자주 묵직해져 화장실을 들락거렸다. 학생들이 모두 나가버리고 선술집 안은 일순 조용해졌다. 나도 술값을 치르고 나가려 했는데 의자에 걸어놓은 콤비 양복 상의가 사라졌다.

"아줌마, 제 양복 못 봤어요?"

술집 주인에게 물었더니 그녀는 구석 자리를 가리키며 대답했다.

"저 교복, 학생 것 아니야?"

서울대 교복이었다. 아주머니는 내가 서울대 학생인 것으로 알았다. 그 옷을 입어봤다. 내 몸에 딱 맞았다. 갑자기 가슴이 울렁거렸다. 서울대 배지가 달린 짙은 감색 교복!

여드름이 꽃피던 청소년 때 경찰관 허리춤에서 권총을 훔칠 때도 그만큼 떨리지는 않았다. 나는 술값을 얼른 내고 잰걸음으로 술집을 나왔다.

버스를 타니 승객 모두가 나를 쳐다보는 듯했다. 의자에 앉은 어느 할머니가 내 소매를 슬쩍 잡아당기며 말을 건넨다.

"서울대 학생이네? 가방 무거울 텐데 이리 줘. 내 무릎에 올릴게."

할머니는 하회탈 웃음을 지으며 한없이 우호적인 시선으로 나를 바라봤다. 내 얼굴은 벌겋게 상기되었으리라.

그날 이후 나는 필요에 따라 가짜 서울대 학생 행세를 했다. 교복을 입고 배지를 달고 다니며 영문과 학생이라 사칭했다. 굵은 뿔테 안경도 썼다. 상대방에 따라 국문과, 불문과, 독문과 학생으로 다양하게 변신했다. 문학전집을 팔아 학비를 조달해야 하는 가난한 인재를 도와달라는 식으로 접근했다. 중고교에 가서는 서울대 사범대 출신 교사를 찾아 국어교육과 또는 영어교육과 후배라고 들먹였다.

한국인은 참 묘하다. 익명의 제3자에게 처음엔 지나치게 쌀쌀맞게 굴다가 학교 선후배 사이라는 관계가 밝혀지면 금세 우호적으로 돌변한다. 오지랖 넓은 '선배'를 만나면 직장 동료 여럿을 불러 전집을 사라고 부추기기도 한다. 어느 학교에서는 그런 '선배' 덕분에 8질을 팔기도 했다.

이화여대, 숙명여대, 덕성여대, 동덕여대, 성신여대, 상명여대 등 여자대학도 단골 판매처였다. 우리나라에 여자대학이 이렇게 많다는 게 나에겐 축복이었다. 여자대학 부근의 경양식 레스토랑이나 커피숍에 가서 넉살 좋게 학생들 틈에 끼어 문학 이야기를 꺼냈다. 문학토론 열기가 절정에 이를 즈음에 전집 주문서를 내미는 방식이었다. 서울대 배지의 위력은 상상 밖으로 대단했다.

사이비 학생 노릇이 쉽지는 않았다. 가끔 들통이 나서 혼쭐이 나기도 했다. 어느 일요일 아침, 서울대 교복을 입고 명동성당에 갔다가 당한 사연이다. 미사 참례를 마치고 나오는 어느 중년 여성에게 다가가 말을 걸었다.

"찬미 예수! 저는 장 바오로입니다. 서울대 국문과 학생인데 잠시 말씀 좀 나누실까요?"

물론 문학전집을 팔기 위해서다. 그녀는 순순히 시간을 내주었다. 벤치에 앉았다.

"잘 만났네요. 그렇잖아도 고3인 우리 딸아이가 국어 성적 때문에 골치를 앓는데…. 남편이 대우 뉴욕지사에서 근무하는 바람에 아이도 미국에서 중학교를 나왔어요. 귀국해보니 도저히 국어를 못 따라가요. 과외 선생을 구하려던 참인데…."

그녀는 1주일에 2번 지도해 달라고 부탁했다. 난감했다. 정규 교육을 받지 못한 내가 고교생 국어를 가르칠 능력은 없다. 하지만 호기심이 생기기도 했다. 고3 여학생을 내가 가르친다?

"국어 성적이 좋으려면 문학책을 많이 읽어야 할 텐데요."

이렇게 내가 마중물을 붓자 그녀는 내 말에 맞장구를 쳤다.

"걔가 한글로 된 책을 읽으려 하지 않아요. 독서 지도도 좀 해주세요."

"문학전집을 독파하면 국어 성적은 저절로 올라간답니다."

"아이고! 역시 서울대 학생은 똑똑해! 비결을 훤히 아시네요. 에둘러 갈 것 없이 바로 저희 집에 가십시다. 점심도 먹고…."

부인과 함께 택시를 타고 여의도 시범아파트에 갔다. 고3 딸이 문을 열어주었다. 몸에 착 달라붙는 스판덱스 재질의 상의를 입었는데 말이 고등학생이지 길거리에서 보면 20대 여성으로 알겠다. 얼굴 피부가 뽀얗게 빛나고 눈매가 큼직했다. 외국물을 먹어서 그런지 '부티'가 줄줄 흘렀다.

"우선 우리 아이 실력이 얼마나 되는지 테스트부터 해보세요."

학생이 나를 자기 공부방으로 안내했다. 잘 정돈된 방이었다. 내 눈엔 '마리 앙투아네트 공주의 침실'로 비쳤다. 책상, 의자, 스탠드, 서가, 침대, 작은 오디오, 화장대….

부인이 의자 하나를 다른 방에서 갖고 왔고 이어 커피와 과일을 들고 왔다.

"공부 조금 하고 계세요. 점심으로 봉골레 스파게티 만들어 드릴 테니…."

학생의 몸에서 은은한 향기가 풍겨 나왔다. 아찔했다.

학생은 국어 교과서를 펼쳤다. 연습장과 볼펜을 내게 건넸다. 볼펜을 내 손에 넘길 때 미세한 피부 접촉이 있었다. 나는 감전되는 기분을 느꼈다.

짙은 속눈썹을 깜박거리며 나를 응시하는 학생과 눈이 마주치자 나는 심장이 두근거려 정신이 혼미해졌다.

"내일 월말고사가 있는데 국어가 첫 시간이에요. 시험범위 내용부터 좀 가르쳐 주세요."

학생이 펼친 교과서를 보니 한자어 투성이였다. 한글 병기가 없다면 제대로 읽지 못할 글이었다. 기미년 독립선언문…. 나로서는 난생 처음 보는 글이었다.

吾等은 慈에 我 朝鮮의 獨立國임과 朝鮮人의 自主民임을 宣言하노라. 此로써 世界萬邦에 告하여 人類平等의 大義를 克明하며, 此로써 子孫萬代에 誥하여 民族自存의 正權을 永有케 하노라.

등줄기에서 진땀이 났다. 눈앞이 흐릿해지면서 글씨가 잘 보이지 않았다. 내 영혼이 바닥없는 심연으로 추락하는 듯했다. 그런 가운데 학생의 쌕쌕거리는 숨소리가 유난히 크게 들렸다.

"선생님, 어디 아프세요?"

학생이 나에게 '선생님'이라고 부르는 소리에 정신이 번쩍 들었다. 진짜 아픈 것 같았다. 거기 더 앉아 있다간 숨이 멈출지 모른다는 공포감이 엄습했다.

"잠깐만…."

그렇게 말하고 방문을 나섰다. 부엌 쪽에서는 치익, 치익 하는 부침개 부치는 소리가 흘러나왔고 고소한 음식 냄새도 풍겼다.

나는 얼른 신발을 신고 아파트를 나왔다. 엘리베이터를 기다릴 여유도 없어 계단으로 도망쳤다.

"선생니임…!"

그렇게 모녀가 함께 나를 부르는 소리가 계단을 타고 메아리쳤다.

6

윤경복 부장의 1위 자리에 뒤이어 내가 월간 판매실적 2위에 오르는 달이 가끔 생겼다. 미스 정은 요즘 내게 별로 눈길을 주지 않는다. 윤 부장에게 마음을 준 것일까. 그녀는 마스카라 화장까지 할 만큼 외모가 화려해졌다. 바지 대신에 치마를 입고 높은 하이힐을 신었다. 겉멋이 더 들었는지 영어잡지 〈타임〉과 〈뉴스위크〉를 들추기도 했다. 여대생들이 들고 다니는 잡지를 여상 야간부 출신인 주제에…. 영한사전을 뒤적이며 그 잡지를 읽는 그녀를 보고 그 행위 자체도 다분히 남에게 일부러 들키기 위한 '쑈'라고 여겼다.

번듯한 대학을 나온 대졸 영업사원이 그녀의 등 뒤에서 "그런 책도 읽어?"라면서 놀라면 그녀는 "한 페이지 읽는 데 사전 찾느라 하루가 걸린답니다"라고 응수하곤 했다. 나는 그런 발언도 계산된 것으로 짐작했다.

나는 그녀의 영악스러움을 경멸했다. 나도 가짜 서울대생인 주제에 미스 정을 의심했다.

"쟤가 밤에는 이화여대생 행세하는 것 아냐?"

나는 독사눈을 하고 그녀를 노려보았다. 그러다가 그러는 내 자신이 어처구니가 없어 실소(失笑)하곤 했다.

내가 드디어 윤 부장을 꺾고 판매왕 타이틀을 차지하는 이변이 생겼다. 《비즈니스 잉글리시 900》이라는 영어회화 카세트테이프를 취급하면서부터다. 카세트테이프로 영어회화를 공부하는 바람이 불면서 테이프 60개가 든 대형 회화집이 새 품목으로 나왔다. 이 값비싼 테이프를 파는 데는 초기부터 내가 윤 부장을 앞섰다.

내가 파는 제품에 대해 나부터 잘 알아야 한다는 신념으로 60개 테이프 내용을 깡그리 암기했다. 수없이 반복청취하며 따라 발음했다. 정규 중학교에도 다니지 못한 내가 영어에 익숙할 리 없었다. 그러나 목숨을 걸다시피 하며 큰 소리로 외치며 외웠다. 다행스럽게도 공민학교 때 외국인 신부님에게서 몇 마디 영어를 배운 게 발음 훈련에 도움이 됐다.

다른 사람보다 내 귀는 영어 청취에 익숙했고 내 혀는 영어 발음에 부드러운 편이었다. 그래도 혀를 더 부드럽게 만든답시고 버터를 한 입 물고 영어 읽기 연습을 하기도 했다. 'marmalade'라는 단어가 나와 사전을 찾아보니 그냥 '마아멀레이드'라고 설명돼 있었다. 도대체 뭔가 궁금해서 남대문시장에 가서 외제품을 파는 도깨비상가를 찾았다.

"마아멀레이드 파는가요?"

"마말레드? 아, 여기 있어요."

집에 와서 먹어보니 오렌지 잼 같은 것이었다. 식빵에 마아멀레이드를 발라 먹으니 달콤한 맛이 그만이다. 도깨비상가에서 잼, 커피, 과자, 치즈 등을 여러 종류 사왔다. 영어 설명서를 읽고 맛을 봤다. 영어를 쉽게 익히기 위해 미각을 자극시켰다.

삼성물산 미주영업부에 회화 테이프를 팔러 갔을 때다. 서너 번 가서 안면을 틔운 홍준수 과장이 한영사전을 펼쳐 놓고 골머리를 앓고 있었다. 책상 위에는 미국에 수출할 여성 의류 견본품들이 수북하게 쌓여 있었다. 망사 팬티, 란제리, 브래지어 등 남자 눈에 민망하게 비치는 물건이 난무했다.

미국 거래처에 클레임을 제기하는 서한을 보내야 한단다. 얼핏 내용을 보니 법적 분쟁을 염두에 둔 것이어서 까다로울 듯했다. 영문으로 매끄럽게 작성하려면 홍 과장으로서는 예삿일이 아니다. 이런 내용이었다.

귀사가 이 건을 우호적으로 해결하기를 바라신다면 앞으로 15일(휴일을 뺀 근무일) 안에 적정한 타협안을 본인에게 내주시기 바랍니다. 그렇게 하지 않으면 귀사에 대해 중과실과 심대한 정신적 고통에 따른 손해배상을 청구하는 등 본인의 권리를 강력하게 추구할 것임을 알려드립니다.

"홍 과장님, 제가 조금 도와드릴까요?"
"예?"
"제가 이 정도 영작은 할 줄 안답니다."
내 스스로도 놀랐다. 그 문구를 보니 영어가 절로 술술 나왔다. 《비즈니스 잉글리시 900》에 나와 있는 기본 문장을 바탕으로 삼아 단어 몇 개를 갈아 끼우면 된다. 나는 영어로 발음해 가며 그 자리에서 써내려갔다.

Should you wish to resolve this matter amicably, you must contact me within the next 15 business days with a reasonable offer of compromise. Otherwise, be advised that I will aggressively pursue my rights against your company including prosecuting claims for gross negligence and severe emotional distress.

"미국에서 공부하셨어요?"

"아닙니다. 토종 영어입니다."

"영작 실력이 하도 좋으셔서… 발음도 원어민 같네요."

"모두 《비즈니스 잉글리시 900》 덕분입니다. 이 테이프로 공부해 보세요. 틀림없습니다. 제가 보증합니다. 방금 제가 말하는 영어 들었잖습니까?"

홍 과장의 적극적인 추천으로 삼성물산 측에서는 단체로 200질을 구입해 임직원들에게 나눠주었다. 나에게는 '왕 대박'이었다. 그 일 이후 나는 돈이 풍성한 기업 쪽으로 주거래처를 바꾸었다.

영어회화 테이프에 이어 경영경제학 서적을 파는 데 열을 올렸다. 나 자신도 경영학 공부에 심혈을 기울였다. 직장인들과 대화하면서 맞장구라도 치려면 경영학 지식을 익혀야 했다. 《피터 드러커 전집》 10권의 내용을 통달했다. 노벨 경제학상 수상자인 사무엘슨의 《이코노믹스》도 내용을 써가며 독파했다. 핵심 내용을 설명할 줄 알아야 책을 팔 수 있다는 신념에는 변함이 없었다. 경험상 맞았다.

기업에서는 100질, 200질, 이런 식으로 단체로 구입하는 경우가 많았는데 나는 이를 '홈런'이라고 칭했다.

"미스 정! 나 오늘도 홈런 쳤어!"

외근을 마치고 회사에 들어서면서 의기양양하게 외쳤다.

"축하해요."

미스 정은 이렇게 짧게 사무적인 말투로 대답할 뿐이었다. 미스 정의 마음이 윤경복 선배 쪽으로 완전히 기울었나? 내가 챔피언을 3개월 잇달아 차지했다. 나는 윤 선배를 꺾었다는 자부심 때문에 우쭐했다. 나는 목에 힘을 조금 넣은 채 윤 선배에게 말했다.

"형님도 분발하세요."

"분발?"

윤 선배는 허연 이를 드러내며 씩 웃는다. 패배자의 쓰라린 상처를 감추기 위한 제스처겠지…. 윤 선배는 2위 자리는커녕 신규 판매실적이 별로 없어 중위권에 맴돌았다.

그 무렵에 회사 오너가 바뀐다는 소문이 나돌았다. '뽁싱' 선수 출신 사장은 출판물 판매회사를 넘기고 미국 이민을 간단다. 사내 소식에 정통한 미스 정에게 새 오너가 누구인지 슬쩍 물었다.

"장 과장님도 아시는 분이에요."

"내가 아는 사람이라구?"

"그래요. 가까이 계시는 분…."

"누군데?"

"내일 아시게 될 걸요. 호호호…."

이튿날 신임 사장 취임식이 열렸다. 새 사장에게 '눈도장'을 찍으려고 일찌감치 출근했다. 취임식이 열리는 강당으로 윤 선배와 함께 가려고 찾았으나 보이지 않았다. 윤 선배는 새 사장 취임식 날에 지각하면 곤란할 터이다. 요즘 실적이 좋지 않아 자포자기 상태인가.

"새로 회사를 이끌어 가실 신임 사장님을 소개하겠습니다."

사회를 맡은 총무부장의 우렁찬 목소리가 회의실 안에 울려 퍼졌다. 임직원들은 모두 일어서서 단상을 바라보며 우레 같은 박수를 쳤다.

"아…."

나도 모르게 신음이 흘러나왔다. 윤경복 선배가 사장으로 등장하는 것 아닌가. 그는 위풍당당했다. 링 위에 오르는 프로레슬러 같은 카리스마를 풍겼다. 일부러 나이 들게 보이려고 올백 헤어스타일로 바꾼데다 성공한 경영인의 상징 색깔인 짙은 감색 정장차림으로 나타나 취임식사를 낭독했다.

단상(壇上)과 단하(壇下). 이렇게 윤 사장과 나는 신분이 확연히 갈렸다. 내가 걷는 사이에 그는 달렸고 내가 달리면 그는 날았다. 족탈불급(足脫不及)이란 단어가 자연스레 머리에 떠올랐다.

7

몇 년 후 나는 서적 외판원 생활을 청산하고 윤경복 사장처럼 출판사 하나를 인수했다. 일본 소설을 주로 번역해 내는 회사인데 알고 보니 빈껍데기 회사였다.

싸구려 번역자들에게 일을 맡기고 일본 출판사 쪽에 저작권료고 뭐고 전혀 주지 않는 해적판 전문 출판사였다. 밀어내기로 책을 총판 도매상에 뿌려 외형상으로는 매출이 꽤 올랐다. 그러나 경기침체 탓에 거래하는 총판업체들이 줄줄이 부도나는 바람에 책 판매대금 대부분을 떼였다.

설상가상으로 경리과장이 한 달 치 임직원 월급을 몽땅 인출해 도망간 일도 벌어졌다. 그럴수록 오기가 생겨 신문에 책 광고를 더욱 맹렬히 냈는데 이 때문에 수입보다 지출이 많아졌다. 결국 몇 년간 이 회사를 꾸리느라 그동안 모았던 재산을 거의 날렸다. 그래도 얻은 소득이라면 내 자신에 내재되었던 콤플렉스의 정체를 눈치챈 것이랄까.

윤경복 형님을 찾아가 이실직고하고 사업자금을 빌려달라고 조심스레 부탁했다. 형님은 흔쾌히 응낙했다. 물론 몇 가지 심부름을 시키는 대가이기도 했다. 심부름은 주로 정치인, 관료에게 떡값이나 뇌물을 배달하는 일이었다.

나는 '배달사고' 없이 전달했다. 이런 지저분한 일에 양심이라는 단어가 동원되는 게 어불성설이긴 하나 나는 내 양심을 걸고 한 푼도 가로채지 않았다. 형님은 다른 이에게도 이런 심부름을 시켜봤으나 나만큼 '양심적으로' 배달하는 사람이 없었던 모양이다. 이런 일에 역시 '신뢰'라는 말이 어불성설이나 윤경복 형님은 나를 신뢰하여 훗날 두고두고 자금세탁, 달러 환(換) 치기 등 불법적 자금조성에 나를 이용했다. 나는 기꺼이 도와주었다.

윤경복 형님 대신에 내가 구속된 일도 있었다. 형님이 음주운전을 하다 행인을 치어 중상을 입혔다. 꽤 취한 상태였기에 사람을 친 사실을 모르고 그대로 차를 몰았다. 나중에 뺑소니 차량으로 붙잡혔다. 목격자가 차량번호를 경찰에 신고했기 때문이다. 형님은 이튿날 독일 프랑크푸르트 국제도서전에 출장을 떠나야 했다.

"형님, 예정대로 출장을 가십시오."

"내가 무슨 재주로?"

"제가 처리하겠습니다."

"네가 무슨 재주로?"

"몸으로 때우겠습니다."

"뭐?"

"그날 밤, 제가 운전한 걸로 하겠습니다. 대사를 앞둔 형님은 두 눈 질끈 감고 비행기를 타십시오."

"음…."

출판사가 망한 후에 세상을 원망하면서 화려해야 할 30대 시절을 허송했다. 그때 세상에 복수하겠다는 심정으로 신분상승을 위한 휴화산 같은 콤플렉스는 잠재울 수 없었다. 내가 잘할 수 있는 업종을 고심하다가 컨설팅업에 착안했다. '크세노폰 전략컨설팅'이라는 회사를 차렸다. 리더십, 마케팅 분야에 대한 컨설팅을 해주는 게 주업무였다. 대기업에 구축한 인맥이 원동력이었다. 회화 테이프와 경영학 서적을 팔며 형성한 그 인맥 말이다.

도남그룹에 대한 컨설팅도 주요 업무였다. 이 업무는 사실상 윤 회장의 개인 비자금 마련 수단이었다. '도남그룹 중장기 발전방안' 따위의 컨설팅 프로젝트를 맡아 거액의 비용을 받으면 절반을 윤 회장 개인에게 뒷돈으로 되돌려주는 방식이다.

기업체 임직원들은 나를 흔히 '장 박사'라고 불렀다. 나 스스로 미국 MBA니, 미국 박사니 하며 학력을 속인 적이 없는데 그들이 그렇게 불렀고 일부 사람들은 실제로 그렇게 믿었다. 하버드대학이 화제가 될 때면 나는 하버드대 바로 앞에 있는 고풍스런 하버드 쿱(Coop)이란 서점 이야기를 꺼냈다. 거기서 차를 마시며 책을 읽는 교수, 학생 모습을 전하면 듣는 이는 내가 하버드를 나온 것으로 착각하곤 했다.

나는 왓튼 스쿨, 켈로그 스쿨 등 유명한 경영대학원의 학풍도 귀동냥으로 부지런히 익혔다. 거기 몇 년도 졸업생 아무개가 지금 어느 기업의 임원이니 하는 족보를 정리해서 외웠다.

컨설팅업계에서 자리를 잡으려면 그럴 듯한 학벌이 필요했다. 나는 '학벌 사기'를 치기 위해 적잖은 경비를 들여 6개월간 러시아, 미국 등지의 대학을 순방했다. 러시아에서 정치학박사 학위를, 미국에서 신학박사 학위를 받았다. 물론 돈을 주고 산 사이비 학위다.

소련 연방이 해체된 직후의 러시아는 극심한 정치, 경제 혼란 때문에 대학 행정도 엉망이었다. 가짜 박사 학위를 팔아 돈을 버는 대학 관계자와 브로커들이 활개를 쳤다. 내 정치학박사 학위 논문은 살림이 쪼들린 어느 석학이 대필했는데 "19세 말 러시아의 극동진출과 한반도"라는 거창한 주제였다. 물론 러시아어로 작성됐고 나는 내 이름으로 작성된 그 논문을 단 한 줄도 읽지 못한다.

나를 새로 만나는 사람은 내 유창한 영어실력 때문에 내 학위와 경력을 의심하지 않았다. 나는 가짜 학위가 들통 나지 않도록 〈포린 어페어즈〉 같은 영문 학술지를 구독하며 대화 소재로 삼았다.

나는 기 소르망, 헨리 키신저, 앨빈 토플러, 다니엘 벨 등 세계적인 석학들이 한국에 와서 강연을 가질 때면 만사를 제치고 참석했다. 가급적 맨 앞자리에 앉아 있다가 질의응답 시간에는 손을 번쩍 들었다. 핵심을 찌르는 질문을 준비하느라 그들의 저서를 영문 원서로 꼼꼼히 읽었다.

"중국이 팍스 아메리카나 체제에서 몸을 낮추는 도광양회 정책을 언제까지 지속할 것이며 중국의 새로운 부상이 세계사적으로 어떤 의미를 갖는지"를 묻는 내 질문에 대한 키신저 박사의 답변이 국내외 신문에 큼직하게 보도된 적도 있었다.

〈뉴욕타임스〉에는 질문자 앞에 붙은 수식어에 '한국의 저명한 컨설턴트인 장창덕 박사'라고 소개됐다.

한국에 자주 찾아오는 프랑스의 석학 기 소르망 박사는 나와 단둘이서 아침식사를 함께 들며 유로화와 유럽연합(EU)의 앞날에 대해 토론하기도 했다.

"유럽 중앙은행의 소재지를 프랑크푸르트에서 베를린으로 옮기면 좋겠다"고 제안했더니 소르망 박사는 눈이 휘둥그레졌다. 나는 "풍수지리학상 새로운 기운이 솟아오르는 유럽의 중원(中原) 베를린으로 가야 유로화가 제 구실을 할 것"이라 둘러댔다.

나의 인맥은 해외의 유력인사에까지 널리 뻗었다. 한국에 투자하러 오는 외국 기업인들을 국내 기업에 소개하는 것도 나의 주요한 사업이 되었다. 이런 컨설팅 비용 명목으로 한 건에 몇만 달러, 몇 십만 달러를 어렵잖게 벌었다.

윤경복 회장과 비교하자면 나는 족탈불급이라고 앞서 언급한 바 있다. 내가 컨설팅 사업으로 먹고 살 만큼의 부를 축적하긴 했지만, 윤 회장의 재산에 비해서는 새 발의 피에 불과하다. 그는 계열사 23개를 거느리는 재벌 기업인으로 자리 잡았다.

나는 호구지책으로 돈을 버는 평범한 기업인이지만 윤 회장의 사업목적은 재산증식뿐 아니라 뭔가 다른 데 있는 듯했다. 내가 몇 차례 물어도 그는 대답 대신 '염화시중의 미소'를 지을 뿐이었다.

붕새, 남쪽으로 날다

1

"오늘 아침 강연, 좋았네. 나는 일부분만 들었는데 세종대왕이 그렇게 훌륭한 인물인지 새삼 깨달았네. 통일 한국의 대통령이 세종대왕 리더십을 갖춰야 한다는 주장이 특히 돋보였어."

"불러 주셔서 감사합니다. 강연료도 두둑이 챙겨주시고…."

도남그룹 사장단 조찬강연회를 마치고 회장 집무실에서 만난 윤 회장은 다른 일정을 미루어 놓고 나와 마주 앉았다. 그는 양복 상의를 벗고 카디건으로 갈아입으며 목소리를 약간 높였다.

"창덕이 자네, 잔머리 굴리는 컨설팅사업만 할 건가?"

윤 회장은 나를 아우, 장 박사, 장 사장 등으로 부른다. 격의 없이 핀잔을 줄 때는 '창덕'이라는 호칭으로 부르며 반말을 한다. 나도 기분에 따라 형님, 회장님, 선배님 등으로 부른다.

"그렇잖아도 변신을 꾀해보려고요."

"변신이라… 좋지. 나는 월부책 세일즈맨에서부터 지금까지 열 번 넘게 변신했다네."

"형님의 일대기를 기록하면 오비디우스의 《변신 이야기》가 무색해질 겁니다."

"허허… 아직도 오비디우스를 들먹이다니… 머리에서 그런 먹물을 빼야 하네. 잔머리를 굴리지 말고 큰 머리를 써야지. 아우님은 치열하게 기업을 일구려는 기업가 정신이 부족하네. 그라운드에서 땀 흘리며 사생결단 뛰는 선수가 아니고 안락한 의자에 앉아 마이크 앞에서 입만 놀리는 평론가야."

"죄송합니다."

"자네, 청년시절에 가졌던 야망과 독기가 어디로 갔어? 대성하지 않으면 죽겠다고 혈서를 썼다며?"

"그렇잖아도 심기일전하려고 운전기사부터 새로 뽑으려 합니다."

"웬 운전기사?"

거창한 변신계획이라도 기대했다가 운전기사 이야기가 나오자 실망스러운 듯 윤 회장은 지릅뜬 눈으로 나를 훑어보았다. 붕새가 찌르레기를 바라보는 눈초리였다.

그의 왕성한 사업확장 역사를 익히 아는 나로서는 그 앞에 서면 한없이 왜소해지는 느낌이 든다. 월부책 판매회사 사장으로 취임하던 당시의 윤경복 선배의 결의에 찬 얼굴이 떠오른다. 그 회사는 모(母)기업인 출판사가 만든 전집류 따위를 판매하는 자(子)회사였다. 윤 사장은 자회사를 키워 모기업을 인수했다. 모기업은 도산 안창호 선생을 존경하는 창업주의 뜻에 따라 '도산(島山) 출판사'라 했는데 윤 회장은 도산(倒産)이라는 말이 연상된다면서 회사 이름을 바꾸었다. 새 법인명은 '도남(圖南) 출판사'였다.

당시에 윤경복 사장은 창사 기념일을 맞아 전 임직원을 세종문화회관에 초대해 스트라빈스키의 〈불새〉 연주를 관람하게 한 후 임원들이 모인 뒤풀이 자리에서 새 이름에 대해 장황하게 설명했다. 《장자》(莊子)를 읽어 보았는지 물으며 말문을 열었다.

"장자는 인간 실존을 광대무변(廣大無邊)한 피안(彼岸)으로 이끌어 우리에게 무한대의 창조적 에너지를 주는 명저(名著)요. 장자라는 인물은 상상력의 극한점을 보여주는 천재 철학자요. 책머리에 물고기 곤(鯤)이 붕(鵬)이라는 새로 변신하는 이야기가 나온다오. 북녘바다에 살던 곤이 얼마나 큰 물고기인지 아무도 모르고 붕이 얼마나 큰 새인지도 아무도 모르지요. 붕은 아득히 먼 남쪽바다로 날아가려 하오. 그러기 위해서는 파도가 3천 리나 거칠게 일어야 하고 회오리바람을 타고 9만 리나 높이 치솟아야 한다오. 붕은 한 번 날갯짓으로 6개월을 날아간다오. 대붕(大鵬)이 이렇게 남쪽으로 날아가려 도모하는 것을 도남(圖南)이라 하오. 도남출판사는 멀리, 높이 날아갈 것이오."

윤 사장은 윤영 시인의 시집 몇 권을 도남출판사에서 냈다. 조직적인 '사재기'로 시집 《붕새의 추억》을 베스트셀러 반열에 올려놓았다.

한강 밤섬을 찾는 철새 떼를 여의도 사옥 빌딩에서 망원경으로 관찰하는 탐조(探鳥) 취미를 가진 L그룹 회장에게 이 시집을 보냈다. 회장이 시집을 펼쳐볼 때 마침 신문사에서 신년 특집호에 실을 인터뷰 취재를 나왔다. 사진기자는 시집을 든 회장의 다양한 포즈를 촬영했다.

사진 캡션에 '평소 탐조를 즐기는 구 회장은 이따금 《붕새의 추억》 같은 시집을 읽으며 마음의 평화를 얻고 새로운 사업 의욕을 느끼곤 한다'라고 쓰였다. 그룹 계열사들은 다투어 이 시집을 단체 구입했고 이 구입 사실이 여러 언론에 화제로 보도되자 일반인들도 덩달아 시집을 샀다. 순식간에 50쇄를 돌파했다.

윤영 시인은 일약 전국적인 유명 시인으로 발돋움했다. 이런저런 신문에 칼럼을 집필했고 TV 프로그램에도 심심찮게 얼굴을 내밀었다. 신문 칼럼 대부분은 소설가 K선생에게 부탁하여 대필하도록 했다. 신문사에서 받는 원고료의 10배를 K선생에게 대필료로 주었다. 소설 연재가 끊어져 곤궁한 시절을 보내던 K선생에게 그 돈은 생명수 같았다. K선생은 윤영 시인에게 허탈한 웃음을 터뜨리며 말했다고 한다.

"인간이 얼마나 간사한 존재인가 하면… 원고료를 10배 받으니 내 이름으로 나가지 않는데도 집필할 때 신경이 10배나 쓰이더라고… 자본주의의 노예가 되어서는 안 된다고 내가 평소에 얼마나 핏대를 올리며 말했는데 내 스스로 그 꼴을 당하고 있으니…."

윤영 시인은 《바보시인이 청춘에게》라는 에세이집을 펴내 또 히트를 쳤다. 도남출판사에서 산문집을 내고 싶다고 찾아온 어느 중견 수필가의 원고를 '매입'하여 윤영 시인을 저자로 내세워 만든 책이었다. 서간문 형식의 이 책은 청년들의 고민을 감싸주는 내용이었다. 별 특색 없는 책이었으나 사재기, 입소문, 광고 등 다양한 판촉책에 힘입어 30만 부 넘게 팔렸다.

도남출판사가 더욱 큰 뭉칫돈을 번 것은 이런 단행본보다 중고교생 참고서 덕분이었다. 윤경복 사장은 노량진에 있는 대입학원을 인수하고 학원용 교재를 보완한 참고서를 본격 출판했다. 이 참고서 시리즈가 큰 인기를 끌었다. 학원도 번창해서 인근 학원들뿐 아니라 전국 곳곳의 학원들을 인수했다.

학원생들에겐 윤영 시인의 친필 서명이 든 《바보시인이 청춘에게》가 선물로 주어졌다. 소년소녀 가장에겐 학원비를 면제해주었다. 이런 미담이 언론에 보도돼 '도남학원'의 인기는 더욱 치솟았다. 학원 수강생 명단을 잘 관리해 매년 새해마다 수첩, 캘린더 등을 보내주었다. 그 후 10년 사이 영화사, 이사업체, 택시회사 등을 인수하거나 설립했다.

'도남그룹' 탄생을 공표하고 여러 계열사들이 함께 쓰는 로고도 만들었다. 이런 'CI 프로젝트' 덕분에 도남그룹의 인지도는 크게 높아졌다. 도남학원에 다닌 젊은이들은 도남엔터테인먼트 영화사에서 제작한 영화에 우호감을 느껴 '100만 기본 관객'의 일원이 되는 데 주저함이 없었다. 남북통일을 염원하는 이산가족의 파란만장한 삶을 그린 〈삼수갑산〉이라는 영화는 800만 관객을 모은 히트작이 되었다. 백석 시인의 청춘 시절을 그린 〈백석 일기〉도 500만 관객을 동원했고 베를린 영화제에서 작품상을 받았다.

젊은 소비자들은 이사나 택배업무에 물류업체 도남익스프레스를 애용했다. 도남택시회사의 차고 부지 땅값이 올라 윤 회장은 가만히 앉아서 매매차익 수백억 원을 챙겼다. 부지매각 대금으로 받은 뭉칫돈을 바탕으로 업력 40년의 대형 해운회사를 인수하는 데 성공했다. 물론 해운회사의 주거래은행이 해운 불경기 때문에 빚어진 악성부채 상당액을 출자전환식으로 떠안았고, 도남에 인수자금 상당액을 대출해주었기 때문에 가능한 일이었다.

도남그룹이 출범한 후 12년이 흘렀을 때 신약을 개발하다가 자금 부족으로 부도가 난 중견 제약회사를 인수하기도 했다. 소규모 증권회사와 저축은행도 인수해 금융 부문을 보강했다.

이 무렵, 윤경복 회장이 정권 실세인 윤창복 재무장관과 4촌 형제라는 소문이 증권가에 나돌았다. 증권회사를 인수하는 데엔 윤 장관이 뒤를 봐주었기 때문이라는 풍문이 '찌라시'에 올라 널리 퍼졌다. 친척은커녕 낯익은 얼굴도 아니었다. 이런저런 조찬 모임 때 수인사 정도 나누는 사이였다. 이름이 비슷한 것이 그런 소문을 낳게 했으리라.

윤 회장은 서둘러 기자회견을 자청했다. 일요일 오후인데도 기자 30여 명이 몰려와 열띤 취재경쟁을 벌였다.

"저와 윤 장관님은 친척 관계가 결코 아닙니다."

"그럼 지인 사이입니까?"

"먼발치에서 본 정도이니 지인도 아닙니다."

"강한 부정이 오히려 긍정의 뜻으로 들리는데요. 그럼 왜 그런 소문이 났습니까?"

"전들 어떻게 알겠습니까?"

"윤 회장께서는 스스로 도덕적으로 결함이 없다고 생각하시나요?"

"하늘을 우러러 한두 점 부끄럼이야 있겠지요. 하지만 '바보시인'이 결함이 있다면 얼마나 있겠습니까?"

언론 보도의 초점은 윤 장관과의 관계에 맞추어지지 않고 '바보시인, 기업인으로 날개 펴다'라는 긍정적인 쪽으로 바뀌었다. 어느 신문에서는 모더니즘 시인 김광균 이후 처음으로 기업인 시인이 탄생했다며 윤 회장의 성공 스토리를 2개 면에 걸쳐 큼직하게 실었다.

증권사를 인수하자마자 경기회복세가 나타나면서 증시가 활황을 이루었다. 덕분에 증권회사의 주가는 연일 상한가를 기록했다. 윤 회장은 이번 일을 계기로 윤 장관과 가까워지기 위해 워밍업을 시작했다. 먼저 사외이사로 영입한 전직 통일부 장관을 통해 저녁식사 자리에 윤창복 장관을 모셔오도록 한 것이다.

윤경복 회장은 전경련 회장단 멤버로도 참여하게 되었고 대통령이 주재하는 청와대 조찬 간담회에도 불려갔다. 대통령의 해외순방 때도 재계 대표로 수행했다. 칵테일파티에서 대통령과 나란히 서서 요담하는 모습이 TV화면과 신문 사진으로 보도되기도 했다. 을지로 입구와 여의도에 대형 사옥도 마련했다. 급증하는 중국인 관광객들을 유치하기 위해 제주도, 서울, 경주 등에 6성급 호텔을 10여 개 건립하는 계획도 추진 중이라고 한다.

임직원의 10%를 탈북자로 고용하도록 내부지침을 지시했다. 《북한이탈주민을 위한 법률 핸드북》이란 책이 눈에 띄어 이를 대량 구입해서 새터민들에게 증정했다. 잠실 종합운동장에서 열리는 이북 5도민 체육대회에는 만사를 제치고 참석했다. 함경도 갑산이 고향인 아버지와 혜산에서 태어난 어머니를 기리기 위해서였다. 아버지와 연배가 비슷한 어르신을 만나면 아버지의 행방을 묻곤 했다. 함경도 갑산이 요즘 북한에서는 '량강도'라는 행정구역에 포함돼 있다 하니 듣기에 익숙하지 않다.

윤 회장은 앞으로 건설, 조선, 기계 업종으로 사업영역을 더 넓히겠다는 야심을 가졌다.

2

"오늘 아침, 운전기사 실기시험을 마쳤습니다."

"그래, 운전기사 바꿔서 어쩌겠다고?"

"명문대 출신자를 뽑아서 운전기사 겸 컨설팅 요원으로 활용할까 합니다."

"엘리트 운전기사가 굽실거리는 모습을 즐기려 하는 악취미 아닌가? 자네 열등감이 명문학교 출신자들에 대한 복수로 나타나고 있어."

"천부당만부당한 말씀입니다."

"말은 그렇게 해도 잠재심리엔 분명히 그런 요소가 있어. 리셉션 데스크에 앉은 마드퐈젤 성이라는 아가씨도 미국 명문대학 나왔다며?"

"마드퐈젤 성은 그냥 전화받는 아가씨가 아니라 외국 요인들을 강사로 섭외할 때 핵심 역할을 합니다. 이번에 새로운 개념의 운전기사를 뽑으려는 것은 장시간 운전 때 대화도 나누고 내 강연에 참관도 시켜 운전기사에게 새로운 기회를 주기 위해서이죠."

"데리고 다니면서 제 2의 장 박사로 키운다, 이 말인가?"

"말하자면… 그렇습니다."

"박사 학위도 받게 하고?"

"그것까지는 아직 생각하지 못했습니다만…."

"그래, 어떤 사람들이 지원했던가?"

나는 지원자들의 특성에 대해 간단히 설명했다. 윤 회장은 내내 못마땅한 듯 미간을 찌푸렸다.

"천하의 장 박사가 왜 이리 옹졸해졌나? 사업을 크게 벌이겠다는 야심도 없이…."

"부끄럽습니다. 세일즈맨 그만 두고 형님 흉내를 냈으나 다 말아먹고 나니 엄두가 나지 않아서요."

"아우님이 세일즈맨으로 뛸 때는 큰 사업가가 될 것으로 기대했어. 자그만 컨설팅회사 꾸리면서 안주하는 모습을 보니 안타깝네."

"제가 어떤 사업을 펼치면 좋을까요?"

"불황이니 뭐니 해도 사람이 먹고 살려면 반드시 소비해야 하지 않나? 사업기회는 언제든지, 얼마든지 있는 것이야. 오늘 아침 강연회에서 자네가 세종대왕의 리더십을 본받으면 어떤 난관도 돌파할 수 있다고 말했잖아? 문제는 실천이야. 요즘 건설경기가 나빠 굴지의 건설회사들이 줄줄이 도산하고 있잖나? 건설회사, 인수해 보면 어떨까? 이런 때가 인수하기엔 더 좋아. 엠앤에이(M&A) 시장에 헐값으로 나온 회사들이 수두룩해. 법정관리를 받는 삼룡건설을 인수해도 괜찮겠고…."

"제가 건설회사를요?"

"건설회사 출신인 운전기사 지망자가 있다며? 그 친구에게 물어 봐. 아파트 지어 파는 장사는 앞으로도 유망해. 얼마나 차별화된 아파트를 짓느냐, 그게 경쟁력이긴 하지. 길게 보면 아파트 이외에 도로, 항만, 철도, 도시개발 등 건설 토목사업 수요는 천문학적 금액의 시장을 형성할 것이고…."

"아파트 시장은 포화상태 아닙니까?"

"재건축 시장이 부상할 것이야. 그리고… 눈을 크게 떠서 북한을 보시게. 노다지 시장이 생길 것이야. 건설회사를 경영해서 노하우를 쌓아놓게. 세월이 흘러 한반도 통일시대엔 건설회사가 크게 활약할 거야."

그렇잖아도 오늘 아침 실기시험을 볼 때 차 안에서 고열태와 서운대가 그런 말을 한 적이 있다. 물론 나도 여러 기업에서 강연하거나 컨설팅할 때 남북한 통일 또는 긴장완화 요인을 고려한다. 정작 내가 당사자로서 뛸 줄은 미처 예상하지 못했다.

내가 눈알을 굴리며 관심을 보이자 윤 회장은 나에게 바짝 다가와 말을 이었다.

"쬐그만 경제신문사를 인수해도 좋겠지? 건설업을 하려면 바람막이용 신문사를 가지는 것이 필수적이야. 신문사 간판 걸어놓고 신문 만드는 흉내만 내도 돼. 한국경제신문이나 매일경제신문같이 큰 신문사처럼 하지 말고…."

"바람막이용이라뇨?"

"건설회사에 몰아치는 외풍을 막는 보호장치 말이야. 정치권, 하급관료들이 끊임없이 건설회사에 손을 벌리니 이를 차단하기 위한 용도이지. 여느 건설업체들은 비자금 조성, 입찰담합, 부실시공 등 온갖 부정부패를 저지르고 이를 질책받지 않으려고 신문사를 운영하지. 어느 도시에는 일간지만도 무려 13개나 있다고 하지 않는가. 언론을 통한 민주주의 실현이니 뭐니 하는 번드르르한 사시(社是)를 내걸었지만 건설업자인 오너의 지저분한 똥구녕을 막으려 설립됐지. 그런 사정도 모르고 입사한 양심적인 기자들은 얼마나 의분을 느끼겠나? 오늘 아침 운전실기 테스트받은 여 기자가 있다며? 그이에게 마이너리그 언론계 실정을 물어봐."

"예, 알겠습니다."

그때 윤 회장은 부르르 진동하는 휴대전화를 받았다. 상대방은 여성이었다. 윤 회장의 휴대전화 번호를 아는 사람이라면 각별한 사이일 텐데…. 여성의 발언을 다 알아듣지는 못했지만 '숙소', '연구보조원' 등의 단어가 들렸다. 웬일인지 윤 회장은 쩔쩔맸다. 통화가 끝나자 나에게 말문을 열었다.

"자네 집에… 빈 방들이 많지?"

"그럼요. 형님이 원하시면 얼마든지 사용하세요."

"내가 아는 어느 여성이 거처를 구하고 있어."

"어떤 분인데요?"

"음… 서 박사라는 학자인데… 며칠 후 소개해 주겠네."

윤 회장은 물을 조금 마시고 말을 이었다.

"운전기사 지망자 가운데 여자가 2명 있다고 했지? 이들을 서 박사의 연구보조원으로 활용하면 어떨까?"

"예? 그렇게 하겠습니다."

"남자 보디가드도 하나 있으면 좋겠는데…."

"웬 학자이기에 연구보조원에 보디가드까지?"

"그만큼 소중한 분이야."

대화 도중에 윤 회장의 비서실장이 조심스레 방문을 노크하고 들어왔다.

"회장님, 윤 씨 종친회 골프모임 참석자가 확정됐습니다. 윤창복 장관님과 같은 조에 넣어달라고 부탁해 놓았습니다."

"오, 그래? 수고했어. 이왕이면 윤유주 화백, 윤귀호 PD도 같은 조에 편성되도록 하게."

"사극 드라마 만드시는 윤귀호 PD님요?"

"맞아. 재무장관이 마음 놓고 운동하시려면 같은 조 멤버들이 문화예술인이어야 해. 나도 도남그룹 회장 자격이 아니라 시인 윤영으로 참가하는 거야. 장관님도 대외적으로는 수필가 윤창복… 이렇게 꾸미도록 하게."

윤 회장은 벌떡 일어서더니 소파 옆에 세워둔 퍼터를 들고 집무실 한구석으로 걸어갔다. 거기에 마련된 퍼팅연습 매트 앞에 서서 퍼터를 흔들었다. 공이 데그르르 굴러 홀 안으로 쏙 들어갔다.

"나이스 퍼팅!"

나는 발딱 일어나 이렇게 외치며 박수를 쳤다. 윤 회장은 나의 존재를 의식하지 않는 듯 퍼팅연습에 몰두했다. 2대의 가습기에서 강렬하게 뿜어져 나오는 뿌우연 수증기 때문에 윤 회장은 안개 자욱한 선계(仙界)에서 노니는 신선처럼 보였다. 다시 비서실장이 들어와 윤창복 장관에게서 전화가 왔다고 말했다.

"얼른 연결해!"

윤 회장은 똑 바로 선 자세로 전화를 받았다. 송수화기 너머로 흘러나오는 윤 장관의 허스키 목소리가 내 귀에도 또렷이 들렸다.

"종씨! 요즘 인수 건 때문에 많이 바쁘시지요?"

"장관님 배려 덕분에 바빠도 신이 납니다. 여러 모로 감사합니다."

"바쁘실 테니 용건만 말하겠소. 다름 아니라… 도남문화재단을 설립한다면서요?"

"예. 기업의 사회적 책임을 이행한다는 취지에서…."

"역시 윤 회장은 우리 종친의 보배 기업인이오."

"과찬이십니다."

"음… 문화재단 이사장은 확정하셨소?"

"예. 서연희 박사님으로…."

"서연희? 뭐 하는 사람이오?"

"프랑스에서 한국학을 강의하시는 학자인데 최근 귀국했습니다."

"허허…. 도남문화재단은 앞으로 우리 사회에서 큰 역할을 할 곳인데… 파워가 센 명망가가 스타트할 때부터 책임을 맡아야 하지 않을까요?"

"혹시… 천거하실 분이 계십니까?"

"서재권 총장님… 어떻겠소?"

윤 회장의 표정이 일그러졌다. 내 눈앞 1미터 거리이니 윤 회장의 얼굴이 울상으로 바뀌는 순간을 알아차릴 수 있었다. 그러나 2~3초 후에 바로 활짝 웃으며 대답했다.

"서 총장님? 아… 여러 대학교 총장을 두루 역임하신 석학께서 저희 재단에 오시면 큰 영광이지요."

"잘됐네요. 그럼 서 총장님께 간청드려 보겠소. 그분이 워낙 강직한 딸깍발이 선비여서 기업체가 설립한 재단이라면 고사할지 모르지만…."

윤 장관은 노회했다. 자기가 은근히 압력을 넣으면서도 오히려 윤 회장에게 생색을 내는 식으로 상황을 뒤집었다. 윤 회장도 이런 정황을 다 알면서도 맞장구를 쳤다. 순간적으로 두뇌를 빨리 회전하는 위기 대응력에 경탄하지 않을 수 없었다.

서재권 총장은 윤창복 장관의 손위 처남으로 딸깍발이이기는커녕 직선제 총장 선거에서 교수들에게 돈봉투를 돌려 물의를 빚은 장본인이다. 그런 사실을 천하가 다 아는데….

윤 장관의 느물느물한 인상이 떠올랐다. TV화면에 비친 그는 허연 피부에 늘 미소를 머금은 표정으로 나타났다. 국회의원들이 인신공격성 질문을 아무리 퍼부어도 빙그레 웃었다.

"대학자를 도남문화재단 이사장으로 모실 수 있도록 배려해주셔서 각골난망입니다."

"재단 설립 초기에 궂은 일이 많이 생길 거요. 대관(對官) 업무가 많아 사무총장은 공무원 출신이 필요할 텐데… 똘똘한 사무총장과 덕망 높은 이사 몇 분도 천거하겠소."

"세심하게 신경 써 주셔서 감사합니다. 이 은혜를 어떻게 갚지요?"

"사업 열심히 하시는 게 보답이오. 사업보국(事業輔國) 아니겠소? 도남그룹이 지금은 중견그룹이지만 곧 한국을 대표하는 그룹으로 성장할 것이 틀림없소."

"저희 그룹을 그렇게 좋게 봐주시다니 홍감합니다. 장관님의 지도 편달 덕분에 이렇게 컸습니다."

"윤 회장이 나 개인에겐 고마워할 것 없소. 나는 사심 없이 공직을 수행하는 것을 보람으로 여길 뿐이오."

윤 회장은 전화를 끊고 나서 얼굴이 달아오르면서 몸을 부르르 떨었다. 그는 골프백에서 드라이버를 꺼내 허공을 향해 크게 쳤다. 온몸이 한 바퀴 빙 돌았다.

그래도 분이 풀리지 않는지 콧김을 쉭쉭 내쉬더니 내게 다가왔다.

"아우! 오늘 밤, 나하고 한 잔 하세!"

"예? 내일 아침 일찍 청와대 조찬 모임에 가셔야 하지 않나요? 오늘 밤부터 운기조식하셔야지요."

"아, 그렇군. 젠장… 그럼 내일 밤에…."

3

운전기사 지망자들이 아침식사를 마치고 모여 있다는 커피숍으로 갔다. 서로를 경계하며 초조한 시간을 보내는 분위기였다. 건축기사 고열태는 다리를 꼬고 앉아 신문을 읽고 있었고, 운동권 출신이라는 서운대는 수첩에 뭘 열심히 쓰고 있었다. 짝퉁 이자벨 아자니 연세라는 창밖을 바라보며 비스킷 따위를 먹고 있었고, '추리닝녀' 이화영은 후드를 쓰고 몸을 뒤로 젖힌 채 잠을 자고 있었다. 내가 나타나자 그들은 자세를 고쳐 앉았다. 연세라가 이화영을 살며시 흔들며 깨웠다.

"기다리느라 수고 많았어요."

그렇게 의례적으로 말하고 주문한 커피가 나올 때까지 멍하니 앉았다. 건설회사, 경제신문사…. 나처럼 옹졸한 인간이 이런 기업을 한꺼번에 경영할 수 있을까. 운전기사 하나를 뽑는 일에도 이렇게 잔신경을 쓰니….

아이들과 함께 미국으로 간 아내의 얼굴이 떠오른다. 아내는 내가 사이비 박사라는 사실을 알고 충격을 받아 아이들 조기유학을 핑계로 멀리 떠났다. 가짜 박사로 밝혀진 것은 군 장성 출신인 장인어른이 나를 비례대표제 국회의원이나 공기업 사장을 시키려고 이곳저곳에 사위 자랑을 하고 다녔기 때문이었다. 모 기관에서 나에 대한 검증을 한 결과 가짜 박사임이 드러난 것이다.

"학위 사기를 치려면 제대로 쳐야지, 들통이 나면 어떡해! 이 용렬한 인간아!"

아내가 나에게 마지막으로 던진 말이었다. 아내는 한국에서는 친정 식구들 볼 낯이 없어 못 살겠다고 토로했다. 박사 학위가 2개나 있는 남편을 둔 사실을 큰 자부심으로 여기던 아내의 상실감이 얼마나 컸을까.

"부부끼리 사랑만 있으면 되지 그까짓 박사 학위가 다 뭐냐"면서 아내를 비난하는 이가 있을지 모르겠다. 그러나 부부 사이에라도 이런 외부조건이 중요한 요소이므로 나는 아내의 결심에 반대하지 못했다. 아내를 속였기에 변명의 여지가 없었다. 치맛자락을 붙들고 미국행을 막으며 용서를 빌고 싶었으나 알량한 자존심 때문에 미국으로 떠나는 아내의 뒤통수를 멀거니 바라보기만 할 뿐이었다.

윤 회장은 나와는 사뭇 달랐다. 그는 성공을 향해 한혈마(汗血馬)를 타고 거침없이 달려나가는 장수였다. 너무도 빨리 달려 피땀을 흘린다는 그 한혈마 말이다. 윤 회장은 상황에 따라서는 한신(韓信)처럼 잡배의 가랑이 밑을 기어가는 인내심도 지닌 인물이다. 문무(文武)를 겸비한 크세노폰 같은 사람이다. 윤 회장 앞에서 '크세노폰 전략컨설팅'이란 회사 이름을 들먹이기가 낯 뜨겁다.

나는 문약(文弱)했다. 세일즈맨 초창기에 가졌던 야성을 잃었다. 도남출판사에서 낸 《세계사상(思想) 전집》이 내 야성을 빼앗아간 주범이다. 그 전집을 숙지하려 읽고 또 읽었다.

사르트르의 《존재와 무》, 하이데거의 《존재와 시간》 따위는 너무도 어려워 한 쪽을 읽는 데 몇 시간이 걸렸다. 번역자를 직접 찾아가서 묻기도 했다. 설명을 들어도 모르기는 마찬가지였다. 루소의 《고백록》이나 아우구스티누스의 《참회록》은 그나마 이해하기 쉬웠다. 후한(後漢)의 역사가 반고(班固)의 《백호통의》(白虎通義)와 전국시대의 법가 상앙(商鞅)의 주저 《상군서》(商君書)를 독파하느라 월드컵 축구나 올림픽 중계방송도 볼 틈이 없었다.

정규교육을 받지 못한 콤플렉스 때문에 더욱 기를 쓰며 이들 고전에 탐닉했다. 당연히 과욕이었다. 머리통이 터질 듯 어지러웠다.

미스 정이 나에게서 완전히 떠난 것도 그 무렵이었다. 그녀는 영업관리과장으로 승진해 동기생 여직원 가운데 가장 높은 자리에 앉아 있었다.

"좁쌀영감처럼 왜 그리 쪼잔해졌어요?"

"쪼잔?"

"그래요. 이 구절은 번역이 잘 됐네, 저 구절은 엉터리네, 하고 따지는 모습이 영락없는 좀팽이죠. 책을 많이 읽더니 사람이 점점 쪼그라드네요."

"책 파는 사람이 그걸 따지는 게 당연하지."

"세일즈맨이 너무 오지랖 넓게 나서지 마세요. 나설 일이 따로 있지…."

그렇잖아도 미스 정은 내가 중학교도 나오지 못했다는 사실을 알고 나서는 노골적으로 무시하는 발언을 종종 했다. 내가 그 나이 때까지 동정(童貞)이라고 고백한 것도 나의 '쪼잔함'을 확인하는 데 일조했다. '그녀 쟁탈전'에서 내가 너무도 무력하게 윤 선배에게 무릎 꿇은 일도 그녀는 알아차린 듯했다.

그녀가 먼저 1박 2일 여행을 가자고 제의했는데도 나는 강화도 당일치기 여행을 고집했다. "최악의 지옥에서 신음하는 귀신은 생전에 여자의 유혹을 거부한 남자"라는 말을 들은 적이 있는데, 내가 그 고약한 지옥에 갈 지경이었다. 단테의 《신곡》에 그런 말이 있다기에 그 구절을 찾느라 샅샅이 읽었는데 결국 발견하지 못했다. 허풍쟁이의 '뻥'이었음에 틀림없다.

미스 정은 외사촌 언니가 운영하는 패션 디자인 부티크에서 일하기로 했다며 퇴사했다. 그 후 소식이 뚝 끊어졌다.

윤 회장에게서 쪼잔한 사람이라는 지적을 받고나자 불현듯 오래 전에 헤어진 미스 정의 얼굴이 눈앞에 어른거렸다.

"사장님, 커피 다 식겠어요. 얼른 드세요."

연세라가 내 팔을 흔들며 말했다. 연세라의 얼굴에 오래 전 헤어졌던 그 미스 정의 얼굴이 겹쳐 보인다.

그러고 보니 미스 정의 다른 별명도 생각났다. '짝퉁 벨루치' 또는 '불량품 벨루치'였다. 갓 데뷔한 이탈리아의 육체파 여배우 모니카 벨루치와 엇비슷하게 생겼으나 그 수준에는 못 미치는 용모였다. 여직원들의 외모에 대해 평론하기를 즐기는 어느 부장은 미스 정의 가슴이야 벨루치에 뒤지지 않는다는 말을 공공연히 하고 돌아다녔다. 이때문에 여직원회 회장이 그 부장에게 공개사과를 요구하기도 했다.

연세라가 다시 내 팔을 흔들며 내게 질문할 때에야 정신을 차렸다.

"사장님, 이제 사무실로 돌아가셔야죠. 실기시험 발표는 언제 하나요?"

"합격자 발표?"

나는 그렇게 반문하고 이들의 표정을 살폈다. 모두 노심초사하는 얼굴들이었다. 한국의 명문 SKY 대학을 나왔다는 재사들이 운전기능직에라도 합격하려 애면글면하다니…. 윤 장관의 발언 가운데 흘려들은 '사업보국'이라는 어휘가 떠올랐다. 옹졸한 사람이 되지 말라는 윤 회장의 충고도 귀에 맴돈다.

거의 무의식적으로 호기롭게 대답했다.

"전원 합격이오, 합격!"

마치 내가 합격이라도 한 듯이 벌떡 일어나 만세 자세를 취했다.

"예? 전원 합격이라고요?"

그들도 일제히 일어나 합격을 자축했다. S대 출신인 서운대는 곧 침착성을 되찾고 물었다.

"여기 4명이 모두 합격이라면 교대 근무를 하는가요?"

"그렇소."

"아무리 그래도 4명이나…."

"복합 근무라고 명명합시다. 오전, 오후 당번을 정해 일하니 이틀 가운데 한 번만 오전 또는 오후에 운전대를 잡으면 되오. 나머지 시간은 다른 업무를 보시고…. 그러니 운전직과 다른 직을 겸임하는 복합 근무인 셈이지요."

이화영이 상의에 달린 후드를 벗고 공세적으로 질문했다.

"다른 직이라뇨?"

"자세한 이야기는 우리 회사로 가서 합시다."

4

교보빌딩에 있는 사무실에 들어서니 리셉션 데스크에 앉은 마드뫄젤 성은 A4 용지 위에 이상한 모양의 부호를 써가며 중얼거리고 있었다.

"에누마 엘리쉬… 티아맛, 앞수…"

"성 교수님, 지금 무슨 말을 하고 있는 거요?"

나는 마드뫄젤 성을 성 교수라고 부른다. 겸임교수이므로 그렇게 불러도 이상할 게 없다. 그녀는 비밀스런 작업을 들킨 것처럼 화들짝 놀라며 대답한다.

"고대 수메르 신화를 공부하는 중이랍니다."

"에누마 엘리쉬… 방금 말한 것은 무슨 뜻이오?"

"태초에 티아맛과 앞수라는 신이 있었다. … 티아맛은 여신으로 바다의 짠물을, 앞수는 남신으로 강에서 흐르는 단물을 상징하는 신이랍니다."

𒀭 𒌓 𒀭 𒁁 𒆠 𒀀𒀀𒀀𒀀 𒀭𒁉 𒁀 𒀸 𒈾𒈾 𒈾 𒀀

"이 괴상한 부호는 뭐요?"

"수메르인들이 만든 쐐기문자입니다. 함무라비 법전이나 다리우스 대왕 공덕비를 이 문자로 썼지요."

"몇 천 년 전에 쓰인 쐐기문자를 지금 왜 공부하오?"

"그냥 취미일 뿐입니다."

마드뫄젤 성은 더 말하기 곤란하다는 듯이 A4 용지를 슬그머니 서랍에 넣는다.

"오늘, 별일 없었나요?"

"아침부터 손님이 찾아와서 기다리고 계십니다."

"어느 손님?"

"어제 면접 보러 오신 분….”

접견실에 들어갔더니 오마 샤리프를 닮은 A, 강금칠이 기다리고 있었다.

"닥터 지바고께서 웬일이시오?"

"오늘 새벽에 실기시험 보러 가지 못했습니다. 제가 지금 모시는 회사 사장님께서 간밤에 접대가 있어서 철야 대기하는 바람에….”

"혹시 도남제약 사장 아니오?"

"맞… 맞습니다. 어떻게 아십니까?"

"다 아는 수가 있소. 후후후…."

"실기시험 기회를 한번 주십시오. 간청드립니다."

"알았소. 그럼 회의실로 일단 갑시다."

아까 윤 회장이 여성학자를 위해 필요하다는 보디가드로 강금칠이 적당하다는 생각이 얼핏 들었다. 그런데다 강금칠이 개마고원 출신이라는 점에서 묘한 호기심을 발동시켰다. 나의 생부 장정호, 삼촌 장진호 형제가 개마고원의 혹한 속에서 총을 쏘는 모습이 상상되면서…. 막연하지만 강금칠과 인연을 맺으면 나도 개마고원 장진호에 갈 수 있지 않을까 하는 망상이 떠올랐다.

회의실에 강금칠, 고열태, 서운대, 연세라, 이화영 등 5명이 둘러 앉았다. 강금칠은 나머지 4명을 처음 보는 자리여서 눈을 껌벅거리며 어리둥절한 표정을 지었다. '성 교수님'이 나르는 찻잔을 하나씩 받아든 이들은 녹차를 마시며 긴장감을 누그러뜨렸다.

여 기자인 연세라가 직업 특성 때문인지 수첩을 꺼내놓고 먼저 말문을 열었다.

"사장님, 복합 근무라는 게 무엇인지요?"

"아까 잠시 언급했듯이 운전직 이외에 다른 업무도 수행한다는 뜻이오."

강금칠은 고개를 갸우뚱거렸다. 그에게는 설명이 필요했다.

"여러분, 여기 새로 동참한 분을 소개하겠소. 오늘 새벽에 불가피한 사정 탓에 실기시험에 참가하지 못하고 이제야 나타난 현역 운전 전문인이오. 어차피 모두 합격시키기로 했으니 이분도 마찬가지요. 서로 자축하는 뜻에서 박수를 칩시다."

짝, 짝, 짝!

박수소리가 울려 퍼지는 가운데 나는 강금칠에게 축하악수를 청했다. 그의 손을 잡았더니 쇠뭉치 느낌이 전해져온다. 골프선수 때 골프채를 오래 잡아서 그런가? 나는 신입 직원들을 둘러보며 단호한 목소리로 말했다.

"오늘 여러분들의 열성을 보고 중대 결심을 했소. 앞으로 회사를 크게 키우는 방향으로 공격 경영을 펼칠 것이라고…. 여러분은 공격 경영 원년 멤버가 될 것이오. 사업분야를 건설, 물류, 엔터테인먼트, 언론 등으로 확장할 것이오. 여러분이 역량을 발휘한다면 각 분야 CEO가 될 수도 있소."

트로트를 즐겨 부르는 이화영이 고개를 갸우뚱하며 질문했다.

"엔터테인먼트 사업이라면 연예, 영화, 음반, 이런 걸 하는 겁니까?"

"물론이오. 방송사를 경영할 수도 있소."

"쉽게 말하자면 제가 연예기획사 사장이 될 수도 있다… 이겁니까?"

"그렇소."

대형 건설업체에서 오래 근무한 고열태가 눈에 힘을 주며 물었다.

"건설업체를 경영하려면 노하우가 축적되어야 하고 자금력도 좋아야 할 텐데요. 크세노폰 컨설팅이 그런 역량을 갖추었는지요?"

"좋은 질문이오. 노하우를 많이 쌓은 건설업체를 인수하면 되오. 지금 M&A 시장에 쓸 만한 건설업체 매물이 서너 개 나와 있소. 자금력도 걱정하지 않아도 되오. 믿는 구석이 있으니까…."

"혹시 인수를 검토하는 건설회사가 있습니까?"

"삼륭건설…."

"아, 좋은 회사지요. 이집트 건설공사에서 거액의 공사대금을 떼이는 바람에 부도가 나긴 했지만 도시개발, 아파트건설 등에서 핵심기술을 보유한 업체입니다."

"건설업의 장래를 어떻게 보시오?"

"낙관합니다. 중국인 관광객들이 대거 몰려듦에 따라 호텔 신축 붐이 지속적으로 일어날 것입니다. 각종 연기금에서도 부동산 자산을 늘리려 마천루 빌딩을 다투어 지을 전망입니다. 아파트 재건축 붐이 강남, 강동지역과 여의도에서 본격적으로 불 것입니다. 남북한이 통일된다면 새로운 특수(特需)가 생길 것입니다. 이 경우에 대비하여 중장기 프로젝트 태스크포스를 구성해야지요."

고열태는 회의실에 한쪽에 세워진 화이트보드 위에 그래프를 그려가며 건설업 현황과 미래를 설명했다. 목소리 톤이 높아지니 20대 청년이 말하는 것처럼 들린다. 나는 고열태에게 단도직입적으로 물었다.

"삼륭건설 인수팀장 자리를 맡아주시겠소?"

"예?"

고열태는 눈을 치뜨고 놀랐다. 다른 참석자들도 놀라기는 마찬가지였다. 운동권 출신인 서운대가 말할 기회를 노리는 눈치였다. 나와 눈이 마주친 서운대에게 내가 눈을 껌벅이며 말했다.

"거리낌 없이 발언해보시오."

"혹시 사회적 기업에 대해 관심이 있으십니까?"

"사회적 기업?"

"예, 기업의 사회적 책임을 이행하는 기업 말입니다."

"예를 들자면?"

"장애인, 노인, 제3세계 외국인 등을 임직원으로 많이 뽑고 친환경 산업을 추구하는 착한 기업…. 탈북자들을 대량 취업시켜 이들이 남한에 정착하도록 돕는 정의로운 기업…."

"구체적인 사업 아이디어가 있소? 한 가지만 소개한다면?"

"우리나라 산야에 지천으로 널려 있는 약용식물을 채취해 약재, 건강보조식품으로 가공하는 사업입니다. 은퇴한 중노년층이 야외 나들이 삼아 산에 가서 원료를 채취해 오면 적절한 값을 치르고 사주는 겁니다."

서운대의 발언을 듣던 연세라가 쿡쿡 웃었다. 얼굴이 벌게진 서운대가 정색을 하고 왜 웃느냐고 연세라에게 따졌다. 이들이 가시 돋친 설전을 벌인다.

"거창한 사회적 기업 운운하시더니 고작 산나물 가공업체를 만드시려는 거예요?"

"산나물이라니… 무슨 무식한 소리를…."

"무식하다니요?"

"제가 추구하는 업종은 바이오산업입니다. 천연 약초의 성분을 분석해서 항암제, 발모촉진제, 발기촉진제 등을 개발하자는 것이지요. 천연원료를 사용한 제품이니 인체에 부작용도 없을 것이고…."

"그게 가능한가요?"

"고급 R&D 인력을 투입하면 물론 가능하지요. 회사가 발전하면 노벨 생화학상 수상자를 연구원으로 초빙할 수도 있고… 먼 미래에 우리 회사에서도 노벨상 수상자를 배출할 수도 있고…."

"비만해소제 개발도 가능할까요?"

"물론입니다. 만들어 드릴까요?"

"예. 약효만 확실하다면 금방 사지요. 호호호···."

서운대는 마치 지금이라도 당장 첨단 의약품을 생산할 수 있는 것처럼 의기양양하게 말했다. 분위기가 화기애애하게 바뀌었다.

나는 연세라의 얼굴을 똑바로 쳐다보며 물었다. 그녀가 특효약 비만해소제 효험을 본다면 이지적인 용모의 이자벨 아자니로 변신하리라.

"실례되는 질문인데··· 지금 다니는 신문사에서 월급은 제때 받는가요?"

"창피한데요··· 한두 달 밀리기 일쑤입니다. 그나마 작년까지는 늦더라도 월급은 나왔는데 올해부터는 사정이 악화되었습니다. 취재기자도 광고를 따오라고 닦달이네요. 광고비의 10%를 리베이트로 줍니다. 그러니 사실상 월급은 없고 광고 리베이트를 받아 사는 셈이지요. 얼굴이 두꺼운 민완기자들은 이곳저곳 쑤시고 돌아다니며 약점을 캐고 그것을 미끼로 광고를 따오지요. 이들 가운데 벤츠차를 모는 사람도 있답니다."

"한마디로 요약하자면··· 경영이 어렵다··· 이 말이네요?"

"맞습니다. 원매자만 나서면 신문사를 팔아넘긴다는 소문이 나돈답니다."

"음··· 내가 그 신문사 인수를 검토해보겠소. 만약 인수한다면 신문사에서 뭘 하고 싶소?"

"예? 글쎄요··· 그냥 기자를 해야지요."

"귀하는 크세노폰 그룹의 간부로서 점령군으로 그 신문사에 들어가게 된다오. 그러니 편집국장을 맡아야지요."

"예? 편집국장?"

연세라의 눈이 휘둥그레졌다.

"왜 편집국장 자리가 마음에 들지 않으시오? 경영 전반에 걸쳐 혁신책을 내놓는다면 사장 자리에 앉아도 좋소."

"편집국장… 좋습니다!"

"오케이! 그건 훗날 일이고… 우선은 어느 박사님의 연구보조원 역할을 당분간 맡아야겠소."

"연구보조원이라니요?"

"자세한 사항은 추후에…."

참석자 모두가 몽롱한 꿈을 꾸는 듯했다. 그럴 만도 했다. 현재 비루한 삶을 살아가는 이들에게 CEO라는 천상의 자리를 제시했으니 말이다.

분위기 파악을 위해 침묵하던 강금칠이 숨을 내쉬며 말문을 연다.

"어제까지만 해도 여기에 올 땐 운전기사 자리를 얻으려 왔는데, 오늘 돌아가는 모양새를 보니 뭔가 거창한 사업을 도모하시는군요. 제 꿈을 밝히자면 연기자입니다. 이 꿈을 이루려고 목숨을 걸고 북한을 탈출했습니다. 여기서 영화사도 만든다고 하니 저를 캐스팅해 주십시오."

외모가 잘 생겼다고 연기자로 성공한다는 보장은 없다. 강금칠은 드문 미남자이긴 해도 연기력은 미지수다. 그에게 연기를 한번 해보라고 할까.

"그럼 연기 한번 해보겠소? 지금 이 자리에서…."

"못 할 것도 없지요. 연기의 기본은 연극에서 다져져야 합니다. 정통파 연극을 보여드리겠습니다. 아서 밀러의 대표작 〈세일즈맨의 죽음〉에 나오는 윌리 연기를 소화할 수 있어야 진정한 연기자입니다."

강금칠은 나름대로 연기론에 대해 설명하고 실내등을 모두 껐다.

회의실 중앙에 홀로 서서 대사를 읊는다.

　내 선친께서는 알래스카에 오래 사셨지. 모험심이 대단한 양반이었어. 우리 가계 핏줄엔 자립정신이 흐른다네. 나도 아버지가 계시는 북쪽으로 가서 살고 싶었지. 그런데 막 출발하려는 참에 파커하우스에서 어느 세일즈맨을 만났다네. 데이브 싱글먼이라는 노인이었어. 그때 그 양반은 여든네 살이었는데 31개 주에 거래처를 갖고 있다 하더군. 데이브 영감은 자기 방에서 초록색 벨벳 슬리퍼를 신은 채 거래처 총무과를 불러내더군. 그 나이에 방안에 가만히 앉아 돈을 벌더란 말이야. 그걸 보고 나도 세일즈맨이라는 직업이 남자로서 일생에 한 번쯤 할 만하다고 생각했다네.

　강금칠이 제대로 연기했는지 모르겠지만 내 눈에는 꽤 실감나게 잘했다. 목소리가 회의실 안을 꽉 채운다. 성량이 그만큼 풍부하고 발음이 정확하다는 뜻 아니겠는가. 북한 사투리 억양도 거의 고쳤다. 세일즈맨 연극대사를 들으니 수십 년 전에 문학전집 세일즈를 하던 때가 떠올랐다.

5

　"아우님, 도남그룹의 계열사가 모두 몇 개인지 아시나?"
　강남 논현동의 룸살롱 '룩소'(Luxor)에서 만난 윤경복 회장은 내가 자리에 채 앉기도 전에 이렇게 물었다.
　"공정거래위원회가 발표한 자료엔 23개로 돼 있잖아요?"

"후후후… 자네는 여전히 순진한 구석이 있군. 그런 자료를 곧이 곧대로 믿으니 말이야."

"그럼 더 있습니까?"

"기업체만도 다섯 개가 더 있지. 그 가운데 하나가 이 룸살롱이야."

"예?"

윤경복 회장은 넥타이를 풀어서 손으로 돌돌 말면서 말을 이었다.

"사립 종합대학교 하나를 곧 인수할 예정이고…."

"대학까지도요? 요즘 대학경영이 어렵다 하던데…."

"돈 벌어서 인재 양성에도 좀 쓰려고."

"어떤 인재를 키우려고요?"

"북한개발을 맡을 인재들을 중점적으로 양성하려고. 탈북자 젊은 이들을 장학생으로 입학시키고…. 다문화 가정의 아이들도…."

"쉽지 않을 텐데요."

"어려우니 내가 도전하는 거야. 이들은 앞으로 통일이 되면 핵심 일꾼으로 활약할 거야."

윤 회장의 진지한 표정은 룸살롱의 술자리 분위기와는 어울리지 않았다. 그는 허리를 꼿꼿이 세우고 거사에 앞서 출정식을 갖는 정치 테러리스트 같은 결연한 자세를 견지했다. 눈을 지그시 감더니 혼자 서 중얼거렸다.

"서연희 박사님을 모시고 왔어. 그 학교 총장 자리에 앉히려고…."

"도남문화재단 이사장으로 위촉하려 한 분?"

"맞아. 그런데 이사장 자리엔 다른 서 박사란 사람이 앉을 것 같아. 대학총장 출신인 서재권이라는 얼굴 두꺼운 인간이 새치기하고 들어 왔어."

"서연희 박사라… 생소한 이름인데요."

"한국사 논문을 다수 발표하고 주로 유럽에서 강의하신 석학이지. 한국에서는 덜 알려졌지만…. 북한에도 자주 가시는 바람에 한때 남한에 입국하기가 곤란했던 분이지."

"형님과는 어떤 인연으로 알게 되었습니까?"

윤 회장은 대답 대신에 눈을 여전히 감고 빙그레 웃었다. 한동안 그런 자세로 있더니 눈을 번쩍 떴다.

"아우님, 덕수궁 아이스케키 사건… 기억나나?"

"오래 전에 이야기해주셨지요. 형님이 청소년 시절에 겪었던 고생담…."

"그때 천사 같은 여학생이 등장했지?"

"아… 기억납니다."

"그때 그 여학생이야. 서연희…."

덕수궁 아이스케키 사건을 이야기 들으며 나도 무척 감격한 바 있다. 나 역시 서연희라는 이름을 들으니 덩달아 가슴이 뭉클해진다. 윤 회장은 분위기를 반전하려 내 어깨를 흔들며 고성을 지른다.

"자! 오늘 모처럼 귀한 술자리를 마련했으니 자네가 깜짝 놀랄 여성을 소개해 주겠네."

"서연희 박사님을요?"

"아니, 서 박사는 며칠 후에…."

"글쎄요. 서 박사님이 아니라면 제가 깜짝 놀랄 여성이 있을까요?"

윤 회장은 위스키를 조금 마신 후 가자미식해를 덥석 베어 물며 말했다. 가자미식해는 룸살롱 부근에 있는 북한식 식당에서 일부러 사온 것이었다.

"이 룸살롱 사장이 누군지 모르겠지?"

"오늘 처음 오는 곳이니 모르는 게 당연하지요."

형님과 수십 년간 여러 단골 술집을 함께 다녔지만 룩소는 처음이었다. 형님은 의미심장한 미소를 짓더니 지배인에게 사장을 모셔 오라고 말했다.

"자네도 아는 사람이야."

"반줄의 새끼마담?"

"그런 아이와는 차원이 다른 인물이야. 내 사업에 중요한 역할을 하는 유능한 여성 사업가이지. 이 룸살롱은 나와 동업하는 곳이고 그이는 이런 룸살롱을 몇 개 더 갖고 있지. 말이 룸살롱이지 사실은 고수익성 중소기업이야. 그이는 최근에 테헤란로에 있는 15층짜리 빌딩도 산 여걸(女傑)이라네. 요즘엔 영화투자로도 재미를 봤다지. 과천경마장의 우승 경주마 세 마리를 가진 마주(馬主)이기도 하고. 후후후…."

이렇게 뜸을 들이는 것으로 봐 무슨 거물이 나타나려나? 호기심 때문인지 목이 말랐다. 온더락스 술잔에 얼음과 위스키를 넣고 한꺼번에 들이켰다.

형님은 은행 알을 입에 톡톡 던져 넣어 먹으며 말을 이었다.

"여기는 단순히 술을 파는 룸살롱이 아니야."

"단순하지 않다면?"

"야간 집무실이라 할까. 전략기획실이라 할까. 다목적으로 쓰는 곳이라네. 한국식 경영모델의 산실이지. 중요한 전략적 의사결정이 이뤄지는 신비의 장소…."

"시인답게 룸살롱을 너무 미화하십니다요."

"미화라니? 엄연한 사실이요, 진실이로다!"

"증권회사 인수 때 채권은행들의 출자전환 결정을 받아낸 곳이 바로 이 방이야. 낮에는 그렇게 뻣뻣하게 굴던 몇몇 은행장들이 여기서 재무장관, 국회 재경위원장 등과 함께 모여 폭탄주 몇 잔 마시니까 금세 나와 호형호제 하자는 거야."

형님의 표정엔 부패한 현실에 대한 냉소가 어렸다. 그는 은행알에 이어 생밤을 입에 톡톡 던져 넣어 먹었다.

"사장님, 오셨습니다아…."

지배인의 목소리가 들리더니 은빛 드레스를 입은 중년 여성이 나타났다. 몸피가 두툼한 편이고 영화 〈클레오파트라〉에 출연한 엘리자베스 테일러처럼 짙은 눈화장을 했다.

"여기 장창덕 사장을 모시고 왔소. 알아보시겠소?"

여사장은 나를 응시하더니 아! 하는 짧은 탄성을 뱉었다. 나는 빈속에 마신 위스키 탓인지 눈앞이 어른거려 그녀의 얼굴 윤곽이 시야에 얼른 들어오지 않았다.

"정말 오랜만이에요."

그녀가 그렇게 말하자 어디선가 들은 듯한 음성이었다.

"예, 예."

나는 건성으로 그렇게 대답하고 멍하니 앉아 기억을 더듬었다. 언제, 어디서 만난 여성인가?

"창덕 씨, 나 모르시겠어요?"

"예?"

얼굴 윤곽이 내 기억 속에 켜켜이 쌓인 숱한 여성들의 잔상(殘像) 가운데 하나와 맞아떨어지는 것 같기도 하다. 누구인가?

"저, 미스 정이에요."

"미스 정?"

"맞아요. 문학전집 팔 때의 그 미스 정⋯."

"아⋯."

나는 갑자기 숨이 턱 막혀 말을 잇지 못했다.

내 젊은 시절의 마돈나⋯. 세월의 더께가 내려앉긴 했어도 그녀는 여전히 뇌쇄적인 용모를 지녔다. 당당한 체격에 교양미마저 풍긴다. 나는 미스 정과 뜨거운 밤을 보내는 꿈을 간간이 꾸었다. 어느 때는 그 장면이 실제였다고 믿어지기도 했다. 실제 장면이 꿈으로 나타나는 것인지, 자꾸 꿈을 꾸다보니 그런 믿음이 생기는 것인지⋯. 언젠가는 내 몸을 덮친 미스 정의 왕가슴을 올려다보며 내가 부지런히 배구 토스 동작을 하는 꿈을 꾸고는 잠에서 깨어나 죄책감에 시달리기도 했다.

술자리에서 짓궂은 왈패는 "여기 앉은 호걸님들, 각자 첫 경험에 대해 밝혀봅시다. 시점과 장소, 분위기 묘사를 가능한 한 자세하게⋯"라 제의하며 음흉하게 웃는 때가 있다. 첫 경험이란 총각 딱지를 뗀 추억을 말한다.

이런 곤혹스런 때 으레 미스 정이 떠올랐다. 언젠가 만취상태에서 미스 정과 울긋불긋한 동백꽃무늬 벽지가 돋보이는 싸구려 여관방에서 함께 잠을 잔 적이 있었다. 그때 첫 경험을 했는지, 몽상일 뿐이었는지 알 수가 없다.

"창덕 씨도 이제 노숙하게 보이네요. 호호호⋯."

윤경복 회장은 미스 정과 나를 번갈아 바라보며 느물느물한 미소를 지었다.

"아우님, 지금도 미스 정이라고 불러? 세월이 얼마나 흘렀는데…."

미스 정은 나와 윤 회장 사이에 앉았다. 그녀는 온더락스 술잔 3개에 위스키를 따르더니 세 사람 앞에 놓았다.

"재회의 축배를 드셔야지요."

나는 여고를 갓 졸업한 미스 정의 모습을 떠올리며 여전히 감정정리가 되지 않은 상태에서 얼떨결에 술을 마셨다. 나의 표정이 굳어졌는지 윤 회장이 큰 소리로 허세를 부렸다.

"아우님, 옛날에 자네와 내가 미스 정을 서로 차지하려고 쟁탈전을 벌였지? 우리는 연적이었어. 하하하…."

내가 어색한 표정을 풀지 않자 미스 정이 분위기를 반전하려 박수를 치며 말했다.

"당시에 제가 두 분을 대할 때 중전마마가 된 기분이었답니다."

뜬금없이 웬 중전마마? 가난한 책 세일즈맨 틈에 있었으면서….

"제가 경복궁, 창덕궁에서 살지 않았겠어요? 윤경복, 장창덕…. 두 분의 이름이 묘하게도 우리나라 양대 궁궐 이름이어서…."

윤 회장은 옛날 일을 상기하는지 고개를 갸우뚱거리며 대답했다.

"그렇잖아도 어릴 때 친구들이 내가 사는 친척네 판잣집을 보고 경복궁이 이렇게 초라하냐고 놀렸지. 어머니가 돌아가시기 전에 경복이란 이름을 누가 지었는지 물은 적이 있어. 어머니 말씀으로는 인민군으로 참전하는 아버지가 아이를 밴 어머니에게 아들이나 딸이나 관계없이 아기가 태어나면 경복이라 부르라고 했다더군. 경복궁 같은 대궐에서 살라고…."

내 의붓아버지의 뜻과 같았다. 내가 창덕궁 같은 큰 집에서 살라고 창덕이라 작명한 것과 같은 취지였다.

오늘 윤 회장을 보니 전체적인 인상이 내 의붓아버지와 비슷하다는 느낌이 든다. 양쪽 눈썹이 하늘로 치솟아 삼국지의 영웅 관운장 같다. 용이 승천하는 모양처럼 생겼다. 윤 회장은 젊은 시절에는 프로레슬러처럼 위풍당당한 체구였으나 중년 이후엔 살이 빠지면서 호리호리한 체격으로 바뀌었다. 의붓아버지의 이름도 기억나지 않는다. 성씨는 유 씨인 것으로 어슴푸레 기억한다. 그는 어머니와 법적으로 혼인한 사이가 아니었기에 내 호적등본엔 그의 이름이 올라 있지도 않았다. 그와 어머니가 이승을 떠난 지도 오랜 세월이 흘렀다.

"아우님, 요즘 창덕궁이 어디에 있는가?"

"창덕궁이 어디에 있다니요? 서울시내 한복판에 있다는 걸 아시면서…."

"그 창덕궁 말고…. 아우님이 사는 집 말이야."

"창덕이가 사는 창덕궁? 수서동입니다. 그럼 경복궁은 어딨습니까?"

"논현동에 있네. 하하하…."

6

"서연희 박사님을 소개해줄게. 모레 점심 때 재동에 있는 한뫼촌으로 오시게."

윤경복 회장의 전화를 받고 호기심이 발동했다. 서연희 박사는 어떤 인물일까. 인터넷을 검색했더니 아무런 정보가 올라와 있지 않았다. 도남그룹에서 인수할 종합대학교의 총장을 맡을 사람이라면 상당한 사회적 지위가 있을 터인데…. 유럽에서 활동했기에 한국에는 흔적을 남기지 않았을까.

한뫼촌은 전설적인 무용가 최승희가 살았던 집이다. 전통 한옥 마당에 장독들이 즐비하다. 요즘은 한정식을 파는 음식점으로 사용된다. 윤 회장은 가끔 나를 이곳으로 불러 최승희에 대해 이야기해주곤 했다.

"일제 강점기에 조선, 일본을 통틀어 최고로 손꼽힌 천재적인 춤꾼이었지. 희대의 무용가 이사도라 던컨이 조선에서 환생했다는 말이 나돌 정도였어. 20대 후반 나이인 1939년에 프랑스 파리에 있는 샤이오 궁에서 공연했을 때 관객 가운데 피카소, 마티스 등 쟁쟁한 예술가들이 있었어. 그들은 최승희의 절제된 춤사위를 보고 한눈에 반했다 하더군. 피카소는 최승희의 춤을 그림으로 그리기까지 했지."

"형님이 언제부터 무용에까지 관심을 갖게 되셨습니까?"

"우연한 계기로…. 내가 존경하는 어떤 분이 최승희 선생의 조카라는 사실을 알면서부터…."

윤 회장은 최승희를 거론할 때마다 옷깃을 여미고 자세를 바로 잡았다. 의아하게 보였지만 일일이 캐묻기도 곤란했다.

윤 회장의 그런 신비주의 행동 때문인지 나도 최승희에 대해 관심을 갖기 시작했다. 최승희 관련서적도 몇 권 읽었다. 1911년생으로 숙명여학교를 다녔고 일본에서 무용을 배워 서울에 최승희 무용연구소를 세운 인물이다. 서양 무용과 한국의 전통 춤사위를 접목하여 새로운 몸놀림을 창조한 무용가…. 해방 후 월북해 김일성으로부터 환대를 받았으나 나중엔 숙청된 비운의 예술가…. 예술을 정치 이데올로기의 도구로 전락시킬 수 없음을 고집한 진정한 아티스트….

나는 한뇌촌에서 식사할 때마다 으레 20~30분 전에 미리 도착한다. 마당에 우두커니 서 있거나 방에 앉아 불세출의 무용가 최승희를 회상하기 위해서다. 무용에 대해 아는 바는 없지만 파란만장한 삶을 살아간 최승희에 대한 경의를 표한다는 자세로….

자그마한 방에 앉아 최승희의 예술혼과 대화를 나눌 때다. 바깥에서 윤 회장의 목소리가 들렸다. 방문이 열리더니 윤 회장과 서연희 박사가 함께 나타났다.

"헉!"

나는 얕은 신음을 뱉었다. 서 박사가 최승희와 너무도 닮았기 때문이다. 물론 내가 아는 최승희란 누렇게 바랜 흑백사진에서의 모습이다. 갸름한 얼굴에, 사슴 같은 눈망울…. 딱히 미인이랄 수는 없었지만 단아한 용모였다. 서연희와 최승희는 그런 점에서 비슷했다. 굳이 차이가 있다면 서연희는 눈이 큼직해서 상대방에 대한 호소력을 가졌다는 점이었다. 서연희의 몸놀림도 고수 무용가처럼 유연했다. 방석에 앉을 때 나비가 춤을 추며 꽃에 앉듯 부드러운 자태였다. 마치 체중이 없는 사람처럼….

윤 회장은 서 박사 앞에서 고개를 숙이고 쩔쩔맸다. 아이스케키 사건에 대한 콤플렉스 때문인 듯하다. 유들유들하고 입담이 좋은 윤 회장이 신중하고 과묵한 성격으로 돌변하니 의아하다.

나도 서연희의 지위 때문에 부담을 느꼈는지 말을 더듬거리며 그녀에게 물었다.

"호… 혹시 최승희 선생과 닮으셨다는 이… 이야기를 자… 자주 듣지 않으시는지요?"

"최승희 선생은 제 이모뻘 되는 분입니다. 제가 어릴 때 집안 어른들이 늘 그렇게 말씀하셨지요. 제가 그 이모를 빼닮았다고….”

그날 점심 자리엔 두어 시간 앉았다. 그 후에도 한뫼촌에서 윤 회장, 서 박사, 나, 이렇게 세 사람이 자주 만났다. 대학교 인수, 사업 확장 등 여러 사안을 논의했다. 인생 역정에 관한 회고담도 나누었다. 이런저런 이야기를 종합하면 서연희라는 여성이 살아온 길은 다음과 같이 요약할 수 있겠다. 약간의 픽션을 가미해서 정리해 본다.

7

서연희는 대학에서 한국역사를 전공했다. 한적(漢籍) 사료를 읽는 데 필요한 한문실력을 키우려 지곡서당에서 무릎을 꿇고 2년간 공부하기도 했다. 이때 서연희는 초서(草書)를 한자 정자체로 옮기는 탈초(脫草) 작업에 관여하면서 옛 사람들의 속마음을 읽었다. 또 서양측 자료를 해독하려 불어, 독일어, 러시아어 등 여러 외국어를 익혔다.

대학 졸업 후 미국 하버드대학교의 옌칭연구소, 프랑스 파리의 기메박물관 등에서 학예사로 일하며 한국사 자료를 모았다. 박사 학위는 파리8대학에서 받았다. 논문 주제는 청일전쟁이었다. 청일전쟁은 동아시아의 새로운 역학관계를 형성한 중요한 국제전쟁이었다. 이 전쟁에서 청나라가 일본에 참패함으로써 일본 제국주의의 묵직한 주먹 힘이 국제무대에서 공인되었다. 영국, 프랑스, 독일 등 서양의 제국주의는 힘이 빠진 청나라를 더욱 세차게 몰아치며 잇속을 챙겼다.

서연희는 한국 근현대사를 제대로 연구하기 위해서는 동아시아사,

나아가 세계사를 훑어야 한다는 지론을 가졌다. 대원군의 쇄국정책이니 어쩌니 하는 좁은 사관만으로는 설명되지 않는 사안이 너무도 많다. 임진왜란은 조선과 일본이 맞붙은 양자(兩者) 대결이라기보다 명(明), 조선, 일본 등 동양 3국이 벌인 건곤일척의 대전으로 보았다. 명나라는 이 전쟁의 후유증으로 곧 멸망했다. 1904~1905년에 벌어진 러일전쟁도 그렇다. 러시아와 일본이 동아시아에서의 패권을 차지하려 자웅을 겨룬 싸움이었는데 전쟁터는 한반도 주변의 바다였다. 1950년에 터진 6·25전쟁은 2차 세계대전 이후 냉전상태이던 자본주의 세력과 공산권의 갈등이 한반도에서 폭발한 것으로 사실상 3차 세계대전 양상을 띠었다. 한반도가 그만큼 세계사에서 중요한 위치를 차지하는데 정작 한국인들은 그런 사실을 잘 모른다.

"도대체 역사는 왜 공부하나요? 케케묵은 옛날 일을 알아서 뭐한다는 거죠?"

이런 질문을 던지는 학생들이 있게 마련이다. 서연희는 대학에서 역사학을 가르치면서 2차 세계대전 때 레지스탕스 활동을 하다 독일군에게 잡혀 사형당한 역사학자 마르크 블로크의 명저 《역사를 위한 변명》을 소개하며 다음과 같이 대답하곤 했다.

"현재를 잘 이해하려면 과거를 알아야 합니다. 마찬가지로 미래를 잘 예측하려면 현재를 제대로 파악해야 하지요. 역사를 공부하면 현재와 미래에 대한 통찰력이 생깁니다."

서연희는 프랑스의 인권운동가 다니엘 미테랑 여사를 존경해 여사가 설립한 '프랑스 자유재단'에서 자원봉사 활동을 하기도 했다. 여사는 2차 세계대전 때 교육자이던 부모를 도와 어린 소녀의 몸으로 나치에 맞서는 레지스탕스 활동에 가담했을 정도로 행동파 여성이었다. 그녀는 1944년 10월 프랑수아 미테랑이란 레지스탕스 전사 청년과 결혼했는데 훗날 프랑수아는 프랑스 대통령이 된다. 다니엘 여사는 북한에 대해서도 관심을 가졌다. 남북한을 모두 방문한 그녀는 서연희에게 "남북한이 평화스럽게 살도록 함께 힘써보자"고 말했다. 여사는 "북한의 들쭉술을 마셔보니 프랑스 와인보다 향기가 더 좋더라"고 추켜세웠다. 서연희는 다니엘 여사가 티베트인과 쿠르드족의 인권 향상을 위해 동분서주할 때 그 지역 역사학자들을 여사에게 소개했다.

서연희는 프랑스 남자와 결혼했다. 그는 유명한 정치학자 모리스 뒤베르제의 조카뻘 되는 사람으로 한글의 과학성을 연구하는 언어학자였다. 그는 "전생에 나는 한국인임에 틀림없다"고 역설하며 프랑스에서 늘 개량한복을 입고 다닐 정도로 '친한파'(親韓派)였다. 그는 청년시절에 한국에 와서 연세대 어학당에 다녔고 한국에서 석사, 박사 학위를 받았다. 그는 프랑스의 여러 대학에서 한국어, 한국문화를 강의했다.

남편 성씨를 따서 서연희의 이름은 '연희 뒤베르제'로 바뀌었다. 부르기 쉽게 '요니 뒤베르제'로 표기했다. 그러니 인터넷으로 서연희를 검색하면 활동이력이 나오지 않는 게 당연했다.

서연희 부부는 유럽 곳곳에서 열리는 한국학 관련 학술세미나에 열성적으로 참석했다. 어느 가을에 남편 뒤베르제 박사는 스웨덴 스톡홀름에서 진행되는 언어학 세미나에, 서연희는 터키 이스탄불에서 개막되는 역사학 대회에 각각 참가했다. 남편은 폴란드, 네덜란드에서 만날 사람들이 있다며 편의상 승용차를 몰고 스톡홀름까지 갔다.

남편은 북한의 인권에 관심이 많았다. 유럽의 지식인들에게 북한 인권상황을 알리려 런던, 베를린, 로마 등지에서 강연회를 가졌다. 중국에 떠도는 탈북 '꽃제비' 청소년들을 한국에 보내는 활동을 펼치는 선교단체에 후원금을 보냈다. 이 때문에 북한측 인사로부터 "까불지 말라"는 협박성 경고전화를 자주 받았다.

서연희는 이스탄불에서 프랑스 파리의 자택에 돌아오자마자 비보(悲報)를 들었다. 남편이 폴란드 바르샤바 교외의 고속도로에서 승용차를 몰고 가다 트럭과 부딪혀 사망했다는 소식이었다.

서연희는 망부(亡夫)의 슬픔을 잊으려 저술과 연구활동에 더욱 몰두했다. 오스트리아 빈에서 열린 동양사 학술대회에 갔을 때다. 서연희는 동학 농민혁명에 대한 논문을 발표했다. 북한학자 3명도 참석했는데 모두 서연희의 논문이 우수하다고 입이 마르도록 칭찬했다. 서연희는 그때 북한학자를 처음 만났다. 꾀죄죄한 양복 차림의 그들은 하나같이 눈매가 선하고 피부색이 새카맸다. 북한 역사학계에서 거두로 꼽히는 단장은 60대 중반의 학자인데 치아가 여러 개 빠져 안쓰러워 보였다.

이들과 함께 온 주(駐) 제네바 북한대표부에 근무하는 외교관 백영규는 얼굴이 하얀 귀공자상으로 여느 북한사람들과는 용모가 조금 달랐다. 백영규는 김일성대학을 수석으로 졸업한 수재로 프라하, 바르샤바 등에서 근무했다고 한다.

학술대회의 휴식시간에 서연희는 백영규와 커피를 마시며 담소를 나누었다.

"청일전쟁 때 평양에서 가장 치열한 전투가 벌어졌지요. 우리 백성들은 그 틈바구니에서 무고하게 떼죽음을 당했답니다. 제가 요즘 그 사안에 대해 연구하는데 제대로 정리된 자료를 못 구하겠네요. 혹시 평양 현지에 그런 자료가 있을지요?"

서연희는 이렇게 민간인 피해사례를 백영규에게 구해달라고 요청했다.

몇 달 후 우편으로 그 자료를 받은 서연희는 이를 바탕으로 새 논문을 작성했다. 이 논문은 역사학술지 〈히스토리아〉에 게재되어 학계에서 주목받았다. 이 일을 계기로 가끔 백영규와 편지를 주고받는 사이가 됐다.

스위스 제네바에서 학술대회가 열렸을 때 서연희와 백영규는 오랜만에 재회했다. 대회 둘째날에 북한학자들이 독감에 걸려 불참했다. 대회장에 혼자 온 백영규가 휴식시간에 서연희에게 다가와 잠시 보자고 했다. 둘은 컨벤션센터를 빠져 나와 장자크 루소의 생가 옆에 있는 작은 카페에 들어갔다. 독한 에스프레소 원액 커피를 2잔씩 마시며 둘은 두어 시간 동안 이야기했다. 점심식사는 샌드위치로 허기를 때우는 정도로 간단하게 했다.

백영규는 루소를 '룻쏘'라 발음했다.

"루소 생가 옆이니 루소의 파란만장한 삶이 떠오르는군요."

"남조선에서도 룻쏘가 중요한 인물입니까?"

"물론입니다. 중고교 교과서에 루소의 주요 저작인 《사회계약론》과 《인간불평등기원론》이 소개될 정도니까요."

"룻쏘 선생은 인간불평등의 기원이 사유재산에서 비롯됐다고 보았지요. 그런 점에서 맑스 선생이 룻쏘에게 영향을 받은 것으로 봅니다."

"프랑스혁명의 사상적 배경이 루소의 혁신사상이었지요. 그러니 그가 인류사에 남긴 족적은 엄청나다고 하겠네요."

"시계 제작 견습공으로 일을 시작한 룻쏘가 그 일을 계속했다면 지금 아무도 그의 이름을 기억하지 못하겠지요."

"루소는 고향 제네바를 떠나 프랑스 곳곳을 돌며 살롱에서 강연으로 인기를 끌었고, 급진사상 탓에 탄압도 받았지요. 미소년으로 용모가 돋보여 귀족 부인들의 연인으로 사랑받기도 했고…."

루소에 대해서만도 거의 1시간이나 대화가 이어졌다.

"북한의 식량사정이 어렵지요?"

"인민들이 살아가기가 몹시 힘듭니다."

"언론보도를 보면 평양 시내는 건물이나 시민 옷차림이나 모두 괜찮던데요."

"평양은 특별히 은혜 입은 사람들이 사는 곳이지요. 당 간부 가족이나 각별한 재능을 가진 사람들이 평양시민이 될 수 있지요. 북조선에서 평양은 매우 특별한 곳입니다. 다른 곳은 처참합니다."

"이런 북한체제가 얼마나 지속될 것으로 봅니까?"

"……."

서연희는 백영규가 답변하기 곤란하다는 점을 잘 알았다. 묵묵부답일 때는 백영규의 눈망울을 세심히 살폈다. 눈이 대신 답변할 거라는 믿음 때문이었다.

"북한 내부에서는 지도부에 대한 비판세력이 없나요?"

"……."

너무 민감한 사안에 대해서는 더 이상 질문하지 않았다. 서연희가 화제를 돌려 최승희 이야기를 꺼냈더니 공감대가 형성됐다.

"저희 먼 친척 어르신인 시인이 최승희 선생과 잘 아는 사이라고 합니다."

"그 어르신 함자가 어떻게 되나요?"

"남조선에서는 아마 이름이 사라져 잘 모르실 겁니다."

"누구신데요?"

"백기행… 백석이란 필명으로 더 알려졌지요."

"백석! 잘 알지요. 아다마다요. 요즘엔 월북 예술인들이 복권되어 활발히 연구되고 있습니다."

서연희는 미남 청년 백석이 노년에는 어떤 얼굴로 변모했을까 궁금해하면서 백석에 관한 일화를 백영규에게 말했다.

"백석의 시 가운데 '통영'이란 작품이 몇 개 있답니다. 청년 백석이 조선일보 기자로 일할 때 통영을 몇 차례 여행하고 쓴 것이지요. 그때 백석은 통영에 사는 박경련이라는 여성을 사모했는데 그녀에 대한 애정을 시에 담았지요. 물론 그 짝사랑은 이루어지지 않았지요. 박경련은 백석의 친구 신현중과 결혼했답니다."

"박경련? 아, 그런데… 통영 출신 박경… 뭣이라는 작가가 계시지요? 공화국에서도 박 선생의 작품이 더러 읽히는데요."

"박경리 선생입니다. 박경리 선생의 본명은 박금이… 박경리라는 필명은 소설가 김동리 선생이 지어준 것인데… 그러고 보니 김동리 선생이 자신의 이름 '리'에다 박경련을 합성해서 박경리라는 이름을 만든 것 같네요."

대회장에 돌아와 보니 그날 모임이 거의 끝나가고 있었다. 서연희는 백영규에게 한국에서 나온 한영사전, 영한사전을 선물했다. 북한의 사전보다 어휘가 훨씬 풍부해 북한 요인들의 자제들이 이를 즐겨 본다는 풍문을 들었기 때문이다.

"귀중한 선물, 감사합니다. 혹 여분이 있으면 한불사전, 불한사전도 주신다면…."

학술대회 마지막 날, 서연희는 백영규로부터 뜻밖의 초대를 받았다. 그날 저녁, 제네바 시내에 있는 북한대표부 저택에서 열리는 만찬 모임에 오라는 것이다. 학술대회에 참석한 학자들도 모두 온다고 했다. 레만 호수 바로 옆이어서 거리도 가깝단다.

서연희는 프랑스 국적자이므로 한국 국적자처럼 북한 공관에 못 들어갈 이유가 없었다. 그러나 오랜 세월 반공교육을 받았기에 상상만 해도 온몸이 떨렸다.

반공 웅변대회에서 초등학생 참가자가 두 팔을 뻗고 온몸을 부르르 떨며 "이 어린 연사, 김일성 도당을 때려잡기 위해 이 한 몸 기꺼이 바칠 것을 여러분 앞에서 굳게, 굳게 다짐합니다!"라고 절규하는 모습을 해마다 목도하며 성장한 서연희였다. '때려잡자 김일성, 무찌르자 공산당!'이라는 표어는 너무나 익숙했다. 유년시절엔 '빨갱이'들은 눈이 쭉 찢어지고 얼굴이 불그죽죽하게 생긴 족속으로 알았다.

"걱정 마십시오."

백영규는 서울 표준어에 가까운 말씨로 서연희를 안심시켰다. 북한학자들의 면면도 평생 공부만 해온 서생(書生) 분위기여서 공포를 일으키는 사람 같지는 않았다. 서연희는 불안하면서도 한편으로는 묘한 호기심이 발동했다. 곰곰 생각해보니 못 갈 이유가 없었다. 용기를 갖고 이런 곳에 가서 북한의 고위 외교관들과 대화를 나누는 것이 역사학자로서의 작은 사명이라고 느꼈다.

"좋아요."

서연희는 그렇게 수락하고 학술대회 폐회 직후 북한측 벤츠를 타고 공관으로 갔다. 대회장에서 불과 10분 걸렸다. 주택가에 자리 잡

은 2층 저택인데 정원에는 제법 굵은 느티나무, 자작나무들과 울긋
불긋한 화초들이 심어져 있었다. 공관과 관저로 함께 쓰는 듯했다.
정원 한구석에 어린이 놀이터가 보였고 거기서 외교관 자녀들이 뛰
어 놀고 있었다. 제네바에는 각종 국제기구가 많아 각국의 외교 대표
부가 있게 마련이다.

"서 박사님, 어서 오시오. 반갑습네다."

대표부 대사는 이렇게 환대했다. 정갈한 한식으로 차려진 식사를
대접받았다. 참석자는 모두 12명. 대사는 서연희가 청일전쟁을 어떻
게 해석하는지를 집중적으로 물었다. 아마 서연희의 박사학위 논문
요약본을 읽은 듯했다.

"공화국에서 갖고 온 약술 한 잔 마셔 보시라우."

대사가 하도 정성스레 권하기에 잔을 받지 않을 수 없었다. 알싸한
향기가 어우러진 독주였다. 목구멍이 짜르르할 정도로 도수가 높았
다. 마시고 나서 대사가 술병을 감싼 비단 포장을 열어보였다. 병 안
에 똬리를 틀고 죽은 뱀 한 마리가 들어있었다.

마시기 전에 그 뱀을 봤으면 당연히 거절했을 텐데 마신 후에 보니
어쩔 수 없었다. 어쩌면 이렇게라도 마시지 않았다면 언제 그 유명하
다는 뱀술을 마셔보랴.

"하하하… 서 박사님, 대단하시오."

대사는 홍소(哄笑)를 터뜨리며 서연희가 뱀술을 호기롭게 마신 기
개를 칭찬했다. 대사는 벽초 홍명희 작 《림꺽정》을 읽어봤느냐고 물
었다. 서연희는 조선시대사를 연구하면서 이 책을 독파했다고 대답
했다. 문학, 역사가 주요 화제였다.

저녁식사가 끝나고 대사는 대사 집무실에 서연희를 안내해 가서

백영규를 배석시키고 홍차를 마시자고 했다. 향긋한 홍차 향기가 후각을 자극할 때 대사는 의미심장한 미소를 지으며 말했다.

"서 박사님, 언제 공화국에 한 번 방문하시라우."

"예?"

"평양에 오시라… 이 말이오. 정식으로 초청하갔시오."

공화국이라…. '조선민주주의인민공화국'은 나라 이름과는 달리 최고권력자가 인민의 손에 의해 뽑히지 않고 세습되고 있으니 사실상 '왕국' 아니겠는가. 강희제, 옹정제, 건륭제 등 3대에 걸친 위대한 황제가 통치한 청나라 융성기를 보면 세습왕조가 더 효율적으로 보이기도 하지만…. 서연희는 공화국과 왕국의 의미를 새삼 따져봤다. 유권자가 대표를 뽑는 공화국 체제에서 대표는 유권자를 위해 헌신하려 노력한다. 세습 왕국에서는 왕이 신민(臣民)의 눈치를 거의 보지 않는다. 반정(反正)이 성공하지 않는 한 왕조는 지속된다. 물론 조선의 경우 반정이 아니라 일본에 의해 왕조가 무너졌다. 백성들이 탐관오리의 가렴주구에 시달리던 조선 말기 상황에 대해 어느 외국인은 "조선은 스스로 망할 힘조차 없는 나라"라고 꼬집었다.

서연희는 파리에서 공부하면서 이응로 화백, 윤이상 작곡가 등이 북한을 방문하였다는 이유로 고초를 겪은 사실을 교민들에게서 자주 들은 바 있다. 자기에게도 북한방문 초청이 들어오니 처음엔 무척 당황했다.

그러나 백영규와 그후에도 여러 차례 만나면서 신뢰가 쌓였고 그러다보니 북한에 대한 호기심이 더욱 커졌다. 청일전쟁의 격전지 대동강 부근도 직접 답사하고 싶었다.

서연희는 마침내 북한을 방문했다. 한국의 학술원격인 조선민주주의인민공화국 과학원의 여러 학자들이 서연희를 맞았다. 유럽에서 만났던 북한학자들과 재회했고, 김일성대학, 평양외국어대학 등에서 강연을 했다.

김일성대학에서 한 강연의 주제는 '일본의 역사왜곡'이었다.

"1982년 6월 일본 문부성은 고교 역사교과서를 검정할 때 일본의 중국 '침략'을 '진출'로 바꾸어 쓰도록 하고 침략 주체를 모호하게 서술하도록 지시했습니다."

질의응답 시간에 맨 앞자리에 앉은 학생이 독도 문제에 대해 언급했다.

"일본 제국주의는 아직도 버릇을 고치지 못하고 독도를 자기 땅이라고 우긴다고 들었습네다. 2차 대전 때 히로시마, 나가사키에서 핵폭탄 맛을 보고서도 아직도 정신을 못 차린 쪽발이 놈들을 우리 공화국이 혼을 내야갔습네다."

서연희는 일본을 규탄하는 발언 수위가 너무 높아 강연을 서둘러 마쳤다. 질문에 대한 대답은 생략했다.

평양외국어대학에 갔을 때는 '난세의 야심가 원세개(위안스카이), 그는 어떤 인물인가?'라는 주제로 특강을 했다. 서연희는 위안스카이가 동아시아의 현대사에서 매우 흥미로운 캐릭터라고 생각했다. 언젠가 칸 영화제에서 만난 어느 한국인 영화감독이 영화 소재로 삼을 만한 역사 인물을 추천해달라기에 위안스카이를 소개하기도 했다. 서연희가 평양외국어대 학생에게 들려준 특강 요지는 다음과 같다.

위안스카이(袁世凱, 원세개)라는 인물을 아시는지? 중국에서 황제 자리에도 잠시 앉은 거물이니만큼 '인물탐구'를 해볼 만한 대상자이다. 더욱이 그는 구한말에 청나라 대표 자격으로 조선에 와서 10년간 머물며 총독 행세를 했다.

1882년 임오군란 때 청국 군대가 이를 진압하려 조선에 온다. 23세 청년 위안스카이는 군수품 보급 책임자로 조선 땅을 밟았다. 1884년 갑신정변이 일어나자 위안스카이가 앞장서 진압했다. 위안스카이는 청일전쟁(1894년) 때까지 거의 조선에 머물면서 조선 내정에 관여했다. 조선의 여성 3명을 첩으로 두기도 했다.

위안스카이는 실권자 서태후의 총애를 받았고 의화단 활동을 강경하게 진압함으로써 서양 열강으로부터도 신임을 얻게 되었다. 1905년 러일전쟁이 끝나자 위안스카이의 세력은 전국으로 넓어졌다.

1912년 2월 12일 260여 년간 지속된 청왕조는 막을 내렸다. 이튿날 쑨원은 임시대총통직에서 물러났으며 위안스카이가 대총통이 됐다. 1916년에 접어들면서 위안스카이는 자신을 중화제국의 황제라고 불렀으나 83일 만에 물러난다. 그는 곧 6월 6일 병석에서 사망했다. 향년 58세. 그의 사후에 자식들은 엄청난 유산을 물려받아 방탕한 생활을 했다. 조선인 김 씨와의 사이에 태어난 원극문만은 예외로 절제하는 삶을 살았다. 원극문의 3남인 원가류는 미국에 건너가 세계적인 물리학자로 활동했다.

위안스카이는 '시대의 간웅'이라 불렸다. 그의 인물상을 살피면 100년 전 한중일 3국 관계를 이해하는 데 큰 도움을 얻는다. 동북아시아의 미래를 살피는 데도 위안스카이의 생애는 큰 시사점을 던진다.

강연을 마치자 우레 같은 박수가 쏟아졌다.

"원세개 영화는 만들어졌습네까?"

이런 질문을 받았는데 안타깝게도 아직 영화화 계획을 들은 바 없었다. 강연을 들은 교수 한 분이 평양외국어대학 도서관에 원세개와 청일전쟁 관련자료가 제법 있다고 귀띔해주었다. 덕분에 서연희는 청일전쟁 전투상황을 기록한 민간인 문집을 수십 권 복사할 수 있었다. 소중한 연구자료를 얻어 뿌듯했다. 그러나 최승희에 관한 자료는 거의 얻지 못했다. 북한 관계자들은 최승희에 대해 언급하기를 꺼리는 눈치였다.

서연희는 숙소에 놓인 장편소설 《력사의 대하》라는 두툼한 책을 읽어봤다. 북한의 인민작가 정기종이라는 소설가의 작품이었다. 북한체제를 찬양하고 미국을 비난하는 내용이었다. 핵무기 개발의 정당성을 알리려는 뚜렷한 목적으로 집필된 것이어서 정통파 문학과는 거리가 멀었다.

9

몇 달 후 서연희는 제네바에서 백영규를 다시 만났다. 루소 생가 부근의 그 카페가 이제는 둘이 만나는 아지트가 되었다. 그 사이에 백영규는 눈언저리가 시커멓게 될 정도로 초췌해졌다.

"건강이 좋지 않으세요?"

"아, 아닙니다. 후임자에게 업무를 인계하느라 피곤해서….."

"다른 곳으로 가세요?"

"평양으로… 외교관이야 늘 왔다갔다하지요."

백영규는 주위를 자주 살폈다. 혹시 밀회가 들킬까봐 노심초사하는 눈치였다. 서연희는 마음 놓고 속내를 털어놓으려면 자기 방에 백영규를 데려가야 했다. 바깥엔 어둠이 서서히 깔렸다.

"가시지요. 제 호텔 방으로…."

제네바 시내의 뫼벤픽 호텔은 투숙객과 방문객이 많아 늘 북새통을 이룬다. 숙박시설뿐 아니라 사무실도 많아 여러 국가의 제네바 대표부가 이곳에 입주해 있다. 서연희와 백영규는 손님 인파에 묻혀 슬그머니 엘리베이터에 탔다.

호텔 방에 들어서자 미니바에서 술을 꺼냈다. 둘은 마주 앉았다. 서연희는 맥주를, 백영규는 위스키를 마셨다. 할 말이 너무 많아서인지 말문이 오히려 막혔다. 그래서 둘은 한동안 말없이 술만 마셨다.

이윽고 단골 화제인 최승희, 백석 이야기가 또 나왔다. 취기가 오르자 서연희의 눈에는 백영규가 백석으로, 백영규의 눈에는 서연희가 최승희로 보이기 시작했다. 서연희는 살그머니 일어서서 재킷을 벗고 블라우스 차림으로 말했다.

"백석 시인의 시 가운데 〈여승〉(女僧)이라는 작품을 아시나요?"

"물론이지요. 제 애송시입니다."

"낭송해 주시겠어요? 제가 최승희 이모님 흉내를 내며 승무를 춰보겠습니다."

백영규는 생수를 한 잔 마신 후 두 팔을 벌리고 시를 읊었다. 서연희는 시 운율에 맞추어 느릿느릿한 춤사위를 만들어냈다.

여승은 합장하고 절을 했다
가지취의 내음새가 났다
쓸쓸한 낯이 옛날같이 늙었다

146

나는 불경처럼 서러워졌다

평안도의 어늬 산 깊은 금덤판
나는 파리한 여인에게서 옥수수를 샀다
여인은 나어린 딸아이를 따리며 가을밤같이 차게 울었다

섭벌같이 나아간 지아비 기다려 십 년이 갔다
지아비는 돌아오지 않고
어린 딸은 도라지꽃이 좋아 돌무덤으로 갔다

산(山)꿩도 설게 울은 슬픈 날이 있었다
산(山)절의 마당귀에 여인의 머리오리가
눈물방울과 같이 떨어진 날이 있었다

춤과 낭송을 마치자 오랫동안 침묵이 이어졌다.

그 후 서연희는 파리-제네바 왕복 고속전철을 자주 탔다. 백영규가 평양으로 출발하기 직전의 1주일 동안엔 제네바에서 체재했다. 서연희는 백영규가 백면서생이 아님을 간파했다. 인생관, 국가관, 우주관 등을 허심탄회하게 서로 털어놓았다.

백영규는 북한 내부의 비판적 지식인들에게 국제동향을 알리는 데 앞장선다고 밝혔다. 그의 활동 목적은 북한 정치지도부에 대한 비판이었다. 남북한 통일 이후의 북한개발에 대한 연구도 병행했다. 백영규는 자신의 활동을 '산토끼 몰이'란 암호명으로 불렀다.

활동자금은 스위스은행에 맡긴 비밀계좌에서 충당했다. 백영규는 북한 지도자의 비자금 계좌 담당자로 일할 때 예금 일부를 자기 몫으로 빼돌리는 데 성공했다. 달러로 예치된 정기예금 계좌에서 일부 금액을 빼내 유로화를 매입하는 환투기를 시도했는데 의외의 성과를 거둬 상당한 단기차익을 올렸다. 그 차익을 백영규의 개인계좌에 넣어 놓고 마음대로 꺼내 쓴 것이다. 그 자금이 거의 바닥날 무렵, 평양에 돌아가게 됐다.

"산토끼 몰이를 하려면 자금이 더 필요합니다. 무리한 부탁인 줄은 압니다만… 혹시 후원자를 구해줄 수 있을지요?"

"예? 제가요?"

"한국의 재력가 가운데 저희 활동을 이해하실 분이 계시겠지요?"

재력가… 재력가? 서연희의 머리엔 그때 윤경복이 번쩍 떠올랐다. 맨손으로 거대한 기업군을 이룬 기업인으로 매스컴에 자주 소개되는 윤경복 회장의 활짝 웃는 표정을 보고는 '큰 인물'이라는 인상을 받았다. 윤경복이 나를 기억할까? 기억한다 하더라도 돈을 선뜻 지원할까?

서연희는 한국에 들어와 윤경복을 찾아갔다. 도남그룹 사옥 로비에서 비서실에 전화를 걸어 '서연희'라는 초등학교 동기생이 윤 회장을 뵙고 싶어한다고 알렸다. 비서는 이런 종류의 면담요청 전화가 하도 많이 오기에 회장에게 귀띔조차 하지 않으려 하다가 혹시나 하여 보고했다.

"당장 모시고 오세요."

윤경복은 가슴이 쿵쿵 뛰었다. 언젠가 이런 날이 오리라고 막연히 기대했었다. 서연희를 위해 목숨까지 바치겠다고 맹세한 내 청춘기의 정념(情念)이여!

서연희는 세월이 흘렀어도 우아한 자태를 간직하고 있었다. 쇄골이 두드러질 정도로 몸매가 깡마른 점은 과거와 달랐다. 희끗한 머리

칼이 성숙미를 돋보이게 했다.

"경복아, 반갑다!"

서연희는 이렇게 반말로 인사하며 윤경복에게 다가왔다. 그녀는 서양식으로 허그를 했다. 얼떨결에 서연희를 품은 윤경복의 가슴은 내내 요란한 박동을 멈추지 않았다.

"점심때가 됐네. 밥이라도 먹으며 이야기하자."

윤경복은 이사회 멤버들과의 오찬간담회를 취소하고 한정식집 한 뫼촌으로 갔다. 그날 겸상 점심의 추억을 윤경복은 오래오래 간직하리라.

윤경복은 서연희의 얼굴을 뚫어지게 바라보느라 무슨 음식을 먹었는지 기억에 나지도 않았다. 식사 후 디저트로 나온 수정과를 마시며 서연희는 '산토끼 몰이'를 설명했다.

"어렵겠지?"

"어렵긴 뭐가 어려워? 네가 부탁한 건데 내가 못 할 게 뭐가 있어?"

윤경복은 호기를 부렸다. 서연희가 부탁했다는 이유만으로 거액을 내놓았다. 요구액의 10배를 주겠다고 약속했다. 물론 윤경복은 통일 이후의 북한 개발사업에 관심을 가진 터여서 미래에 대해 투자한다고 치부했다.

거제도 밤바다의 보름달

1

서연희-백영규 스토리를 들으니 빠르게 진행되는 첩보소설 같다. 백영규의 발언, 믿을 만한가? 고등 사기꾼이 아닐까?

윤경복 회장과 서연희의 관계도 묘하다. 두 사람 사이의 감정 회로는 어떻게 작동할까? 서연희는 윤경복을 단지 물주로만 생각할까? 소년시절에 윤경복은 서연희를 위해 목숨까지 바치겠다고 다짐했다지만 그건 소년의 치기(稚氣)일 뿐이다. 중년이 됐는데도 그 순정을 유지할까?

이들에 비해 나는 애틋한 사랑 경험 없이 이날까지 밋밋하게 살아왔다. 청년 시절에 미스 정을 잠시 연인으로 여긴 게 가슴이 울렁거린 체험의 거의 전부이다. 아내와의 혼인 전 연애도 불타는 열정 없이 진행되었다.

윤 회장이 백영규를 지원하다니 엄청난 모험을 하는 셈이다. 명분이야 어떻든 한국의 유력 기업인이 북한의 지하활동에 자금을 댄다는 게 어디 가당키나 한 일인가. 서연희에 대한 무조건적 사랑이 아니고서야 그런 위험을 어떻게 감수하겠는가. 사랑의 위대한 힘이여!

서연희는 우리 집 2층에 기거하기로 했다. 앞으로 윤경복 회장은 우리 집에 자주 들를 것이다. 나로서는 윤 회장과 접촉이 잦을수록 사업기회가 많이 생겨 득이 되리라. 이는 또한 윤 회장이 나를 무한 신뢰한다는 증거가 아니겠는가.

단풍이 거의 끝물인 무렵, 바람이 불며 늦가을 비가 세차게 내리자 가로수 잎들이 후드득 떨어져 거리에 뒹굴었다. 이런 을씨년스런 날의 초저녁에는 나나 무스쿠리의 청아한 음성을 들으면 잡념이 사라진다. 그녀의 노래가 든 씨디를 틀었다. 언제 들어도 내 영혼을 정화해주는 〈사랑의 기쁨〉이라는 노래가 흘러나온다.

"쁠레지르 다무르/ 느 뒤르 껭 모망/ 샤그렝…"

제목은 '사랑의 기쁨'이지만 '사랑의 슬픔'을 역설적으로 표현한 듯하다. 그 애잔한 멜로디만 들어도 그렇지 않은가.

"참 좋은 노래네요. 가수가 누구인가요?"

내 승용차에 탄 '추리닝녀' 이화영이 물었다.

"나나 무스쿠리… 그리스가 낳은 불세출의 가수… 그리스 문화장관을 지내기도 했고… 한국에도 방문한 적이 있지… 검은 뿔테 안경이 트레이드마크이고…. 태안 앞바다에 기름이 유출됐을 때 그녀는 생태계 복원에 써달라며 1만 달러를 기부했지."

내 대답에 이화영은 놀란 듯 별 대답이 없었다. 함께 탄 짝퉁 이자벨 아자니 연세라가 이화영에게 묻는다.

"아까 그 노래, 불어 가사 내용이 무언가요?"

불문과 졸업생이라는 이화영은 당황한 듯 대답을 흐린다.

"아? 예… 불어 노래는 듣기가 어려워서…."

내가 분위기를 바꾸려고 끼어들었다.

"노래 가사는 네이티브 스피커도 제대로 알아듣기 힘든 거 아닌가? 한국 노래도 요즘 가사가 내 귀에 들어오지 않더라구."

이렇게 말하자 이화영이 궁지에서 벗어났다는 듯 웃으며 말한다.

"상감마마께서 직접 차를 운전하시니 몸 둘 바를 모르겠사와요. 호호호…."

"내가 임금이라고?"

"지당하신 말씀이옵니다. 저희는 한낱 미천한 무수리일 뿐이옵니다."

이화영과 연세라를 차에 태우고 내가 운전을 해서 '수서동 창덕궁'으로 왔다. 이들에게 집 정리를 시키기 위해서다. 2층 방 4개 가운데 3개를 각각 서연희, 연세라, 이화영이 쓰도록 했다. 연세라와 이화영은 서연희 박사의 연구보조원 겸 비서로 일하도록 했다. 원룸에 사는 그녀들은 '숙식제공' 소식을 듣고 싱글벙글했다. 강금칠은 서 박사의 보디가드 겸 운전기사로 일하도록 했다.

"이번 참에 집안 대청소를 하려고… 웬만한 잡동사니들은 버리시오. 혹시 버릴지 말지 헷갈리는 물건들은 나에게 보여주시오."

연세라와 이화영은 콧노래를 불러가며 방을 치웠다. 나는 2층 서재에 앉아 코냑 향기를 맡으면서 공상에 잠겼다. 서연희, 윤경복, 백영규의 얼굴이 떠올랐다. 백영규는 본 적이 없지만 긴 머리칼을 휘날리는 백석 시인의 모습으로 대체되어 어른거린다.

서연희 박사가 우리집에 당분간 기거한다고 하지만 그 '당분간'이 얼마나 길어질까? 윤경복과 서연희는 둘 다 법적으로는 독신자인데 둘이 혼인에 도달할 수 있을까? 윤경복과 룸살롱 사장 미스 정은 내

연관계일까? 청년 장창덕 시절의 베아트리체였던 미스 정은 지금 나에 대해 어떤 감정을 갖고 있을까?

도남그룹의 성장세는 어디에까지 미칠까? 윤 회장의 야망의 끝은 어디일까?

한반도 통일은 언제 이뤄질까? 통일이 이뤄진다면 어떤 방식으로? 통일 이후 도남그룹의 향방은?

나는 그때 뭘 하고 있을까? 통일 이후에 대비해서 사업영역을 넓혀야 할까?

"사장님, 이것 버릴까요?"

낭랑한 목소리가 들려 깜빡 든 선잠에서 깨어났다. 눈을 뜨니 미스 정이 어른거린다.

"미스 정!"

나는 거의 무의식적으로 그렇게 외쳤다.

"아이고, 사장님도… 저는 미스 정이 아니에요."

눈을 크게 떠서 보니 '기자 출신녀' 연세라였다. 연세라와 미스 정이 외모상으로 닮았다는 느낌이 다시 들었다. 연세라는 진홍색 공단 보자기를 내 눈앞에 내밀었다.

보자기를 풀었더니 거제도 어머니가 생전에 즐겨 읽던 반야심경과 염주, 안경집 등이 들어있었다. 이와 함께 연습장 종이를 두껍게 묶어 만든 일기장이 들어있었다. 누가 쓴 것인가? 일기장을 펼쳐보니 펜촉에 잉크를 묻혀 쓴 글씨로 여백이 거의 없이 깨알같이 작은 글씨로 빽빽하게 썼다.

한자를 곁들인 달필이어서 어머니가 쓴 것 같지는 않았다. 의붓아버지의 일기장인가 보다. 군데군데 펼치니 다음과 같은 대목이 내 눈길을 끌었다. 한자 표기는 내가 한글로 바꾸었음을 밝힌다.

2

　— 1952년 1월 1일

　새해 첫날이어서 괜히 석방에 대한 희망의 꿈에 부풀었다. 이곳 거제도는 남해안에 자리 잡아 겨울에도 기온이 영상을 유지한다. 하지만 거세게 부는 바닷바람 탓에 뼛속까지 스며드는 한기가 만만찮다.

　포로수용소 안이지만 양력 설날이라고 특식으로 떡국이 나왔다. 떡이 국물에 퉁퉁 불어 떡국 특유의 쫄깃쫄깃한 맛이 사라졌다. 국물이 식어 묵처럼 굳어지기 일보 직전이었다. 국물에 멸치 한 마리가 둥둥 떴다. 눈을 부릅뜨고 입을 쩍 벌린 채 죽은 멸치와 시선이 마주치자 멸치에게 미안한 마음이 든다. 하기야 내 신세도 멸치와 다를 바 없다.

　옆 자리에 앉은 박 아무개가 떡국을 우물우물 씹으며 어이, 어이, 하고 곡소리를 낸다. 고향 함흥이 생각나는 모양이었다. 청승맞게 울지 말라고 핀잔을 주었지만 어느새 나도 곡소리에 감염됐는지 어이, 어이, 하는 소리가 목에서 나왔다. 이번에는 박 아무개가 나를 나무란다.

　함흥에 잠시 머물던 백석 시인과 시작(詩作)에 대해 논하던 기억이 떠오른다. 나보다 예닐곱 살 위인 그는 나를 친동생처럼 아꼈다. 나는 시인지망생 문학청년이었다. 내 습작을 백석 시인에게 들고 가 지도를 받았다. 습작 묶음 표지에 내가 그린 천마도를 그는 칭찬했다. 소 그림을 즐겨 그리는 이중섭이라는 청년을 언젠가 소개시켜 주겠단다.

"자네와 이중섭이 함께 전시회를 열면 우마화(牛馬畵) 전시회가 되겠군."

백석은 그렇게 말하곤 나를 함흥 최고의 요릿집에 데려가 떡국을 사주었다. 떡국을 먹고 나서 그는 자신의 시를 천천히 낭송했다. 그 낭랑한 목소리가 귓전에 맴돈다. 제목이 '두보나 이백같이'였던가?

> 옛날 그 두보나 이백 같은 이 나라의 시인도
> 이날 이렇게 마른물고기 한 토막으로 외로이 쓸쓸한 생각을 한 적도 있었을 것이다
> 나는 이제 어느 먼 외진 거리에 한고향 사람의 조고마한 가업집이 있는 것을 생각하고
> 이 집에 가서 그 맛스러운 떡국이라도 한 그릇 사먹으리라 한다

— 1952년 4월 26일

1950년 6월 25일 남조선 해방전쟁이 일어난 직후 파죽지세(破竹之勢)로 남하한 인민군은 인천상륙작전 등으로 반격을 당해 남조선 땅에 17만 명의 포로를 남겼다. 이 엄청난 인원 대부분이 거제도에 보내졌다.

한적한 바다에 떠 있는 섬에 한꺼번에 10만 명 이상이 몰렸으니 그 혼란상은 필설(筆舌)로 다 옮길 수 없었다. 먹고, 자는 것도 쉽지 않았으나 가장 힘든 것은 좌우충돌이었다. 반공포로와 친공포로로 나뉘어 수용소 안에서 살육전이 벌어졌다.

포로들을 대상으로 친공, 반공 조사를 한 결과 친공이 7만 명, 반

공이 10만 명으로 나타났다. 남조선 체류 희망자보다 북조선으로 돌아가고자 한 포로들 숫자가 더 적었다. 이를 보고 남조선이 살기 좋아 그랬다고 단정지을 수 없다. 북조선행 뜻을 밝히기가 쉽지 않았다. 북조선 귀환자는 빨갱이로 지목돼 몽둥이세례를 받는 공포 분위기가 조성됐다. 중립국 감시단이 분리심사를 할 때 공포심 때문에 억지로 남쪽에 남겠다고 답변한 포로들이 수두룩하다. 북조선에 부모, 형제들이 눈 뜨고 기다리는데 뭣하러 낯선 남조선에 남겠는가.

반공포로들은 부산, 영천, 광주, 논산 등 육지로 보내진다고 한다. 그러면 친공포로 7만 명은 여전히 거제도에 남는 것일까.

나는 친공, 반공 어느 쪽에 손들까 고민했다. 안해(아내)가 남쪽으로 내려왔을까. 그렇다면 반공 쪽에 손을 들어 남조선에 남아 안해를 찾아야 한다. 그렇지 않다면 북으로 가야 한다. 내 몸은 하나인데 조국은 둘로 쪼개졌다.

― 1952년 5월 9일

나는 친공이라고 밝힌 것을 후회한다. 언제 북조선으로 돌아갈지 막막한데다 빨갱이라고 푸대접 받는다. 물론 내가 묵었던 막사는 친공세력이 장악했기에 반공 의사를 나타내기도 어려웠다. 우리 막사에서는 인공기를 걸어놓고 인민군 군가를 부른다. 우리 막사의 정 아무개 소년병은 북조선으로 돌아가기 싫다고 말했다가 머리통이 터지도록 얻어맞았다.

― 1953년 4월 24일

영천에 있는 반공포로들이 어제(4월 23일) 리승만 대통령에게 조

기석방을 촉구하는 혈서 진정서를 냈다고 한다. 그들은 미국의 아이
젠하워 대통령에게도 편지를 보냈단다. 그들은 남조선에 하루 일찍
정착하고 싶은가 보다.

— 1953년 6월 18일

반공포로들이 석방됐다는 소식을 들었다. 리승만 대통령이 미국
과 상의하지 않고 독단적으로 결정했다고 한다. 친공포로들 사이에
도 술렁거림이 보였다. 나처럼 친공에서 반공으로 돌아서고픈 포로
들이 적잖은가 보다.

— 1953년 8월 10일

수용소 마당에 나가 마지막 조회를 가졌다. 우리는 허름한 군복을
입고 목에는 신상명세가 쓰인 종이를 걸고 있었다. 남조선 장교가 허
리에 손을 얹고 자신만만한 목소리로 말했다. "지금도 늦지 않았으니
대한민국에 남아 자유를 누리려는 사람은 그 뜻을 밝히시오!"

파란 거제도 바다가 보였다. 불현듯 안해가 남조선에 내려왔을 것
이라는 생각이 들었다. 안해가 아니라 해도 이젠 북조선이 싫다. 자
유라는 말을 여기서 자주 듣다 보니 자유를 누리고 싶다. 남조선이
북조선보다 인민의 살림살이가 어렵지만 자유는 더 많을 것 아닌가.

나는 마침내 남조선에 남기로 결심했다. 우리 막사의 김 아무개는
중립국 인도로 가겠다고 자원했다.

— 1953년 8월 25일

어이없게도 내 이름을 상실했다. 윤오영(尹五榮)이 유노영(劉魯

英)으로 바뀐 것이다. 포로수용소를 나오던 날 이름을 묻기에 당연히 "윤오영"이라고 말했는데 적는 사람의 귀에는 '유노영'으로 들린 모양이다. 그는 내 한자 이름까지도 자기 마음대로 써놓았다. '유노영'의 이름으로 된 도민증을 받고 보니 남쪽에서 새 이름으로 새로운 삶을 살아가라는 하늘의 뜻인 것 같아 오히려 기분이 좋았다.

나는 이제 윤오영이 아니라 유노영이다!

— 1958년 1월 1일

원단(元旦)부터 만취하다. 북에 두고 온 안해(아내)와 아이들 생각이 나서 맨 정신으로는 못 앉아 있겠기에 소주병으로 나팔을 불었다. 살아있는지, 죽었는지?

— 1958년 5월 9일

고향 후배 장용학 군이 쓴 소설 《요한 시집》을 읽다. 포로수용소의 처절한 상황을 그린 내용이어서 몸서리치며 공감하다. 수용소에서 우리는 인간이기를 포기했다. 내 편, 네 편으로 갈라져 짐승처럼 싸웠다. 물론 전쟁터에서도 그랬다. 내 손으로 죽인 남조선 군인만도 30명은 넘을 거다. 총을 든 나는 악마가 되었다. 사람을 죽여도 양심의 가책을 느끼지 못했다.

전쟁이 끝난 후 우연히 펼친 미국 시인 월트 휘트먼의 전쟁일기의 다음 구절을 읽고 몸서리를 쳤다.

첫 여름을 기다렸던 가녀린 풀잎들 위로 군화와 포탄 파편이 빗물처럼 쏟아졌다. 한 번도 사람을 죽여본 적이 없는 청년들이 처음 만난

다른 마을 청년들에게 대검을 휘두르고 총을 쏘고, 개머리판으로 대갈통을 후려쳤다. 양쪽 병사들은 모두 험상궂은 얼굴이었으며 상대방을 악마라고 보았다. 우리는 인간이 악마가 될 수 있음을 스스로 증명했다.

— 1959년 12월 10일

부산에서 몇 년간 살다가 거제도로 돌아왔다. 인파가 북적이는 부산거리에서 나를 반기는 사람은 아무도 없었다. 길거리에서 구걸하는 전쟁고아들을 보면 참담했다. 아이들이 불쌍하고 그들을 돕지 못하는 내 신세가 처량했다.

거제도의 한적한 바닷가에서 사는 게 마음이 편했다. 여기서 만난 점포 여주인 고 씨는 나에게 친절했다. 두부며 콩나물이며 반찬거리를 사러 가면 집에서 담근 김치, 된장을 공짜로 주었다. 젖먹이 아들 하나를 두고 홀로 사는 고 씨가 가련하다. 그녀는 두 다리가 온전치 못하다.

소문을 듣자 하니 그녀의 남편은 장진호 전투에 참가하였다 한다. 나는 개마고원에서 내려오고 그녀 남편은 개마고원 장진호로 올라오고…. 묘한 엇갈림의 운명이다.

— 1960년 9월 15일

청년작가 최인훈의 소설 《광장》을 읽고 주인공 이명준에 나의 감정이 이입 (移入) 되다. 포로수용소에 갇힌 이명준을 묘사하는 장면에서 나의 수용소 시절이 떠올랐다. 장용학, 최인훈의 작품을 보니 나는 수용소 체험을 소설로 형상화할 수 없겠다는 생각이 든다. 체험의 농도가 너무 짙어 그 암담, 참담한 기억에서 벗어날 수 없기 때문이리라.

— 1961년 1월 1일
새해 첫날부터 대취(大醉)하다. 안해의 뱃속에 든 아이는 아들이었을까, 딸이었을까? 아이 이름을 '경복'이라 부르라 했는데….

3

경복! 윤오영의 아들 윤경복!

나는 손을 부르르 떨며 일기장을 움켜쥐었다. 내 의붓아버지 윤오영은 아들 윤경복을 떠올리며 내 이름을 창덕이라 지었으리라. 경복궁과 창덕궁, 경복과 창덕….

이런 우연의 일치는 싸구려 드라마에나 나오는 어설픈 플롯인 줄 알았다. 그러나 내가 실제로 겪고 보니 '드라마보다 더 드라마틱한 현실'이 존재함을 실감하겠다. 나는 당장 휴대전화를 꺼냈다.

"형님! 지금 어디에 계십니까? 당장 뵈어야 할 일이 생겼습니다."

"무슨 일인데? 내일 만나면 안 될까? 나, 지금 국회 재경위원장과 저녁약속이 있어 삼성동 인터콘 호텔로 가는 길인데…."

휴대전화에서 들려오는 윤경복 회장의 음성엔 늦은 오후의 피곤함이 배어 있었다. 나는 단호하고도 다급하게 말했다.

"형님의 아버지에 관한 일입니다."

"정말이야?"

"윤오영… 형님의 아버지가 맞지요?"

"자네가 어떻게 그 함자를 알아?"

"지금 제가 그분의 일기장을 갖고 있습니다."

"뭐라고?"

"윤오영 선생이 쓴 육필 일기장이 제 손에 있단 말입니다."

"……."

윤 회장은 잠시 침묵했다. 아마 정신이 혼미해져 할 말을 잊은 모양이었다. 거친 숨소리가 들리더니 말을 이었다.

"일단 자네도 집을 나서게. 룩소에 가서 기다리게."

"룩소?"

"미스 정이 하는 업소 말이야. 나는 위원장 얼굴만 잠시 뵙고 그리로 가겠네."

가슴이 뛰기는 나도 마찬가지였다. 일기장을 공단보자기로 다시 싸서 가슴에 안았다. 이화영에게 나머지 짐 정리를 시켜놓고 연세라와 함께 집을 나섰다. 연세라가 차를 몰도록 했다.

테헤란로에 접어들자 차량들이 붐벼 거북이 운행을 할 수밖에 없었다. 나는 눈을 감고 목을 승용차 시트에 기대었다.

"사장님, 안색이 안 좋으신데요. 어디 편찮으세요?"

운전대를 잡은 연세라가 백미러에 비친 내 얼굴을 흘끔 살피며 물었다.

"아니, 아프지는 않아."

"혹시 그 보자기에 뭔가 귀중품이 들었나요?"

내가 보퉁이를 가슴에 딱 붙이고 쪼그리고 앉은 모습이 보이자 묻는 질문인 듯했다.

162

"소중한 물건이지."

"뭔데요?"

"돈으로 환산할 수 없는 귀중품….."

"그렇게만 말씀하시니 더욱 궁금해지네요."

연세라는 붐비는 차량들 때문에 정차할 때마다 힐끔힐끔 백미러로 나를 살피는 듯했다.

"사내는 임신한 아내를 두고 전장으로 떠났다. … 사내가 먼 곳에서 정착하는 바람에 결국 아들은 아버지를 한 번도 본 적이 없다. … 세월이 흘러 아들이 그 아버지가 남긴 유품을 우연히 보게 된다. … 이런 아들의 심경은 어떨까?"

나는 독백하듯 말하며 연세라에게 물었다. 의붓아버지 윤오영은 펠레포네를 두고 떠나는 오디세우스가 아니었다. 오디세우스는 화려한 전공을 세우러 출정(出征)하는 왕이요, 장군이었지만 윤오영은 동족상잔의 전장에 끌려간 하급장교였다. 윤오영의 아들 윤경복은 결코 오디세우스의 아들 텔레마코스가 아니었다.

연세라는 상황 판단이 빨랐다. 금세 돌아가는 판세를 읽고 대답했다.

"아까 제가 찾아드렸던 공단 보자기 안에 유품이 들어있군요?"

"……."

연세라도 한동안 침묵하며 운전했다.

"FM 라디오로 음악이나 틀어 봐요."

흘러나온 곡이 공교롭게도 〈기차는 8시에 떠나네〉였다. 사랑하는 연인과 이별하는 장면을 그린 이 애절한 노래를 아그네스 발차가 부르고 있다. 신비스런 메조소프라노 음색에 매혹돼 나도 모르게 그 선율을 따라 불렀다.

함께 나눈 시간들은 밀물처럼 멀어지고
이제는 밤이 되어도 당신은 오지 못하리
당신은 오지 못하리
비밀을 품은 당신은 영원히 오지 못하리

룩소에 도착하니 주차장 관리요원 서너 명이 나와 손님들에게 발레파킹 서비스를 제공했다. 연세라와 함께 내려 룩소 안으로 들어갔다. 여직원을 룸살롱에 데리고 가는 것은 견문을 넓혀주기 위해서였다.

"미스 정… 아니, 정 사장 손님이니 조용한 방 하나 잡아주시오."

입구에서 나를 맞는 30대 초반의 새끼 마담에게 이렇게 말하니 미로와 같은 복도를 몇 구비 돌아 구석방으로 안내한다. 10여 평 넓이의 방은 화려한 소파와 탁자로 장식돼 있었다. 천정에서 늘어진 샹들리에에서는 휘황한 불빛이 뿜어져 나왔다. 연세라의 눈이 휘둥그레 커진다.

"말로만 듣던 호화 룸살롱이라는 게 이런 거군요."

"자네, 칠공자 꽁무니 따라다니며 취재했다면서 이런 데도 안 와봤어?"

"업소 앞에서 뻗치기만 했지 내부에는 못 들어가 봤습니다."

"뻗치기가 뭐야?"

"언론계의 은어입니다. 취재원을 하염없이 기다리며 대기하는 걸 말합니다. 유력인사가 검찰에서 조사받을 때 기자들은 담당 검사실 앞에서 밤늦도록 뻗치기 하기가 일쑤지요."

"그럼 하리꼬미는 뭐야? 기자들이 그 말도 자주 쓰던데."

"그건 일본어로 잠복해서 오래 기다린다는 뜻이지요. 뻗치기나 하리꼬미나 비슷한 말입니다."

연세라와 대화를 나누는데 몸매가 호리호리한 청년 종업원이 몸에 착 달라붙는 옷을 입고 나타나 주문을 받는다. 우선 맥주와 마른안주를 시켰다. 종업원은 육포, 땅콩, 아몬드, 은행알 등이 담긴 유리쟁반과 맥주 2병, 우롱차, 생수 등을 갖고 왔다. 나는 무릎 위에 그 공단보자기를 올려놓고 맥주를 홀짝홀짝 마셨다.

윤 회장은 사정상 조금 늦게 온다고 문자 메시지를 보내왔다. 고위 유력자를 만나는 기업인이 먼저 자리를 박차고 일어나기가 어려울 터였다. 나와 연세라는 소면을 시켜 먹었다. 국물을 후루룩 마시는데 미스 정이 들어왔다.

"오랜만에 오셨군요."

"미스 정, 사업 잘 되시오?"

"아이고, 기분 좋아라. 미스 정이라는 말을 들으니….."

"내가 실례했구만. 정 사장이라고 불러야 하는데….."

"아니에요. 앞으로도 미스 정이라고 불러주세요. 창덕 씨 아니면 누가 나를 미스 정이라고 부르겠어요?"

창덕 씨… 나 역시 오랜만에 들어보는 호칭이다. 20대 청춘시절, 문학전집을 팔고 회사로 돌아오면 미스 정이 자판기 커피를 뽑아 나에게 건네며 살짝 웃던 모습이 떠오른다.

"미스 정, 여기 우리 회사 직원을 소개하겠소."

내가 연세라를 가리키며 말하자 미스 정은 약간 당황해 하는 표정이었다. 연세라가 벌떡 일어나 머리를 숙이며 인사했다.

"연세라입니다. 장창덕 사장님을 보필하고 있습니다."

"반가워요."

미스 정과 연세라는 가볍게 악수했다. 두 사람을 한꺼번에 보니 세월의 흐름을 실감할 수 있었다. 미스 정의 두툼한 몸피에서는 젊은 생기가 거의 사라졌다. 연세라도 퉁퉁한 몸매였으나 어깨선에서 탄력이 느껴졌다.

"미스 정도 자리에 잠시 앉으시오."

내 권유에 따라 미스 정이 연세라와 마주 앉았다. 두 사람은 서로를 응시했다. 말도 없이 서로 빤히 눈을 쳐다본다. 전후맥락을 모르는 제3자가 보면 이들이 눈싸움을 벌인다고 오인할 것이다. 그런 침묵이 20여 초 동안 지속되었을까. 관찰해보니 이들은 서로 놀라움의 눈빛으로 바라보고 있었다.

"왜들 이래요?"

내가 두 사람의 어깨를 흔들며 이렇게 말하자 침묵의 시간이 끝났다. 미스 정이 조심스레 말문을 열었다.

"어디선가 본 아가씨 같은데…. 실례지만 이런 업소에서 일한 적은 없으시죠?"

"당연하지요. 호호호… 이 몸매를 보세요. 저는 여중생 때부터 이렇게 퉁퉁했답니다. 이 몸매로 어떻게 야간업소에서 일했겠어요?"

"죄송합니다. 괜한 말을 해서…."

이때 윤 회장에게서 전화가 왔다. 들뜬 목소리였다.

"어이, 창덕이, 곧 도착하겠네."

윤 회장이 나를 창덕이라고 부르는 것으로 보아 가벼운 흥분상태에 젖은 모양이다. 혀가 약간 꼬인 말투였다. 저녁식사 때 반주를 과하게 마셨나 보다.

나는 병에 남은 맥주를 유리컵에 마저 따라 마시고 윤 회장을 기다렸다. 나는 여전히 공단보자기를 무릎에 신주단지처럼 애지중지 올려놓고 있었다.

"일기장이 어딨어?"

윤 회장이 문을 왈칵 열어젖히고 들어오면서 큰 소리로 물었다. 나는 스프링에서 튕겨 나온 사람처럼 잽싸게 일어나 공단보자기를 건넸다. 윤 회장은 단단히 묶인 보자기 매듭을 손으로 풀다가 여의치 않자 이빨로 물어뜯어 풀어헤쳤다. 연습장 종이를 묶은 일기장이 나타나자 그는 손을 부들부들 떨면서 표지를 쓰다듬었다.

표지에는 '日省錄'(일성록)이라는 글씨가 쓰여 있었다. 매일 반성하는 기록이라는 뜻 아니겠는가. 중간쯤을 펼치니 어느 해 1월 1일자 일기가 보였다. 윤 회장은 감격에 겨운 듯 눈에 눈물이 그렁그렁해지며 글씨를 천천히 읽었다.

"새해… 첫날부터… 대취(大醉)하다… 안해의 뱃속에… 든 아이는… 아들이었을까… 딸이었을까… 아이 이름을…."

윤 회장은 거기까지 읽고 앞으로 풀썩 쓰러졌다. 그는 이마를 바닥에 대고 오열했다.

"허엉… 허엉!"

야수가 울부짖는 소리였다. 나도 가슴이 벅차올라 함께 울었다. 3~4분간 지속되었을까. 이윽고 나는 눈물을 멈추었다. 윤 회장의 울음도 곧 그칠 것으로 예상했는데 울음소리가 오히려 더욱 높아졌다.

"<u>흐흐흥… 흐흐흥!</u>"

맹수의 포효 같았다. 그는 이마를 들어 대리석 바닥에 찧기 시작했다. 쿵, 쿵, 쿵!

이마가 터지면서 피가 나왔다.

"회장님! 고정하세요!"

미스 정이 윤 회장을 덮치면서 말렸다. 그녀는 하얀 식탁보로 피가 흐르는 윤 회장의 이마를 닦아주었다.

"형님, 진정하십시오."

나도 윤 회장의 몸을 일으켜 세우며 말렸다. 그는 여전히 몸을 부르르 떨었다. 연세라는 자세한 영문도 모른 채 눈물을 흘리며 이 광경을 지켜봤다.

"알았네."

윤 회장은 애써 냉정을 회복하고 일기장을 다시 펴들었다. 읽다가 만 부분을 마저 읽으려 했다.

"이름을… 경복이라… 부르라 했는데…."

겨우 다 읽고는 윤 회장은 잠시 뜸을 들이더니 다시 풀썩 주저앉으며 울부짖기 시작했다.

"경복아! 경복아!"

그 외침은 윤경복의 아버지인 윤오영의 목소리 같았다. 미스 정도 윤 회장을 말리지 못하고 쳐다보기만 했다. 윤경복은 두 손으로 가슴을 쾅쾅 치며 외쳤다.

"내 아들 경복아! 어디에서 살다가 이제야 나타났느냐? 경복아… 내 아들 경복아, 어디에서 살다가…."

똑같은 말을 반복했다. 아버지 몸에 빙의된 듯한 아들이었다. 윤 회장의 그런 모습에서 나는 내 의붓아버지를 봤다. 술에 취해 어머니와 나를 때리던 주정뱅이, 그러나 가끔 맑은 정신에는 내 손을 끌고 산책을 다니던 감상주의자….

나는 의붓아버지와 함께 산 세월을 내 유소년 시절의 끔찍한 트라

우마로 여겼다. '망탕'을 마시지 않으면 과거의 악몽에 시달렸다. 나는 의붓아버지와 함께 어머니도 내 기억에서 지우려 애썼고 그 죄책감 때문에 더욱 괴로워했다.

그러나 지금 이 순간, 나는 의붓아버지에 대한 증오심이 햇살에 눈 녹듯이 사라짐을 느꼈다. 그의 찌푸린 표정 대신 환하게 웃는 얼굴이 떠오른다. '화해'라는 단어가 뇌리에 스쳐 지나갔다. 사라져라, 내 가슴의 심연에 코브라처럼 똬리를 틀고 앉아 나를 핍박하고 조롱하던 변태적 오이디푸스 콤플렉스여!

윤 회장이 계속 중얼거리자 미스 정이 다시 윤 회장을 일으켜 세우려 했다. 그랬더니 그는 일어서다 말고 무릎을 꿇고 손을 비비며 말했다.

"아버지, 불효자 경복이를 용서해 주세요!"

윤 회장은 이마에서 여전히 피를 철철 흘리며 절규했다. 이번엔 내가 나섰다. 그의 몸을 일으켜 세워 눈을 똑바로 쳐다보며 말했다.

"형님, 정신 차리세요."

연세라가 유리컵에 생수를 가득 따라 내게 건네주었다. 나는 그 물을 윤 회장에게 마시게 하며 안정을 취하도록 했다. 마침내 그는 푸푸, 한숨을 내쉬며 소파에 앉았다. 그는 물 한 잔을 더 마시더니 심호흡을 했다. 그는 일기장을 다시 펴들었다. 이번엔 앞부분부터 찬찬히 살폈다. 감격에 겨운 듯 울먹이다가 희열의 미소를 짓기도 했다.

"이렇게 읽으시다간 밤을 새우겠습니다. 아버지 일기장을 찾으셨으니 잔치를 벌이셔야지요."

내가 짐짓 명랑한 목소리로 분위기를 띄웠다. 미스 정도 맞장구를 쳤다.

"그래요. 그렇게 하세요."

미스 정은 종업원에게 샴페인 1병과 축하용 케이크를 갖고 오라고 지시했다. 다친 이마에 바를 약과 거즈, 반창고도 얼른 들여다 보내라고 말했다. 미스 정은 윤 회장 옆에 붙어 윤 회장의 이마에서 피가 조금씩 흘러나올 때마다 깨끗한 식탁보로 닦아내고 있었다.

윤 회장은 평정심을 찾고 내게 물었다.

"자초지종을 말해 보게. 이 일기장을 어떻게 찾았는가?"

나는 일기장에 관한 개요를 설명했다. 내 의붓아버지가 윤 회장의 친부라는 사실, 우리가 이렇게 만난 기묘한 인연은 필시 아버지의 간절한 염원 때문일 것, 이런 게 우주의 오묘한 섭리일 것 등을 횡설수설 풀어놓았다.

"내 아버지는 어떤 분이었는가?"

나는 형님에게 의붓아버지에 대해 간간이 부정적으로 이야기한 적이 있다. 알코올 중독자에다 생활 무능력자라고…. 그러나 아까 의붓아버지와 화해를 해서인지 그분에 대한 연민의 정이 무럭무럭 솟는다.

"약주를 드시면 활달하시지만 평소엔 과묵하고 문필 활동에 몰두하셨지요. 그럼에도 천재 같았습니다. 말 그림을 즐겨 그리셨지요. 시골구석에선 보기 드문 지식인, 예술인이었답니다. 이 일기장에서도 나타났듯이 장용학, 최인훈 같은 문사들과도 교분이 있었겠지요? 이중섭 화백과도 우정을 나누었을까요? 우마(牛馬) 그림 전시회가 열렸으면 좋았을 텐데…."

종업원이 약품을 갖고 들어오자 미스 정은 상처 부위를 소독하고 연고를 바르고는 거즈를 붙였다. 능숙한 솜씨였다. 이런 업소에서는 아마도 취객끼리 다툼이 잦아 비상 의약품을 비치해 놓은 모양이다. 미스 정은 이런 응급처치에 이력이 난 듯하다. 이마에 하얀 거즈를 붙인 형님은 나에게 다시 물었다.

"어떻게 생기셨는지?"

아버지의 모습이 궁금하겠다. 형님의 얼굴을 다시 살펴보니 영락없이 아버지와 닮았다.

"핸드백에 거울 갖고 다녀?"

내가 연세라를 바라보며 묻자 그녀는 콤팩트를 꺼내 뚜껑을 열었다. 거기에 붙은 거울을 윤 회장에게 들이밀었다.

"형님, 거울을 들여다보세요."

윤 회장은 얼떨결에 건네받은 거울로 자신의 얼굴을 봤다.

"뭐야?"

"거기 아버지 얼굴이 보이지 않아요?"

"이건 내 얼굴이잖아."

"아버지와 형님은 판박이처럼 닮았습니다."

"그래? 내가 어머니와 전혀 닮지 않았으니 아버지 쪽을 닮았다고 봐야겠지? 아하, 아버지 얼굴이라…."

형님은 한동안 거울을 들여다보았다. 눈을 껌벅거리기도 하고 입을 크게 벌리기도 했다.

"체격도 아버지와 비슷합니다. 아버지는 몹시 마른 편이었지요. 물론 당시에 영양상태가 좋지 않아서 그럴 겁니다."

샴페인과 케이크가 들어왔다. 미스 정은 케이크에 큼직한 양초 하나를 꽂고 불을 붙였다. 샴페인 병마개를 연세라가 땄다.

뻥!

코르크 병마개가 큰 소리를 내며 천장으로 치솟았다. 샴페인이 거품을 내며 흘러내렸다. 형님은 술병을 들고 한 잔씩 따랐다. 형님은 연세라와 눈길이 마주쳤다.

"이 아가씨가 누구신가? 아까부터 앉아 있었지?"

싸구려 블라우스를 입고 화장기가 없는 연세라의 외모에서 룸살롱 호스티스 면모는 전혀 보이지 않았다. 형님도 아마 그런 줄 알고 물었겠지.

"얼마 전에 입사한 저희 회사 직원입니다. 저희 집에서 서연희 박사를 모시기로 한 그 직원 말입니다."

"아, 그래요? 반가워요."

형님은 반색을 하며 연세라에게 악수하려 손을 내밀었다. 연세라는 고개를 깍듯이 숙였다.

"회장님, 안녕하세요. 연세라입니다. 만나 뵈어서 영광입니다."

"영광은 무슨 영광… 오늘 초면에 내가 추태를 부려 미안해요."

형님은 이마의 상처를 문지르며 겸연쩍게 웃었다.

"아버지 일기장을 찾은 사람이 바로 이 연세라 씨입니다."

"그래? 이렇게 고마울 수가…."

미스 정이 윤 회장의 팔을 끌어당기며 재촉했다.

"샴페인 거품이 다 날아가겠어요. 어서 촛불을 끄고 샴페인을 마셔야지요."

"촛불 하나가 무슨 의미인가?"

"아버지를 찾은 원년이라는 뜻이죠."

"맞아, 맞아."

윤 회장은 숨을 크게 들이쉬고 후우, 하고 내뿜었다. 우리는 모두

172

박수를 쳤다. 미스 정은 나의 팔을 잡고 흔들며 재촉했다.

"건배사는 장 사장님이 하셔야죠."

"무슨 내용으로?"

"거창하게 해 보세요. 호호호….."

나는 벌떡 일어나 샴페인 잔을 잡고 외쳤다.

"오늘 이 상서로운 날, 천지신명의 가호로 하늘이 새로 열렸습니다. 아버지를 잃고 수십 년간 낯선 광야를 헤매던 어린 영혼이 아버지가 계시는 하늘을 바라보게 된 것입니다. 아버지의 목소리를 듣게 된 것입니다. 아버지가 누구인지 알게 되었습니다. 이 가련한 영혼은 아버지의 다른 아들인 동생을 만났습니다. 이 은혜로운 일이 일어나게 하신 우주의 힘에게 감사를 드립니다. 어리석은 인간은 합리성이 전부인 줄 착각하지만 우리가 모르는 숱한 인과(因果)의 법칙이 우리의 삶을 조정하지 않겠습니까? 외로운 형제들이 이 땅에서 굳세게 살아가도록 힘을 주옵소서. 저희는 이 술잔을 천지신명께 바치며 형제애를 다짐하겠습니다. 건배!"

내가 이렇게 장황한 건배사를 말하고 건배를 외치자 형님, 미스 정, 연세라도 복창했다.

"건배!"

향긋함이 코를, 톡 쏘는 탄산 맛이 혀를 자극했다. 안주거리를 갖고 들어온 종업원에게 우리 네 사람 모습을 촬영하도록 부탁했다. 넷은 어깨동무 포즈를 취했다.

미스 정이 너스레를 떨었다.

"내가 언젠가 두 분의 이름이 경복, 창덕이어서 경복궁, 창덕궁과 짝을 이룬다 했잖아요. 필시 무슨 인연이 있다고 예감했지요. 제 신통력이 예사롭지 않나요?"

그러자 형님이 추임새를 넣었다.

"정 사장은 신비로운 여성이오. 혹시 환생한 클레오파트라가 아닌가?"

"회장님, 과찬입니다. 호호호… 오늘은 굉장한 날이니 축제를 벌여야 해요. 어린 양이 아버지를 찾은 날 아니에요?"

"좋아, 좋아! 하하하!"

형님은 호기롭게 웃고 샴페인을 더 마셨다.

"회장님, 밴드 부를까요?"

"그럼 불러야지."

형님은 그런 시끌벅적한 분위기 속에서도 아버지의 일기장을 왼손으로 꼭 쥐고 있었다. 형님은 나에게 시선을 돌렸다.

"창덕아, 혹시 아버지가 즐겨 부르시던 애창곡… 네가 부를 수 있나?"

"예? 음… 기억이 가물가물하네요. 귓전에 맴돌기도 하고…."

악사가 바퀴가 달린 큼직한 음향기기를 밀며 기타를 들고 룸 안으로 들어오자 나는 〈굳세어라 금순아〉 반주를 부탁했다. 이 노래는 아버지가 술에 취하면 자주 부르던 노래였다. 나는 원곡을 부른 가수 현인 선생의 독특한 창법을 흉내 내어 불렀다.

"눈보라가 휘날리는/ 바람찬 흥남부두에/ 목을 놓아 불러보았다/ 찾아를 보았다…."

2절을 부를 때 형님도 마이크를 잡고 함께 불렀다.

"일가친척 없는 몸이/ 지금은 무엇을 하나/ 이 내 몸은 국제시장/ 장사치기다…."

174

노래를 마치자 불현듯 의붓아버지의 목소리가 귓전을 맴돈다. 의붓아버지는 노래를 부르고 나서 가끔 누군가의 이름을 애타게 부르짖곤 했다.

"금숙아!"

4

"서울에서 통영까지 고속도로가 뚫렸으니 상전벽해(桑田碧海)라네."

승용차 운전대를 잡은 이화영에게 내가 그렇게 말했는데도 반응은 미지근했다.

"예? 예…."

그도 그럴 것이 20대 젊은 여성 이화영이 궁금했던 한국의 과거를 어찌 알겠는가. 도시를 조금만 벗어나도 흙먼지가 풀풀 나는 비포장도로가 나타나던 시절을….

윤경복 회장, 서연희 박사는 뒷좌석에 앉고 운전은 이화영이 맡았다. 이화영은 운전을 금세 익혔다. 이제 큰 차를 모는 데 익숙해져 운전을 하며 가끔 콧노래도 부른다. 안경테는 조금 작은 것으로 바꿔 낀다. 안경테 위로 치솟은 눈썹이 돋보인다.

나는 조수석에 앉아 느긋하게 바깥 풍경을 감상했다. 경복 형님이 아버지가 살던 곳을 방문하고 싶다기에 만사를 제치고 길을 떠났다. 농촌 풍경에서 초가집이 사라진 지 오래다. 찢어지듯 가난한 시절은 아득한 과거의 일이 되었다.

몇 년 만에 가보는 거제도인가. 기억이 가물가물했다. 의붓아버지의 얼굴을 박치기하고 상경한 후 한 번도 가지 않았으니….

가끔 어머니에게 편지를 보냈으나 답장이 없었다. 어머니는 한글을 겨우 읽는 수준이어서 그러려니 했다. 내가 살아가기에 벅차서인지 어머니가 그리 절실하게 그립지는 않았다. 다른 사람처럼 어머니가 보고 싶다든지, 어머니가 끓여주는 된장찌개를 먹고 싶다든지 하는 감정을 느끼지 못했다.

세월이 흘러 내가 사업기반을 잡았을 때 운전기사를 거제도에 심부름 보낸 적이 있다. 불효에 대해 사죄하는 편지와 함께 갖가지 선물과 현금봉투를 보냈다. 그때 어머니는 건강이 악화되었던 모양이다. 서울에 돌아온 운전기사의 전언에 따르면 어머니는 가재도구를 정리하고 사찰에 몸을 맡기러 들어간다고 하셨단다. 의붓아버지는 이미 별세한 후였다. 운전기사는 그때 공단보자기로 싼 보퉁이 2개를 갖고 왔다.

그 얼마 후 전남 보성군에 있는 어느 말사(末寺)에서 연락이 왔다. 어머니가 위독하다는 소식이었다. 나는 심야에 그곳으로 차를 몰고 가 어머니와 이승에서 작별했다. 미라처럼 마른 몸으로 저승으로 갈 준비를 마친 어머니는 퀭한 눈으로 나를 바라보며 뭘 말하려 했으나 입만 오물거릴 뿐 목소리를 내지 못했다. 수분을 거의 상실한 육신인데도 눈가엔 물기가 언뜻 비쳤다. 임종은 죽음의 의미를 깨닫게 해주었다.

승용차 의자를 뒤로 젖히고 느긋하게 누우며 눈을 감으니 어머니의 마지막 얼굴이 떠오른다. 그 옆에 엉거주춤 서 있는 내 모습이 비친다. 어머니와 내가 주연배우로 출연하는 영화를 보는 것 같다. 어머니는 눈을 감고 영원한 잠에 빠지려는 듯하다.

"우리 아들, 창덕아!"

어머니는 눈을 번쩍 뜨더니 벌떡 일어났다. 어머니는 내 손을 끌고 바닷가로 나갔다. 어머니는 손가락으로 방파제를 가리켰다. 누군가가 앉아 있다. 그쪽으로 다가가자 시커먼 작업복 차림의 어깨 좁은 사내의 뒷모습이 눈앞에 다가왔다.

"네 아버지다. 얼른 뛰어가 인사드려!"

어머니는 내 등을 떠밀었다. 나는 엉겁결에 방파제 쪽으로 달려갔다. 사내 바로 뒤에까지 갔을 때 그는 벌떡 일어서더니 뒤를 슬쩍 돌아본 다음 바다 쪽으로 몸을 풍덩 던졌다. 얼핏 본 그의 얼굴…. 나도 달려가는 탄력으로 바다에 뛰어들었다. 파도가 내 몸을 휘감는다. 찝찔름한 바닷물이 입속으로 들어온다. 헤엄을 치려했지만 이상하게도 팔다리가 뻣뻣해지며 움직이지 않는다.

"아악!"

나는 고함을 치며 눈을 떴다.

"사장님, 악몽 꾸셨습니까?"

뒷좌석에 앉은 서연희 박사가 내 어깨를 흔들며 나를 깨운다.

"예? 예…."

목덜미가 땀으로 흥건히 젖었다. 나는 호흡을 가다듬고 정신을 차렸다. 꿈에 생부가 나타나기는 처음이다. 윤경복 회장이 생부의 행적을 찾았다는 데에서 영향을 받은 모양이다. 꿈은 의식과 무의식의 종합 산물이라는 점을 새삼 절감한다. 생부에 대한 아련한 그리움이 새록새록 돋는다. 얼핏 본 얼굴…. 어디에선가 본 듯한데…. 그리고 보니 진로그룹 회장을 지낸 장진호라는 분의 얼굴과 닮았다. 장진호, 장정호 쌍둥이 형제라는 의식이 엉뚱하게도 장진호 회장의 얼굴을 끌어들여 무의식 속에 잠복했나 보다.

서연희 박사와 형님은 초등학교 동기생이어서 그런지 격의 없이 말을 나눈다. 제3자가 들으면 다정한 부부 사이의 대화 같으리라.

"가슴이 두근거리지? 네 아버지 살던 곳으로 찾아가니…."

"당연하지. 이 모든 게 창덕 아우님 덕분 아니겠어? 내 심장이 얼마나 두근거리는지 네 손을 내 가슴에 대 볼래?"

"아이… 됐어. 장 사장님과의 사연을 듣고 너무나 드라마틱해서 놀랐어. 내 가슴도 얼마나 두근거리는지…."

"아버지 일기장을 찬찬히 읽어보니 고향과 가족을 그리는 절절한 마음이 담겼더군. 전쟁 때 인간을 무수히 죽인 데 대한 죄책감에 시달렸고…."

"온갖 악몽에 시달리셨겠네. 살아남은 자들도 전쟁 상흔으로 평생 고통을 받지."

"아버지는 맨 정신으로는 살아가기 어렵다고 고백하셨더군. 그래서 체질에 맞지도 않는 술을 과음하게 되었고…."

옛 추억을 더듬으려 일부러 기존 경부고속도로로 왔다. 추풍령 부근에 왔을 때 휴게소에 들러 쉬어 가자고 말했다. 이화영은 서연희를 모시고 여자화장실 쪽으로 갔다. 나는 형님과 함께 남자화장실을 다녀온 뒤 멀리 펼쳐진 추풍령 주변의 풍경을 감상했다. 녹음이 너무 짙어 파랗다 못해 거무스름하다.

이화영이 등 뒤에서 물었다.

"회장님, 사장님, 무슨 커피 드시겠습니까?"

윤 회장이 나 대신에 대답했다.

"나는 원두커피로, 장 사장은 자판기에서 밀크커피 뽑아 드리고…."

이화영이 살짝 웃으며 대꾸했다.

"저희 사장님은 왜 동전 자판기 커피로 주문하십니까?"

"아직 자네 사장님 취향을 모르시나? 장 사장은 청년시절부터 줄기차게 자판기 커피만 즐기신다네."

"그렇잖아도 사장님 집과 사무실에 소형 커피자판기가 놓여 있어 의아했답니다."

"다, 사연이 있네. 사연이…."

이화영이 눈이 동그래지며 물었다.

"무슨 사연요?"

윤 회장은 한쪽 눈을 찡긋 감으며 대답한다.

"청춘사업과 관련 있는 일이야."

"사랑 문제?"

"맞아. 자네도 차차 알게 될 거야. 하하하…."

나는 말을 더듬거리며 사태를 수습하려 애썼다.

"혀, 형님도… 다 지난 옛날 일인데요, 뭘…."

"과연 과거완료형일까? 현재진행형이나 미래형이 아니고?"

"혀, 형님, 지금 영문법 시간입니까? 하하하…."

그렇게 능쳤지만 가슴이 갑자기 울렁거렸다. 미스 정의 얼굴이 눈앞에 어른거렸다. 여상을 갓 졸업할 때의 풋풋한 얼굴과 룸살롱 룩소의 사장으로서 입술에 붉은 루주를 과도하게 바른 화려한 모습이 겹쳐 보였다.

"사장님! 커피 마시며 한숨 돌리세요."

내가 엉거주춤한 자세로 서 있자 이화영이 자판기에서 빼낸 커피를 내 앞에 내밀며 그렇게 말했다.

윤 회장, 서연희 박사, 나, 이화영, 이렇게 네 사람이 나란히 벤치에 등을 기대고 가없이 넓은 하늘을 쳐다보았다. 일순간 정적이 감돈다.

붕짝 붕짝 붕짝 붕짝….

갑자기 귀가 찢어질듯 큰 소리로 '휴게소 메들리'가 울려 퍼진다. 트로트 가요를 1절만으로 여러 곡 연결해서 간드러진 콧소리로 부르는 그 노래 말이다.

"보슬비가 소리도 없이/ 이별 슬픈 부산정거장/ 잘 가세요 잘 있어요/ 이별의 기적이 운다…."

"나는 가슴이 두근거려요/ 당신만 아세요 열일곱 살이에요/ 가만히 가만히 오세요/ 요리조리로…."

이화영의 반응이 놀라웠다. 노래를 슬슬 따라 부르더니 손뼉을 치며 "아싸, 아싸!"하는 추임새까지 넣기 시작했다. 윤 회장은 빙그레 웃었다.

"젊은 아가씨가 어떻게 그런 노래도 다 부를 줄 아시누?"

"제가 트로트 가요 특기 덕분에 운전기사로 발탁되었답니다."

"운전기사로 뽑히는 데 노래 특기라니?"

"장거리 운전할 때 생음악을 들으시면 피로가 풀리잖아요."

"그럼 나중에 차 안에서 불러보시오."

메들리 노래는 계속 울려 퍼졌다.

"눈보라가 휘날리는/ 바람찬 흥남부두에…."

〈굳세어라 금순아〉가 흘러나왔다.

이화영은 몸을 곧추세우고 노래를 따라 불렀다. 조금 전 박수를 치며 부르던 장난기 어린 얼굴과는 달리 진지한 표정으로 변했다. 나도 그 노래를 나지막하게 불렀다. 얼핏 형님을 보니 눈을 지그시 감고 입을 오물거리며 따라 부른다. 형님의 눈가엔 물기가 어렸다. 아버지를 상상하는 모양이다.

가게에 들러 메들리 노래가 든 씨디를 샀다. 퉁퉁한 몸매의 여주인이 5만 원짜리 지폐를 받아들곤 거스름돈을 세다가 눈을 반달 모양으로 만들어 웃으며 말한다.

"여기 추풍령에 오셨으니 남상규 씨디도 사 가셔야지요."

"남상규 씨디라니요?"

"유명한 노래, 〈추풍령 고개〉라는 히트곡 있잖아요. 구름도 자고 가는, 바람도 쉬어 넘는… 그 노래 부른 가수가 남상규 씨 아닙니까?"

여주인이 노래까지 불러가며 판촉을 하는 바람에 사지 않을 수 없었다.

"아, 그렇지요. 그러면 그것도 주세요."

그녀는 검은 비닐봉지에 넣은 씨디와 거스름돈을 건네주려다 멈칫하며 말을 이었다.

"배호 노래 좋아하세요?"

"배호? 좋아하지요. 〈안개 낀 장충단공원〉이며 〈누가 울어〉…."

"그럼 배호가 부른 〈추풍령 고개〉도 사 가세요. 남상규 씨 것과 곡은 같은데 노래맛은 다르지요."

그래서 결국 씨디를 3개나 샀다. 배호의 〈추풍령 고개〉는 피를 토하듯 부르는 애절한 목소리가 호소력을 갖추었다.

"그 모습 그립구나/ 추풍령 고개…."

배호의 노래를 이화영은 흥얼거리며 따라 불렀다. 형님도, 나도 간간이 콧노래, 휘파람으로 배호 노래를 불렀다. 서연희는 그런 우리들을 그윽한 눈길로 바라보았다.

이화영은 간간이 〈굳세어라 금순아〉를 흥얼거렸다.

5

기억을 더듬어 찾아간 옛집은 흔적도 없이 사라졌다. 멀리 남해의 파도가 보이던 언덕에 자리 잡았던 그 '하꼬방' 집터엔 높다란 아파트 몇 개 동이 위용을 자랑하며 서 있었다. 옛 주소를 적은 메모지를 들고 부근 편의점에 들어가 물어봤다. 20대 청년이 손님을 맞고 있었다.

"어느 장소인지 모르겠는데예."

"아파트가 들어선 지가 몇 년이나 됐나요?"

"10년이 넘었을 낀데예. 제가 초등학교 다닐 때 지어졌으니까예."

"이 동네에서 오래 사신 어른들에게 여쭈어봐야 하겠군요."

"저어기 있는 노인회관에 가서 물어보이소."

청년에게 노인회관에 갖고 갈 선물로 무엇이 좋을지 물었더니 할아버지용으로는 막걸리를, 할머니용으로는 아이스크림과 초코파이를 추천했다. 청년은 이 물품을 곧 배달해주겠단다.

청년이 가르쳐준 노인회관을 찾아갔다. 승용차는 편의점 앞에 세워놓고 슬슬 걸었다. 윤 회장과 나는 앞장서고 서연희와 이화영은 뒤에서 따라왔다. 선글라스를 쓴 서연희는 윤 회장과 동갑이라고는 도

저히 믿어지지 않을 만큼 젊고 우아하게 보였다. 윤 회장은 만감이
교차하는지 눈을 껌벅거리면서 연신 헛기침을 했다.

하얀 페인트칠을 말끔하게 한 노인회관은 꼬릿꼬릿한 노인냄새가
거의 나지 않는 산뜻한 건물이었다. 지방도시의 노인회관도 이 정도
이니 한국이 그동안 매우 발전했음을 실감했다.

휴게실에 앉은 할아버지 10여 명이 낯선 우리 일행에게 일제히 시
선을 던졌다. 내가 허리를 굽혀 인사하며 말을 걸었다.

"안녕하십니꺼? 저는 이 동네 살다가 수십 년 전에 서울로 간 사람
입니더."

경상도 사투리로 말하려 했다. 나는 서울에 온 이후 의식적으로 경
상도 사투리를 쓰지 않으려 애썼다. 사투리를 쓰면 촌놈이라는 게 들
통날 것이고 고향에 대해 이야기하기가 싫었기 때문이다. 그런데 거
제도에 와서 노인들을 보니 사투리로 말하는 게 예의라는 생각이 들
었다. 이제는 사투리가 낯설었고 술술 나오지 않는다.

"뉘집 아들인교?"

동그란 안경을 쓴 어느 노인이 바둑판에 코를 박고 있다가 허리를
펴며 물었다.

"제 아부지 함자는 유자, 노자, 영자… 입니다만… 혹시 아십니
꺼?"

"유노영? 유노영 시인…?"

80대로 보이는 노인은 기억을 되살리려는 듯 고개를 갸우뚱거렸다.

"제 아부지는 이북에서 내려왔고예, 거제 포로수용소 출신입니
더."

노인이 기억을 살리는 데 도움을 주려고 내가 또박또박 말하자 노

인의 눈에서 빛이 번쩍 났다. 체구가 자그마한 노인은 벌떡 일어나 다리를 절뚝거리며 우리 일행에게 다가왔다.

"이기 누고? 유노영이 앙이가?"

노인은 윤 회장의 어깨를 덥석 잡고 얼굴을 들여다보았다. 윤 회장의 키가 훤칠하기에 노인은 까치발을 할 수밖에 없었다. 윤 회장은 노인의 갑작스런 행동에 당황했다. 하지만 직감적으로 자신이 아버지를 닮아 노인이 그런 반응을 보인 것을 알았다.

"제가 그 어른의 친아들입니다."

"뭐라꼬? 참말이가?"

"예, 어르신! 저희 아버지와 친분이 있으셨습니까?"

"하!"

노인은 놀라 숨이 찬지 말을 잇지 못했다. 뼈 위에 쭈글쭈글한 피부가 얇게 덮인 앙상한 팔로 윤 회장의 어깨만 자꾸 흔들 뿐이었다. 내가 봐도 윤경복 회장의 지금 모습은 내 의붓아버지 유노영, 아니 윤오영과 흡사하게 닮았다.

"선물 배달 왔심더."

편의점 총각이 막걸리와 아이스크림 등이 든 종이박스를 들고 노인회관으로 들어왔다. 그는 우리 일행을 둘러보더니 큰 소리로 덧붙인다.

"서울에서 오신 손님들이예, 어르신들 드린다꼬 이 물건들을 샀심더예."

청년이 박스에서 막걸리를 꺼내자 노인은 탁자 위에 놓인 물잔을 청년에게 들이밀었다. 막걸리를 한 잔 따르라는 신호였다.

"제가 따르겠습니다, 어르신!"

윤 회장이 청년에게서 막걸리 병을 받아 뚜껑을 정성스레 돌려 따서 노인에게 따라주었다. 노인은 주저 없이 막걸리를 한숨에 들이켠 후 말을 이었다.

"영판 닮았네. 유노영 시인이 살아서 돌아온 줄 알았지. 그 냥반이 이북에 혹시 아들이 있을지 모른다고 가슴을 치며 이야기했지. 그래 우짠 일인교?"

노인회관의 식당으로 자리를 옮겨 우리 일행이 거제도를 찾아온 이유를 설명했다. 유노영 어른의 행적을 알아보겠다는 친자식의 피맺힌 한이 서린 여행이라고 밝혔다. 윤 회장은 명함을 건네며 아버지의 본명은 유노영이 아니라 윤오영이라고 털어놓았다.

노인은 중학교 국어교사로 일했다고 한다. 지역 문인협회 회장으로도 활동했는데 유노영 시인의 작품도 동인지에 자주 실었다고 밝혔다. 의붓아버지가 시인이었다는 사실은 처음 알았다.

"윤오영? 내 귀에는 생소하네요. 나는 유노영이라는 문우(文友)로 기억하니 그냥 유노영 시인이라고 부르겠소. 유노영 시인은 좌우 이념대립의 희생자였던 기라. 청년시절엔 사회주의자로 활동하면서 왜놈 공장에 타격을 주려고 파업을 배후조종하기도 했다 카데요. 당시에 함흥에는 전설적인 노동운동가 이재유라는 인물이 잠입했는데 그에게 협력한 것 같소. 유노영 시인은 해방 이후에 불란서에 그림 공부하러 가려 했는데 부모님 강권으로 늦장가를 가서 엉거주춤 주저앉았고… 6·25전쟁이 터지자 인민군 장교로 참전했고…."

노인은 의붓아버지의 삶에 대해 나보다도 훨씬 구체적으로 알고 있었다. 하기야 나는 어린 시절에 그를 피상적으로 관찰했을 뿐이었다. 노인은 막걸리를 한 잔 더 마시고 말을 이었다.

"인민군으로 이남으로 쳐들어 내려오면서 심적으로 큰 갈등을 느꼈다 카데요. 처음엔 남조선을 해방시킨다는 사명감을 가졌으나 처참한 살육에 몸서리를 쳤고… 추풍령전투에서 한국군 병사 수십 명을 죽여 훈장을 탔다 하고… 낙동강전투에서 포로로 붙잡혀 거제도 포로수용소에 들어왔는데 수용소 안이 연옥(煉獄)과 같지 않았겠소? 밤에는 좌우 대결 살육전이 벌어졌으니…. 유노영 시인은 반공포로로 석방됐지만 여기 이남에서는 오히려 빨갱이 취급을 받았지요. 어디 마음 놓고 정착할 곳을 못 찾아 거제도를 제2의 고향으로 삼아 살았다, 앙입니꺼?"

윤 회장은 노인의 말을 들으며 눈시울을 붉혔다. 손수건을 꺼내 눈 주변의 물기를 훔쳤다. 윤 회장이 노인의 손을 부여잡고 물었다.

"저희 아버지가 살던 곳이 어디인지 지금 확인할 수 있을까요?"

노인은 대답 대신에 나를 빤히 쳐다보았다. 불현듯 생각난다는 듯 손뼉을 탁, 쳤다.

"맞다, 맞아, 자네가 창덕이지? 이제야 얼굴이 생각나네!"

노인은 어린 시절의 나를 기억해냈다.

"자네 집이 바로 요 아래 점방 자리 앙이가?"

"점방 자리…?"

"아까 막걸리 배달한 총각이 일하는 그 편의점 말이야. 그 점방이 자네 어무이가 장사하던 구멍가게 자리였지."

"그렇다면 그 가게가 헐려 지금의 편의점이 됐십니꺼?"

"맞아. 그랑께네 과거 흔적은 하나도 없어졌제."

하꼬방 옛집이 사라졌다 하니 갑자기 허탈해졌다. 윤경복 형님도 마찬가지 심경이었으리라. 형님은 막걸리를 반 잔쯤 마시고 나서 노

186

인에게 조심스레 물었다.

"선생님께서 혹시 저희 선친의 작품을 보관하고 계신지요? 동인지 활동을 하셨다 하니 동인지라도…?"

노인은 그 말을 듣자 감전이라도 된 듯 몸을 부르르 떨며 입을 닫았다. 시선은 하늘로 향했다.

"왜 그러십니까? 혹시 말씀하시기 곤란한 일이라도?"

노인은 손사래를 치며 고개를 흔들었다. 형님이 노인을 한동안 빤히 쳐다보아도 노인은 여전히 묵묵부답이었다. 서연희 박사가 애원하는 목소리로 노인을 회유하는 일에 가세했다.

"선생님, 유노영 시인님의 작품을 보여주세요. 윤 회장님은 아버지 얼굴도 한 번 보지 못하고 자란 불쌍한 사람이에요. 제발 자비를 베풀어주세요."

노인은 핏발 선 눈을 부릅뜨고 서 박사를 노려보더니 이내 눈을 감는다.

"다 지난 일입니더. 돌아가 보이소."

노인은 벌떡 일어서서 바깥으로 나갔다. 이번에는 이화영이 나섰다. 노인의 옷소매를 부여잡고 하소연한다.

"할아버지! 제발 작품을 보여주세요."

노인은 어허, 하고 고함을 지르며 이화영의 손길을 뿌리쳤다. 노인회관의 다른 노인들에게 이것저것 물어보니 그들은 별다른 대꾸가 없었다.

"우리는 아무것도 모르능 기라."

이렇게 말하고 그들은 그저 막걸리를 마시고 아이스크림을 먹는데 열중했다. 편의점 청년의 말과는 달리 할머니들이 오히려 막걸리를 많이 마시고 아이스크림은 할아버지들의 몫이었다.

우리 일행은 편의점 쪽으로 내려왔다. 윤 회장은 편의점이 있는 아파트 상가건물을 한 바퀴 돌며 눈을 껌벅거렸다.

"이 자리에 집이 있었다고?"

윤 회장은 나에게 다시 물었다. 답변을 구한다기보다 독백에 가까운 질문이었다.

"할아버지!"

이화영의 목소리였다. 그녀는 아까 노인회관에서 만난 그 노인을 큰 소리로 불렀다. 노인이 편의점 건너편 길을 걸어가는 모습이 보였다. 이화영은 뭔가 결심한 듯 노인을 향해 달렸다. 먼발치에서 보니 이화영이 노인의 손을 잡고 흔들며 우리 쪽으로 가자고 설득한다. 노인은 이화영의 손에 이끌려 길을 건너 편의점 쪽으로 왔다.

"그 작품은 다 사라졌소."

노인은 그렇게 말하고 눈물이 그렁그렁한 눈을 손으로 부볐다.

"좀더 자세한 경위를 말씀해주십시오. 어르신!"

윤 회장의 목소리에는 간절함이 배어 있었다. 편의점 옆에 호프집이 눈에 띄었다. 윤 회장이 노인에게 호프집을 가리키며 함께 들어가자고 소매를 끌자 노인은 한숨을 쉬며 고개를 끄덕였다.

오후 4시쯤이어서 호프집 안은 다른 손님이 아무도 없었다. 하얀 벽에다 자그마한 판화를 걸어놓는 등 제법 세련된 인테리어 덕분에 서울 청담동 카페 분위기를 풍겼다. 손님을 맞는 여사장도 상냥한 서울말로 인사를 했다. 운전해야 할 이화영은 콜라를, 나머지 사람들은 생맥주를 주문했다. 생맥주가 나올 때까지 노인은 침묵했다. 노인은 막걸리 취기가 올라 얼굴이 벌게져 있었다.

"스가바알···."

시원한 생맥주를 들이켠 뒤 노인은 혼자서 중얼거렸다. 노인은 눈을 지그시 감으며 미간을 찌푸렸다. 뭔가를 골똘히 생각하는 표정이었다. 그러다 그는 눈을 번쩍 뜨며 일갈했다.

"개마고원!"

개마고원이라니? 노인은 뜬금없이 말하고는 거칠게 숨을 쉬었다.

"개마고원!"

노인은 몸을 일으키며 다시 그렇게 외쳤다. 서 박사가 노인의 손을 잡고 자리에 앉히며 말을 걸었다.

"개마고원이라뇨? 말씀을 자세히 해보세요."

"개마고원!"

"선생님, 저는 북한의 개마고원에 가 본 적이 있답니다. 그러니 저에게 말씀해주시면···."

서 박사가 설득하는데도 노인은 퀭한 눈망울만 굴렸다. 그러더니 다시 벌떡 일어나 두 팔을 뻗어 만세 부르는 자세로 취하고 고함을 질렀다.

"개! 마! 고! 원!"

제정신이 아닌 듯했다. 그는 별안간 호프집 문을 열고 바깥으로 나가버렸다. 그는 만세 자세로 깡충깡충 뛰며 '개마고원'을 자꾸 외쳤다. 나는 이화영을 데리고 밖에 나와 노인을 뒤따라갔다. 혹시 무슨 불상사라도 생길까 봐 걱정이 되어서이다.

편의점 청년에게 노인의 집이 어딘지 물었다. 청년은 노인의 뒷모습을 보더니 빙긋 웃었다. 청년은 오른손을 자기 머리 위로 들어 올리더니 검지를 펴 손가락 끝을 몇 바퀴 빙글빙글 돌렸다. 노인이 '돌았다'는 뜻이었다.

"어르신을 댁으로 안전하게 모셔드려야 하잖아요?"

이화영이 도끼눈으로 청년을 바라보며 쏘아붙였다.

"노인회관 바로 옆입니더. 회관에 가시면 다른 분들이 가르쳐 줄끼라예."

청년의 말을 믿고 노인의 뒤를 따라갔다. 노인회관으로 올라가는 비탈길에서 노인은 연신 '개마고원' 만세를 부른다. 노인회관 앞에 다다르자 어느 중년 남자가 노인에게 다가가 부축한다.

"아부지, 약주 드셨습니꺼?"

노인의 아들인 듯했다. 아들의 온화한 얼굴을 보고나서야 노인은 개마고원 만세를 그쳤다. 굵은 뿔테 안경을 낀 아들은 추리닝 차림이었지만 먹물깨나 먹은 사람처럼 보였다. 노구(老軀)의 아버지가 다칠 세라 조심스럽게 부축해가는 아들, 이들 부자(父子)의 뒷모습을 보니 목이 울컥한다. 늙고 병든 아버지가 골칫거리라 말하지만 나에게 저런 아버지라도 계신다면 얼마나 좋을까 하는 부질없는 갈망이 치솟았다. 나는 그들 부자 뒤를 말없이 따라갔다. 그들이 어느 아파트 출입구 앞에 섰을 때다. 나는 아들에게 다가가 말을 걸었다.

"실례합니더. 아까 노인회관에서 어르신을 뵈온 사람입니더. 긴히 드릴 말씀이 있는데 시간 좀 내주시겠습니꺼?"

"누구십니꺼?"

아들은 조금 전의 온화한 표정과는 달리 눈을 치뜨며 도전적으로 물었다.

"아⋯ 저는 옛날에 바로 이 부근에서 살던 사람입니더. 오랜만에 고향에 와서 옛날 저희 부모님 이야기를 좀 들어볼라꼬예."

"예… 무슨 기관에서 나온 사람인 줄 알고…."

"기관?"

"그…, 사람 잡아다 족치는 기관 말입니더."

"그럼 어르신이 그런 피해를 당하신 모양이네예?"

"쉬잇!"

아들은 아버지가 혹시 대화를 들을까봐 검지로 입을 가리며 나에게 눈을 끔벅거린다.

"실례했습니다."

내가 사과하자 그는 괜찮다는 시늉으로 손사래를 친다.

"아버지를 집에 모셔 놓고 나올낑게 저기 보이는 벤치에 앉아서 쪼매 기다리이소."

아파트 단지 내 조성된 작은 공원이었다. 벤치에 앉으니 저 멀리 남해의 쪽빛 바다가 한눈에 보인다. 이화영이 내게 묻는다.

"할아버지가 개마고원에 얽힌 피맺힌 사연이 있나 보지요?"

"그런 것 같지?"

"아들이 자기 아버지의 사연을 알까요?"

"글쎄… 암튼 혹시 중요한 증언을 들을지 모르니까 자네는 지금 호프집으로 가서 윤 회장님과 서 박사님을 모시고 오게."

6

바다에 낙조(落照)가 내려앉기 시작했다. 바다의 쪽빛은 짙은 주황색으로 바뀐다. 태양은 오늘 하루의 치열한 비행을 무사히 마치고 잠시 쉬러 수평선 너머 기착한다.

노인의 아들이 나타난 데 이어 윤 회장과 서 박사가 숨을 헐떡거리며 올라왔다. 벤치는 5명 모두 앉기엔 좁았다. 이화영에게 편의점에 가서 음료수를 사오라고 심부름을 시키곤 4명이 나란히 앉았다. 각자가 바다를 바라보며 말하니 독백 또는 방백(傍白)하는 모양새가 되었다. 먼저 서 박사가 그 아들에게 질문했다.

"아까 어르신께서 개마고원이라는 단어에 민감한 반응을 보이시던데… 무슨 사연이 있나요?"

"처절한 내상으로 남아있지요."

서 박사의 질문에 아들은 서울말씨로 대답했다.

"아버님께서 혹시 개마고원에 다녀오셨나요?"

"아닙니다. 개마고원은 책 이름입니다. 엄친께서 젊은 시절에 여기 지역 문인들과 함께 만드시던 동인지 제호(題號)…."

이번엔 윤 회장이 질문했다.

"그 동인지가 문제가 되었습니까?"

"예. 북한 지명이 사용된 데다 그 안에 실린 개마고원이라는 제목의 시 때문에…."

"시 내용이 어떤 건데요?"

"서정시지요. 개마고원을 고향으로 둔 시인이 애틋한 향수를 노래한 것이지요."

"그게 무슨 문제가 됩니까?"

"요즘 기준으로 보면 아무것도 아니지요. 그러나 반공 이데올로기가 극성을 부릴 때여서 북괴를 고무찬양했다는 혐의를 받았지요."

"그게 유노영 시인의 작품입니까?"

"예…."

"제가 유노영 시인의 아들입니다."

"예?"

윤 회장은 호주머니에서 명함을 꺼내 노인의 아들에게 주었다.

시인 윤영….

노인의 아들은 명함을 건성으로 보는 게 아니었다. 입으로 윤영…이라 중얼거리며 명함을 살폈다. 그러더니 눈을 크게 뜨고 윤 회장을 바라보며 큰 소리로 말했다.

"아! 반갑습니다. 윤영 시인님 작품을 좋아하는 독자입니다. 시집도 사봤고요. 만나 뵈어 영광입니다."

노인의 아들은 더욱 우호적으로 우리 일행을 대했다. 〈개마고원〉과 관련한 몇 가지 사연을 들려주었다. 엄혹한 군사정권 시절에 자신의 아버지와 유노영 시인이 동인지 〈개마고원〉 때문에 혹독한 고초를 겪었단다. 아버지는 교직에서 쫓겨났고 유노영 시인은 고문 후유증으로 허리를 쓰지 못해 눈을 감을 때까지 내내 자리에 누워 지냈다고 한다. 동인지 〈개마고원〉은 지금 단 한 권도 남아있지 않다고 한다.

"운명이란 게 참 묘한 것이… 저도 최근에 개마고원과 관련된 책을 하나 쓰고 있답니다."

노인의 아들이 이렇게 말하자 서 박사가 눈을 동그랗게 뜨며 물었다.

"어떤 내용인데요? 저도 몇 년 전에 개마고원 답사를 다녀왔답니다."

"예? 무슨 일로?"

"풍산개에 관한 생태조사를 하러…."

"두 마리면 호랑이도 잡는다는 그 유명한 풍산개 말입니까?"

"예. 미국, 영국, 독일 등에서 온 국제적인 생태학자들과 함께 갔지요. 저는 한국학 전문가로 동참했답니다."

"풍산군은 개마고원에서도 가장 오지에 자리 잡은 곳이지요?"

"잘 아시다시피 개마고원은 낭림산맥, 마천령산맥, 함경산맥으로 이루어져 있잖아요. 해발 2,000미터가 넘는 산들로 에워 쌓여 있어 요즘도 접근하기가 쉽지 않더군요. 옛날엔 그곳 산골짜기 주민들은 짐승 사냥과 화전을 일구며 살았지요. 외부와 단절되는 바람에 풍산개는 강인한 형질을 잘 보존했어요. 사냥개로서 풍산개만 한 개가 없지요."

"요즘도 풍산개가 많이 남아 있습니까?"

"풍산군 광덕리에 풍산개 국영 종축장이 있더군요. 혈통을 잘 간직한 종견(種犬) 수백 마리를 봤답니다. 과연 소문대로 용맹스럽더군요. 풍산개의 조상은 동북아시아 회색 늑대입니다. 1만5천 년 전에 사육되기 시작해 개로 진화했지요. 풍산개는 가장 먼저 길들여진 개입니다."

"저도 꼭 그곳에 가보고 싶군요."

이들의 대화를 듣던 윤 회장이 어릴 때에 자기 어머니에게서 들었던 이야기를 전했다.

"제 부모님 고향이 그 부근이라 개마고원 이야기를 자주 들었답니다. 태조 이성계가 호랑이를 화살로 쏘아 잡았다는 전설 같은 이야기에서부터 김일성의 숙부인 김형권이 일제시대 때 풍산군 주재소를 습격해서 일본 순사들을 살해했다는 항일투쟁 역사까지… 영웅호걸들이 거친 산야에서 야망을 키운 곳이라고…."

서 박사가 윤 회장의 발언에 보충설명을 했다.

"제가 가보니 풍산군의 지명이 김형권군으로 바뀌었더군요. 김형권의 투쟁을 부각시키려 그곳을 항일무장투쟁의 성지로 삼았더라구요."

이들의 대화는 이화영 때문에 끊어졌다. 이화영이 페트병에 담긴 음료수와 종이컵을 들고 나타났다. 그녀의 손에는 우쿨렐레가 들려 있었다. 윤 회장이 이화영에게 그 악기에 대해 호기심을 나타냈다.

"모양은 기타 같은데 크기는 훨씬 작고… 진짜 악기인가, 아니면 장난감?"

"진짜 악기죠. 우쿨렐레라는 하와이 민속악기입니다. 줄이 4개밖에 없어 배우기가 편하답니다."

"이렇게 작은데 소리는 제대로 나오누?"

"물론이죠."

"그럼 한번 퉁겨 보시오."

"회장님… 〈굳세어라 금순아〉를 좋아하시지요? 아까 고속도로 휴게소에서 제가 부를 때 따라 부르시더군요."

"그 노래를 또 부르려구? 젊은 아가씨가 그 노래를 어떻게 아시누?"

"제 할머니의 애창곡이에요. 어릴 때부터 하도 자주 들어서 귀에 못이 박였지요."

"호오? 그래요?"

팅팅팅팅…

우쿨렐레의 현에서 탄력성 좋은 소리가 퉁겨나왔다.

이화영은 넉살 좋게 우쿨렐레 반주를 곁들여 노래를 불렀다.

"눈보라가/ 휘날리는/ 바람찬 흥남부두에…"

윤 회장은 허밍으로 멜로디를 읊더니 "금순아/ 어디로 가고/ 길을 잃고 헤메였더냐…" 하는 부분에서는 작은 목소리로 따라 불렀다. 1절이 끝났다.

"2절도!"

윤 회장이 소리쳤다. 이화영은 한층 처량한 목소리로 2절을 불렀다.

"일가친척/ 없는 몸이/ 지금은 무엇을 하나…"

윤 회장은 손등으로 눈시울을 닦는다. 서연희 박사가 손수건을 꺼내 윤 회장에게 건네준다. 윤 회장은 눈물을 훔치며 나지막하게 노래를 따라 부른다. 노인의 아들도 "이 내 몸은/ 국제시장 장사치기다…"하는 부분에서 목청을 제법 높이며 부른다.

짝짝짝짝!

노래가 끝나자 박수가 쏟아졌다. 나도 힘껏 손뼉을 쳤다. 모두 가슴이 벅찼기 때문일까. 잠시 적요가 이어졌다.

거제도 밤바다에 둥그스름한 달이 떴다. 달빛이 뿜어내는 신비스런 기운 때문인지 모두 혼몽한 상태에 빠졌다. 침묵을 깬 사람은 노인의 아들이었다.

"저는 톨스토이, 고골, 고리키 같은 러시아 작가들을 좋아해서 대학에서 노문학을 전공했답니다. 제 대학전공 때문에 저희 아버지가 고초를 겪었지요."

"노문학 전공이 어때서요?"

서연희가 노인의 아들을 똑바로 쳐다보며 물었다.

"여름 방학 때 러시아 원서 몇 권을 집에 갖고 왔는데 마침 불온인사 동향을 점검하러 나온 정보과 형사가 이 책들을 발견했어요. 당시 소련은 우리의 적성국가였고 러시아 원서는 곧 불온문서로 간주되던

196

때였습니다. 우리 부자는 정체가 불분명한 기관의 지하 벙커에 끌려가서 개돼지 취급을 받으며 한 달가량 시달렸지요. 어느 수사관은 아예 우리를 간첩 취급을 하더라구요."

"간첩이라뇨?"

"공교롭게도 제 백부께서 사할린에 살고 계셨습니다. 저는 그때까지 그런 사실을 전혀 알지 못했답니다. 일제 강점기에 큰 아버지는 징용으로 사할린 탄광에 끌려가셨는데 해방 이후에 귀국하지 못하셨지요. 사할린이 소련 영토로 편입되는 바람에 백부는 대한민국의 적성국가 국민이 된 셈이지요. 저는 백부가 징용 가서 병사한 줄로만 알았지요. 아버지가 그렇게 말씀하셨으니까요. 사할린 거주 사실을 밝히면 곤란하기 때문에 쉬쉬한 모양이에요. 당국에서는 마치 제가 사할린의 백부와 무슨 교신이라도 하는 것으로 의심한 거예요. 자꾸 모든 걸 털어놓으라고 윽박지르면서 칠성판에 거꾸로 세워 콧구멍에 고춧가루 물을 들이붓는 고문을 하는 바람에 죽을 뻔했지요."

"강압 수사였군요."

"그뿐만 아닙니다. 유노영 시인이 저희 아버지에게 전해준 원고뭉치 때문에 더욱 고생을 했지요."

유노영이라는 말이 나오자 윤 회장이 나섰다.

"무슨 원고인데요?"

"유 시인님이 함흥에 계시던 청년 시절에 백석 시인을 문학 스승으로 모시며 친하게 지냈다는데… 함흥 영생학교 영어교사인 백석은 러시아인이 운영하는 문방구 가게를 들락거리며 상점 주인에게서 러시아어를 배웠다고 해요. 러시아 시에 심취했던 백석은 이사코프스키의 작품들을 번역했다고 합니다. 이 번역원고 종이를 유노영 시인에게 읽어보라고 건네주었다지요. 유 시인님은 백석과의 우정을 소중히 여겨 이 종이를 곱게 접어 오래 간직했다고 합니다. 병마에 시달리다 죽음에 임박할 무렵에 저희 엄친께 이를 넘겨주었지요. 이 종이가 가택수색 때 발견돼 난리가 났어요. 러시아어 원어와 한글 번역, 백석 친필 서명이 들어있었기 때문입니다."

서 박사가 대화에 끼어들었다.

"어떻게 풀려나셨어요?"

"지도교수님이 보증을 서주시고 적극적으로 구명운동을 해주신 덕분에…. 역설적으로 저희 노문과 선배들 가운데 전공 때문에 대공기관에 특채되는 분들이 더러 계셨어요. 소련에 대한 정보수집, 자료해독을 위해 러시아어 전문가가 필요해서였지요. 지도교수님이 기관에 근무하는 제자들에게 부탁하여 저를 빼내주신 거지요. 제가 당한 이 일 때문에 교수님은 노문학 교수라는 자리에 환멸을 느껴 교수직을 그만두셨답니다."

"책임감이 대단한 분이었군요."

"훗날 풍문을 들어보니 교수님은 노문학과는 전혀 다른 제2의 삶을 사셨더군요. 우리의 전통 약손요법을 처음으로 체계화해서 세계 각국에 보급하는 선구자가 되셨더군요."

"대학졸업 후에는 뭘 하셨나요?"

"현대종합상사에 들어가서 자동차 수출업무를 맡았답니다. 세월이 흘러 한국이 러시아와 수교하자 노문학 전공자들의 몸값이 뛰기 시작했지요. 대학졸업 이후 전공을 써먹게 된 것이 처음이었지요. 저도 모스크바 지사로 발령났어요."

서연희와 노인의 아들이 마주보며 대화를 이어가자 윤경복 회장이 심통이 났는지 벌떡 일어섰다.

"여기서 거제도 포로수용소까지 차로 가면 얼마나 걸립니까?"

윤 회장이 노인의 아들에게 이렇게 물으니 10분 정도 걸린다는 대답이었다.

"그러면 포로수용소 구경도 할 겸해서 그리로 가서 이야기할까요?"

"밤에는 내부를 개방하지 않는데요."

"바깥에 앉아 주변만 봐도 되잖아요?"

노인의 아들은 자기 이름이 최갑식이라 했다. 차이콥스키와 발음이 비슷해 노문학과 선후배들은 지금도 자기를 차이콥스키라고 부른다고 한다.

7

멀리 보이는 포로수용소는 교교(皎皎)한 달빛을 받아 기괴한 분위기를 풍긴다. 이곳에서 육신이 으깨어지는 고통 속에 죽어간 원혼들이 얼마나 많았겠는가. 일행 가운데 누구도 아무 말을 꺼내지 못했다. 분위기에 압도되어서인지 내내 입을 다물었다.

"흐, 흠…."

낮은 울먹거림 소리가 들렸다. 윤 회장이 손수건을 꺼내 눈시울을 훔치며 그런 소리를 냈다. 수용소에서 극한적인 삶을 살았던 아버지에 대한 회억(回憶) 때문이 아니겠는가.

"흠, 흠… 흐, 흠…."

윤 회장의 울먹임은 그치지 않았다. 서연희, 이화영도 울먹인다.

가만히 살펴보니 최갑식도 훌쩍거린다. 울음은 전염의 힘이 강력한가 보다.

나는 고개를 들어 보름달을 쳐다보았다. 달은 여전히 시퍼런 빛을 뿜어낸다. 달 표면의 무늬가 어른거리더니 의붓아버지 얼굴로 형상화되었다.

"아… 아버지….."

탄성이 튀어나왔다. 동시에 눈물이 왈칵 솟구쳤다. 나는 원수로 여겼던 그 의붓아버지와 화해하고 나의 진정한 아버지로 받아들이지 않았던가. 살의를 품고 그의 옆구리를 걷어찬 내 악동시절의 만행이 뼈저리게 후회스럽다. 의붓아버지에게 용서를 빌었다. 시인이자 화가인 그의 예술혼을 전혀 알지 못했던 나의 무지를 통탄했다.

"아! 아버지!"

나는 갑자기 고함을 지르며 윤 회장을 덥석 껴안았다. 그를 부둥켜안고 통곡했다.

"으ㅎㅎㅎ…."

그때까지 흙흙, 하며 울먹임을 멈추지 않던 윤 회장은 나의 돌연한 통곡에 놀라 울먹임을 뚝 그쳤다. 그는 내 어깨를 토닥이며 위로했다.

"창덕아, 우린 하늘 아래 둘밖에 없는 형제야. 아버지가 저 하늘에서 우리를 바라보고 계시지 않으냐?"

우리 형제의 포옹 광경을 바라보던 서 박사와 이화영은 박수를 쳤다. 엉거주춤 서 있던 최갑식도 영문은 잘 모르지만 덩달아서 손뼉을 두드렸다.

"가을 바닷바람이 여간 매섭지 않네요. 추워서 안 되겠어요. 이제 그만 차에 들어가요."

서 박사가 이렇게 말하지 않았더라면 더 오래 포옹자세를 유지할 뻔했다. 그러고 보니 온몸이 오싹할 정도로 차가운 갯바람이 불어왔다.

최갑식의 안내로 저녁식사를 하러 해안가 횟집으로 향했다. 이것 저것 따져보니 최갑식은 내 초등학교 3년 후배였다. 같은 마을에서 어릴 때 함께 어울려 놀았던 기억이 희미하게 살아났다. 특히 웃을 때마다 실눈이 되는 그의 눈과 넙데데한 얼굴을 보니 개구쟁이 때 모습이 떠올랐다. 그는 나에게 억센 거제도 사투리로 이야기했다.

"같이 육상부에서 운동한 적도 있지예? 행님이 그때 덩치는 쪼맨해도 전교에서 달리기가 제일 빨랐다 앙입니꺼?"

"그랬던가⋯."

"행님 별명이 라타노플이었지예."

"라타노플?"

"태국의 전설적인 육상선수 앙입니꺼. 체구는 작아도 아시아에서 가장 빨랐던 스프린터⋯. 백 미터에 10초 플랫을 기록했지예."

"그런 선수가 있었던가?"

"행님의 다른 별명도 있었습니더."

"별명이 그렇게 많았나?"

"얼굴이 까매서 깜상, 아니면 베트콩⋯."

"⋯⋯."

횟집 사장이 최갑식의 초등학교 3년 선배라 했다. 그러니 나와 동기생인 모양이다. '별난 횟집'이란 간판이 걸린 허름한 횟집으로 들어갔다. 수조 안에는 큼직한 광어들이 잔뜩 들어있었다. 방으로 들어가니 상 위에 하얀 종이를 깔아놓아 정갈하게 보였다. 최갑식은 종업원에게 주방에 계신 사장님을 모셔오라고 말했다. 조금 있다 방문이

드르륵 열리면서 피부가 새카맣고 땅딸막한 중늙은이가 얼굴을 들이밀었다. 사장인 듯했다.

"행님요, 여기 서울서 오신 손님들을 모시고 왔심더."

최갑식은 그렇게 말하곤 나와 그 사내를 번갈아 살피며 말을 이었다.

"서울 손님 가운데 저분이 행님하고 초등학교 동기생이라 카던데예. 성함이 장창덕 씨라고…."

사장은 나를 빤히 쳐다보더니 핏발이 선 금붕어 눈을 끔벅거리며 말했다.

"아이구, 이기 누고? 창덕이 앙이가? 내 모리겠나? 이용술이… 내하고 짝 했다 앙이가?"

이용술? 짝? 그러고 보니 어렴풋이 기억이 났다. 나는 반색하며 일어났다.

"니, 용술이 맞네, 맞아. 나 창덕이다, 창덕이…."

우리는 감격스럽게 손을 맞잡고 흔들었다. 그때부터 사투리가 입에서 별 망설임 없이 술술 흘러나왔다. 용술이 덕분에 서비스 안주를 푸짐하게 먹었다. 말이 서비스이지 실제로 계산했는지 알 수는 없지만….

"창덕이 니, 대변검사 때 쌤한테 직싸게 얻어맞은 거 생각나나? 기생충약 안 먹을락꼬 똥 대신에 흙을 넣어갔다가 들켜서…."

몇십 년 만에 만난 동기생에게 고작 한다는 말이 구충약 제공을 위한 대변검사에 얽힌 일화인가. 당혹스러웠다. 서 박사와 이화영에게 체면이 말이 아니었다.

"용술이 임마야, 회 묵으러 온 식당에서 와(왜) 똥 이야기를 하노? 손님들 입맛 떨어지구로…."

듣는 이들이 모두 폭소했다.

광어회를 시켰는데 살점이 두툼했다. 서울의 여느 일식당 광어회보다 서너 배나 두꺼웠다. 우리는 회를 상추에 싸서 배가 부르도록 먹었다. 나는 오랜만에 소주도 꽤 마셨다. 대화는 주로 서 박사와 최갑식이 나누었다.

"아까 모스크바 지사에 발령났다는 이야기까지 하셨지요?"

최갑식은 서 박사의 질문에는 서울말씨로 대답했다.

"아, 예… 모스크바에서 근무하면서 상트페테르부르크에도 자주 출장을 다녔답니다. 러시아어 전공자라고 붙들려 가서 고문을 당한 게 엊그제 같았는데 세상이 그렇게 변했지요. 모스크바에 오래 근무할 수 있었는데 어머니가 돌아가시는 바람에 외톨이 아버지를 모시려고 제가 귀국했지요. 서울에서 살았는데 아버지가 자꾸 거제도에서 사시겠다기에 저도 아예 직장을 때려치우고 낙향했답니다."

"개마고원 책을 쓰시게 된 계기는?"

"아, 설명이 조금 길어집니다만… 사할린에 사신다는 백부의 안부를 확인하니 벌써 작고하셨더군요. 백부의 아들딸, 즉 제 사촌형제들과 연락이 닿아 서로 왕래했답니다. 사촌 형님, 누나들이 한국에 두 번 왔지요. 저도 사할린에 아버지 모시고 한 번, 저 혼자 한 번, 도합 두 번 갔고… 이게 인연이 돼 러시아 연해주에 한국의 중고 자동차를 수출하는 사업을 벌였답니다. 블라디보스토크를 들락거렸지요. 거기서 만난 러시아의 포수 출신 노인들에게서 개마고원 호랑이 사냥 체험담을 들었어요. 일제시대에 개마고원에 호랑이 잡으러 자주 갔다고요."

최갑식은 입담이 좋았다. 러시아 포수가 개마고원 호랑이를 잡는

장면을 마치 자기가 잡은 것처럼 실감나게 이야기했다. 횟집 벽 말코
지에 걸린 나무 옷걸이를 내린 다음 양손으로 잡아 사냥총처럼 들고
아래위로 흔들며 말을 이었다.

"개마고원과 백두산 일대를 한 달간이나 헤맨 끝에 거대한 백호 한
마리를 발견했어요. 그놈과 딱 맞닥뜨리는 순간 방아쇠를 당겼는데
철컥, 소리만 나면서 총알이 나가지 않는 거예요. 불발탄이었어요.
그놈이 그걸 알고 나를 확 덮치는 거 아니겠어요? 뒤로 넘어지면서
다시 방아쇠를 당겼더니 쾅, 소리가 나면서 나는 실신을 했어요. 그
놈이 나를 덮친 것이지요. 한참 있다가 눈을 떠보니 그놈이 죽어있더
군요. 제가 쏜 총이 정통으로 머리 한가운데를 맞힌 겁니다."

어디까지가 사실이고 어느 이야기가 지어낸 것인지 구분할 수가
없었다. 러시아 포수들의 체험담을 수첩에 기록해 놓았는데 그것을
정리해서 책으로 내고 싶다는 것이었다. 최갑식은 또 대머리 배우로
유명한 율 브리너의 가문에 대해서도 입에 침을 튀기며 소개했다.

"율 브리너의 친척인 양코브스키라는 전설적인 포수가 개마고원
일대에서 호랑이를 여러 마리 잡았답니다. 양코프스키 가문의 시조
인 미하일 양코프스키는 폴란드에서 머나먼 연해주까지 왔는데 신출
귀몰한 사격솜씨 때문에 '네눈이'라는 별명으로 알려졌지요. 그는 연
해주에 몰려드는 한국인들에게 농장 일자리를 주었고 이들을 고약한
마적들로부터 보호해주어 존경을 받았지요. 미하일의 아들 유리 양
코프스키는 1922년에 한국의 청진으로 망명했답니다. 그는 함경북
도에서 정착해 큰 과수원을 일구었고 경성군 섬골산 기슭에 새로운
별장지대를 조성했습니다. 요즘엔 이곳은 북한 지도자의 중요한 휴
양지로 변했답니다. 유리 양코프스키는 율 브리너의 아버지에게서

재정지원을 받았습니다."

대화를 듣던 이화영이 불쑥 물었다.

"율 브리너가 누구예요?"

그 질문에 나머지 중장년들은 이화영을 쳐다보며 세대간 단절을 실감했다. 아무도 대답해주지 않아 내가 나섰다.

"〈십계〉, 〈대장 부리바〉 등 불후의 명작영화에 출연한 유명한 배우였어. 대머리 스타일로도 이름이 났지. 〈왕과 나〉라는 뮤지컬에서는 노래솜씨도 선보였고···."

최갑식이 율 브리너에 대해 보충설명을 했다.

"율 브리너는 1920년 블라디보스토크에서 출생했습니다. 일곱 살 때 하얼빈으로 이사했고 그 후 중국, 한국 등지를 옮겨다니며 살았지요. 율 브리너 부자(父子)는 유리 얀코프스키를 만나러 섬골산 별장으로 자주 왔답니다. 어린 율 브리너의 눈에 비친 한국은 어떤 모습이었을까요? 율 브리너의 파란만장한 삶을 조명하는 평전도 쓰고 싶군요. 제가 율 브리너 가문과 관련된 러시아 자료를 블라디보스토크에서 우연히 입수했답니다."

최갑식은 이화영의 물잔에 사이다를 따라주며 말문을 이었다.

"아까 〈굳세어라 금순아〉, 잘 들었습니다. 제가 블라디보스토크에 중고 자동차를 수출한다 했잖습니까? 거기에서는 '굳세어라 금순아'가 오늘도 울려 퍼질 겁니다. 중고차 안에 있는 카세트테이프의 한국노래가 현지 사람들에게 큰 인기랍니다."

이화영이 호기심을 갖고 물었다.

"우리나라 트로트가 그 사람들 정서에 맞나요?"

"아주 좋아해요. 러시아 사람이 따라 부르는 〈굳세어라 금순아〉를 저도 들어봤다니까요."

"정말 뜻밖이네요."

"언젠가 트로트 뽕짝 한류가 세계 가요계를 한바탕 휩쓸 날이 올 겁니다."

8

한가한 어촌마을이 이렇게 현대적인 도시로 바뀔 줄이야…. 호텔에서 나와 바닷가 백사장으로 산책하러 갔다. 호텔과 아파트의 스카이라인을 보니 니스, 칸 등 남프랑스 소도시의 풍경을 연상시킨다.

끼, 끼이, 끼이이….

이렇게 소리치며 군무(群舞)를 추는 갈매기들은 어릴 때 보던 모습과 다를 바 없다.

모래사장 저 멀리에서 윤 회장과 서 박사가 나란히 걸어가는 모습이 보인다. 간밤에 우리 일행은 각각 싱글룸에서 잤다. 이화영도 윤 회장과 같은 크기의 방에서 투숙했다. 윤 회장은 대기업그룹 회장답지 않게 소탈했다. 널찍한 스위트룸에서는 잠이 잘 오지 않는단다. 쓸데없는 궁금증이 생겼다. 윤 회장과 서 박사는 각자의 방에서 잤을까, 아니면 누군가의 방에서 동침했을까. 이런 유치한 의문이 머릿속에서 맴돌았다.

윤-서 커플의 뒤를 따라가면서 문득 내 옆구리가 무척 허전하다고 느꼈다. 환하게 웃는 미스 정의 얼굴이 어른거린다. 그러고 보니 미스 정과의 재회는 너무 싱겁게 이뤄졌다. 그냥 반갑다, 하고 인사만

할 사이가 아니지 않은가.

"창덕이, 혼자 산책 나왔구만. 노래 잘 부르는 그 아가씨와 함께 나오지 그랬어?"

호텔 방향으로 뒤돌아온 윤 회장이 나를 발견하곤 그렇게 말했다.

"이화영 씨는 아직도 잠에 곯아떨어져 있을 겁니다. 어제 종일 운전에다 노래에다, 좀 수고했습니까? 오늘 아침엔 푹 자라고 일러두었답니다."

"잘했네. 그렇잖아도 오늘 조찬은 거제도 분과 우리 셋, 이렇게 모두 네 명이 함께 들기로 했으니까…."

"거제도 분이라니요?"

"아… 여기서 신문을 발행하는 언론인이야. 왕년에 중앙지에서 필봉을 휘두르던 민완기자였는데 정년퇴직 후에 귀향해서 지역신문을 창간하셨지."

"그분과 어떻게 아세요?"

"자네… 도남케미컬 사건을 특종 보도한 기자, 기억나나?"

"아! 유진호 기자?"

"맞아. 자네 기억력이 역시 비상하군. 바로 그 유 기자가 거제도에 계신다네. 이따 호텔에서 뵙기로 했네. 얼른 세수하고 로비에 있는 레스토랑으로 내려오게."

도남그룹이 한 단계 도약을 꾀하던 시절에 어느 화학회사를 인수할 기회가 생겼다. 인수자금은 문제가 없었으나 걸림돌은 노조였다. 노조는 종업원 전원 고용승계를 주장했다. 미국계 회사로 출발한 이 회사는 강성노조 탓에 미국자본이 일수놀이 사채꾼 출신의 기업인에게 지분을 모두 팔고 떠난 상태였다. 경영진단을 해보니 1,200여 명의 종업원 가운데 30%를 줄여도 가동하는 데엔 지장이 없었다. 장치산업인 화학회사에 종업원이 1,000명이 넘는다니 말이나 되는가, 하고 당시에 나도 문제점을 지적한 바 있다. 윤 회장의 요청으로 내가 해결사로 나섰다. 노조위원장을 만나 설득하려 했으나 오히려 파업을 벌이며 도남그룹의 인수를 방해했다.

알고 보니 오너가 노조위원장을 부추겨 파업을 조장했다고 한다. 매각대금으로 은행 빚을 갚고 나면 오너는 한 푼도 건질 수 없었다. 오너는 도남그룹으로부터 뒷돈을 챙기기 위한 술수로 이런 자해수단을 썼다. 나는 노조위원장과 오너에게 비자금을 안겨주며 사태 무마를 부탁했다. 10% 감원에 노조가 동의하는 선에서 파업은 끝났다. 오너는 개인적으로 몰래 받은 그 자금을 유력 야당에 특별당비조로 헌납하고 전국구 국회의원이 되었다. 실패한 기업인이 정치인으로 변신한 것이다.

이런 전말을 유진호 기자가 취재하러 다닌다는 풍문을 들었다. 나는 돈다발을 들고 유 기자를 찾아가 통사정했다.

"뭐하는 짓이오? 당신 눈에는 기자가 돈 몇 푼에 매수되는 싸구려 인간으로 보이시오? 내 목에 칼이 들어와도 안 되오."

유 기자는 나를 크게 꾸짖으며 컴컴한 지하다방 구석에서 돈뭉치를 전하는 내 손을 뿌리치고 나갔다. 그 이튿날 화학회사 매각에 얽힌 비리가 대서특필되었고 그 오너 출신 정치인은 금배지를 떼야 했다. 그 보도 때문에 도남그룹의 인수는 무산될 위기에 처했다. 그 회사는 우여곡절 끝에 도남그룹으로 편입되었고 지금은 도남케미컬이란 우량기업으로 잘 굴러가고 있다.

"유 기자님, 오랜만입니다. 그때 제가 신문사 앞 황실다방에서 큰 무례를 저지른 인간입니다. 뒤늦게나마 사과드립니다."

세월이 흘러 유 기자는 은발의 노년이 되었다. 머리칼 색깔만 바뀌었을 뿐 호걸 풍모는 여전했다.

"반갑습니다. 사람관계란 언제 어디서 다시 만날지 알 수 없네요. 장 선생과 이렇게 재회할 줄이야…."

유 기자가 건네준 명함을 보니 '거제타임스 유진호 회장'으로 돼 있었다.

"그러게 말입니다. 유 회장님… 과거에 만난 분들 모두가 전생, 후생에 깊은 인연을 맺은 사람들이라는 생각이 듭니다."

"유 회장이라 부르지 마시고 유 기자라고 불러주시오. 그게 나에겐 더 편하고 명예스럽소."

"사회적 통념은 그렇지 않잖아요. 너도나도 회장으로 불리길 원하는데…."

"현장을 열심히 돌아다니던 올챙이기자 시절의 초심을 잃지 않으려 평생 노력한다오."

"유 기자님이 청년시절에 쓰신 기사를 보고 싶군요."

"일일이 가위로 오려서 스크랩해 놓았는데 지금은 누렇게 변색했을 겁니다. 말이 나온 김에 몇 개 복사해서 다음 기회에 만나면 드릴게요."

윤경복 회장은 유진호 기자의 특종 기사 때문에 곤욕을 치렀으나 이것이 인연이 되어 서로 친해졌다. 기업인과 언론인이 친한 관계라면 유착을 의심하는 시각이 많겠지만 그런 게 아니고 나라경제를 걱정하는 진정한 우인(友人) 사이라고 한다. 윤 회장과 유 회장은 유쾌한 목소리로 말을 섞는다.

"유 회장님께서 언젠가 거가대교 청사진을 보여주시며 거제도의 미래를 설명하셨답니다. 솔직히 말해서 그때 회장님이 몽상을 꾼다고 생각했지요. 거제도와 가덕도를 잇는 다리를 놓는다, 그래서 거제도와 부산을 일직선으로 연결한다··· 망망대해에 무슨 다리를 건설한단 말인가, 저는 그렇게 의심했답니다. 거대한 거가대교를 건너면서 당시의 제 단견이 기억나서 얼마나 얼굴이 화끈거리던지요."

"윤 회장님, 별 말씀 다 하십니다. 당시에 거가대교 프로젝트에 대해 대다수 외부인들은 불가능한 사업으로 봤지요. 불가능을 가능으로 만드는 게 기업가 정신 아니겠습니까?"

호텔 뷔페엔 신선한 해물 메뉴가 풍성했다. 가을 전어철이어서 전어무침, 전어구이가 별미였다. 거제도 청정해역에서 잡은 두툼한 자연산 전복으로 쑨 전복죽도 고소한 향기를 풍겼다. 생멸치를 초고추장으로 버무린 멸치회도 일품이었다. 말리지 않은 멸치를 먹어본 지가 얼마나 오래 됐는가.

"다이어트, 오늘은 포기해야겠어요."

서 박사는 그렇게 말하곤 접시에 게살을 수북이 담아왔다. 포식한 다음 커피를 마시며 대화를 이어갔다. 주로 윤 회장과 유 회장 사이의 이야기였다.

"유 회장님, 제가 앞으로 거제도에 자주 내려올 일이 생겼습니다."

"윤 회장님이 무슨 일로?"

윤 회장은 생부(生父)가 북한을 떠나 거제도에 살게 된 경위 등을 설명했다. 윤경복, 장창덕의 작명 유래도 소개했다. 유 회장은 아하, 아하, 하며 연신 감탄했다. 그는 어느 새 수첩을 꺼내 윤 회장의 발언을 적어 내려갔다.

"휴먼 스토리로 〈거제타임스〉에 보도해야겠어요. 장창덕 사장님이 거제도 출신이라는 사실은 지금에야 알았네요."

유 회장은 윤 회장과 내가 나란히 앉도록 포즈를 요구했다. 사진을 찍기 위해서다. 며칠 뒤 이 사진과 함께 장문의 기사가 〈거제타임스〉에 보도됐다. 인터넷에 기사가 뜨자 중앙지와 지상파 방송, 종편 방송 등에서도 〈거제타임스〉를 바탕으로 후속 보도했다. 백발을 휘날리는 노장기자 유진호 회장은 또 전국적인 특종을 터뜨렸다. '특종제조기'란 별명은 세월이 흘러도 빛이 바래지 않았다.

윤 회장은 유 회장에게 사업관계로도 자주 찾아올 것이라고 밝혔다.

"T조선 있잖습니까. 정부가 T조선의 새 주인을 찾고 있지요. 지금 대주주는 정부투자은행이지요. 말하자면 정부가 T조선의 주인이나 마찬가지죠. 정부는 매각대금으로 복지정책 재원으로 쓸 작정입니다."

"그럼… 도남그룹이 T조선을 인수할 계획입니까?"

유 회장이 단도직입적으로 묻자 윤 회장은 눈을 한동안 끔벅거리더니 대답했다.

"그렇습니다. 인수 후에 거제지역에서 도남그룹에 대한 이미지가 좋게 형성되도록 도와주십시오."

"걱정스러운 면이 있습니다. 조선경기 전망이 썩 밝지 않습니다. 세계 경제 침체로 해운 물동량이 뚝 떨어지고 있지요. 해운경기를 나타내는 발틱운임지수(BDI)라는 게 있는데… 2008년 5월엔 1만1천 이상이었지만 요즘엔 그 10분의 1도 안 되는 1천 부근입니다."

"그런 만큼 인수가격이 낮지요. 전망이 좋다면 다른 업체가 인수하겠지요. 제가 리스크를 안겠습니다."

이번엔 내가 놀라서 윤 회장에게 물었다.

"형님, 막대한 인수자금은 어디서 마련하나요? 그룹의 명운(命運)이 걸린 프로젝트인데….."

중견그룹이 덩치를 너무 빨리 키우려다 멸망한 '승자의 저주' 사례는 수두룩하다. 큼직한 기업이 인수합병(M&A) 시장에 매물로 나왔을 경우 치열한 인수전에서 성공하고는 정작 뒷감당을 하지 못해 그룹 전체가 공중분해되는 중견그룹이 얼마나 많았던가. 특히 남의 자금으로 인수하면 비싼 이자부담 때문에 실패하기 십상이다.

T조선이 어떤 회사인가. 세계 굴지의 조선업체 아닌가. 도남그룹 전체 자산보다 규모가 큰 회사가 아닌가.

나는 걱정스런 눈길로 윤 회장을 바라보았다. 윤 회장 대신 뜻밖에서 박사가 대답했다.

"너무 걱정 마세요. 인수자금은 충분히 동원할 수 있습니다."

서 박사는 어리둥절한 표정인 나를 응시하며 미소 지었다.

"다시 말씀드리지요. 인수대금은 마련됩니다. 때가 되면 자세히 설명해 드리지요."

서 박사의 차분한 어조가 오히려 나에게 섬뜩함을 느끼게 했다. 저여성의 정체가 뭔가? 공부만 한 학자가 맞는가? 개마고원을 다녀왔다느니, 백영규를 만났다느니, 북한 고위층을 접촉했다느니….. 그녀의 발언을 어디까지 믿어야 하나? 윤 회장의 인생과 사업을 모두 망칠 '팜므 파탈'(*femme fatale*)이 아닐까?

다행히 〈거제타임스〉에 T조선 인수 추진에 관한 기사는 보도되지 않았다.

그 사람을 사랑한 이유

1

윤경복 회장 못잖게 나도 의붓아버지 윤오영 시인에 대해 관심을 갖기 시작했다. 그의 작품들을 찾을 수 있을까? 혹시 북한에 그의 청년시절 작품이 남아있을까? 요즘 한국에서 재조명되는 백석 시인과 윤오영 시인은 얼마나 친밀한 관계였을까?

교보문고 인문학 코너에서 찾아보니 백석 시인의 평전이며 새로 발굴된 시집이며, 여러 관련 신간들이 나와 있었다. 백석의 삶은 참으로 시인답게 드라마틱했다. 특히 여성과의 관계에서 그랬다. 함흥에서 교사로 일할 때인 1936년 가을의 일화를 돌이켜 보자.

백석은 문우들과 더불어 여럿이 모인 자리에서 운명적인 여성을 만난다. 술을 조금 마신 얼큰한 기분에 백석은 그 여성을 향해 호기롭게 말했다.

"당신은 오늘부터 내 마누라요! 당신의 이름을 자야(子夜)라고 부르겠소."

자야는 당나라 시인 이백(李白)의 〈자야오가〉(子夜五歌)라는 시

제목에서 따온 것이었다. 그 여성의 본명은 김영한, 직업은 기생이었다. 기명은 진향(眞香). 기생이라 해서 술시중 드는 싸구려 작부가 아니라 노래, 춤, 시를 연마한 전문예능인이었다.

김영한은 남창 명인 하규일의 양녀로 들어가 조선권번 정악전습소에서 가무를 배웠다. 여창(女唱) 가곡에서 첫곡을 혼자 부르는 수창(首唱) 전문가였다. 그만큼 노래에 출중했다.

김영한은 문예지 〈삼천리〉에 수필을 발표한 문인이기도 했다. 흥사단에서 만난 스승 신윤국의 도움으로 일본 도쿄로 유학갔지만 신윤국이 투옥됐다는 소식을 듣고 귀국한다. 신윤국이 수감된 함흥형무소로 찾아갔으나 면회하지 못했다. 우울한 심경에 우연히 함흥 영생학교 교사들의 회식모임에 갔다가 백석을 만난 것이다.

이들의 사랑은 이루어지기 어려웠다. 백석의 완고한 부모가 기생을 며느리로 인정하지 않기 때문이었다. 자야는 서울로 갔고 백석도 그녀를 따라 함흥생활을 접고 상경했다. 이들은 훗날 남북한 분단으로 영영 이별했다.

북한으로 간 백석을 잊지 못한 자야는 대원각이라는 요정을 차려 요정 경영에 몰두하면서 별리(別離)의 애절함을 삭였다. 성북동 산기슭에 자리 잡은 대원각은 궁궐을 방불케 하는 대저택으로 당대 최고, 최대의 요정이었다.

자야는 백석에 대해 한마디도 입을 열 수 없었다. 북한과 대치한 상황에서 재북시인에 대한 언급은 곧바로 국가보안법 위반이 되던 시절이었기 때문이다. 애타는 마음을 달래려 그녀는 줄담배를 피웠다. 그녀는 결국 폐암으로 숨졌다.

불교에 귀의한 그녀는 불명(佛名)으로 길상화(吉祥華)를 받았다.

그녀는 이승을 떠나기 직전에 법정스님에게 대원각을 기증했다. 당시 시가 1천억 원을 넘던 거액의 재산이었다. 이 건물이 오늘날 길상사이다. 그녀는 또 백석문학상 기금으로 현금 2억 원을 내놓았다.

이생진 시인이 백석과 자야의 순애보를 〈그 사람을 사랑한 이유〉라는 시로 썼다. 나는 내 수첩에 그 시 일부를 옮겨 적었다.

> 기자가 물었대,
> 시주로 천억을 내 놓았는데 후회되지 않냐고,
> 무슨 후회? 라고 반문했다나봐,
> 그 사람이 언제 제일 생각나냐고?
> 그랬더니
> 사랑하는 사람 생각나는 데 어디 때가 있나!
> 그랬대요
> 기자가 다시 물었대요,
> 그 사람이 어디가 그리 좋으세요
> '천억이 그 사람의 詩 한 줄만도 못해,
> 다시 태어나면 나도 시를 쓸거야' 라고

시를 음미하니 내 가슴에서 불덩이 같은 게 일었다. 당장 일어나서 길상사로 향했다. 승용차보다는 지하철을 탔다. 한성대 입구역에서 내려 북악산을 올려다보며 걸었다. 길상사 입구라는 표지판을 발견하고 가파른 언덕의 호젓한 산길을 따라 올라갔다.

길상사의 위용! 자야가 대단한 여걸(女傑)임을 실감했다. 이 골짜기에 이런 대규모 건축물을 세웠다니 그녀의 배포에 고개가 절로 숙여졌다.

대원각이라는 요정이 정염(情炎)의 상징이었다면, 길상사는 정화(淨化)를 대표하는 이름 아니겠는가. 나는 내 가슴 깊은 곳에서 불잉걸처럼 타오르는 정염을 다스리기 위해서라도 자야의 번뇌를 공감해야 했다. 탕자에서 성자로 변신한 아우구스티누스, 톨스토이를 이해하기 위해서라도 길상사를 찾아야 했다. 번뇌 덩어리 진흙에서 피어난 분홍빛 연꽃을 보려, 소음 속을 뚫고 나온 장엄한 범종 소리를 들으려 성북동 비탈길을 걸어 올라야 했다.

단풍이 지천으로 깔린 길상사 한쪽 언덕에 김영한을 기리는 작은 공덕비가 서 있었다. 그녀는 1999년 11월 14일 83세로 육신의 옷을 벗었다. 그녀는 열반하기 바로 전날에 길상사에 와서 하룻밤을 자고 눈을 감았다고 한다. 그녀의 유언대로 유해(遺骸)는 눈이 하얗게 쌓인 길상사 언덕에 뿌려졌다.

공덕비 앞에 무릎을 꿇고 그녀를 추도했다. 늦가을의 삽상(颯爽)한 바람이 내 작은 몸뚱아리를 가볍게 흔들었다. 눈을 지그시 감으니 바람결에 김영한의 애절한 창(唱)이 실려와 내 귓전을 맴도는 듯하다. 자연과 나 사이의 그런 정밀(靜謐)한 교감은 높은 옥타브의 여성 목소리에 의해 깨졌다.

"어머! 창덕 씨 아니에요?"

눈을 떠보니 미스 정이 내 곁에 서 있었다. 파란 트렌치코트를 입고 하얀 국화 꽃다발을 든 우아한 모습은 이제까지 느낀 미스 정의 육욕적인 이미지와는 사뭇 달랐다.

"웬일이오?"

나는 이 시간에 여기서 미스 정을 만날 줄은 상상도 못했다. 우연한 조우라기보다는 뭔가 필연적인 만남이 아닌가 하는 느낌이 언뜻

스쳤다.

"오늘은 음력 10월 7일이에요. 길상화 님의 기일이죠. 저는 해마다 기일에 이렇게 찾아뵙는답니다."

"자야 님과 무슨 관계인데요?"

"저와는 아마 전생부터 인연이 있었을 거예요. 저는 자야 님을 큰 할머니라 불러요."

미스 정과 나는 아늑한 숲속으로 자리를 옮겨 풀섶에 나란히 앉았다. 나는 미스 정-자야-백석-윤오영-윤경복으로 이어지는 기묘한 인연에 아연할 수밖에 없었다.

"그래, 자야 님과 미스 정 사이의 인연을 들어봅시다."

"서두르지 마세요. 여기 길상사에 오신 김에 백석 시인의 시 한 수를 감상하고 나서…."

"읊을 거요?"

"제가 가장 좋아하는 〈나와 나타샤와 흰 당나귀〉를 낭송할게요."

이 시에서 나타샤는 자야를 지칭한다. 미스 정이 낭송하는 동안 나는 백석과 자야를 떠올리며 그들의 모습에 나와 미스 정을 대입했다.

가난한 내가
아름다운 나타샤를 사랑해서
오늘밤은 푹푹 눈이 나린다

나타샤를 사랑은 하고
눈은 푹푹 나리고
나는 홀로 쓸쓸히 앉아 소주를 마신다.

소주를 마시면서 생각한다
나타샤와 나는
눈이 푹푹 쌓이는 밤 한 당나귀를 타고
산골로 가자 출출히 우는 깊은 산골로 가 마가리에 살자

눈은 푹푹 나리고
나는 나타샤를 생각하고
나타샤는 아니 올 리 없다
언제 벌써 내 속에 고조곤히 와 이야기한다
산골로 가는 것은 세상한테 지는 것이 아니다
세상 같은 건 더러워 버리는 것이다

눈은 푹푹 나리고
아름다운 나타샤는 나를 사랑하고
어데서 흰 당나귀는 오늘밤이 좋아서 응앙응앙 울을 것이다

　미스 정은 어깨걸이 가방에서 보온병을 꺼냈다. 따스한 국화차를
병뚜껑 컵에 따라 내게 건네주며 말문을 열었다.
　"제가 태어난 곳이 바로 여기 대원각이에요."
　"예?"
　"부엌 뒷방이었지요. 아버지가 누구인지도 모르는 채….."
　"지금 무슨 이야기를 하는 거요?"
　"제 외할머니는 자야 님의 몸종이었답니다. 자야 님이 권번을 오갈
때 옷가지와 악기를 들고 따라다녔고, 대원각 이전에 한정식 식당을
차릴 때부터 주방에서 식모로 일했지요. 대원각 때도 마찬가지였답

니다. 할머니는 기생은 아니지만 요정을 드나드는 어느 한량과 눈이 맞아 아이를 뱄지요. 그 아이가 제 어머니인데 어머니 역시 할머니와 비슷한 삶을 살았어요. 대원각 주방에서 자랐는데 젖꼭지가 오디처럼 가맣게 익은 나이가 되자 역시 요정을 출입하는 난봉꾼에게 몸과 마음을 빼앗겼지요. 그래서 태어난 아이가 바로 저입니다. 어머니와 자야 님은 저도 똑같은 길을 걸을까 봐 저를 대원각 바깥에서 살도록 했답니다."

미스 정은 흐르는 눈물을 손수건으로 훔치면서, 때로는 엷은 웃음을 지으며 말을 이었다.

"저는 열네 살, 중학교 1학년 때부터 여기서 가까운 간송미술관 부근에 방을 얻어 혼자서 살았답니다. 물론 대원각이 가까이 있어 학교 수업을 마치면 엄마에게 쪼르르 달려갔지요. 큰할머니는 제게 대학 등록금을 대줄 테니 공부 열심히 하라고 격려하셨어요. 그때 집 부근에 '동천학사'라는 대학생 기숙사가 있어서 그 앞을 오가며 대학생 오빠들을 먼발치에서 보기도 했지요. 사각턱 얼굴인 어느 오빠가 제 손을 덥석 잡으며 데이트나 하자고 꼬시기도 했답니다. 도가머리를 하고 공부에 매달리는 오빠들을 보고 저는 질렸답니다. 저는 공부에 취미가 없어 우리 동네에 있는 D여상에 갔답니다. 얼른 내 손으로 돈을 벌어 자립하고 싶어서요. 번듯한 남편을 만나 화목한 가정을 꾸리고 싶었고… 고등학교에 들어가면서부터는 엄마를 만나러 가는 것도 부담스럽더라구요. 요정에 교복을 입고 가기도 곤란하고 그렇다 해서 사복 차림으로 가면 기생처럼 보일 테고…."

"우리 자리를 옮길까요? 축축한 땅바닥에서 냉기가 올라와요."

길상사 경내를 거닐다가 '나무그늘'이라는 곳이 눈에 띄었다. 나지

막한 정사각형 나무평상이 있었다. 미스 정과 나는 평상 위에 나란히 앉았다. 나를 처음 만날 때의 미스 정 모습이 떠올랐다. 발랄하고 대담한 성품이었기에 그늘진 삶을 살았다는 사실을 그때는 전혀 짐작하지 못했다.

평상에 앉아 눈을 감으니 미스 정과 한 몸이 된 그 꿈이 살아났다. 미스 정과 어깨가 닿았다. 나는 눈을 감은 채 미스 정에게 물었다. 이 경건한 공간에서는 한 치의 거짓도 용납되지 않으리라. 미스 정도 그런 기분이 드는 모양이었다. 가늘게 흔들리는 어깨의 떨림이 내 어깨에 고스란히 전해졌다.

"미스 정! 고백할 게 있소… 오래 전부터 미스 정과 사랑을 나누는 꿈을 꾸고 있소. 그 꿈이 너무도 리얼해서 실제로 미스 정과 그런 밤을 보냈는지… 궁금하고 또 궁금하오."

"정말 모른단 말이에요?"

미스 정은 나를 똑바로 쳐다보며 목소리를 높였다.

"뭘?"

내가 눈을 멀뚱거리자 미스 정은 한숨을 푹 내쉬었다.

"모르셨군요… 그 사랑은 실제상황이었어요. 그날 밤 창덕 씨가 만취해서 몸을 못 가누더라구요."

"아, 그럼 미스 정이 내 동정을 거두어간 여왕님이었군요. 하하하…."

허허로운 웃음을 터뜨리는 나를 안쓰럽다는 듯 흘겨보며 미스 정은 말문을 이었다.

"우리 사랑은 비극의 씨앗이었어요. … 지금도 해결되지 않는 비극…."

"예?"

"그 하룻밤 풋사랑 때문에 제가 아이를 가졌답니다. 배가 불러오자 회사에 사표를 냈고… 저도 제 할머니, 어머니와 똑같이 대원각 부엌방에서 아기를 낳았어요."

"……?"

"피눈물을 흘리며 아기를 받은 어머니는 대를 이은 불운을 끊겠다며 백일도 지나지 않은 우리 딸아이를 어느 부잣집에 보냈답니다."

"딸?"

"딸아이를 찾아가면 그 아이에게 불행이 닥칠까봐 이렇게 평생 가슴속에 한없는 그리움으로 간직하고 있답니다. 지금 어디에선가 잘 살고 있겠지요."

"큭, 크윽, 크윽…."

나는 큭큭거리다가 말문이 막혀 그냥 그녀를 얼싸안고 통곡했다. 정호승 시인은 〈키스에 대한 책임〉에서 "밤은 초승달을 책임지고 있다/ 초승달은 새벽을 책임지고 있다"고 갈파했건만 나는 아무런 책임을 지지 않은 철면피였다.

2

길상사에서 나와 미스 정과 손을 잡고 오솔길 내리막을 걸었다. 바람이 세차게 불자 가로수에서 떨어진 낙엽들이 어지러이 휘날린다. 우리는 왜 좀 일찍 재회하지 못했을까.

"저어기, 수연산방이라는 찻집에 가요. 제가 어릴 때 그 집 앞에 지나면 대문이 굳게 잠겼었는데 요즘엔 찻집으로 개방했답니다."

상허 이태준이라는 문인이 살던 곳이란다. 고아(古雅)한 한옥이다. 오후 4시경, 어중간한 시간이어서 그런지 손님이 거의 없다. 한 구석에 앉으니 따스한 기운이 느껴진다.

계피차의 알싸한 맛을 음미하며 미스 정과 회포를 풀었다. 에둘러 말하기엔 시간이 너무 없다. 우리 나이도 이젠 인생 내리막길에 접어들지 않았는가. 나는 답답한 마음에서 직설적으로 질문했다.

"그때 임신 사실을 왜 나에겐 알리지 않았소?"

"먼저 어머니께 모든 걸 털어 놓았지요. 어머니는 대경실색하며 창덕 씨와의 관계를 끊으라고 닦달하더군요. 창덕 씨는 순진하게도 소매치기, 소년원 경력을 죄다 제게 이야기했잖아요. 저도 어머니에게 그 사실을 밝혔지요. 그랬더니…."

"뜸 들이지 말고 말해보세요."

"어머니가 시퍼런 부엌칼을 들고 와 제 손에 쥐어주더군요. 그런 놈과 살려면 에미를 이 자리에서 찔러 죽이라면서…."

"허허…."

"이제는 제 심정을 이해할 거예요."

찻잔의 온기는 사라졌다. 나는 찻잔을 두 손으로 감싸 어루만지며 말문을 이었다.

"윤경복 회장과는 어떤 사이요?"

"당시엔 경복, 창덕 두 사람을 저울질했지요. 경복 씨는 매사 자신만만했고 저에게도 적극적으로 대쉬했어요. 그러나 진심이 아닌 것 같았답니다. 저를 결혼대상자로 여기지 않았고 스쳐가는 노리개로 보는 듯했어요. 경복 씨의 마음 한구석엔 다른 여자가 자리 잡고 있다고 느꼈답니다. 창덕 씨는 뒷심이 부족했어요. 제가 떠난 후 왜 한 번도 저를 찾지 않으셨나요?"

"미… 미스 정이 경복 형님에게 마음을 완전히 준 것으로 판… 판단했기 때문이지요."

내 대답은 구차한 변명에 불과했다.

"물론 저를 찾았더라도 당시엔 제가 외면했겠지요. 창덕 씨를 만나면 잃어버린 아기가 생각나서 괴로움이 더했을 테니까요. 창덕 씨와 헤어진다고 어머니와 약속하기도 했고…."

"우리 딸아이는 지금 어디서 살고 있을까요?"

"잊어버려요! 그 아이 이야기는 더 이상 꺼내지 마세요!"

그녀가 언성을 높이는 바람에 나는 머쓱해졌다. 사위가 어둑해질 무렵 나는 조심스레 말을 꺼냈다.

"세간에서는 당신이 윤 회장의 내연녀로 통하고 있소. 진상이 뭐요?"

"물장사를 하니까 하도 집적거리는 사내들이 많아서 그런 소문을 내가 일부러 퍼뜨렸지요. 윤 회장이라는 바람막이가 있어야 시달리지 않을 거 아니에요? 이제 윤 회장과 나 사이엔 아무런 사랑감정이 없어요. 사업 파트너일 뿐이에요."

"사업을 그렇게 열심히 하는 이유는? 물려줄 사람도 없는데…."

"자야 보살님처럼 내 전재산을 시주할 겁니다. 그래야 모진 업보의 사슬에서 풀려나겠지요."

석양 햇살이 창문을 통해 흘러들어왔다. 미스 정의 얼굴이 그 빛에 반사되어 훤히 돋보인다. 착시 현상일까. 미스 정 머리 주변에 둥그런 빛 테두리가 어른거린다. 저런 걸 광배(光背)라고 하나?

3

자유로를 달리는 미니버스가 일산을 넘어 파주로 접어들자 새떼들이 유난히 눈에 많이 띈다. 임진강에 날아온 철새 무리들이 저마다 창공에서 에어쇼 묘기를 뽐낸다.

서른 마리 가량의 기러기떼가 ∧자 모형으로 하늘을 날아오른다. 꼭지점에 선 기러기가 우두머리이리라. 이 안행(雁行) 행렬은 거침없이 북쪽으로 향한다. 새떼는 아득히 멀어져 까만 작은 점으로 수렴됐다. 그 점은 개성 송악산의 푸르름 속에 아련히 잠겼다.

"개성이 이렇게 지척에 있네요."

서연희가 떨리는 목소리로 말하자 윤 회장은 개성공단에 있는 도남정밀이란 전자 부품업체의 생산상황을 설명했다.

"곧 도착해 공장에 들어가면 규모가 너무 작아 실망할 것이오. 앞으로 북한에 본격적으로 투자할 때에 대비해서 시험 삼아 가동하는 것이니 그리 아시오."

윤 회장이 서연희 박사와 우리 크세노폰 임직원들을 도남정밀에 데리고 가 구경시켜 준다기에 이른 아침부터 서둘러 나서는 길이다. 고열태는 통일 이후의 북한 개발부 장관이나 된 듯 큼직한 북한지도를 펼쳐들고 나진, 선봉 등 개발대상 지역을 살피느라 바쁘다.

미니버스를 모는 강금칠은 휘파람으로 북한가요 〈휘파람〉을 불렀다. 자칭 '뽕짝 카수' 이화영은 박수를 쳐가며 그 노래를 불렀다. 강금칠은 이화영의 노래솜씨를 높이 평가했다.

"북조선에서 태어났다면 인민가수가 되었겠습네다."

이화영도 북한 말투로 대꾸했다.

"기런 말씀 마시라요. 인민가수 안 되어도 좋으니 남조선에서 살갔시오."

탑승자 모두가 버스 밖 청명한 하늘을 바라보며 콧노래를 불렀다. 망원경을 갖고 온 서운대는 하늘을 나는 새들을 관찰하려 망원경에서 눈을 떼지 않았다.

"저어기… 학 몇 마리가 보이는데요."

서운대가 그렇게 중얼거리자 윤 회장이 서운대에게서 망원경을 건네받아 하늘을 관찰한다.

"맞아! 학이 보이네."

윤 회장은 강금칠에게 흥분한 목소리로 말을 이었다.

"조금 더 가서 장월 나들목으로 나갑시다. 심학산(尋鶴山)이라는 야트막한 산이 있는데 학이 찾아온다고 해서 이름이 그렇게 지어졌지요. 거기에 가면 학을 가까이서 볼지 모르지."

우리 일행은 심학산 입구에 도착해서 예정에 없던 등산을 했다. 말이 등산이지 심학산은 해발 195미터밖에 되지 않는 야트막한 야산이어서 정상까지 걷는 데 30분이 채 걸리지 않았다. 몸매가 호리호리한 이화영은 숨을 쌕쌕 몰아쉬는 반면 몸피가 두툼한 연세라는 보기와는 달리 날렵하게 걸었다. 서 박사도 발걸음이 가벼웠다.

정상에 있는 정자에 오르니 사방팔방이 훤히 시야에 들어온다. 북쪽의 개성 송악산, 서쪽의 강화평야, 동쪽의 북한산, 남쪽 일산 신도시…. 임진강, 한강이 보인다. 이렇게 파주 평야가 너르니 여기에 도읍을 정하면 좋다는 풍수도참설이 끊임없이 나오는 것 아니겠는가.

서 박사는 윤 회장에게 단도직입적으로 말했다.

"한강과 임진강이 합류하는 이곳 교하(交河) 지역에 통일 한국 수도를 정하면 좋겠는데… 경복아, 네 생각은 어때?"

"멋지네! 그럼 우리가 우선 인수하는 대학교의 캠퍼스 일부를 이곳으로 옮기면 어떨까?"

"좋지. 파주에 이화여대 캠퍼스가 생기기로 했다가 무산되었다면서? 그 자리를 다시 알아보면 괜찮겠네."

윤 회장은 이화여대 캠퍼스 예정지였던 월롱역 부근을 손가락으로 가리켰다. 윤 회장과 서 박사는 '잉꼬 부부'처럼 보인다.

서 박사의 말하는 품새 때문인지 마치 남북한 통일이 멀지 않은 것처럼 들린다. 역사학자는 미래를 통찰하는 눈을 가졌다는 말이 사실일까? 아직 남북한 이산가족들이 상봉조차 제대로 하지 못하는 마당에 과연 언제 통일이 이뤄질까?

"아이스케키!"

이 외침을 듣고 깜짝 놀랐다. 아마 경복 형님이 더욱 놀랐으리라. 정자 아래에서 어느 상인이 아이스케키 통을 갖다 놓고 이렇게 외치고 있었다.

"이 통 안에 든 거, 모두 얼마요?"

윤 회장은 눈시울을 붉히며 아이스케키를 모두 샀다. 서연희도 그 의미를 알아챈 듯 윤경복의 손을 꼭 잡았다. 나도 덕수궁의 '아이스케키 사건' 장면이 떠올라 울컥했다. 나이 든 세 사람의 이런 숙연한 태도가 이상하게 보여서인지 신입사원 5명은 어리둥절해 했다.

1인당 2~3개가 쥐어졌다. 윤 회장, 서 박사, 나는 양손에 아이스케키를 들고 다시 정자 위에 올랐다. 멀리 개성 송악산이 보인다. 우리는 시원 달콤한 아이스케키를 먹으며 과거, 현재, 미래를 얘기했다. 우리 일행의 대화를 영화 시나리오처럼 정리해 보겠다.

226

아이스케키를 먹으며 젊은 시절의 추억을 되새기는 들뜬 분위기였기에 가벼운 농담조였음을 첨언한다. 특히 '통통령'(통일 한국대통령)과 퍼스트레이디 부분이 그렇다.

윤경복: 그때 덕수궁에서 날 구원해준 너는 천사였어. 서연희 앞에 부끄럽지 않은 남자가 되자는 게 내 인생 모토가 될 정도로 강렬한 충격을 준 사건이었지.

서연희: 그렇게 생각해주니 고마워. 너는 초등학교 때 교실 구석에 얌전히 앉아 있었지만 항상 눈이 반짝거렸어.

장창덕: 서 박사님, 역사학자로서 운명 따위를 믿습니까? 이 자리에선 우리 세 사람… 운명이 작용하지 않았다면 여기 함께 존재할 수 있을까요?

서연희: 저는 운명을 믿지는 않습니다. 운명은 태어날 때부터 정해진 것이니 인간 의지가 작용할 틈이 없지 않아요?

장창덕: 그러면 우연과 필연… 이 개념으로 설명할 수 있을까요?

서연희: 프랑스의 분자생물학자 자크 모노는 우주에 존재하는 모든 것은 우연과 필연의 열매라고 갈파했지요. 사람과의 관계도 양자가 어우러져 형성되지 않을까요?

윤경복: 아우님, 내게 보여준 내 아버지의 일기장… 그걸 받으면서 나는 자네와 나 사이엔 무슨 필연의 끈이 이어진 것 같았네. 그 많은 직장 가운데서 우리가 하필 도산출판사라는 곳에서 만났을까? 많은 직원들 가운데 우리가 왜 가까이 지내게 되었을까? 내 선친이 자네의 양부(養父)이니 이런 기막힌 인연이 어디 있겠나? 확률을 감안하면 몇 겁 세월에 한 번 있을까 말까 한 일이 아니겠는가?

장창덕: 〈거제타임스〉 보도 때문에 전국에 알려졌지요. 방송 출연

요청을 사양하시느라 곤욕을 치르셨지요? 너무 떠들썩하게 알려지면 형님과 제 사이의 소중한 인연의 의미가 훼손되지 않겠습니까. 아무튼 경복과 창덕의 만남은 경이롭습니다.

윤경복: 나는 무신론자이지만 이번 일을 겪으니 우주의 섭리가 작용했다는 느낌이 들더군.

(세 사람은 아이스케키를 다 먹고, 셋이 나란히 서서 북쪽 땅을 바라봤다. 누르스름한 황해도 산악이 보인다.)

장창덕: 서 박사님, 통일이 언제쯤 이뤄질까요?

서연희: 저는 귀국한 이후 그런 질문을 수없이 받았답니다. 한반도에서 통일은 역사의 필연이라고 봅니다. 시기가 언제인지는 짐작할 수는 없으나 언젠가 이뤄질 것입니다. 그때를 대비해서 저마다 차근차근 준비해야지요.

장창덕: 통일 이후의 정치지도자는 어떤 인물이 적합할까요?

서연희: 남북한의 통일 후유증이 걱정스럽습니다. 통일 비용을 감당해야 하는 남한 국민들의 불만이 폭발할 것이고, 북한사람은 그들대로 빈부격차를 몸으로 느끼며 분통을 터뜨릴 것입니다. 남한사람, 북한사람 사이의 정서적 갈등이 만만찮겠지요? 독일에서도 통일 이후 한동안 서독인은 동독인을 '오시'라고 불렀고, 동독인은 서독인을 '베시'라 욕했지요. '오시'는 게으른 동쪽 놈들이라는 뜻이고, '베시'는 거드름 피우는 졸부 서쪽 놈들이라는 뜻이랍니다. 이런 경제, 사회적 분열을 해소할 수 있는 통합적 리더십을 가진 분이 지도자가 되어야지요. 실용주의 경력을 갖춘 분은 더욱 좋고요.

장창덕: 그렇게 두루뭉수리하게 말씀하지 마시고… 혹시 어떤 분이 그런 자질을 가졌을까요?

서연희: 제가 귀국한 지 얼마 되지 않아 아직 잘 모릅니다.

(서연희는 윤경복을 쳐다보다가 눈이 마주치자 윤경복의 어깨를 슬쩍 밀친다.)

　　야! 경복아! 네가 정치 지도자 준비를 해봐!

윤경복: 뭐라고? 내가 정치를 하라고?

서연희: 금배지 달고 희죽거리는 수준의 정치인 말고…. 한민족의 미래를 책임지는 역사적인 통일 대통령 같은 정치가 말이야. 기존의 구태의연한 정치인으로서는 통일 한국의 난마(亂麻) 같은 어려운 문제들을 해결할 수 없어.

(윤경복은 잠시 대구를 하지 못하고 망연자실했다.)

윤경복: 너 지금 무슨 소리 하고 있냐? 나는 그런 깜냥이 못 돼. 그저 장사꾼일 따름이야.

서연희: 맨손으로 도남그룹을 일궈낸 능력만 봐도 그런 자질을 갖추었어. 산전수전 고생이 네 자산이지. 네 선친은 이북 출신이니 네가 남북한 민심을 통합하는 리더십을 발휘하기가 유리하지 않겠니?

윤경복: 나는 정치의 '정'자도 모른다.

서연희: (시선을 장창덕에게 돌리며) 장 박사님, 윤경복 회장님이 큰 인물이 되도록 잘 도와주세요.

장창덕: 예, 신명을 바쳐 보필하겠습니다. 그리고 앞으론 저를 박사라고 부르지 마세요. 사실 저는 가짜 박사입니다. 이제는 제 명함에서 박사라는 글자를 뺄 겁니다.

서연희: 아, 예, 장 사장님…. 그대들은 피는 나누지 않았지만 형제 아닙니까?

윤경복: 통일 한국 대통령이라… 줄이면 '통통령'이 되겠구먼.

장창덕: 통통령… 그럴 듯한 말이네요.

윤경복: 위대한 일을 성공시키려면 가시밭길을 걸어야 하네.

서연희: 대장부로 태어나 발바닥 아프다고 가시밭길 걷기를 두려워
　　　하지는 않겠지?

윤경복: 알고 보면 나는 겁쟁이야, 하하하….

장창덕: 형님만큼 용감한 사람을 여태 보지 못했습니다.

(윤경복의 표정은 심각해졌다, 풀렸다, 오락가락했다. 갑자기 청천
　벽력 같은 제의를 받았으니 그럴 만도 하겠다.)

윤경복: (활짝 웃으며) 야, 연희야. 농담 하나 할까?

서연희: 그래, 해봐.

윤경복: 통통령의 퍼스트레이디… 연희 네가 적임자 아니야?

서연희: 내가 퍼스트레이디?

윤경복: 네가 퍼스트레이디 하겠다면 나도 통통령 준비해볼게. 하하
　　　하….

4

　도남정밀 구경을 마치고 수서동 집으로 돌아오니 밤 11시가 넘었
다. 2층엔 서연희, 연세라, 이화영 등 여성 3명이 기거하고, 1층엔
나와 강금칠이 살게 되었으니 갑자기 식구가 늘었다. 탈북자 강금칠
도 마땅한 거처가 없어 우리 집에서 숙식을 하게 되었다. 강금칠의
큼직한 눈은 뭇 여성들의 시선을 모두 빨아들일 만큼의 강력한 흡인
력을 가진 듯했다.

　"사장님, 라면 야식 파티… 어떠세요?"

　연세라가 내게 말했다. 다들 속이 출출하던 터여서 그 제안에 찬성
했다. 연세라가 팔을 걷어붙이고 라면을 끓였다. 이화영은 식탁을

정리하고 젓가락을 놓았다.

새 식구 5명이 식탁에 둘러 앉아 라면을 먹는데 연세라, 이화영의 눈길은 내내 강금칠에 쏠려 있었다. 내 나이 쉰이 넘었는데도 은근히 질투가 났다.

강금칠은 왼손잡이였다. 젓가락질을 왼손으로 했다. 연세라, 이화영에겐 그런 것도 멋있게 보이는 모양이다. 자세히 보니 강금칠의 손등은 상처투성이였다. 길게 그어진 칼자국이 남아 있었다.

기자 출신인 연세라가 직업 본성이 남아있어서인지 강금칠에게 질문을 던졌다.

"북한에서 골프선수를 하셨다면서요?"

"예… 조금 했지요."

"북한에서 골프쳤다면 최상류층 아닌가요?"

"저는 그렇지 않았습니다. 개마고원에서 사냥꾼이던 조상을 두었는데요."

"어떤 인연으로 골프를?"

"개마고원에서는 우리 전통놀이인 격구를 요즘도 한답니다. 땅바닥에 구멍을 내고 막대기로 공을 때려 집어넣는 놀이인데 골프와 비슷하지요. 제가 소싯적에 격구에서 재주를 보여 골프선수로 발탁되었지요."

"평양에 골프장은 몇 개 있나요?"

"평양 교외에 있는 태성호 기슭에 평양골프장이라는 게 하나 있답니다. 일본에 사는 조총련 교민들이 자금을 대서 1987년엔가 개장했지요."

"언젠가 신문에서 국방위원장이 38언더 파를 쳤다는 기사를 봤는데….”

“글쎄요. 저는 읽어보지 못해 모르겠습니다.”

“과장해도 너무 심했지요? 평양골프장에서 머리를 얹는 날에 그렇게 쳤다는 것 아닙니까. 홀인원을 다섯 개나 했다는데….”

“…….”

“타이거 우즈 할애비라도 그렇게 못하지요. 조잡한 코미디의 극치네요.”

연세라의 목소리가 높아지자 조용히 국물을 마시던 서연희 박사가 슬며시 한마디 거들었다.

“홀인원을 다섯 개나 했다는 그 이야기… 호주의 어느 신문에서 우스개로 지어낸 것이에요. 일부 한국언론에서는 그걸 마치 북한이 그렇게 선전한 것으로 오해해서 크게 보도했지요. 그러니 근거 없이 북한을 비방하지는 마세요.”

분위기가 어색해졌다. 내가 이를 무마하려고 입을 열었다.

“삼룡건설이라는 회사를 내가 인수하려 합니다. 앞으로 이 회사를 통해 북한개발에 나설 작정입니다. 금강산, 백두산이 관광지로 우리에게 부각되었는데 사실은 개마고원이 보물덩어리예요. 나는 개마고원에 세계 최고수준의 대규모 리조트타운을 지으려 합니다. 물론 그곳엔 골프장도 여러 개 들어서겠지요.”

나의 발언에 연세라는 놀란 듯 눈을 크게 떴다. 자리를 마무리해야 했다.

“밤이 늦었으니 다들 서둘러 주무세요. 내일도 할 일이 많잖아요. 서 박사님도….”

그렇게 말한 나는 정작 잠에 빠지지 못해 침대에서 엎치락뒤치락했다. 개마고원 개발계획을 발설하고 보니 흥분되는 가슴 때문에 잠을 이룰 수 없었다.

거실에 앉아 개마고원 르포르타주를 담은 비디오를 틀었다. 한국의 모 방송사가 촬영한 것, 북한 선전물, 일본의 다큐멘터리 필름 등 여러 판본을 두루 감상했다.

개마고원의 평균 높이는 해발 1,340미터로 하늘 아래 광활하게 펼쳐져 있다. 서쪽으로는 낭림산맥, 남쪽으로는 부전령산맥, 동쪽으로는 마천령산맥이 병풍처럼 둘러서 있다. 고원 곳곳에는 북수백산, 차일봉, 두운봉 등 해발 2,000미터가 넘는 산과 봉우리들이 치솟았다.

'한반도의 지붕'이라 불리는 개마고원은 한여름 대낮에도 기온이 20도가 거의 넘지 않을 만큼 선선하다. 그래서 고원에서 벼농사는 짓기 어렵다. 추위에 강한 감자나 밀을 재배하고 양, 염소, 젖소 등을 키운다. 이동수단으로 말을 이용한다. 개마고원의 겨울은 영하 30도 아래로 내려가는 날이 잦다. 가장 추운 곳인 부전군에서는 최저기온이 영하 42.3도를 기록하기도 했다.

나는 친아버지 장정호 일병이 장진호 전투에 참가했다는 사연을 듣고 어릴 때부터 막연히 개마고원에 대해 관심을 가졌다. 그러나 관련자료를 구하기가 어려웠다. 어느 날 《브레이크 아웃》이라는 책을 펼쳐 들고 신천지를 발견한 기분이 들었다. 영국 〈파이낸셜 타임스〉의 서울특파원이 내게 준 선물이었다. 자기는 영국인인데도 이 책을 읽고 전쟁의 참상에 몸서리를 쳤다면서 한국인의 필독서라고 강조했다. 저자는 미국인 마틴 러스. 6·25전쟁 때 미군 해병대원으로 참전한 인물이다. 이 책은 장진호 전투 참전자들의 증언을 수록한 역작이었다. 나는 한국어 번역본 《브레이크 아웃》을 100권 구입해

지인들에게 나눠주었다. 나는 선물 가운데 책이 으뜸이라는 소신을
갖고 있다.

　중국의 국가 1급 작가인 왕수쩡 선생이 중공군 시각에서 저술한
《한국전쟁》이란 책에서도 처절했던 장진호 전투가 잘 묘사돼 있다.
이 두툼한 책을 읽으며 전쟁 참상에 내내 몸을 떨었다. 반공영화 같
은 데서 야만인으로 묘사되는 중공군도 이 책을 보니 고뇌하는 인간
인 것은 마찬가지였다.

　아무리 정의로운 전쟁이라 해도 가장 비겁한 평화보다 못하다는
사실을 절감했다. 화려한 전공을 세운 영웅은 적군 시각에서 보면 살
육의 화신 아닌가. 대자연의 장엄한 서기(瑞氣)가 인간들의 욕망이
부딪치는 광기(狂氣) 때문에 크게 훼손된 곳, 바로 개마고원이었다.

제네바에서의 총성

1

"장 사장님, 다음 주 수요일에 외국출장 좀 떠나실 수 있나요?"

윤경복 회장의 집무실에서 서연희 박사가 내게 물었다. 말씨는 부드러웠지만 정황으로 봐 지시나 마찬가지였다. 윤 회장의 명령이란 뜻이다.

"어디에, 무슨 일로?"

서 박사는 나와 윤 회장을 번갈아 쳐다보더니 말문을 열었다.

"스위스 즈네브에…, 업무내용은 윤 회장님이 설명해 주실 것이에요."

"즈네브?"

"아, 영어로는 제네바…."

윤 회장은 십전대보탕의 내용물을 티스푼으로 건져 먹으며 출장 목적을 말했다.

"서 박사를 모시고 일처리를 할 게 있네. 대북사업 협의차 거기서 모 인사를 만나서 협상을 벌여야 하네."

"예?"

"어차피 통일 이후 또는 평화정착 시대를 대비해 대북사업 마스터플랜을 짜야 할 시점이 아닌가. 장소를 처음엔 싱가포르로 잡았으나 아무래도 제네바가 낫겠네. 서 박사가 제네바를 잘 알기도 하니…."

"모 인사라면 누구?"

나의 물음에 서 박사가 대신 대답했다.

"백영규 대사가 평양에서 제네바로 날아올 거예요. 그분… 아시지요? 제가 몇 번 이야기 드렸던 백석 시인의 조카인 외교관…."

윤 회장은 안경을 벗어 손수건으로 닦으며 설명을 덧붙였다.

"업무성격상 극비리에 추진해야 하네. 백 선생에게 자금도 전달해야 하고…."

"정부 당국에 신고해야 하지 않나요?"

"어허, 순진하긴! 어느 정도 일이 진척된 다음에 귀띔해야지 미리 알리면 아무 일도 안 되네."

"서 박사님만 해도 당국이 요주의 인물로 감시할 텐데, 저와 단 둘이 출국하면 이상하게 보이지 않을까요?"

"자네 회사 임직원들을 들러리로 데리고 나가게. 내주에 제네바에서 건축자재박람회와 건강식품박람회가 열린다 하는데 그것 참관하는 걸로 하고 말이야."

남북한 정부 사이에서 대화 채널이 꽉 막힌 것은 여전하다. 서로가 돌파구를 찾으려 하지만 샅바 잡기에만 골몰하는 양상이다. 한때 폐쇄되었던 개성공단이 재가동되긴 했지만 남북 교류엔 별다른 진전이 없다. 남북한 사이에 무슨 일이 벌어지는지 구체적인 정보를 알 수 없으니 답답하다.

윤경복 회장 언저리에 있는 북한 전문가란 사람들의 말을 들어도 제각각 다른 목소리여서 북한 실상을 파악하기가 쉽지 않다. "북한의 젊은 지도자는 군부에 질질 끌려다니는 코흘리개일 뿐"이라고 비하하는 전문가가 있는가 하면 "의외로 짧은 시일에 헤게모니를 확실히 장악해 장기통치기반을 마련했다"고 주장하는 이도 있다. "퍼주기식 지원 덕분에 북한이 핵무기를 개발했다"고 대북 지원을 반대하는 축이 있는가 하면 "인도주의 차원의 지원을 통해 남북 사이의 긴장을 완화해야 한다"고 주장하는 세력도 있다.

2

직원들을 서울시청 건너편 프라자호텔 꼭대기 층에 있는 레스토랑에 불러 모았다. 점심식사를 함께 하며 스위스 출장계획을 밝히는 자리였다.

"국제 비즈니스 동향을 살피기 위해 제네바로 다음 주에 단체출장을 갑니다. 그곳 컨벤션센터에서 열리는 여러 박람회를 구경하고 사업 아이디어를 찾기 위해서지요. 제네바 인근 도시 로잔에는 국제적으로 유명한 IMD라는 경영대학원이 있어요. 그곳도 잠시 방문하기로 합시다. 거기서 동북아시아의 새로운 비즈니스 분야에 대해 논의하는 세미나를 가지겠습니다."

나는 직원들의 표정을 유심히 살폈다. 탈북자 출신 강금칠은 능숙한 칼질로 스테이크를 썰며 고기를 우물우물 씹어 먹었다. 강금칠은 서 박사의 보디가드 겸임이므로 '경호실장'으로 통한다.

"강 실장! 제네바 가는 기분이 어떠신가?"

"레만 호수의 시원한 분수 물줄기를 볼 수 있겠네요."

"자네, 마치 제네바에 가본 사람 같이 말하네?"

"제네바에… 가… 보고… 싶어… 기행문을 많이 읽었디요."

강금칠은 말을 더듬으며 헛칼질을 했다. 접시 위에 칼이 부딪치는 소리가 땅땅 났다.

사우디아라비아 공사판에서 오래 일했다는 고열태는 유럽에 자주 갔을 터이다.

"고 이사는 제네바에 여러 번 가봤겠지요?"

"두 번 가봤습니다. 한 번은 여름휴가 때, 또 한 번은 비자금 관련 심부름하러…."

고열태는 중동건설 비즈니스는 주로 영국 런던에서 이뤄진다고 설명했다. 금융시장이 발달한 런던에서 입찰이 진행되기에 입찰파트 실무자들은 런던에서 죽치고 기다리는 경우가 흔하단다. 건설회사 오너 일가에게 바칠 파텍 필립 같은 고가(高價)의 시계를 사러 제네바에 가는 실무자들도 가끔 보았다고 한다.

선반공으로 반생을 보냈다는 서운대는 외국 여행을 해봤을까?

"서 부장은 어떻소?"

"아… 저는 아직… 해외여행을… 못 해봤습니다."

서운대는 마치 죄지은 사람처럼 고개를 푹 숙이고 얼굴을 붉혔다.

"외국물 못 먹었다고 주눅 들지 마시오."

기자 출신 연세라는 취재차 해외에 자주 갔겠지.

"연 국장은 해외 취재 여러 번 가봤지요?"

"어릴 때 미국에서 살았는걸요. 해외 취재 경험은 대여섯 번 있습니다."

"미국에서 살다니? 아버지가 종합상사에서 일하셨나요?"

"아뇨. 아버지는 태어날 때부터 안 계셨답니다. 어머니는 저를 데리고 미국으로 이민 갔다가 다시 한국으로 돌아왔지요. 귀국해서는 외할머니와 살았습니다."

"그래요?"

연세라가 눈을 내리깔고 떨리는 목소리로 말하기에 차마 더 이상 가족관계에 대해 묻지 못했다.

이화영을 쳐다보니 평소의 활달한 표정과는 달리 시무룩했다.

"이 과장은 제네바에 가면 훨훨 날겠네? 거기는 불어지역이니 불문학도로서 본때를 보여줘야지?"

"예? 예···."

이화영은 얼굴이 하얘지며 고개를 푹 숙인다. 하늘을 향해 치솟은 눈썹마저 아래로 꼬리를 내리는 듯하다.

마드모젤 성은 스위스에서 중학교를 다녔기에 거기가 고향 같으리라.

"성 교수! 스위스에 가본 지가 얼마나 되는가요?"

"15년 가까이 되네요. 중학생 시절이 그리워지네요. 하지만 저는 이번 여행에 참가하기 곤란합니다. 겸임교수로 근무하는 통역대학원이 학기중이어서 강의에 빠질 수 없습니다."

"함께 가면 좋을 텐데··· 제네바에서 살았던가?"

"아뇨. 저는 수도 베른에 살았습니다. 아버지가 주(駐) 스위스 한국대사관에 근무하셨는데 대사관은 베른에 있습니다."

나는 출장준비를 위해 서둘러 마무리 발언을 했다.

"여러분 각자는 여권을 마드꽈젤 성에게 전해주세요. 여권 없는 분은 얼른 만들고….."

3

제네바로 떠나는 날, 인천공항.

서운대와 이화영이 나타나지 않았다. 사무실에 있는 마드꽈젤 성에게 전화해보니 이들은 여권도 제출하지 않았다고 한다.

"핸드폰을 꺼 연락이 되지 않습니다. 잠수한 것 같습니다."

"잠수?"

"여행사에 티케팅을 하려고 여권을 내라 독촉하니 이들이 뭘 감추는 듯한 낌새더군요."

"그것 참….."

VIP 라운지에서 우리 일행은 다과를 들며 출발시간을 기다렸다. 연세라는 넓적한 접시에 쿠키와 샌드위치를 수북이 담아 들고 와서 두 다리를 쩍 벌린 자세로 앉아 먹는다. 웬 공짜 음식이냐는 투였다.

서운대와 이화영이 잠적한 것 같다고 밝히자 고열태가 입을 열었다.

"서 부장은 입사할 때부터 좀 이상했습니다. 동태를 보고드리려 했으나 마치 제가 고자질하는 것 같아 참았습니다만….."

"뭐가 이상했소?"

"본명이 서운대가 아닌 것 같았습니다. 다른 사람과 통화하는 것을 옆에서 들은 적이 있는데, 다른 이름을 대더군요. 친구 가운데 S대 경제학과를 나온 녀석이 있어 서운대라는 사람에 대해 물어보니 유명한 운동권 출신이라더군요. 기관에 끌려가서 고문을 당해 한쪽 다리를 절름거린다고… 그런데 이 양반은 양 다리가 멀쩡하잖아요."

"그거야 잘 정양해서 완쾌되었을 수도 있고…."

연세라도 이화영의 이상한 점을 지적했다.

"E여대 나왔다기에 신촌부근의 유명한 카페를 들먹였더니 잘 모르더군요. 대학을 중퇴하고 일찌감치 알바를 해서 학교사정은 전혀 모른다고 둘러대는 것도 이상했고…."

서연희 박사도 연세라의 발언에 맞장구를 쳤다.

"이화영 과장이 불문학 전공자라기에 라신, 코르네이유 등 불문학 거장들에 대해 이야기했더니 금시초문이라는 듯 눈만 껌벅거리더라구요. 파리에 오래 산 저에게 프랑스에 대해 아무것도 묻지 않은 점도 수상했구요."

'가짜 서울대생' 노릇에다 '가짜 박사'를 경험한 나는 서운대와 이화영이 학력 사칭자임을 간파했다. 운전기사를 구하는 광고에서 '명문대 졸업자 우대'라고 명시한 것 때문에 이들이 학력을 속였을까. 아니면 늘 그렇게 간판을 사칭하고 돌아다닐까.

서운대는 발언내용이나 독서편력을 봐서 S대 출신이라 해도 손색이 없다. 손에 늘 책을 끼고 지내는 점도 돋보인다. 사회적 기업에 대한 아이디어도 참신했다. 진짜 S대 졸업생 가운데 대학졸업 후 바쁜 일상을 탓하며 책을 제대로 읽지 않아 멍청이가 된 인간이 무릇 기하(幾何)뇨? 나는 가짜 서울대학생 노릇을 할 때 가정교사 하러 갔다가 기미독립선언서를 읽지 못해 도망친 후 절치부심하며 독립선언서를 익혔다. 한자투성이의 독립선언서를 내 손으로 일일이 베껴 쓴 종이가 무릇 기하뇨?

이화영의 정체도 궁금하다. 시골에 계신 할머니와 전화로 통화하는 걸 우연히 들었는데 부모는 어디에 계신지? 지금 가만히 따져보니 이화영은 언어구사 능력으로 봐 지적 향취가 모자라는 사람 같았다.

"지금 각자 여권을 확인해보세요."

내가 목소리를 높여 우리 일행에게 말했다. 강금칠, 연세라 등은 심드렁한 표정으로 주머니를 뒤지고 있었다. 연세라의 표정이 일그러졌다.

"여권이 어디로 갔지?"

그녀는 울상을 지으며 호주머니와 핸드백을 열고 닫았다. 강금칠도 마찬가지였다.

"방금 전까지만 해도 호주머니에 넣어둔 여권이 어디로 갔담? 귀신곡할 노릇이네."

서연희 박사도 이렇게 중얼거리며 난처한 표정을 지었다.

"자! 여기… 제 손에 여러분의 여권이 있습니다."

내가 여권을 들어보이자 그들은 놀라면서 안도의 숨을 쉬었다. 연세라는 눈길을 흘기며 나에게 질문했다.

"사장님이 언제 제 여권을…?"

"여행 중에는 자나 깨나 여권을 소중히 지키세요. 특히 남자는 바지 옆 호주머니에 넣어두는 게 가장 안전해요. 그러면 1급 소매치기도 훔치기 어렵답니다."

아까 일행이 차와 쿠키 따위를 고르는 일에 정신이 쏠려 있을 때 나는 왕년의 솜씨를 발휘해서 그들의 여권을 간단히 빼돌렸다. 서연희는 내 과거 경력을 윤경복 회장에게서 들었음인지 의미심장한 미소를 짓고 있었다.

직원들에게 비상금으로 500달러씩 현찰로 나눠주었다. 100달러 짜리 지폐 5장씩이다. 고열태와 연세라는 5장임을 확인하고 지갑에 금방 넣었다. 강금칠은 지폐를 하나씩 공중으로 들어 올려 불빛에 비춰보는 등 세밀하게 살폈다. 그러더니 그 가운데 하나를 더욱 유심히 살피고는 고개를 갸웃거렸다.

"가짜 달러 같은데…."

강금칠이 혼자서 중얼거렸다.

4

제네바의 하늘은 청명했다. 레만 호수의 물은 알프스 산록의 정기를 머금어서 그런지 청아했다.

쌩 피에르 성당이 내려다보이는 레스토랑 3층 특실.

서연희 박사와 함께 그곳에 가서 평양측 손님을 기다렸다. 약속시간이 되자 문이 열리면서 건장한 체격의 남자가 나타났다. 남자는 나와 서 박사에게 악수를 청하며 인사를 했다. 손을 잡으니 묵직한 기운이 느껴졌다.

"반갑습네다. 백영규 대사 대신에 나온 진종국이라고 합네다."

서 박사가 눈이 동그래진 채 대꾸를 하지 못하자 진종국이라는 사내는 자리에 앉으며 말을 이었다.

"백 대사가 급성 간염으로 몸이 좋지 않아 평양에서 출발하지 못했습네다. 제가 위임장을 갖고 왔으니 저와 상의하시면 됩네다."

금테 안경을 써 지성인 분위기를 풍기려 했지만 진종국은 날카로운 눈매, 각진 턱, 떡 벌어진 어깨 등에서 무인(武人) 인상을 물씬 풍겼다. 그는 자신의 발언을 확인하려 호주머니에서 편지를 꺼내 서 박사에게 내밀었다. 백영규의 친필편지였다. 서 박사는 그 편지를 읽고 나에게 넘겨주었다.

존경하는 서연희 박사님,

남조선에서의 생활은 안녕하신지요?
소생은 염려 덕분에 무고합니다. 하지만 대단히 안타깝게도 엊그제 급성 간염 증상이 나타나 제네바에 가지 못합니다.
이 서한을 갖고 가는 진종국 선생은 소생을 돕는 핵심 일꾼이니 준비해오신 자금을 넘겨주시면 됩니다. 또한 소생에게 부탁하실 내용도 진 선생에게 말씀하시면 됩니다.
이른 시일 안에 평양에서 뵙기를 기대합니다.

백영규 드림

백영규에게 넘길 자금을 마련하느라 어제 윤경복 회장의 비밀계좌가 개설된 스위스은행을 찾아가 거액의 달러, 유로 현금을 인출했다. 샘소나이트 가방에 가득 찬 현금 뭉치를 들고 이 레스토랑에 들어설 때 내 다리는 몹시 후들거렸다. 만일의 사태에 대비해 약속시간보다 일찍 도착해 레스토랑 특실 옷 보관함 아래에 가방을 숨겨두었다.

서연희의 보디가드 강금칠은 옆방에 혼자 대기하도록 했다. 고열태와 연세라는 제네바 시내관광에 나섰을 터이다.

"백영규 선생의 글씨가 맞나요?"

내가 서 박사에게 슬쩍 물었다. 그녀는 대답 대신에 고개를 끄덕였다. 아무리 그래도 이 편지 한 장만으로 돈가방을 넘겨줄 수는 없었다. 윤 회장의 돈 배달 심부름을 국내외에서 수백 차례나 한 나로서는 이렇게 허술하게 일을 처리할 수는 없는 노릇이었다. 나는 진종국에게 돈을 마련하지 못했다고 거짓으로 둘러댔다.

"진 선생, 수고 많으십니다. 여러 모로 안타깝게 되었네요. 어제 은행에 가니 보안시스템이 강화되어 서명 이후 24시간이 지나야 지급한다고 하더군요. 그러니 내일 다시 만나야 하겠소."

진종국은 코를 벌렁거리며 목청을 높였다.

"오늘 아침 호텔 방을 나설 때 돈가방을 들고 나오지 않았소? 그걸 내가 다 아는데 무시기 그런 소리를 하오?"

내가 돈가방을 들고 나왔다는 사실을 진종국이 어떻게 알았을까? 나는 속이 뜨끔했지만 태연하게 반박했다.

"빈 가방이었소. 그걸 갖고 오늘 오후에 은행에 가서 돈을 찾아야지요."

진종국의 반격도 만만찮았다.

"그 빈 가방, 지금 갖고 있디요? 보여주시오."

"호텔 프런트 데스크에 맡겨 두었지."

진종국은 잠시 뜸을 들이더니 말을 이었다.

"그럼, 내일 가방을 받기로 하디요. 대신 오늘 서연희 박사는 제가 모시고 가겠소. 가방 없으면 서 박사는 못 돌아가오."

서 박사를 인질로 삼겠다는 뜻이다. 그녀가 진종국에게 따졌다.

"당신이 뭔데 나를 데리고 가겠다는 거예요?"

진종국은 느물느물하게 웃으며 대꾸했다.

"지금이라도 가방을 내놓으면 서 박사를 모셔갈 일은 없소."

서 박사가 벌떡 일어서서 바깥으로 나가려 하자 진종국이 그녀의 팔을 잡았다.

"이것 놓아욧!"

서 박사가 진종국의 손을 뿌리치려 팔을 흔들었다. 그러나 진종국의 강한 완력 때문에 그녀는 꼼짝하지 못했다. 그녀의 저항도 완강했다. 핸드백으로 진종국의 뺨을 후려치며 발버둥 쳤다.

"박사님, 얌전하셔야디요."

진종국이 호주머니에서 손수건을 꺼내 서 박사의 코에 갖다댄 것은 순식간의 일이었다. 그녀는 금세 풀썩 주저앉았다. 마취제였다.

나는 벽을 두드리며 고함을 쳤다. 강금칠을 불렀다.

"강 실장!"

진종국이 서 박사를 들쳐 업고 나가려 했다. 나는 거의 본능적으로 몸을 진종국 쪽으로 날렸다.

퍽!

진종국의 아래턱에 내 박치기가 꽂혔다.

"윽!"

진종국은 외마디 비명을 지르고 쓰러졌다. 그의 등 위에 업혔던 서 박사도 나뒹굴었다. 강금칠이 나타났다.

"강 실장, 서 박사님을 모시고 호텔로 가! 나는 조금 있다가 택시 타고 갈 테니."

나는 돈가방 때문에 자리를 뜰 수 없었다. 강금칠이 서 박사를 업고 일어서자 진종국도 잠깐의 실신상태에서 깨어났다. 그는 몸을 일으켜 특실 밖으로 나갔다. 서연희를 업은 강금칠이 앞장서고 진종국이 뒤를 따라가는 형국이었다. 강금칠이 진종국을 제압하고 서 박사를 호텔까지 무사히 데려가기를 간구했다.

창문을 열고 아래를 내려다 봤다. 호텔 정문 앞에 세운 렌터카가 출발하는지를 살폈다. 서 박사를 업은 강금칠이 호텔 정문 밖으로 나가는 모습이 보였다. 그 옆에 진종국이 따라간다. 강금칠은 렌트카를 외면하고 몇 걸음 더 걸어간다.

"아!"

호텔 정문 앞에 대기한 다른 승용차에 강금칠이 서 박사를 태우는 광경을 발견하고 나는 소리를 질렀다. 진종국도 동승하는 게 이상했다. 그 차에 강금칠과 진종국이 함께 타는 이유는 뭔가? 저 승용차가 우리가 묵은 호텔로 가기는 가는 걸까?

나는 돈가방을 들고 레스토랑을 나왔다. 얼른 택시를 잡아탔다.

"뫼벤픽 호텔로 갑시다."

5

호텔로 돌아와보니 서 박사가 도착하지 않았다. 그렇다면 강금칠은 서 박사와 함께 진종국에게 끌려간 것인가? 휴대전화로 강금칠을 불렀으나 응답이 없다. 전화기가 꺼져 있었다.

고열태에게 전화를 걸었다.

"지금 어디에 있소?"

"코르나뱅 역 부근입니다. 종교개혁기념비가 있는 바스티옹 공원 쪽으로 걸어가는 중인데요. 연세라 국장도 함께 있습니다."

"지금 곧장 호텔로 돌아오시오. 긴급사태가 생겼소."

레스토랑 상황을 복기해보니 엄청난 일이 벌어졌다. 클로로포름을 묻힌 손수건으로 사람을 단시간에 마취시키는 장면을 영화에서 보긴 했으나 내 눈앞에서 그 광경이 벌어질 줄은 상상도 못했다. 진종국은 북한의 특수공작원임이 분명하다.

그러고 보니 강금칠이 수상하다. 내가 강금칠에 대해 아는 것은 탈북자, 골프선수 출신, 연기자 지망생 정도가 전부다. 그 경력도 그가 말했을 뿐이다. 혹시 강금칠도 공작원 출신이 아닐까?

"사장님, 긴급사태라뇨?"

고열태와 연세라가 숨을 헐떡이며 내 방에 들어왔다. 나는 그들에게 잠시 숨을 돌리라고 말하고 프런트 데스크로 전화를 걸었다.

"스위트룸 빈 게 있는지요? 방을 옮기고 싶소이다."

다행히 널찍한 스위트룸이 있었다. 안전을 위해서라면 돈을 들여서라도 고급 방으로 옮겨야 한다고 판단했다. 고열태와 연세라에게 어느 정도까지 이야기해야 할지 고민됐다. 북한 인사와 접촉한다는 사실을 알면 기겁할 게 아닌가.

스위트룸의 탁자에 셋이서 둘러앉았다. 탄산수 페리에를 컵에 가득 따라 들이켜고 말문을 열었다.

"단도직입적으로 말하겠소. 서연희 박사가 납치됐소."

고열태와 연세라는 눈에 흰자위를 드러내며 입을 딱 벌렸다.

"예?"

나는 페리에 한 잔을 더 마시고 말을 이었다.

"특수거래 때문에 누군가를 만났소. 그자가 서 박사를 납치해 몸값을 요구하는 것이오."

일단 그 정도로 둘러댔다. 고열태가 냉정을 되찾고 차분하게 질문했다.

"그자가 누굽니까? 강금칠은 어디서 뭘 하고요?"

"그자에 대해서는 나도 잘 모르겠소. 원래 만나기로 한 사람 대신에 나온 인물이오. 강금칠은 서 박사를 보호한다 해놓고는 그자와 함께 사라졌소. 강금칠도 그자에게 납치당한 것인지, 그자와 내통했는지는 아직 모르겠소."

"그자는 서양인입니까?"

"아니오. 한국인이오."

가만히 대화를 듣고 있던 연세라가 눈을 깜박거리며 질문한다.

"한국인이라면… 혹시 북한?"

나는 대답 대신에 고개만 끄덕였다. 고열태와 연세라는 놀라기는커녕 007영화의 주인공이라도 된 양 들뜬 표정을 지었다.

그때 내 휴대전화가 울렸다. 전화를 건 사람은 진종국이었다.

"내일 낮 12시, 몽트뢰 가는 길 부근에서 만납세다. 뤼 라스파유 150번지 옆으로 난 오솔길로 올라오면 한적한 공터에 조그만 농가가 있는데 거기서…."

"서 박사는 안전하오?"

"물론이디요. 내일 가방이나 잘 챙겨오시라우."

"강금칠도 함께 있소?"

"강금칠 몸값도 함께 갖고 오시라우."

"당신, 장난이 심하구만!"

내가 목청을 높이자 진종국은 능글거리는 말투로 대답했다.

"장난은 장 선생이 치지 않았소? 가방을 순순히 넘겨줬으면 이런 사단이 안 생겼디요."

"알았소. 내일 봅시다."

전화를 끊자 고열태가 내 옆으로 의자를 끌어당겨 앉으며 말한다.

"사장님, 전후 사정을 잘 모르겠으나 그자가 공작원 같으니 내일 맨몸으로 가시면 안 됩니다. 서 박사님의 신변안전도 도모해야 하니 우리도 무장 안전요원을 데리고 가야 합니다."

"그런 요원을 갑자기 어떻게 구하오?"

"제가 건설회사 다닐 때 제네바에서 안전요원을 고용한 적이 있답니다. 회사 비자금을 관리하는 은행에서 소개해 주더군요. 공사를 따게 해준 중동 왕족에게 돈가방을 넘길 때 은행에 요청하면 차량과 안전요원을 보내준답니다."

6

이튿날 오전 10시 은행에서 보내온 차량 2대와 안전요원 2명을 보고 안심이 됐다. 요원들은 총기를 갖고 있었다. 가는 곳이 위험하니 연세라에게는 오지 말라고 했으나 그녀는 막무가내로 따라왔다.

"무슨 일이 벌어질지도 모르는데… 호텔에 남아있지 그래?"

"서 박사님을 보호하는 게 제 임무입니다. 총알이 날아오면 제 몸으로라도 막아야지요. 제가 고등학교 때 사격선수라고 했잖습니까. 권총도 쏠 수 있습니다."

1호 차량엔 고열태가 꺽다리 요원 1명과 함께 탔다. 2호 차량엔 나와 연세라, 땅딸이 요원이 타고 제네바 교외로 빠져나갔다.

드넓은 들판에는 노란 유채꽃이 지천으로 피어 있었다.

약속장소로 가니 인적이 드문 곳에 헛간 비슷한 농가가 보였다. 우리 일행이 농가 앞에 도착할 때였다. 두툼한 나무문이 활짝 열리더니 진종국이 나타났다. 그는 우리를 보고 벌컥 역정을 냈다.

"썅! 뭐하는 떨거지들을 데리고 왔소?"

"누굴 데려오든 당신이 상관할 바 아니오. 빨리 서 박사나 풀어주시오."

"돈은 준비해 왔갔디요?"

나는 돈가방을 흔들어 보이며 고개를 끄덕였다. 진종국이 뒤를 돌아보며 손짓 신호를 보내자 서 박사가 나타났다. 강금칠이 서 박사를 데리고 나왔다. 그녀는 머리칼이 헝클어지고 얼굴에 땟국물이 줄줄 흐르는 등 하루 만에 몹시 초췌한 모습으로 바뀌었다. 강금칠은 진종국의 졸개처럼 움직였다.

돈가방을 건네주자 진종국은 가방을 열어봤다. 돈뭉치 개수를 세더니 그의 안색이 바뀌었다. 나는 원래 주기로 한 금액의 절반만 갖고 왔다. 아무래도 백영규에게 무슨 문제가 생긴 듯해서 진종국에게 전액을 주기가 찜찜해서였다. 진종국은 고개를 치켜들며 나에게 따졌다.

"뭐요? 약속과 틀리잖소."

"공돈을 받는 자가 금액 타령하게 생겼나?"

내가 서 박사를 데려오려 손목을 잡자 진종국은 내 손을 내려치며 서 박사를 끌어갔다.

"돈을 채워 갖고 와야 데려갈 수 있소."

진종국의 이런 발언에 고열태가 발끈했다.

"대명천지에 이 무슨 개뼈다귀 같은 짓이야?"

고열태가 진종국을 덮치며 서 박사를 구출하려 했다. 고열태와 진종국 사이에 몸싸움이 벌어졌다. 두 사나이는 식식거리며 밀고당겼다. 힘으로는 고열태가 열세이지만 그는 입에 거품을 내면서까지 뒤로 밀리지 않으려 버텼다. 서연희는 진종국의 손아귀에서 벗어나려 안간힘을 썼다.

"아악!"

고열태가 비명을 지르며 풀썩 주저앉았다. 강금칠이 고열태 옆으로 비호처럼 다가온 직후였다. 강금칠이 비수를 빼들어 고열태의 허벅지를 잽싸게 찌른 것이었다.

"허억!"

스위스인 요원 2명도 잇따라 비명과 함께 땅바닥에 쓰러졌다. 강금칠은 꺽다리를, 진종국은 땅딸이를 각각 맡아 허벅지에 칼을 박은 것이었다. 안전요원들이 권총을 채 빼들기도 전이었다. 안전요원이라고 데려온 꺽다리와 땅딸이는 힘 한 번 못 쓰고 버둥거렸다.

강금칠과 진종국은 호주머니에서 끈을 꺼내 쓰러진 3명을 순식간에 결박했다. 두 손이 뒤로 묶인 고열태, 꺽다리, 땅딸이 등은 피를 흘리며 고통에 신음했다. 강금칠과 진종국은 고도의 훈련을 받은 북한 공작요원임에 틀림없다. 서 박사와 연세라는 겁에 질려 온몸을 오들오들 떨었다.

피를 보자 나는 오히려 용기가 생겼다. 내 나이 15세 때 권총을 쏴보지 않았나. 16세 때 '사시미' 칼로 사람이 살해당하는 현장을 목격하지 않았나. 내 심신의 심연에 똬리를 틀고 있던 공격적 야성이 불쑥 솟아났다.

나는 땅딸이 요원의 옆구리에 있는 권총을 잽싸게 빼들었다. 진종국을 겨누며 일갈했다. 내 검지는 방아쇠 위에 얹혀 주인의 명령을 기다렸다.

"빨리 서 박사님을 내게 넘겨!"

진종국도 재빨리 서 박사를 뒤로 껴안고 그녀의 목에 칼을 들이대며 빙긋이 웃었다. 칼날에서 푸른빛이 번쩍 튄다. 매우 자연스런 동작이었다. 1급 킬러?

나와 진종국은 서로 노려보았다. 팽팽한 긴장감이 감돌았다. 서연희의 쌕쌕거리는 숨소리가 들렸다. 일각이 여삼추(如三秋)였다.

"칼 버렷!"

진종국의 등 뒤에서 들린 날카로운 소프라노 음성이었다. 어느 샌가 연세라가 꺽다리 요원의 옆춤에서 권총을 빼들어 진종국을 겨냥한 것이다. 연세라는 진종국의 목 뒷덜미를 총으로 쿡쿡 눌렀다. 차가운 금속성 살의를 느꼈는지 진종국의 얼굴엔 웃음기가 사라졌다. 잠시 숨 막히는 긴장 분위기가 이어졌다.

이잉….

잠자리 한 마리가 나타나 서 박사의 콧잔등 앞에서 맴돌며 적요를 깼다.

강금칠의 그림자가 얼핏 눈앞을 스치는 듯했다.

탕!

갑자기 뇌성 같은 총성이 울렸다. 매캐한 화약냄새가 코끝을 자극했다. 짧은 순간 직후, 연세라가 풀썩 쓰러졌다. 강금칠의 손에 쥐어진 권총에서 초연(硝煙)이 모락모락 흘러나왔다.

타앙!

다시 총성이 들렸다. 이번엔 강금칠이 주저앉았다. 내 손의 권총이 연기와 열기를 뿜고 있었다. 내가 거의 무의식적으로 강금칠을 향해 발사한 것이었다.

연세라는 팔목에서, 강금칠은 종아리에서 피를 흘리고 있었다.

진종국은 여전히 서연희를 움켜잡았다. 나와 진종국 사이에 타협이 필요했다.

"사람이 다쳤으니 무장을 해제하고 협상합시다."

"나머지 금액을 갖고 오면 문제가 다 해결되는 것 아니갔시오?"

"알겠소. 서 박사를 돌려주시오. 나머지 돈은 오늘 오후에 갖다드리겠소."

"서 박사는 여전히 내가 모시겠소."

진종국은 고집을 부렸다. 연세라의 팔목에서 흐르는 피가 온몸을 적시고 있었다. 더 지체하기는 곤란했다.

내가 운전하고 안전요원 둘과 연세라, 고열태 등을 모두 태워 제네바 시내로 차를 몰았다. 일단 병원 응급실로 갔다. 안전요원들과 고열태의 부상은 간단한 처치로 끝났으나 연세라는 출혈이 심해 긴급수혈이 필요했다.

"환자의 혈액형이 Rh- AB형입니다. 희귀 혈액형이어서 마침 저희 병원에 재고가 없군요."

당직 의사가 당황한 표정으로 설명했다. 혈액을 구하려 인근 병원의 재고상황을 검색중이라고 한다. 묘했다. 내가 그 혈액형이다. 한국에서 이 혈액을 급히 구한다는 방송을 듣고 강남 세브란스병원으로 달려간 적도 있다.

"내 피를 뽑아 급혈하시오."

이렇게 해서 연세라는 치명적인 상황에서는 벗어났다. 총탄은 연세라의 팔목을 관통했다. 의사는 환자의 두툼한 팔목 지방 덕분에 그나마 근육이 덜 파열됐다고 말했다.

나는 연세라와 고열태를 병원에 남겨놓고 호텔로 돌아왔다. 나머지 돈을 갖고 진종국을 만나러 아까 그 장소로 차를 몰았다.

농가는 텅 비어 있었다. 진종국도, 서연희도, 강금칠도 보이지 않았다. 강금칠의 부상을 치료하러 병원에 갔나? 어제 진종국이 내게 전화를 걸었을 때 휴대전화에 남긴 번호를 찾았다. 전화를 걸었더니 "수신이 되지 않는 전화입니다"라는 기계음이 들려올 뿐이었다.

날이 저물었다. 바람이 불자 야생초들이 바르르 떤다. 컴컴한 야외에 현금 뭉치를 들고 혼자 서 있을 수는 없었다. 진종국의 전화를 기다리기로 하고 제네바 시내로 돌아왔다.

연세라가 누운 병원 침대 옆에 슬며시 앉았다. 그녀는 마취제 기운에 취해 내내 자고 있었다. 그녀의 얼굴을 찬찬히 살폈다.

"미스 정!"

나도 모르게 그렇게 불렀다. 젊은 날의 미스 정과 흡사하게 보였기 때문이다. 문득 내 두뇌회전 속도가 높아졌다. 혹시 연세라가 내 딸이 아닐까? 미스 정과 나 사이에 태어난 그 딸 말이다. 연세라의 말로는 미국으로 이민 갔다가 한국으로 돌아왔다고 했지. 입양되면서 미국으로 보내진 것 아닐까. 그래서 그런지 연세라의 손을 잡으니 혈육의 정이 느껴지는 듯하다.

혹시나 하여 연세라의 베개 깃에 묻은 머리카락을 집어 들어내 수첩에 넣어두었다. 한국에 가면 친자감별을 의뢰하려고. 막장드라마에나 나오는 광경이 나 자신에게 펼쳐진 것이다.

드르르르…. 진동모드로 해둔 휴대전화가 떨렸다. 진종국이었다.

"어디로 간 거요?"

"급한 사정이 있어 그곳을 떠났소."

"서 박사는 어디에 있소?"

"내가 모시고 북조선으로 갈 거요."

"뭐라? 당신네들 멋대로 납치할 수 있을 것 같소?"

"납치라뇨? 서 박사가 자발적으로 평양에 가는 거요. 못 믿겠으면 서 박사와 직접 통화해 보시오."

진종국은 서연희를 바꿔 주었다.

"장 사장님, 제가 백영규 선생을 직접 만나 이것저것 확인할게요."

"지금 협박받아 억지로 말씀하시지 않습니까?"

"아녜요."

서 박사의 목소리는 차분했다. 하지만 전화만으로는 협박받는 상황인지 판단하기 어려웠다. 다시 진종국이 나왔다.

"장 사장이 서울로 돌아가면 연락할 터이니 다시 만납세다."

"당신과 만날 일 없소. 빨리 서 박사나 한국에 돌려보내시오."

"서 박사는 프랑스 국적자요. 자기 마음대로 어디든지 가실 수 있는 분이니 장 사장이 이래라저래라 하지 마시라요."

"아… 당신 뒤를 졸졸 따라다니는 강금칠의 정체가 뭐요?"

"강금칠은 임무를 마치고 이제 귀국합네다."

"위장 탈북자?"

"말씀이 지나치네요. 하하하…."

"강금칠의 총상 부상은 어떻소?"

"장 사장, 사격 솜씨가 기막히더구만요. 총알이 종아리 뒤쪽을 스치듯 지나가는 바람에 크게 다치지 않았습네다. 사장이 자기 종업원에게 총을 쏘는 법이 어디 있갔소?"

강금칠은 도남제약 사장의 운전기사로 일했다. 어떤 경로로 도남제약에 들어갔을까. 도남그룹 윤경복 회장에게 접근하는 전초작업이었을까. 그가 탈북해서 베트남을 거쳐 한국에 들어왔다는 말도 거짓인가. 골프선수 경력도? 우리 회사 운전기사 지망도 의도적 접근인가? 북한 공작원이 탈북자로 위장 입국했다가 마음대로 다시 북한으로 가는 사례가 흔한가?

이룰 수 없는 사랑

1

귀국하는 비행기에서 한국 신문을 보니 도남그룹의 T조선 인수사실이 크게 보도되었다. 그 거대한 조선업체를 사들인 윤경복 회장의 추진력에 경탄하지 않을 수 없다. 인수자금의 상당부분을 다국적 투자은행에서 유치했다는 기사를 읽고 서연희가 언젠가 인수자금을 격정하지 말라고 자신 있게 말하던 모습이 떠올랐다. 서연희를 돕는 또 다른 후원자가 있는 것일까.

인천공항엔 마드뫄젤 성이 차를 몰고 마중을 나왔다.

"사장님, 제네바에서 큰 곤욕을 치르셨다면서요?"

팔에 붕대를 맨 연세라, 다리를 절뚝이는 고열태를 보고 그렇게 짐작한 것일까. 그녀는 마치 우리가 제네바에서 겪은 일을 훤히 아는 것처럼 말했다. 서연희와 강금칠은 왜 귀국하지 않는지는 묻지 않았다.

"성 교수, 회사엔 별일 없었고?"

"별일… 많았지요. 나중에 자세히 말씀드릴게요."

그녀는 그렇게 말하고는 아, 하는 한숨을 내뱉었다. 뭔가 심상찮은 일이 생겼음에 틀림없다.

"먼저 신촌 세브란스병원으로 갑시다. 연세라, 고열태 이 사람들을 입원시켜야 하니까."

연세라는 충격 현장에서 겪은 충격 때문인지 말을 잊고 내내 눈을 감고 있었다. 고열태도 허공을 멍하게 바라보며 이따금 고개를 절레절레 저었다.

세브란스병원에서 나와 윤경복 회장에게 귀국보고를 하러 도남그룹 사옥으로 갔다. 서연희 박사가 납치되었다는 사실을 윤 회장이 알면 얼마나 놀랄까.

"서 박사가 납치되었다며?"

내가 회장실에 들어서자 윤 회장은 개구일성, 그렇게 물었다.

"어떻게 아셨습니까?"

"다 아는 수가 있지."

윤 회장은 별 놀라지 않는 기색이었다. 제네바에서 전화로 알리려 하다가 워낙 민감한 사안이어서 귀국 때까지 함구했었다.

"죄송합니다. 일을 매끄럽게 처리하지 못해서."

"아우님 잘못이 아니야."

"경위야 어쨌든 모든 게 제 불찰입니다."

"저녁 밥시간이 되었군. 여기서 간단히 뭘 먹으며 이야기하지."

윤 회장은 왕만두, 아바이순대 따위를 주문해서 먹자 했다. 내가 고개를 끄덕이자 외부식당에 가면 혹 도청장치나 몰래카메라가 있을까봐 꺼림칙하다고 한다.

"백영규가 나타나지 않을 줄 짐작하지 못했습니다. 대신 나온 진종

260

국이라는 인간이 활극을 벌이는 바람에….”

“서 박사는 무사히 평양에 도착했다고 하네.”

“누가 그런 소식을 전해줬습니까?”

“가만, 가만….”

윤 회장은 여비서가 접시에 담아온 왕만두를 손가락으로 집으며 말했다. 그는 왕만두를 우물우물 씹으며 말을 이었다.

“어제, 자네 회사 비서로 있는 성 교수가 나를 찾아와 아우님의 제 네바 출장상황을 소상하게 알려줬다네.”

“예? 마드모아젤 성이?”

윤 회장은 서가 한구석에 놓인 글렌피딕 위스키병과 술잔을 꺼냈 다. 그는 술잔에 위스키를 그득 붓고 함께 마시자며 나에게 건네주었 다. 그는 술잔의 절반가량을 들이키더니 잠시 침묵을 지켰다. 그리 곤 나머지 술을 다 마셨다. 나도 절반을 들이켰다. 식도를 타고 독한 액체가 넘어가니 불이 붙는 듯 속이 화끈거린다.

“일이 이렇게 복잡하게 꼬일 줄 몰랐네.”

윤 회장은 눈을 지그시 감고 말을 이었다. 그의 발언을 3인칭 서술 방식으로 정리하면 다음과 같다. 약 1개월 전에 벌어진 일이라고 한다.

2

윤경복 회장이 T조선 실사(實査)를 위해 거제도에 갈 준비를 할 때였다. 서연희 박사가 마드모아젤 성(성유리)과 어느 유대계 금융인 을 데리고 윤 회장 사무실에 나타났다. 서 박사는 어느새 성유리와 매우 친해져 있었다. 자크 로스차일드라는 그 젊은 금융인은 성유리와 스위스 베른중학교 동기생이란다. 막강한 '금융제국'을 구축한 로스차일드 가문의 방계 혈족인 그는 미국 프린스턴대학에서 경제학 박사학위를 받고 골드만삭스에서 투자은행 실무경험을 잠시 쌓은 다음 요즘엔 월스트리트에서 투자은행을 운영한단다.

윤 회장과 로스차일드 사이의 대화에 통역은 성유리가 맡았다.

"로스차일드 박사님, 무슨 일로?"

"저희 은행이 보유한 금융자산을 효율적으로 불리는 게 제 임무입니다. 미국 국공채를 사놓고 장기적으로 안정적인 이자를 노리는 것이 지금까지의 투자행태였습니다. 그러나 저는 이 자금을 역동적인 지역에, 유망한 사업에 투자하고 싶습니다."

"저희 그룹에 투자하시겠다는 겁니까?"

"1단계로 도남그룹에 투자하겠습니다."

"1단계라면… 그럼 2단계, 3단계도 있습니까?"

로스차일드는 잠시 뜸을 들이더니 성유리에게 눈짓을 했다. 대신 대답을 해달라는 눈치였다.

"박사님은 북한 개발에 관심을 가지셨답니다. 중장기적으로 보자면 북한이 엄청난 시장으로 떠오른다는 낙관적인 견해를 가지셨지요. 아직 북한이 대외 개방을 본격적으로 하지 않으니 우선 남한기업에 투자하여 워밍업을 한다는 것이지요. 남한에는 저평가된 기업들이 수두룩한데 도남그룹이 로스차일드 자금으로 이런 기업들을 인수하라고 합니다."

로스차일드는 투명한 벽안(碧眼)으로 윤경복을 주시하며 보충 답변을 했다.

"이런 인수 기업들에 대한 투자 수익금을 축적했다가 언젠가 북한이 개방되면 적극적으로 북한에 진출할 작정입니다. 그게 2단계입니다. 그때도 도남이 저희의 전략적 동반자가 돼주십시오."

"3단계는 뭡니까?"

"남북한 통일에 기여하고 싶습니다."

"금융자본이 남의 나라 통일문제에도 개입한다…?"

"오해 마십시오. '개입'은 결코 아닙니다. 평화적인 통일이 진행되도록 지원한다는 뜻입니다."

"죽음의 무기상인 가운데 유대계가 적지 않은 것으로 알고 있습니다만… 미·서전쟁, 보어전쟁, 러일전쟁 등에서 막대한 무기를 팔아 떼돈을 번 바질 자하로프라는 전설적인 무기상도 유대인… 실례지만 유대계 자본이 평화를 추구한다면 이상하지 않나요?"

"일부 유대인들이 그런 식으로 치부(致富)하긴 했지요. 하지만 대다수 유대인은 평화시에 사업하기가 더 좋습니다. 특히 금융업은 평화, 안정, 자유 등의 가치를 소중하게 여길 수밖에 없습니다. 그래야 자산이 안전하게 유지되지요. 유대인 금융그룹은 세계 평화를 정착시키는 데 일조하려 여러 활동을 펼칩니다. 예를 들자면 평화문제를 연구하는 학술단체와 반전운동을 주도하는 NGO를 지원하지요."

"돈을 벌기 위해 남북한 통일을 도모한다…?"

"회장님, 저희를 너무 수전노로 보지 마십시오. 평화를 정착시키니 결과적으로 자산이 증식된다… 이렇게 봐 주십시오."

"지금도 세계 유수의 군산(軍産) 복합체는 유대계 자본에 의해 좌지우지되지 않습니까?"

"간단한 논리로 설명드리겠습니다. 군산복합체에 투자한 유대계

자본은 전쟁을 통해 치부한다는 점을 인정하겠습니다. 그러나 아까도 말씀드렸듯이 이런 전쟁상황을 꺼리는 금융자본 세력이 더 많다는 사실을 아셔야 합니다. 전자가 우세하면 국제분쟁이 전쟁으로 비화하는 일이 잦고 후자가 득세하면 평화공존이 조성됩니다."

"북한의 핵무기 게임도 이런 시각에서 분석할 수 있습니까?"

"물론입니다. 제가 몸담은 후자 그룹에서는 북한의 개방과 개발을 지원함으로써 핵무기 카드를 접게 하려는 것이지요. 후자그룹, 전자그룹, 북한 등 3자 사이의 협상을 통해 북한의 핵무기를 전자그룹에 몽땅 팔아넘길 수도 있습니다."

북한 핵무기를 다른 호전적인 국가에 팔아 넘긴다…. 예를 들면 이란이나 시리아에? 그럼 이스라엘이 가만있을까?

"북한의 비핵화를 위해 미국, 중국, 일본 등 강대국들이 총력을 기울여 북한을 압박하는데도 북한이 버티지 않습니까? 북한은 국가의 생존전략으로 핵무기를 움켜쥐고 있는데 유대인 자본이 이 문제를 해결할 수 있다니 얼른 이해되지 않네요."

"예를 들자면 그렇다는 것입니다. 제 아이디어가 정답은 아닙니다. 앞으로 미국과 중국, 이 양대 자이언트 국가가 북핵문제를 해결하는 데 가장 중요한 역할을 하겠지요. 미국 정부가 제안하는 것처럼 북한이 핵무기를 포기하면 경제지원을 하겠다는 방식이 가장 그럴듯한 해법이 될 것입니다."

로스차일드는 슬쩍 한 발 물러섰다.

윤경복은 로스차일드의 발언이 허황하게 들렸다. 그러나 그렇게 간단히 치부하기엔 그의 표정이 너무도 진지했다. 그가 싸구려 금융사기꾼 따위는 아닌 듯하다.

윤경복은 로스차일드의 진정성을 확실히 파악할 수 없었다. 그가 성유리와 중학교 동기생이라는 이유만으로 한국을 방문해 자신을 찾아온 경위도 미심쩍었다.

"중학교 동기생 여성이 서울에 산다는 이유만으로 한국과 북한에 투자하려 한다… 신중치 못한 결심 아니오?"

입술을 오물거리던 성유리가 자크 로스차일드와 눈을 맞추었다.

"자크, 내가 대신 대답해도 될까?"

로스차일드가 고개를 끄덕이자 성유리는 윤경복을 똑바로 쳐다보며 말했다.

"회장님, 저와 로스차일드 사장의 친분 때문만은 아닙니다. 북한에도 우리 동기생이 있습니다. 로스차일드 사장은 그와 막역한 사이입니다."

"북한에도 베른중학교 동기생이 있다고? 누군데…?"

"말씀드리기 곤란합니다만…."

"그가 누군지 내가 알아야 로스차일드와 손을 잡든지 말든지 할 거 아뇨?"

윤경복이 다그치자 성유리는 고개를 숙이며 입을 다물었다. 로스차일드가 찻잔 밑바닥에 조금 남은 커피를 마저 마신 후 낮은 목소리로 대답했다.

"그는… 지도자… 입니다."

지도자, 자크 로스차일드, 성유리. 이 세 사람이 스위스 베른중학교 동기생이라….

윤 회장은 은밀한 장소로 옮겨 대화를 이어가자고 제의했다. 성유리의 차를 타고 가평군 백련사로 갔다. 이방인에게 '템플 스테이' 체험기회를 주면 좋겠다는 판단도 작용됐다. 백련사에 가까이 가자 인근 축령산에서 불어오는 소쇄한 바람이 몸에 와 닿는다. 멀리 용문산과 명지산의 맑은 기운이 느껴진다.

백련사엔 절 이름답게 연꽃이 지천으로 핀 연못이 돋보였다. 그 고즈넉한 풍경만으로도 사바세계의 홍진(紅塵)을 녹여주는 듯하다.

절에서 제공한 펑퍼짐한 옷으로 갈아입고 온돌방에 둘러앉았다. 로스차일드에겐 등받이 앉은뱅이 의자를 마련해 주었다. 양반다리를 하고 방에 오래 앉아있기 어려운 외국인을 위한 배려였다.

로스차일드는 국화차를 마시며 활달하게 웃었다.

"저희가 삼각관계였답니다. 지도자라는 그 친구와 제가 연적이었지요. 우리 둘은 성유리를 사모했답니다. 하하하….."

성유리가 로스차일드에게 눈을 흘기며 대꾸했다.

"귀띔이라도 하지 그랬어? 나는 그때 너희들의 그런 감정을 몰랐단 말이야."

서연희 박사도 지도자와 희미한 인연이 있었다고 윤 회장에게 털어놓은 적이 있다. 서 박사는 언젠가 백영규와 함께 베른에 갔단다. 서연희는 파리에서 제네바에 갈 때 주로 고속열차 떼제베(TGV)를 타지만 가끔은 승용차를 몰고 갔다. 승용차를 갖고 간 어느 날, 백영규가 긴급히 베른에 갈 일이 있는데 차를 태워줄 수 있느냐고 묻더란다. 드라이브도 즐길 겸해서 백영규를 태우고 제네바에서 베른으로 달렸다.

알프스산맥 속에 뚫린 도로를 질주하면서 이들은 유럽 각국에 용병을 보내 피를 흘린 돈으로 오늘의 부국을 세운 스위스의 역사에 대해 이야기했다. 백영규는 서연희에게 물었다.

"가난한 나라 남조선의 경제개발 기틀을 세운 이한빈 박사라는 분을 아십니까?"

"한국에서 경제부총리를 지내신 분?"

"그분이 스위스 대사로 근무하기도 했습니다. 그 어른이 《작은 나라가 사는 길: 스위스의 경우》라는 자그마한 책을 썼는데 저도 이 책을 읽었답니다. 북조선에 그 책 복사본이 돌아다니지요. 그분은 함흥 덕산 출신이어서 아호가 '덕산'이랍니다. 그분도 영생학교를 다녔는데 한두 해 일찍 태어났더라면 백석 시인의 제자가 될 뻔했지요."

"백 선생이 북한에서 읽었다는 이한빈 박사의 저서를 정작 제가 못 봤네요. 찾아서 읽겠습니다."

"서방에 나오면 다양한 책을 읽을 수 있어서 좋습니다. 맑스 비판서를 제네바에서 처음 봤답니다."

서연희는 백영규의 언행에서 고뇌하는 지식인의 모습을 발견했다.

"갑자기 베른에는 왜 가세요?"

"제가 가디언, 즉 보호자로 돼 있는 학생에게 문제가 생겨 담임선생님을 만나러 가는 길입니다."

"북한에서 온 유학생인가요?"

"그렇습니다."

"베른에까지 와서 공부한다… 대단한 권력층의 자제인 모양인데… 뉘집 아이인가요?"

"자세히 밝히긴 곤란합니다."

리베펠트 슈타인휠츨리라는 긴 이름의 중학교를 방문해서 서연희는 그 유학생을 만났다. 얼굴이 동그랗고 성격이 활달한 소년이었다. 농구공을 들고 땀을 뻘뻘 흘리며 교무실에 나타났는데 백영규는 그 소년에게 어쩐지 쩔쩔 매는 눈치였다.

서연희는 백영규와 소년의 대화를 들었다. 백영규는 소년에게 북한으로 돌아가자고 설득했고, 소년은 스위스에서 계속 공부하고 싶다고 버텼다. 백영규는 소년의 부모에게서 소년이 귀환하도록 하는 지령을 받은 모양이었다. 담임선생은 소년이 거기에 남아 공부하면 좋겠다고 의견을 밝혔다.

복도에 어느 동양인 소녀가 지나갔다. 소년은 그 소녀에게 손짓을 하며 교무실로 들어오라고 한다. 이들은 한국어로 이야기를 나누었다. 서연희는 소녀에게 말을 걸었다.

"너 한국에서 왔어?"

"예. 아버지가 베른에서 근무하는 외교관이랍니다."

소녀는 성유리였다. 이렇게 오래 전에 서연희와 성유리도 베른중학교에서 만난 적이 있단다. 세월이 흘러 잊었으나 대화를 하다가 둘다 그 사실을 기억해냈단다.

3

윤 회장의 이야기를 들으니 최근 도남그룹 안팎의 큰 흐름에서 나는 겉돌았음을 깨달았다. 윤 회장은 나를 여전히 돈 배달 심부름꾼 정도로만 여기고 있을까. 나는 로스차일드 금융세력이 도남그룹의 T조선 인수에 동참한다는 사실을 까맣게 몰랐다. 서연희와 성유리의 특수관계에 대해서도 들은 바 없다.

마드뫄젤 성이 북한의 지도자, 로스차일드 가문 금융인과도 연줄을 가진 거물인 줄은 상상도 못했다. 마드뫄젤 성은 지금도 북한 지도자와 소통 채널을 가졌을까? 로스차일드가 평양에도 몇 번 갔다고 밝혔으니 아마 지도자를 만난 듯하다.

윤 회장 사무실에서 나와 마드뫄젤 성의 승용차 대신에 택시를 타고 강남의 룸살롱 룩소로 갔다. 미스 정이 그리웠다.

"미스 정!"

"아! 여행 잘 다녀오셨어요?"

작은 룸에 둘이 앉자 나는 미스 정을 껴안았다. 눈물이 왈칵 쏟아지면서 흐느끼는 바람에 한동안 말을 잇지 못했다. 미스 정은 내 등을 토닥거렸다. 흐느낌이 멈추어지자 나는 포옹을 풀고 미스 정을 똑바로 쳐다보며 말했다.

"지금 신촌 세브란스병원으로 갑시다."

"예?"

"우리 딸이 거기에 있어!"

"우리 딸이라뇨?"

나는 연세라에 대해 자세히 이야기했다. 미스 정은 가슴이 뛰는지 두 손으로 가슴을 두드리면서 허둥지둥 일어나서 외출복을 차려입었다. 병원으로 향하는 승용차 안에서 그녀는 내내 양손 깍지를 끼고 기도했다.

병실에 들어서서 잠에 빠진 연세라를 봤다. 미스 정은 연세라의 손을 잡았다.

"젊을 때 당신 모습 그대로잖아?"

내 말에 미스 정은 고개를 끄덕이며 눈물을 흘렸다. 그녀가 연세라를 껴안으며 흐느끼자 연세라가 희미하게 눈을 떴다.

"아… 정 사장님이 웬 일이세요?"

"세라야, 사장님이라고 부르지 말고… 엄…"

'엄마'라는 말이 나오기 전에 내가 얼른 미스 정의 입을 막고 손목을 잡아당기며 발언을 제지했다.

"잠깐!"

나는 미스 정을 병실 밖으로 데려나왔다. 그녀는 팔을 격렬하게 흔들며 저항했다.

"이 손 놓아요!"

"진정하세요. 지금 세라는 중환자요. 충격을 줘서는 안 되오. 그리고 아직 우리 딸인지 확인이 되지 않았소. 친자 감정을 의뢰해서 확인한 후에 밝힙시다."

미스 정은 몸이 축 늘어지면서 나에게로 쓰러졌다.

미스 정은 그날 밤 룩소에 가지 않고 바로 귀가했다. 심신이 허해져 집에서 쉬겠단다. 나도 수서동 집으로 돌아왔다. 제네바에 가기 전에는 2층에 서연희, 연세라, 이화영 등 여성 3인이, 1층엔 나와 강금칠이 기거해 북적거리는 맛이 있었는데…. 이젠 적막감이 돈다.

여행기간에 집에 배달돼 수북이 쌓인 신문들을 읽었다. 남북한 사이의 긴장관계는 여전하다. 도남그룹의 T조선 인수에 자금을 대준 로스차일드가 북한 지도자와 인연이 있다는 사실을 국내 언론에서는 아직 눈치 채지 못하나 보다. T조선 인수관련 기사에서 그것을 언급한 신문은 없었다.

밤 11시가 되었으나 잠이 오지 않았다. 제네바 시간 기준으로는 낮 3시여서 아직 시차 적응이 되지 않았다. 서재에 들어가 일기를 쓰려 하는데 초인종이 울렸다. 누가 이 심야에 찾아왔나?

"사장님, 정말 죄송합니다."

제네바 출장을 떠나는 날 잠적했던 이화영이 추리닝 차림으로 오들오들 떨며 문 앞에 서 있었다. 우쿨렐레가 그녀의 짐 전부였다.

"무슨 일이 있었나? 갑자기 사라져서…."

이화영은 선뜻 들어오지 않고 뒤를 힐끗 돌아보며 머뭇거렸다. 웬일인지 싶어 대문 밖으로 나가봤다. 꼬챙이처럼 몸이 바싹 마른 노파가 보퉁이를 들고 서 있었다.

"제 할머니예요. 오늘 할머니 댁에 찾아갔더니 집세를 못 내 쫓겨나셨더라구요. 오갈 데가 없어 일단 여기로 모셔왔습니다."

"어서 들어오세요."

며칠 사이에 이화영은 행색이 초라하게 변했다. 20대 여성답지 않게 볼에 핏기가 사라지고 피부가 푸석푸석해 보였다. 그녀의 할머니도 꾀죄죄한 옷차림에 듬성듬성한 치아… 행려병자 같았다.

"할머니가 아직 저녁을 못 드셔서…."

이화영은 그렇게 말하곤 할머니를 주방으로 모시고 갔다. 라면을 끓여서 먹는 소리가 들렸다.

할머니의 잠자리를 마련해주고 난 이화영이 거실로 나왔다. 나는 TV를 끄고 그녀와 마주 앉았다.

"사장님, 사죄할 일이 있습니다."

"……."

"제가 사장님을 속였습니다. E여대를 나오지 않았고요… E여대 앞 편의점에서 알바를 했을 뿐입니다. 학력은 여상 중퇴입니다."

"……."

"면접 볼 때 부모님이 지방에 거주한다고 말씀드렸는데… 사실은 부모님 행방도 모릅니다. 심신이 온전치 못한 할머니와 저는 둘이서 부산에서 살았습니다. 6·25 때 이북에서 내려오신 할머니는 어릴 때 전쟁 난리 통에 부모님을 잃어 고아 아닌 고아처럼 사셨던 분입니다. 제가 좋은 회사에 들어가 운전기사를 하면 안정적으로 살아갈 수 있을까 하고 거짓말을 했습니다."

"……."

"이제 사장님 차를 운전하는 데도 익숙해졌습니다. 이 집에서 청소, 요리, 빨래 등도 제가 도맡아 하겠습니다. 서연희 박사님을 모시는 일에도 소홀함이 없도록 하겠습니다. 제발 저와 할머니를 살려주세요."

이화영은 눈물을 펑펑 흘리며 내 앞에 무릎을 꿇고 빌었다.

4

"어서 신촌 세브란스로 오세요!"

휴대전화로 들려온 미스 정의 다급한 목소리였다. 그녀는 연세라를 간병하느라 낮시간 대부분을 병원에서 보내고 있었다. 그날따라 연세대에서 무슨 행사가 열리는지 사직터널이 차량들로 꽉 막혀 세브란스 병원으로 가는 데 예상보다 시간이 훨씬 더 걸렸다.

야간업소용 화장을 하지 않은 미스 정은 정숙한 중년여성으로 보인다. 눈이 충혈된 것으로 보아 눈물을 많이 흘린 듯하다.

"무슨 일이오?"

병실로 들어서는 나에게 미스 정은 바깥으로 나가자며 손을 저었다. 나는 병상에 누운 연세라를 흘깃 쳐다보고 복도로 나왔다.

"우리, 좀 걸어요."

미스 정은 내 팔을 끌며 연세대 캠퍼스 쪽으로 향했다. 나는 엉거주춤 옆에 서서 따라갔다. 20대 대학생들의 발랄한 웃음소리가 캠퍼스를 가득 메웠다. 그들이 부러웠다. 나와 미스 정은 20대 꽃다운 나이에 생활전선에 뛰어들어 젊음을 소모했다. 한 끼 끼니를 걱정하며 일에 매달렸다. 사랑보다 생존이 더 절실하던 '상실의 기간'이었다.

벽에 담쟁이 넝쿨이 그득한 고풍스런 건물 앞 벤치에 앉았다. 미스 정은 한숨을 쉬더니 조심스레 입을 열었다.

"우리 딸이 아니었어요."

"뭐?"

"방금 친자확인 감정 결과가 나왔는데… 연세라는 우리와는 무관하더군요."

"그렇게 닮았는데도?"

"남남끼리도 닮는 경우가 있잖아요."

"허어…."

온몸에 힘이 쭉 빠졌다. 하늘을 쳐다보니 기기묘묘한 형상의 구름이 꿈틀거린다. 귀에서 위잉, 하는 이명(耳鳴)이 들리며 머리가 어지럽다.

미스 정은 내 손을 꼭 잡으며 말을 이었다.

"연세라를 수양딸로 입적시키고 싶어요. 내 집에 데리고 살면서 후계자로 키울까 해요."

"물장사를 시킨다고?"

"룩소와 다른 룸살롱들도 곧 처분할 거예요. 저도 그 사업은 지긋
지긋해요. 아무리 고급 사업정보를 얻는 곳이라 해도 웃음을 팔아야
하니…. 제가 가진 빌딩에 미술관을 열려고 하는데 연세라에게 그 일
을 맡기려고요. 걔가 능력을 발휘하면 그 일 말고도 시킬 게 많아요."

"좋은 생각이오. 다른 일도 시킬 게 많다니?"

"저도 사업영역을 크게 넓히려 해요. 창덕 씨의 무대도 마련하려
해요."

"나도 당신 사업에 끼어들란 말이오?"

"한마음 한뜻으로 사업을 벌여보자는 뜻이에요."

미스 정은 심호흡을 하더니 뭔가 결심한 듯 단호한 목소리로 말을
이었다.

"제 눈을 좀 보세요."

"새삼스레 왜?"

그녀는 내 눈을 똑바로 쳐다보며 말했다.

"우리도 결합해요!"

"뭐?"

미스 정을 지난 번 길상사에서 만난 이후 가끔 미스 정과 내가 혼인
한 부부로 사는 꿈을 꾸었다. 언젠가 혹시 미스 정이 내게 결합 제안
을 하지 않을까, 그렇게 막연히 추측하기도 했다. 막상 그런 제안을
받으니 당혹스럽기 그지없다. 하늘의 구름이 뭉치고 펼쳐지더니 미
국에 간 아내와 아이 얼굴로 변했다.

"우리 인연… 적승계족(赤繩繫足)으로까지 이어지지 못했소. 청

춘시절에 결실을 맺지 못한 게 천추의 한이오. 아내와의 사랑은 식었지만 그래도 결혼은 남녀끼리 맺은 최고의 약속이기에 함부로 깰 수 없소. 결혼식장에서 숱한 하객 앞에서 죽음이 갈라놓기 전엔 헤어질 수 없다고 맹세하지 않았겠소. 그래서 맹세를 깬 이혼자들은 다른 사람에게 신뢰를 받지 못하게 되는 것 아니겠소. 흔히 다시 태어나면, 누구와 결혼할까 하는 부질없는 질문을 주고받는데… 우리… 후생을 도모합시다. 현생의 욕망을 모두 실현할 수는 없을 터…."

나는 목이 메어 말을 더 할 수 없었다. 미스 정의 큼직하고 맑은 눈동자를 쳐다보니 거기에 내 초라한 눈부처가 비쳤다.

사무실로 돌아오는 동안 내내 미스 정과 내 대화 목소리가 귀에 맴돌았다.

"우리도 결합해요!"

"우리… 후생을 도모합시다."

사무실에 들어서니 탑삭부리 수염의 사나이가 리셉션 데스크 앞에 앉아 있었다.

"사장님, 오랜만에 뵙습니다. 송구합니다."

"누구신지요?"

"저, 서운대… 아니 서용대입니다."

제네바 출장 때 공항에 나오지 않았던 서운대가 수염을 기르고 개량한복을 입고 나타났다. 외모가 달라졌기에 내가 얼른 알아보지 못했다. 그를 내 사무실로 불러 들여 찻잔을 앞에 두고 면담을 했다.

"웬일로 잠적하셨소?"

"제가 사장님을 속였기에 공항에 갈 수 없었습니다. S대 출신도 아니고… 촌구석에 있는 똥통 종고(종합고등학교)를 겨우 졸업한 게 학력의 전부입니다. 이름도 서운대가 아닙니다. 청년시절에 자동차 부품공장에 다닐 때 서운대라는 대학생이 왔습니다. 그분은 노조를 결성하는 일에 앞장섰습니다. 당시 용어로는 '위장취업'이라고 했지요. 저와 우연히 이름이 비슷해 제가 형님으로 모시고 따라다녔습니다. 그분의 책꽂이에 꽂힌 책들을 읽다 보니 저도 지식에 대해 개안했습니다."

서용대는 눈을 끔벅이며 애써 눈물을 감추면서 말을 이었다.

"그분은 고문 후유증으로 건강이 악화되었어요. 공장장님의 친구인 약초꾼을 소개받아 약초를 먹고 바르고 해서 건강을 되찾았답니다. 그분도 회사를 그만두고 약초꾼이 되셔서 전국 명산을 주유하신답니다. 그분이 사라지자 제가 그분 행세를 했답니다. 노동 강연도 나가고 글도 쓰고… 그렇게 오래 지내다 보니 제 스스로 서운대가 된 것으로 착각했습니다."

"앞으로는?"

"서용대로 돌아가야지요. 저도 약초꾼이 되기로 결심했습니다. 이제 금강산을 거쳐 백두산으로 갑니다."

"무슨 수로 거기에?"

"약초꾼들이 다니는 산길이 있답니다. 우리들에겐 휴전선이니 삼팔선이니 하는 장애물이 없습니다. 노루와 멧돼지가 다니는 길로 남북을 오간답니다."

"허허…."

"백두산에서 서운대 형님을 만나기로 했습니다. 그분은 오래 전부터 백두대간을 따라 남북한을 사슴처럼 오간답니다."

"만나서…?"

"형님에게서 약초를 제대로 배우려고요. 개마고원 너른 벌판 한가운데에 약초연구소 겸 명상센터를 세우는 게 제 꿈입니다."

5

퇴근길에 운전대를 잡은 이화영에게 할머니의 건강상태를 물었다.

"실어증에 걸리셨는지 말씀을 거의 하지 않으세요. 그래도 제가 우쿨렐레 반주로 노래를 부르면 가사를 웅얼웅얼 따라 부르기는 한답니다."

"할머니에게 노래를 들려 드리려고 트로트 가요를 배웠구먼?"

"예. 우쿨렐레도 익혔고요."

"할머니 건강이 언제부터 나빠지셨나?"

"두어 해 전부터… 남북한 교류가 활발해질 것으로 기대감에 부풀었다가 제대로 진전되지 않으니 그 충격 때문인 모양입니다. 할머니는 텔레비전에서 이산가족 상봉 장면이 나오면 경기를 일으키신답니다."

"할머니 고향은 어디인가?"

"그것도 잘 모르신답니다. 하도 어린 나이에 피난길에 부모를 잃어버리는 바람에….

"자네는 왜 고등학교를 졸업하지 못했나?"

"하루 벌어 하루 먹고 살아야 하는 소녀가장에게 학교는 사치였답니다. 트럭 채소행상을 하던 제 부모님은 제가 중2 때 교통사고로 한

날한시에 돌아가셨지요. 보험금을 외삼촌이라는 작자가 몽땅 들고 튀는 바람에 저희는 알거지가 되었지요."

한남대교를 넘어서자 이화영은 갑자기 신호를 위반해 가며 속력을 올렸다. 뭔가에 쫓기는 듯한 눈치였다. 뒷좌석에 앉은 내가 불안할 정도였다.

"서둘러 갈 것 없는데….."

"사장님 죄송합니다. 할머니가 잘 계신지 궁금해서요."

집에 도착하자마자 이화영은 부리나케 할머니 방으로 달려갔다.

"할머니!"

우당탕거리는 발소리가 불길한 리듬으로 울려왔다.

"아악!"

이화영의 비명이 들렸다. 나도 놀라서 그 방의 문을 열었다. 반듯이 누운 할머니를 이화영이 부둥켜안고 울고 있었다.

"뭐야?"

내가 다가가자 이화영은 오열하며 말했다.

"할머니가 돌아가셨어요."

노파의 몸은 싸늘하게 식어 있었다.

"심폐소생술로 살아나실지 모르니 내가 119구급대를 부를게."

병원에 옮겼더니 이미 사망했단다. 그렇게 죽음은 순식간에 찾아왔다. 이제 장례식장을 예약해야 할 차례다.

"장례비용은 내가 모두 대줄 테니 아무 걱정 말아."

이렇게 위로하자 그녀는 눈물을 줄줄 흘리며 고맙다고 연신 머리를 조아렸다.

이화영이 병원에 제출하는 서류에 사망자의 이름을 쓰는 것을 옆에서 얼핏 지켜봤다.

윤금숙. 사망자의 이름이 윤금숙이라…. 어디에선가 자주 듣던 이름이었다.

그때 윤경복 회장에게서 전화가 왔다.

"아우님! 여독은 풀렸어?"

"아직 정신이 오락가락합니다."

"여기는 룩소… 정 사장에게서 이야기 들었네. 얼굴이 흡사하다던 그 여직원… 정 사장의 친딸이 아니라고…."

"수양딸로 삼기로 했다 하니 그것만 해도 다행이지요."

"자네 마음도 울적할 텐데… 여기 와서 한 잔 하지 않으려나?"

"아, 아니… 지금 삼성병원 장례식장에 와 있어서…."

"누구 상가인데?"

"아… 저번에 거제도에 갔을 때 트로트 잘 부르던 여직원 있잖습니까. 이화영이라고… 그 아가씨의 할머니가 돌아가셨답니다."

"사장이 이 야심한 밤에 여직원 상가에까지 가다니 대단하네. 잘 챙겨주시게."

빈소를 차려 봐야 조문객이 거의 없을 듯하다. 이화영은 멍하니 앉아 빈소를 지킨다.

윤금숙…. 영정은 10여 년 전에 찍은 주민등록증 사진을 확대한 것이다. 고인과 스치듯 짧게 만나 눈매무새가 기억나지 않는데 사진을 응시하니 낯익어 보인다. 굵은 쌍꺼풀눈과 하늘로 치솟은 용미(龍眉)가 돋보인다. 누군가의 눈매와 닮았다. 얼핏 의붓아버지 눈매가 떠오른다. 윤오영, 윤금숙…. 윤금숙, 윤경복…? 혹시 윤금숙이 윤 회장이 어릴 때 헤어진 누나가 아닐까?

"형님, 지금 곧 삼성병원으로 오셔야겠습니다."

"자네 여직원 조모상에 나까지 문상 오라고?"

"망자 이름이 윤금숙입니다."

"뭐라고?"

"윤금숙!"

"윤금숙? 그래? 동명이인이 적잖은데… 지금 곧 가겠네."

서둘러 달려온 윤 회장은 빈소에 들어서서 영정을 보자마자 털썩 주저앉으며 통곡했다. 젖먹이 때 헤어졌어도 누나의 얼굴을 단박에 알아본 것이다.

싱가포르 슬링

1

마드모아젤 성, 성유리는 요즘 갈수록 쐐기문자를 쓰고 읽기에 열중한다. 문자를 모르는 사람의 눈에는 무의미한 기호이지만 해독 가능자가 보면 소리로 읽을 수 있다.

𒀸 𒈦 𒊭 𒀭 𒉿 𒂍 𒌍 𒊭 𒌋𒌋𒌋 𒄀 𒁉

성유리는 쐐기문자를 소리 내어 읽고 이를 독일어로 번역해서 정리한다. 쐐기문자를 처음 해독한 독일인 그로테펜트의 열정을 기려 쐐기문자 사용자들은 이런 방식을 이용한단다. 그녀는 방금 전 입수한 쐐기문자 편지를 한참 들여다보더니 내게 말을 걸었다.

"사장님, 진종국이라는 인물… 제네바에서 만나셨지요?"

"그래. 그 인간… 이름만 들어도 진절머리가 나네."

"골치 아프셔도 어쩔 수 없네요. 사장님이 싱가포르에 가서서 진종국을 만나야 할 일이 생겼답니다."

"뚱딴지처럼 진종국은 뭐며, 싱가포르는 또 뭐요?"

마드뫄젤 성은 내가 진정하기를 바라는 듯 얼음물 한 잔을 갖다 주며 말을 이었다.

"북쪽 권력자가 모종의 중요한 제의를 한다고 합니다. 그걸 구체적으로 추진하려는 예비 만남을 싱가포르에서 갖자고 하네요. 제가 사장님을 모셔 가고…. 지난 번 제네바에서 건네주기로 한 특수자금… 미지급분을 갖고 오라는군요."

"진종국, 그 인간의 정체는 뭐요? 그리고 성 교수는 그자와 어떻게 소통하나요?"

"진종국에 대해서는 저도 모릅니다. 추정하기로는 지도자와 백영규 사이의 이중첩자가 아닌가 합니다. 소통방법에 대해서는 자세히 말씀드리긴 곤란하고… 쐐기문자 메일이 전세계 쐐기문자 사용자들에게서 제게 온답니다. 암호 코드를 공유한 인원은 다 합해봐야 칠, 팔십 명이랍니다. 그 가운데 최근에 진종국 것이 포함돼 있답니다."

"진종국도 쐐기문자를 사용한단 말이오?"

"본인이 직접 사용하는지, 누구의 도움을 받아 보내는지 저도 모릅니다."

"쐐기문자를 어디에서 배웠소?"

"스위스 베른중학교에서…."

성유리는 진종국을 이중첩자로 의심했다. 그 말을 듣고 보니 내 눈에는 성유리가 다분히 그런 성향을 지닌 것 같다. 성유리는 나의 일거수일투족을 윤경복 회장 또는 서연희 박사에게 알리는 듯하다. 도남제약 사장의 운전기사였던 강금칠이 우리 회사 운전기사를 지원한 것도 모집사실을 성유리가 윤 회장에게 귀띔했기 때문 아닐까. 성유리는 로스차일드-서연희, 로스차일드-윤경복, 로스차일드-지도자 등의 관계에서도 중간에서 이중 플레이를 펼치는 인물 아닌가. 마드 뫄젤 성의 존재감이 더욱 부담스러워진다. 그녀가 지도자와 특수관계란 사실이 맞다면 앞으로 남북한 협상에서 모종의 역할을 맡지 않을까.

싱가포르의 유서 깊은 래플즈 호텔. 고풍스런 하얀색 석조건물에서 150년 가까운 역사의 위용이 뿜어져 나온다.

"이 호텔, 누가 예약했소?"

성유리에게 물었더니 로스차일드 박사가 럭셔리 룸 4개를 잡아주었다고 한다. 북한 쪽에서는 진종국과 그의 수행원이 온다는 것이다. 이 호텔의 설립자인 아르메니아의 부호 사키즈 형제가 로스차일드 가문과 친하단다.

제네바에서 악연을 맺은 진종국과 이렇게 싱가포르에서 몇 달 후에 다시 만났다. 그는 말쑥한 양복 차림으로 나타났다. 진종국의 수행원이라는 젊은이도 까만 양복을 입고 넥타이를 단정하게 맸다. 그들은 헐렁한 남방셔츠 차림의 나보다는 훨씬 세련돼 보였다.

"오랜만이오."

"반갑습네다."

진종국과의 재회는 아무래도 어색하게 시작됐다.

"서연희 박사님은 잘 계시오? 그날 제네바 교외의 농가를 찾아갔더니 안 계시더구만…. 내가 헛걸음을 했지요."

"서 박사 이야기는 나중에 합세다."

"나중에라니… 당장 서 박사님의 안부를 밝히시오."

나도 모르게 핏대를 올렸다.

"잘 지내신다는데 왜 그리 역정을 내십네까? 하하하…."

"지금 어디에 계시며, 무엇을 하시오?"

"별장에서 편안히 연구활동하신다고 알고 있습네다. 나도 이것밖에 모릅네다."

진종국이 능글맞게 웃으며 말하기에 내가 주먹으로 테이블을 꽝, 치며 벌떡 일어났다.

"나에게 장난치는 거요? 사실을 밝혀야지!"

"아, 진정하시라요. 이걸 읽어보면 자세한 사실을 알 수 있갔디요."

진종국은 무슨 편지 같은 게 든 봉투를 내밀었다. 열어보니 쐐기문자로 쓰인 문서 1장이 들어있었다. 마드와젤 성에게 넘겨주며 해독을 부탁했다. 그녀는 대충 훑어보더니 목소리를 낮추어 말했다.

"지도자가 사장님과 저, 고열태 이사를 북한에 초청한다고 해요. 자세한 내용은 나중에 읽어 드릴게요."

나를 북한에 초청한다고? 갑자기 현기증이 나면서 눈앞이 캄캄해진다. 금강산 관광이나 개성공단 방문 정도가 아니라 지도자가 나를 오라고 한다니…. 나는 대북사업을 구상하지만 대규모 투자능력이 없어 지도자를 만날 만한 중량급 기업인이 아니다.

내가 개마고원에 유독 관심을 갖는 이유는 생부에 대한 짙은 그리움에서 비롯됐음을 최근에 들어서야 깨달았다. 장정호 일병. 카투사 병사로 장진호 일병과 함께 뼈를 얼리는 추위 속에 장진호 주변의 하갈우리, 후동리 일대를 다녔을 청년. 생부의 얼굴을 본 적이 없으니 안타까움이 더하다. 어머니와 내 얼굴이 닮았으니 아마 생부는 나와 다른 얼굴이겠지. 북한에 간다는 소리를 듣자 두근거리는 가슴이 좀처럼 진정되지 않는다. 혹시 개마고원에도 갈 수 있을까.

"나를 초청하는 이유는 뭐요?"

"잘 모르갔습네다만… 너무 유명한 거물은 얼굴이 알려져 저희들이 접근하기가 불편합네다."

그들은 윤경복을 이용하려고 나를 심부름꾼으로 여기는 것 같았다. 불쾌하지만 엄연한 현실이었다.

"언제 초청하려고 하오?"

"구체적인 내용은 성유리 선생에게 연락이 갈 겁네다."

가만히 보니 윤경복은 주연, 성유리는 조연, 나는 엑스트라였다.

"알았소."

나는 퉁명스럽게 말을 던지고 돈가방을 건네주며 서둘러 일어섰다. 적도 아래의 열대기후 도시이지만 에어컨이 너무 잘 나와서 남방셔츠 반팔 차림으로는 추워서 더 견디기 어렵기도 했다. 이 호텔에서 처음 개발했다는 싱가포르 슬링이라는 칵테일을 마시고 싶지도 않았다.

2

내 방으로 돌아와 성유리를 불렀다. 그녀는 요 며칠 새 눈이 퀭하게 바뀌었다.

"여러 모로 바빴겠소."

"정신이 멍합니다. 앞으로 어떤 일이 전개될지 불안하기도 하구요."

"용기를 가지세요. 민족과 조국의 미래를 위해 뭔가 큰일을 한다고 생각하시고…."

"사장님이 민족, 조국을 강조하시니 마치 김구 선생 같으시네요. 호호호…."

"어릴 때 외국에서 자란 성 교수가 김구 선생을 어떻게 아시는가?"

"아버지께서 《백범일지》를 큰 소리로 낭독하도록 하셨어요. 제가 공책에 《백범일지》 핵심내용을 베껴 쓰기도 했는걸요."

'외국물'을 먹고 자란 철부지인 줄 알았던 마드뫄젤 성, 성유리의 새로운 면모였다. 그녀는 쐐기문자 문서를 꺼내며 나를 응시했다.

마드뫄젤 성을 초청하는 것은 옛 친구를 만나고 싶다는 이유가 성립된다. 그러면 고열태는? 운전기사 지망자인 평범한 40대 남자일 뿐인데….

"고열태는 왜?"

"저도 자세한 이유는 모르겠습니다만… 아마 지도자와 혈연관계인 모양입니다."

"혈연?"

"지도자의 생모가 제주도 고 씨잖습니까."

"그런가? 내 생모도 제주도 고 씨, 해녀 출신이었는데…."

"지도자의 외조부는 제주도 출신으로 일제시대 때 일본 오사카로 갔다고 합니다. 지도자의 어머니는 오사카에서 태어나 1960년대 초에 북송선을 타고 북한으로 갔지요."

"아, 만경봉호를 타고 북한으로 간 재일교포 가운데 지도자의 생모가 있었구만…."

"당시에 재일교포들이 왜 생지옥 같은 북한으로 갔을까요?"

"그때는 생지옥이 아니었소. 북한이 남한보다 훨씬 잘 살던 시절이었소. 중국 연변에 살던 조선족도 당시에 자기들보다 형편이 나은 북한으로 돌아가는 걸 열망했다고 하오. 북한 정권은 천리마운동을 통해 연평균 경제성장률을 20% 이상 이루었소. 물론 나중엔 한계에 도달했지만…. 남한이 북한보다 잘 살게 된 때가 언제였겠소?"

"예?"

"1972년 무렵에나 비로소 남북한의 1인당 국민소득이 비슷하게 되었소. 한국에서 경제개발 5개년계획이 두 번 성공한 직후였소."

"남한보다 부자였던 북한이 불과 몇십 년 만에 세계최빈국이 되다니 안타깝군요."

"한국의 경제발전 경험을 북한에 잘 적용하면 북한도 몇십 년 안에 놀랄 만큼 부흥할 수 있소. 그 과정에서 한국도 반사이익을 누리는 게 많을 것이오. 남북한이 함께 번영을 구가하는 것이지요. 남북한 인구 8천만… 반도체, 자동차, 화학, 조선 등 동북아 핵심 제조업의 중심지… 진정한 중강국(中强國)이 되는 것이오."

"제발 그렇게 되기를…."

"전제 조건은 평화 정착이오. 한민족끼리 눈을 부라리며 멱살을 잡는 한 발전에 한계가 있소."

나는 언젠가 《국가의 사생활》이란 소설을 읽고 몸서리를 친 적이 있다. 한국이 북한을 흡수통일한 이후의 한국 사회상을 그린 작품인데 서울이 거의 지옥처럼 변모한다는 내용이었다. 인민군 출신들이 강남 룸살롱에 북한 무기를 들고 나타나 조폭 노릇을 하는 등 극심한 혼란이 빚어진다는 것이다. 아무리 남북한 통일이 지상과제라지만 이런 식이라면 재앙이 된다. 평화가 얼마나 중요한지 절감했다. 북한 전문가라는 사회과학자들이 내놓은 100편의 논문보다 이 소설 한 편이 훨씬 실감났다. 문학의 힘이다. 구체제 소련의 공포정치의 실상도 솔제니친의 소설 《이반 데니소비치의 하루》, 《수용소 군도》 등에서 적나라하게 폭로되지 않았나.

"남북한 평화에 저도 일조하려 합니다."

"북한 인민들이 굶지 않도록 나도 한몫해야겠소. 과거엔 이런 뜻을 밝혔다간 이적(利敵) 행위로 몰려 어디론지 끌려가 쥐도 새도 모르게 골로 갔지요."

"골로 가다는 말이 무슨 뜻입니까?"

"골은 골짜기를 가리킨다오. 6·25 전쟁 때 빨갱이로 의심되는 사람들을 골짜기로 끌고 가 생매장해 죽인 데서 유래된 말이오. '골로 간다'는 말은 영문도 모르고 억울하게 맞아 죽는다는 뜻이지요."

나와 성유리는 끔찍한 동족상잔 역사를 떠올리며 쓴맛을 다셨다. 성유리는 콧잔등에 솟는 땀방울을 닦으며 북한 지도자에 대해 말했다.

"베른에서 중학교에 다닐 때였습니다. 제가 한국지도를 보고 있으니까 그 친구가 제주도를 가리키며 자기 외할아버지가 제주도 사람이라 하더군요. 저에게 제주도에 가본 적이 있는지 묻기에 가족끼리 서너 번 갔다고 대답했지요. 그 친구는 언젠가 자기도 제주도에 가고 싶다고 말하더군요. 자기 어머니가 제주도에 몹시 가고 싶다고 입버릇처럼 말씀하셨다면서…."

성유리가 해독한 쐐기문자 문서엔 다음과 같은 글도 있었다. 그녀는 A4 용지에 연필 글씨로 아래와 같이 한글로 적어 왔다.

서연희 동향: 오계동 온천 별장에서 안락하게 지냄. 청일전쟁 관련

논문 작성 중. 청나라 실력자였던 위안스카이의 증손자인 미국인 물리학자 위안 박사와 전자서신으로 자주 교신. 사망한 남편 뒤베르제의 사인을 백영규에게 집요하게 질문.

백영규 동향: 반역 의심 행위와 통치자금 횡령사실 적발됨. 오계동 오지로 도주. 그를 체포하기 어려운 것은 현지 지형에 은신처가 많은데다 그를 호위하는 무장 추종세력 때문임. 무리하게 붙잡아 정치범 수용소에 보내는 것보다는 활동상황을 관망하는 것이 나을 듯함. 대남사업 끄나풀로 활용하는 방안도 검토 중.

"이해하기 어려운 일들이 자꾸 벌어지는군. 서 박사는 안전하다고 하는데 백영규는 도주했다 하고…. 백영규의 무장 추종세력은 뭐야? 갈수록 복잡해지는군."

독백성 푸념을 늘어놓았더니 성유리가 호텔 룸서비스에 연락해 싱가포르 슬링 2잔을 주문하고 나에게 대답했다.

"저도 어리벙벙합니다. 중학생 시절에 '고대 문자 동아리'에서 재미로 배운 쐐기문자를 이렇게 암호 해독용으로 활용할 줄이야 꿈에도 몰랐죠. 지도자와 로스차일드도 그 동아리 멤버였답니다."

칵테일 술이 배달되자 성유리와 마주 앉아 조금씩 마시며 대화를 이었다.

"아까 그 문서가 전부요?"

"판독하기 어려운 글자가 좀 있었답니다. 어렵사리 읽어냈더니 이상한 내용이더군요. 제 입으로 밝히기엔 좀 뭣해서…."

"뭔데?"

"… 저에 대한 연서 비슷한 것이었어요."

"지도자란 양반이 보낸 건가?"

"……."

"북한에 가는 게 부담스럽지 않소?"

"부담스럽죠. 가능하면 안 갔으면 합니다. "

"엄청난 심적 부담을 안고 북한에 가려는 이유는?"

성유리는 싱가포르 슬링을 들이켜고 말을 이었다. 그녀의 볼이 금세 발갛게 달아올랐다.

"사실은 싱가포르에 오기 전에 제가 방북 초청을 받았답니다. 이 문제를 저희 아버지께 은밀히 상의드렸지요. 그랬더니 놀랍게도 아버지께서 제가 잔 다르크 역할을 하라고 격려하시더군요. "

"잔 다르크? 프랑스의 애국 소녀?"

"지금 남북한 관계는 사실상 매우 위태롭다고 합니다. 북한이 핵무기로 남한을 위협한다 하지만 이것보다 더 위험한 것이 있다는데….."

"핵무기보다 더 위험한 거라니?"

"생화학무기…. "

"생화학?"

"쉽게 말해서 독가스나 세균무기 따위죠. 생화학무기는 개발비용이 많이 들지 않아 북한이 군침을 삼킬 만하죠. "

"음…. "

세균전이라는 말을 듣자 소름이 돋았다. 그렇잖아도 북한이 저지르는 세균전쟁의 참상을 그린 《이상한 전쟁》이란 장편소설을 탐독하고 경악한 바 있다. 가상 소설이라지만 개연성이 높은 내용이었다. 지하철역 같은 곳에 놓인 비닐봉지의 하얀 가루가 바로 그 세균무기인데…. 그 가루가 퍼지면 수십만, 수백만 명이 피를 토하고 온몸에 물집이 생기면서 숨진다는데…. 저자가 유력한 신문사의 사장, 대학 총장, 장관을 지낸 경력자여서 더욱 믿을 만했다.

"아버지는 제가 핵전쟁이나 세균전을 막는 데 앞장서라고 당부하셨답니다. 지도자를 만나 담판을 지으라고…."

"부친이 여전히 외교부에 계신지?"

"외교부장관과 외무고시 동기여서 본부대사로 머물며 용퇴 준비하신답니다."

"마드롸젤 성의 활동을 부친이 외교부장관에게 보고하셨을까?"

"글쎄요. 제 짐작으로는 보고하지 않았을 것입니다. 장관과 아버지는 사무관시절부터 라이벌이어서…. 공교롭게도 장관 사모님과 저희 어머니도 서울대 불문과 동기생이랍니다. 그러니 안팎으로 라이벌…."

요즘 한국에서는 부분개각설이 솔솔 나돌고 있다. 외교부, 통일부 등 외교안보라인 장관도 대상이란다. 성유리의 부친은 어떤 속셈을 지녔을까. 불현듯 그런 의문이 들었다. 딸이 북한에 가서 '대업'을 이루면 그 공로로 장관직에 오른다? 성유리가 어린 시절에 《백범일지》를 읽도록 했다 하니 민족의식이 뚜렷한 외교관인 듯한데…. 내가 애국주의자 외교관을 너무 속물스럽게 보는 것일까.

잔 다르크 역할의 성유리…. 그녀는 두려움 속에서도 그 역할을 맡겠단다. 이에 비해 나는 너무도 옹졸하다. 북한 개발을 위한 그랜드 디자인을 꿈꾸는 것도 아니고 골프장 따위의 자그마한 사업에 집착하는 정도…. 지도자를 만나 건곤일척의 담판을 벌이겠다는 충동조차 갖지 못한 소인배…. 나 자신을 책망하다 보니 오히려 두려움이 사라진다.

"마드똬젤 성, 내가 북한에 가긴 가긴 가지만 조건을 내걸겠소. 오계동 별장에서 지도자를 만나자고… 그리고 내가 개마고원 장진호를 방문하도록 주선해달라고…."

"지도자가 그 산골짜기 별장에 올까요?"

"자기 필요에 따라 우리를 초청하는 것 아니오? 그러니 우리가 요구조건을 내걸어야지요. 나로서는 서연희 박사님을 안전하게 모셔오는 게 가장 중요한 일이니 현장에 가봐야겠소. 내 뜻을 쐐기문자 암호로 보내시오."

3

한국에 돌아올 무렵 북한 핵무기 때문에 전세계가 어수선했다. 싱가포르 공항에서 CNN과 BBC방송을 보니 앵커와 특파원들은 북한이 곧 핵무기로 도발할 것처럼 흥분한 말투로 보도했다.

북핵, 미사일, 불바다.

이 세 단어가 온라인, 오프라인 할 것 없이 자주 눈에 띈다. 그러나 대부분의 한국인들은 만성이 되어서인지 별 걱정 없이 지내는 분위기이다. 주식가격도 약간의 내림세에 그쳤을 뿐이고 생필품 사재기 현상도 뚜렷하지 않았다.

생화학 무기에 대한 언급은 전혀 없었다. 북한이 세균전을 벌여 남한주민들을 급성 전염병으로 대량 살육할 것이라는 가능성이 알려지면 남한 사회는 급속히 패닉상태에 빠지리라.

일부 언론에서는 칼럼니스트들이 '안보불감증'을 질타하는 글을 썼다. 여러 극우 논객들은 "북한을 제대로 길들이지 못하는 정부 외교 안보라인을 몽땅 갈아치워야 한다"고 주장했다.

싱가포르 출장 경과를 보고하러 윤경복 회장실에 찾아갔다. 어디에선가 본 듯한 손님이 와 있었다. 육안으로는 못 보았고 매스컴에서 접했던 인물이다. 육중한 깍짓동 몸매에서 '탐욕'이란 단어가 연상된다.

"장 사장, 인사하시게. 이 분은 도남문화재단 서재권 이사장님….

"만나 뵈어서 영광입니다."

서 이사장은 대학총장에서 물러나서 도남문화재단 이사장으로 얼마 전에 취임했다. 청년시절에 외무고시에 합격해 한두 해 외교관 생활을 했고 그 후 미국 조지타운대학교에서 정치외교학을 전공한 인물이다. 외교부, 통일부, 교육부 등에 두루 뻔질나게 드나들며 이런저런 위원회 멤버로 얼굴을 내미는 권력지향성 인사이다. 개각 시즌 때마다 하마평에 자주 오르내린다.

깨끗하게 면도한 둥글둥글한 면상에서 반질반질 광채가 난다. 서 이사장과 악수할 때 그의 몸에서 짙은 향수 냄새가 풍겨 나왔다. 하도 역겨워 하마터면 구토가 나올 뻔했다.

"윤 회장님과 장 사장님, 두 분이 친형제나 다름없는 사이라고…. 세상 인연이란 게 참 묘하네요. 경복궁과 창덕궁…. 여러 언론에서도 두 분의 사연을 보도하였지요. 함께 뵈오니 더욱 애틋합니다."

서재권은 잠시 뜸을 들이더니 나를 응시하며 말을 이었다.

"저도 방금 저와 관련한 절묘한 인연을 확인했습니다. 서연희 박사… 제 이복 여동생입니다. 어릴 때 다른 곳에서 자라서 서로 얼굴도 잘 모르지만…. 걔 생모는 떠돌이 춤꾼이었지요. 풍류에 심취한 저희 아버지가 그런 여자와 한때 눈이 맞아…."

서 이사장은 이번 개각 때 통일부 또는 외교부 장관으로 발탁될 가능성이 있으니 윤 회장에게 도와달라고 부탁하러 온 듯하다. 자꾸 현재의 통일부, 외교부 체제로는 아무것도 되지 않는다고 강하게 비판하는 데서 짐작했다.

서연희와 이복 남매 관계라니…. 프라이버시여서 꼬치꼬치 캐묻기 곤란했다. 윤 회장이 얼마나 놀랐으랴.

"연희는 지금 어디 있나요?"

오빠가 여동생의 소재를 전혀 몰라 윤 회장에게 물었다.

"평양?"

윤 회장이 고개를 갸우뚱하며 대답했다. 내가 싱가포르에서 갖고 온 따끈따끈한 정보 보따리를 풀어놓을 수밖에 없었다.

"오계동 온천에 계신다고 합니다."

"오계동이라니?"

"백두산 아래 동네입니다. 옛날 지명으로 따지면 함경남도 혜산군… 개마고원에 있지요."

싱가포르 출장 보고를 하자니 지금까지 은밀히 진행된 일이 서재권 이사장에게 노출될 것이어서 난감했다. 나는 최소한의 내용만 밝혔다. 서재권이라는 인물이 우리 일에 관여하는 것을 원치 않았다.

서재권은 노회하고 음흉스러웠다. 눈동자를 천천히 굴리더니 윤 회장의 손을 덥석 잡았다.

"매제! 나 좀 도와주시오!"

매제라니…. 서 이사장의 이복 여동생 서연희가 윤 회장과 혼인해야 매제가 되는데…. 윤 회장이 얼굴을 붉히며 당혹해한다.

"아이고… 매제라뇨. 연희가 알면 펄쩍 뛰겠습니다."

"내가 집안 대표로서 매제라고 인정하는데 연희 자기가 싫다말다 할 것 뭐 있겠소?"

"본인 의사가 중요하지요."

"윤 회장, 너무 부담스러워 하지 마세요. 농담으로 말했다가 진담이 되는 경우가 긴 인생에서 어디 한두 번입니까? 가만 있자… 윤창복 장관이 내 매제이니… 그럼 윤경복 회장과 윤 장관이 동서관계가 되는구만…. 서열은 윤 회장이 윤 장관보다 위이니 앞으로 윤 장관이 윤 회장을 형님이라 불러야 할 것이고!"

나도, 윤 회장도 서 이사장의 일방적인 발언을 듣기가 민망해서 입맛을 다셨다. 서 이사장은 우리 눈치를 개의치 않고 말을 이었다.

"집안 식구끼리 허심탄회하게 이야기합시다. 내가 저녁을 살 테니 지금 자리를 옮깁시다."

서 이사장이 쓰는 법인카드의 결제 책임은 윤 회장의 몫이다. 그런데도 그는 마치 자기 개인 돈을 쓰는 것처럼 호기를 부린다.

"오늘 저녁에 공식행사가 있어서 곤란하군요."

윤 회장이 그렇게 말함으로써 '번개 저녁'은 생략되었다. 그러자 서 이사장은 주변을 휘휘 둘러보며 목소리를 낮추었다.

"회장님, 혹시 여기 도청장치 같은 건 없겠지요?"

윤 회장이 도청장치, 몰래카메라 등의 설치 여부를 수시로 점검하므로 안심해도 된다고 대답하자, 서 이사장은 목소리를 더욱 낮추고 가자미눈을 하며 말했다.

"남북정상회담을 서울에서 열도록 주선하실 수 있을까요?"

"예?"

윤 회장이 '서울 남북정상회담'이라는 말에 놀라 눈을 둥그렇게 떴다.

"윤 회장님이 북한 핵심부와 바로 연결되는 핫라인을 가졌다는 첩보를 입수했답니다."

"아… 아닙니다. … 서연희 박사 도움으로 앞으로 대북사업을 좀 해볼까 하는 구상을 가진 정도지요. 그리고 외부에는 서 박사 이야기는 함구해 주십시오. 알려지면 서 박사 신변에 악영향을 미칠지 모릅니다."

"서 박사는 내 혈육입니다. 저도 여동생을 아끼니까 염려 마세요. 요즘처럼 남북한 관계가 표류하는 때엔 뭔가 '한 방'이 필요한데…."

윤 회장은 서 이사장의 돌출언행 때문에 당황해 했다. 서 이사장은 장관 발탁을 염두에 두고 뭔가 '한 건'을 성사시키려 발악했다.

4

"아까 서재권 이사장 때문에 정신이 아찔했어. 남북정상회담을 주선하라니…."

도청방지 장치가 잘 갖추어진 룩소 특실에 마주 앉은 윤 회장은 얼음을 띄운 생수를 마시며 가슴의 열기를 식혔다.

"도남문화재단에서 녹을 받으면 설립자에게 예(禮)를 갖추어야 하는 것 아닙니까? 서 이사장은 자기가 갑, 형님을 을로 여기더군요. 서 박사 사연을 알고 나서 한술 더 뜨는 것 같고…. 보나마나 이복 여동생 서 박사님을 어릴 때 심하게 구박했겠지요?"

"짐작할 건 없고…."

윤 회장은 식욕이 없는지 룩소 종업원이 바깥에서 사 들고 온 왕만두를 먹지 않았다. 자꾸 생수를 벌컥벌컥 들이켠다.

"그나저나 서 박사님이 잘 계신지 걱정되네요."

"자네가 서 박사를 얼른 빼낼 수 있도록 힘 좀 써보시게. 요즘 내가 일이 손에 잡히지 않아 숨이 막힐 지경이네."

"형수님을 구출하는 일에 저도 발 벗고 나서야지요."

"형수? 자네도 날 놀리나? 하하하…."

"놀리다니요. 형님은 '통통령'이 되시고, 형수님은 퍼스트레이디로 등극하는 날이 와야지요."

"야, 그건 완전히 농담이야, 농담!"

윤 회장은 손사래를 치면서도 표정은 진지해졌다. 내면세계 한구석엔 그런 욕망이 자리 잡고 있을까.

오늘날 기업인은 혁신가이다. 과거로 치면 영웅이다. 기업 경쟁은 전쟁과 같다. 성공한 기업인은 승전한 장수(將帥)와 같은 존재다. 윤 회장의 성공과정을 지켜본 나로서는 그의 혁신가적 재능을 인정하지 않을 수 없다.

그러나 한국의 대표적인 기업가 정주영 회장도 정치판에서는 무력하게 무릎을 꿇었음을 되새겨야 한다. 소떼를 몰고 북한을 방문한 정 회장의 기발한 발상은 일과성에 그쳤다. 만약 통일 이후에 윤 회장이 정치판에 나서려 한다면 내가 어디까지 도와야 하나?

"아우님, 뭘 골똘히 생각하나?"

윤 회장이 컵으로 탁자를 톡톡 치며 내게 물었다. 그때서야 나는 정신을 차리고 말을 이었다.

"서 박사님이 미국 물리학자 위안 박사와는 왜 연락을 주고받을까요? 단순히 위안스카이 연구를 위해서인지…."

"위안 박사의 아버지도 유명한 핵물리학자라는 말을 들었네. 미국의 원자폭탄 개발에도 관여했다고 하던데…."

"그러면 혹시 북한의 핵무기 개발과 관련한 일일까요?"

"핵무기 개발을 돕는다기보다는 핵의 평화적 이용방법을 조언하는 역할 아닐까? 북한으로서도 핵문제와 관련해서 대외강경책 말고도 유화책 카드도 마련해야 할 것이니…. 과거에도 북한이 남조선을 불바다로 만들겠다고 호언할 때는 그만큼 북한 내부가 불안한 상황이었지."

"북한에 대해서는 어떤 섣부른 추론도 금물 아니겠습니까. 유화 제스처를 쓰다가 언제 돌변해서 우리 뒤통수를 칠지 모르지요. 암튼 무슨 수를 쓰더라도 무력충돌은 막아야지요."

"기아에 시달리는 북한 인민들을 살리는 게 기업인이자 시인인 내 필생의 소명이야. 실향민이 당연히 맡아야 할 일이고…."

"저는 실향민은 아니지만 북한 부흥에 참여하고 싶군요. 역사의식이니 민족의식이니 하는 차원보다는 비즈니스 측면에서 엄청난 기회가 될 것이고 해서…."

이렇게 윤 회장과 열띤 고담준론을 펼쳤다. 한숨을 돌리며 쉰 후 윤 회장이 말문을 열었다

"그건 그렇고… 백영규가 미스터리 인물이구만."

윤 회장은 백영규에 대해 이야기할 때면 으레 굵은 눈썹을 움찔움찔했다.

"백영규의 반역행위와 횡령사실이 적발됐다는데 즉시 처형되지 않는 게 이상하군요."

"백영규를 앞세워 도남그룹에 도움을 청할 여지가 있다고 보는 게

아닐까?"

"그렇기도 하겠군요."

나는 싱가포르를 다녀온 데 대해 더 자세히 설명했다. 성유리, 고열태와 함께 북한 측으로부터 초청받았다고 밝혔다.

"점입가경이군…."

윤 회장은 그렇게 말하곤 눈을 지그시 감았다. 그러더니 눈을 부릅뜨고 왕만두를 집어 들어 입을 크게 벌리곤 한입에 넣어 우물우물 씹어 먹었다. 볼이 불룩해진 상태로 말문을 열었다.

"서 박사를 구출해 오는 데 필요한 것이라면 내가 뭐든 감수하겠네. 만약 서 박사가 인질상태에 있다면 몸값으로 도남그룹을 내놓을용의가 있네."

윤 회장의 눈시울이 붉어졌다. 때로는 음흉, 교활하기까지 한 윤회장이 서연회 앞에서는 소아(小兒)로 돌변하는 이유를 발달심리학자는 어떻게 분석할까.

"만두가 그렇게도 맛있어요? 맛에 감동하여 눈물을 흘리면서 먹을만큼…."

미스 정이 불쑥 들어와 윤 회장을 보고 말을 던진다.

"그런 게 아니라…."

윤 회장이 머쓱해 하며 대답을 얼버무린다. 그리곤 무안한지 손을씻고 오겠다며 밖으로 나간다.

5

　작은 공간에 이제 미스 정과 나, 두 사람이 남았다.

　"오늘 낮에 연세라에게 갔다왔어요. 수양딸로 삼겠다고 하니 울음을 터뜨리면서 내 품에 안기더라고요. 너무도 고맙다면서….”

　"…….”

　"창덕 씨와의 오랜 사연도 털어놓았답니다.”

　"결합 제의도?”

　"물론이죠. 연세라는 장 사장 같은 분을 아버지로 모시면 좋겠다 말하더군요.”

　"허허….”

　"내 사업을 이어줄 후계자 수양딸이 생겼으니 든든합니다.”

　"우리 회사에서 인재를 데려 가려면 이적료를 내야 하는 거 아니오?”

　"이적료?”

　미스 정은 장난기 어린 웃음을 지으며 눈을 흘겼다.

　"아니, 농담이오. 허허….”

　"저도 농담 하나 할까요? 제가 크세노폰 컨설팅회사를 인수하면 어떨까요? 그럼 장 사장과 연세라를 포함한 모든 임직원을 몽땅 고용하는 것이니 이적료 논쟁이 없을 것 아녜요?”

　"농담 치고는 너무 진하네요. 하하하….”

　"창덕 씨가 앞으로 사업을 확장한다면 제 재력이 미치는 한 얼마든지 투자할게요. 포부를 키우세요. 이건 진담이에요.”

　"정 사장의 재력이 얼마나 되기에?”

내 말투가 미스 정의 심기를 건드렸나 보다. 그녀의 재력을 과소평
가하는 듯한 뉘앙스였다. 그녀가 발끈하며 목소리를 높인다.

"물장사한다고 우습게 보시는 모양인데… 테헤란로 15층 빌딩이
제 재산의 전부라고 알고 있지요?"

미스 정은 우롱차를 한 모금 마시고 흥분을 가라앉힌 다음 귓속말
로 속삭였다.

"윤경복 회장 못잖은 재산을 갖고 있어요. 도남그룹은 실물 투자로
재력을 키웠지만 나는 금융투자와 부동산으로…."

"도남그룹만큼이나?"

"비상장회사의 주식 상당수와 전국 요지의 빌딩들…."

그녀는 룸살롱에서 입수한 정보로 돈을 번 체험을 털어놓았다.
VIP룸에서 손님을 응대하다 보면 가끔 국가안보, 요인 비리, 재벌기
업 신수종 사업 등 메가톤급 정보를 흘려듣는다는 것이다.

"낮에는 근엄한 표정으로 정보보안을 외치는 요인들도 심야에 이
욕망의 땅 강남에서는 무장해제가 되지요. 취기가 오르면 국기(國
基)를 흔들 만한 주요 정보를 발설하기도 한답니다."

미스 정은 주요 대기업의 M&A 정보를 미리 알았다가 투자를 감
행해 뭉칫돈을 벌었다. 벤처 투자에 광풍이 불 때도 '치고 빠지기'식
으로 재산을 10배 이상 불렸다. 비상장기업의 주식을 장외거래로 팔
때 액면가 수십 배의 프리미엄을 받았다. 자금난에 빠진 기업에 고리
사채를 빌려주어 연 100~200%의 이자를 받았으며 그 기업이 채무
를 갚지 못하면 통째로 인수하기도 했단다.

그녀의 재산을 관리하는 무슨 인베스트먼트, 무슨 캐피털이라는
회사들이 몇 개 있고 거기엔 미국 유수의 대학에서 MBA를 받은 전

문가들이 수두룩하다는 것이다. 임원급은 하버드대 경제학박사, 컬럼비아대 경영학박사 등 쟁쟁한 학력의 소유자들이라고 한다. 얼마 전엔 노벨 경제학상 수상자를 한국에 불러 국제금융동향을 점검하는 세미나를 갖기도 했단다.

"참 역설적이죠. D여상 야간부 졸업생인 내가 SKY대학 경영, 경제학과 출신의 엘리트 수십 명을 부하로 부리고 있으니…. 내 앞에서 얼굴을 제대로 들지 못하고 굽실거리는 그자들은 학교에서 월급쟁이 교육을 받았을 뿐이더군요. 자기 몸과 재산을 모두 던져 창업할 만한 배짱이나 기업가정신은 제로에 가깝고…. 요즘도 그래요. 청년실업이니 뭐니 시끄럽지만 넥타이 매고 다니는 유명기업에 취직해 월급쟁이로 출발하기를 포기하면 활동무대가 훨씬 넓어지지요. 시골 출신 남자들에게서 가끔 보는 '촌놈 정신'을 가지고… 나쁘게 말하면 '무대뽀'인데 좋게 표현하자면 도전, 모험 정신 아니겠어요?"

"일리가 있소."

"창덕 씨도 청년시절에 가졌던 촌놈 정신을 발휘해보세요."

"촌놈 정신이라…."

내가 머쓱해하며 자못 심각한 표정을 짓자 미스 정은 내 허리춤을 쿡 찌르며 물었다.

"여상 출신 여자들은 무슨 정신을 가진지 아세요?"

"글쎄… 또순이 정신이랄까…."

"제가 명명했는데… '잡초녀 정신'이라고…."

"잡초녀 정신이라…."

그럴 듯하게 들린다. 화려한 화초와는 비할 바 없이 푸대접을 받는 잡초. 어려운 가정환경 탓에 번듯한 학교를 나오지 못하고 직장에서 마이너리티 길을 걷는 잡초녀들….

'한강의 기적'으로 불리는 한국경제 성장사에서 잡초녀들이 흘린 피땀의 분량은 가히 대양(大洋)을 채우지 않았으랴? 청계천 미싱대에서, 구로공단 봉제공장에서, 마산수출자유지역 전자공장에서, 한일합섬 원사공장에서, 부산 신발공장에서….

"촌놈 정신을 발휘해야 할 사람이 골똘히 궁리만 해서야 되겠어요?"

내가 머리를 숙이고 상념에 젖어있자 미스 정이 내 몸을 흔들며 말을 이었다.

"아아… 잡초녀 정신에 대해 생각하느라…."

"앞으로 무슨 사업을 벌이고 싶으세요?"

나는 '쪼잔남'에서 벗어나 '잡초남'으로 환생하기 위해 심호흡을 하고 도전적으로 되물었다.

"내가 북한에 투자해도 자금을 댈 수 있겠소?"

"대북(對北) 사업?"

"그렇소."

"북한에 대해 얼마나 아세요?"

"평소에 관심 갖고 지켜보고 있는 정도요."

"사업을 하시겠다는 분이 그래서야…."

여의도에 즐비한 빌딩 가운데 하나인 H빌딩 꼭대기 층. 국회의사당과 한강이 내려다보이는 곳이다. 이곳에서 미스 정은 '정 회장'으로 통했다. 여의도 낮의 정 회장은 룩소 밤의 정 사장과는 전혀 다른 모습이었다. 코발트색 상하의 정장 차림에 엷은 화장, 미니멀룩 스타일로 디자인된 안경을 쓴 그녀는 E여대 총장 같은 품격을 풍겼다.

그녀는 나의 투자판단을 위해 '맞춤형' 특별 워크숍을 열어주었다. 미국 월스트리트에서 온 투자전문가와 브루킹스연구소의 연구원, 중국 모 대학의 전략연구가, 일본 노무라증권의 애널리스트 등이 외국에서 날아왔다. 중국어, 일본어를 통역하는 동시통역사의 솜씨가 노련했다. 워크숍 운용솜씨를 보니 내가 외국인 전문가들을 불러 얼치기 컨설팅을 하는 것보다 훨씬 세련됐다.

이들 앞에 선 미스 정의 당당한 자세에 경악하지 않을 수 없었다. 이런 기품에서 그녀가 성북동 요정의 골방에서 태어나 출판사 경리 여사원을 전전한 과거를 지녔음을 누가 짐작이나 하겠으랴.

'체어우먼 정'은 비록 유창하지는 않지만 한국의 명문대 출신자들의 평균 영어구사능력보다는 한결 나은 솜씨로 인사말을 했다. 원고나 프롬프터도 없이….

"국내외 한반도문제 전문가들을 이렇게 한자리에 모시게 돼 영광입니다. 이 자리는 저기 앉아계시는 장창덕 사장님께 남북한 상황을 설명하기 위해 마련됐습니다. 장 사장님은 북한에서 사업을 벌이려 하니 판단에 도움이 되도록 여러 전문가들께서 고견을 밝혀주십시오. 오늘 발언은 외부에 유출되지 않을 것이오니 기탄없는 의견 개진을 부탁드립니다. 보안을 위해 여러분의 성함을 장 사장께 밝히지 않으시는 것이 좋겠습니다. 동시통역사도 대외 발설을 하지 않겠다는 서약서에 서명하고 이 자리에 나왔답니다."

내가 수첩을 꺼내 발언내용을 메모하려고 하자 정 회장이 제지했다.

"장 사장님, 대단히 죄송하오나 이 자리에서는 메모하지 않으시는 게 좋겠습니다. 오늘 발표자들도 마찬가지입니다. 아무런 자료 없이 발표하시고 필기도 하지 마십시오. 보안을 위해 그렇습니다. 세세한 숫자 대신 큰 흐름을 파악하시는 게 유용하겠습니다."

그리고 보니 탁자 위에 종이와 필기구가 하나도 없다. 처음엔 기분이 언짢았으나 극비정보를 듣는 것 같은 분위기가 조성되면서 도리어 가벼운 쾌감이 밀려왔다.

먼저 월스트리트의 투자전문가가 발표했다. 독두(禿頭), 털북숭이 팔, 매부리코 등이 그의 용모 특징이었다. CNN 화면에서 가끔 보는 얼굴이었다.

"북한이 폐쇄적인 나라라지만 북한 수뇌부도 바보가 아닌 이상 외국과 손을 잡지 않고서는 생존할 수 없다는 사실을 잘 압니다. 외국과 합영(合營)하기 위해 나름대로 끊임없이 제도를 개선하고 있지요. 북한과 쌍무적인 투자장려 및 보호에 관한 협정을 체결한 나라만도 중국, 덴마크, 스위스, 이탈리아 등 수십 개국에 이릅니다. 2중과세방지협정을 맺은 나라도 러시아, 벨라루스, 베트남 등 10여 개국이지요. 북한 진출기업은 2011년 말까지 351개로 집계됩니다. 투자액수가 공개된 기업은 이 가운데 88개이고, 총 투자금액은 23억 달러입니다."

그가 들릴락 말락 한 낮은 목소리로 말할 때 빌딩 창문 밖으로 뭔가 움직이는 괴물체가 나타났다.

"앗!"

그가 말을 끊고 창문 쪽을 바라보았다. 나도 시선을 그쪽으로 돌렸다. 빌딩 창문 바깥을 닦는 고공(高空) 전문 청소원이었다. 정 회장은 비서를 불러 다른 회의실을 비우라고 지시했다. 외부가 보이지 않는 회의실로 자리를 옮겼다.

이어 노무라증권의 애널리스트가 발표했다. 남성미를 과시하려 콧수염을 기른 것으로 보이는 그는 영어로 더듬거리다가 일본어로 바꾸어 말했다.

"북한에 투자한 유럽 기업만도 30여 개사입니다. 금광, 동광, 청바지 생산, 인터넷 서비스 등에 투자하고 있지요. 북한은 지하자원의 보고입니다. 그래서 광산업에 대한 투자가 가장 많지요. 북한의 광물자원 가치는 6조 달러에 이른다는 분석이 있긴 한데 이는 매우 보수적으로 추정한 수치입니다. 전문가에 따라서는 수십 조 달러로 보기도 한답니다. 앞으로 채굴기술이 향상되면 북한은 노다지 땅이 될 가능성이 큽니다. 근래에 지식경제의 가치가 강조되다 보니 광산업은 마치 원시산업처럼 치부됩니다만, 러시아경제가 고유가 덕분에 살아났고 미국경제도 셰일가스 개발 붐에 힘입어 부흥 움직임을 보이듯이, 북한경제도 그런 관점에서 봐야 합니다. 지난 수십 년 동안 호주 경제가 줄곧 호황을 누린 것은 무궁무진한 천연자원 덕분이 아니었습니까?"

이어 브루킹스연구소의 연구원이 발표했다. 그의 명함을 받지 않았으니 이름도 모르겠고 실제로 브루킹스 소속인지도 확인할 수 없었다. 치렁치렁 늘어뜨린 금발에, 2미터 가까운 장신의 40대 남자였다. 그는 파란 눈을 빙글빙글 돌리더니 나에게 질문부터 던졌다.

"장 사장님, 남북한 통일이 이루어지긴 할 것 같습니까?"

"예? 이루어지기 어렵다… 그말입니까?"

"한때 한반도 통일이 어느 날 도둑 찾아오듯 금세 이뤄질 것이라는 전망이 득세하기도 했지요? 북한정권이 갑자기 붕괴하면서 남한이 북한을 흡수통일하는 방식으로…. 독일통일 때문에 그렇게 전망한 것 같습니다. 베를린 장벽이 하루아침에 예상치 않게 무너졌잖습니까. 남북한도 그럴 것이라 막연히 추정한 것입니다."

"그런 방식은 기대난망이라는 뜻인가요?"

"독일통일은 표면적으로는 갑자기 이뤄진 것처럼 보입니다. 그러나 수십 년 동안 기반이 다져진 결과입니다. 1990년 독일통일 당시의 한스디트리히 겐셔 서독 외무장관은 이렇게 말했습니다. 수십 년 동안 독일통일이라는 별은 두꺼운 구름층에 가려져 보이지 않았다. … 그러다 한순간 구름이 걷히면서 모습을 드러냈다. … 우리는 그 순간을 놓치지 않고 별을 낚아챘다. … 막강한 경제력을 지닌 서독은 먼저 이웃나라이자 오랜 라이벌인 프랑스를 설득했습니다. 1차, 2차 대전 때 독일에 침공당했던 프랑스는 덩치 큰 통일독일을 꺼려할 것 아니겠습니까? 서독은 막강한 마르크화를 포기하고 유럽 단일통화를 만듦으로써 유럽전체의 공동번영을 약속하면서 주변국들을 안심시켰습니다. 서독은 러시아를 설득하려 고르바초프 통치하의 러시아를 적극 돕기도 했답니다. 서독은 동독을 돕는 데도 앞장섰습니다. 동독과 서독은 이념갈등을 벌이긴 했지만 물밑으론 활발한 교류를 했습니다."

"남한과 북한은 그런 기반이 없다… 그런 뜻이지요?"

"적국 사이 아닙니까? 격렬한 전쟁을 치르기도 했고요. 불구대천 (不俱戴天) 처럼 지내다가 남북정상회담, 개성공단 가동 등으로 관계가 개선되기는 했습니다만⋯. 그리고 무엇보다 한반도 주변의 강대국이 남북한 통일을 달가워하지 않는다는 엄연한 현실을 직시해야합니다. 한반도는 대륙세력과 해양세력이 부딪치는 각축장 아닙니까?"

"남한과 북한, 이 두 당사자의 화해만으로는 통일이 어렵다는 뜻인가요?"

"그렇습니다. 〈우리의 소원은 통일〉이라는 노래를 아무리 외쳐 불러도 메아리 없는 노래로 그칠 가능성이 높습니다."

"귀하가 몸담은 브루킹스연구소의 공식 견해입니까? 아니면 귀하의 사견인가요? 브루킹스와 라이벌 관계인 헤리티지재단의 공식 견해와는 좀 다른 것 같은데⋯."

"한반도 문제를 20여 년간 연구해온 소생의 개인 견해입니다."

"한국에서는 여전히 통일은 절체절명의 과제라 믿는 국민이 많습니다. 실현가능성과는 별개로⋯. 남북한 당사자끼리의 의지만으로는 통일이 이뤄지기 어렵다는 견해가 유감스럽군요."

"2차 세계대전 이후 한국이 일본의 식민지에서 해방될 때를 돌이켜보십시오. 한국이 대일 (對日) 독립전쟁으로 해방을 얻은 것은 아니잖습니까. 전승 연합국의 힘으로⋯. 한국의 독립과 통일에는 이처럼 태생적인 한계가 있습니다."

"듣고 보니 불쾌하네요."

내가 목소리를 높이자 브루킹스 연구원은 어깨를 으쓱하고 대꾸하지 않았다.

굵고 시커먼 눈썹이 돋보이는 중국인 전문가가 눈썹을 송충이처럼 움찔거리며 말을 이었다.

"통일이라는 단어에 집착할 필요가 없다고 봅니다. 평화공존, 자유로운 교류를 목표로 해야 합니다. 남한과 북한이 서로 체제를 인정하고 투자, 여행, 취업 등을 자유화하고 획기적인 군축을 이루는 방향으로 나아가야지요. 남한의 영재들이 김일성대학으로 진학하고 북한의 수재들이 서울대학교에 입학하고…. 이런 단계를 밟아 국가연합으로 발전하면 그게 사실상 통일 아니겠습니까? 단일 민족이라 해서 단일 정치체제의 국가를 세워야 한다는 철칙이 있습니까?"

미스 정은 이런 논의 내용에 익숙한 듯 고개를 가볍게 끄덕였다. 도시락으로 점심을 때우며 토론을 계속했다. 미국에서 온 서양인 2명도 나무젓가락을 능숙하게 놀리며 밥을 먹는 모습이 이채롭다. 미스 정은 디저트로 나온 셔벗을 티스푼으로 떠먹으며 한마디 했다.

"대북투자가 더욱 자유화된다면… 서울~평양, 개성~신의주 구간의 고속도로 건설사업을 벌이고 싶습니다. 국가 주요 SOC(사회간접자본) 건설사업에 민간자본이 참여하는 게 대세 아닙니까? 호주의 맥쿼리 금융그룹이 한국의 SOC사업에 적극 참여하는 것처럼…."

나도 개마고원 리조트사업 계획을 슬쩍 내비쳤다. 골프장, 스키장, 콘도, 카지노 등을 지어 동북아 관광객들을 끌어 모으겠다는 포부를 밝혔다. 내 딴엔 거창한 사업계획을 밝혔는데 미스 정은 심드렁하다.

"장 사장님, 개마고원 리조트사업은 현장 실사를 벌인 다음 구상하는 게 좋겠습니다. 책상 위에서 논의하는 것과는 다를 수 있을 테니까요."

"그렇긴 하겠지요."

나는 다소 퉁명스런 대꾸를 했다. 미스 정은 셔벗을 마저 긁어 먹으며 말을 이었다.

"장 사장님, 장기적으로 유엔이 주도할 두만강 개발사업에 관심을 가지면 어떨까요?"

"두만강 개발사업?"

"북한, 중국, 러시아 등 3개국의 접경지역을 집중적으로 개발하는 그랜드 프로젝트 아닙니까? 나진, 훈춘, 포시에트 등을 연결하는 1,000㎢ 면적의 소(小) 삼각지대와 청진, 옌지, 블라디보스토크 등을 잇는 10만㎢ 넓이의 대(大) 삼각지대… 이 지역을 교통, 금융, 관광의 중심지로 개발해 환(環) 동해 경제권을 형성한다는 계획 말입니다. 나진, 선봉 일대를 자유무역지대로 설정하고 나진, 웅기, 청진항을 자유 무역항으로 지정해 이 지역에서는 외국인의 기업활동을 보장한다는 내용이지요."

"어느 세월에 그렇게 추진되겠소?"

"진정한 기업가정신은 불가능을 가능으로 만든답니다."

대머리에서 땀방울이 흘러 번들거리는 월스트리트 투자전문가는 털이 수북하게 난 팔뚝을 양손으로 슬슬 문지르며 맞장구쳤다.

"정 회장님, 역시 대단하십니다. 미래를 통찰하는 감각이 탁월하십니다."

나는 머쓱해졌다. 북한에 대한 공부가 더 필요함을 절감했다.

외모로 인종을 판별하는 것은 무례하다. 그러나 때로는 상황판단을 할 때 유용하다. 매부리코를 가진 유대인이 많다는 속설이 있기에 털북숭이에게 자크 로스차일드 박사에 대해 물어봤다. 털북숭이의 매부리코를 보며 그가 유대인일 것이라 짐작했고 성유리의 중학교 동기생인 로스차일드가 떠올랐기 때문이다.

"월스트리트에서 새로 뜨는 금융인입니다. 저와 먼 친척 사이인데 저희 집안의 차기 대표자이지요. 그런 인물을 알다니 장 사장님의 인맥이 대단하군요."

워크숍을 마치고 미스 정과 여의도공원을 산책했다. 학구적인 그녀에 대한 새로운 발견! 나는 내심 감탄하며 그녀의 옆모습을 흘깃 살폈다. 긴 생머리가 바람에 찰랑거리며 그녀의 지적 매력을 돋보이게 한다.

"언제부터 그렇게 대북투자에 대해 깊이 연구하셨소?"

"아직 초보단계예요."

"겸손하기는…."

"그동안 금융으로 큰돈을 벌었는데 앞날을 생각해보니 북한에 대한 실물투자를 하고 싶더군요. 그래서 국내외 전문가들을 불러 차근차근 배우는 중이에요."

"윤경복 회장님의 대북사업과도 보조를 맞추는 거요?"

"아… 윤 회장님은 제가 이런 쪽에 관심을 가진 걸 전혀 모른답니다. 제가 언급한 적도 없어요."

"그렇다면 앞으로 대북사업에서 윤 회장과 라이벌?"

"선의의 경쟁자가 되겠지요? 호호호…."

"내가 대북사업에 나서면 지원하겠다면서요?"

"물론이죠. 그러니 창덕 씨가 윤 회장과 라이벌이 될 수 있겠죠."

"음…."

"수양딸 연세라에게도 앞으로 북한공부를 시킬 작정이에요."

"……."

우리 회사 직원인 성유리, 고열태와 함께 북한을 방문할 것이라는 사실을 밝혀야 하나 고민하다가 털어놓고 말았다.

"나, 곧 대북사업 때문에 현장에 갑니다."

"예? 정말?"

"지도자에게서 초청받았다오."

"그래요? 언제 떠나나요?"

"모레 아침에…."

"창덕 씨가 영웅이 될 기회가 왔군요. 담대한 마음을 가지세요. 북한 지도자를 만나더라도 조금도 위축되지 마세요. 촌놈 정신, 잡초남 근성… 오랜만에 멋지게 발휘하세요."

개마고원의 늦봄

1

개마고원에 들어섰다. 광활한 고원에 펼쳐진 초목을 보니 온몸에 소름이 돋을 정도로 가슴이 벅차오른다. 지천(至賤)으로 솟은 나무들이 거대한 삼림을 이루었다. 내가 알아볼 수 있는 나무는 분비나무, 가문비나무, 자작나무, 낙엽송, 전나무 정도. 나머지 대다수 나무들은 이름을 모르겠고 처음 보는 나무도 수두룩하다. 늦봄을 맞아 물이 오른 나무는 저마다 힘찬 생명력을 뿜내며 하늘을 향해 치솟았다.

완만한 경사를 따라 더 높이 올라갔다. 고산지대에 도달했음인지 숨이 차고 머리가 멍멍해진다. 낡은 지프차도 숨을 헐떡거린다. 키 큰 나무가 보이지 않고 눈측백나무나 눈잣나무 같은 키 작은 나무들이 드넓은 초원과 함께 나타난다.

백두산 아랫자락 지역에 자리 잡은 작은 마을 오계동. 고개를 들어 북쪽을 보면 웅장한 개마고원 뒤로 백두산의 위용이 보인다.

안내를 맡은 진종국이 싱긋싱긋 웃으며 백두산을 가리킨다.

"이쪽에서 바라보는 백두산… 장엄하지요? 장 사장님과 이런 곳에서 만날 줄은 상상도 못했습네다."

제네바에서 총격전까지 벌였던 진종국을 싱가포르에 이어 백두산 기슭에서 다시 만나다니…. 공작원 냄새를 풍겼던 그의 사각턱이 지금은 조금 둥그스름하게 바뀌었다.

"지도자는 언제 만날 수 있소?"

"우선 온천에서 목욕부터 하시고…."

진종국의 설명에 따르면 이 부근의 야외온천을 곰, 멧돼지, 사슴 등 야생동물들도 즐겨 사용한단다. 특히 상처를 입은 짐승은 온천에 몸을 푹 담가 자연치료 효과를 얻는다고 한다.

하얀 벽돌로 지어진 2층짜리 별장 건물로 들어갔다. 나와 고열태는 남탕으로, 성유리는 여탕으로 안내되었다. 온천 목욕탕 문을 열고 들어가니 누릿한 유황 냄새가 코를 찌른다. 둥그런 탕엔 뜨거운 온천수가 그득했다. 벌거벗은 내 몸을 얼핏 본 고열태가 말을 건넨다.

"사장님, 배에 식스팩이 그려졌네요."

"지난 서너 달 동안 몸을 단련한 덕분이오."

"여기 오신다고 별도로 체력훈련을 하셨습니까?"

"만일의 사태에 대비해서… 이것, 연습도 엄청나게 했소."

나는 도청 걱정 때문에 총 쏘는 시늉을 하며 '이것'이라 말했다.

"저희가 공작원도 아닌데…."

"쉿!"

나는 눈을 껌벅이며 목소리를 낮추었다. 바가지로 온천물을 퍼서 온몸에 끼얹으며 물소리를 일부러 크게 냈다.

"제네바에서 긴급사태를 당했잖소. 참, 그때 다친 상처, 다 아물었소? 어디 한번 봅시다."

고열태의 상처 부위엔 3센티미터가량의 흉터가 남아 있었다.

탕 안에 들어가 몸을 뜨거운 온천물에 담갔다. 몸 전체에 자르르 번지는 황홀감….

"사장님, 열탕에 너무 오래 계시면 좋지 않습니다."

고열태가 나를 살짝 흔들며 말하지 않았다면 그대로 더 오래 앉아 있었을 것이다. 냉수로 몸의 열기를 식힌 다음 목욕탕에서 나왔다. 휴게실에는 시원한 맥주가 비치돼 있었다. 나는 병에 든 룡성맥주를, 고열태는 캔맥주인 금강맥주를 골랐다.

진종국은 근무중이라 술을 마실 수 없다고 말했다. 눈매가 맹금류 눈처럼 매서운 그는 우리가 술을 마시는 것을 빤히 바라보고 있더니 슬며시 나에게 말을 꺼낸다.

"이 별장에서 기거하시는 서연희 박사님과 백영규 대사님은 며칠 전에 백두산에 가셨습네다. 원래 오늘 돌아오시기로 했는데 사정이 있어 내일 오신다고 합네다."

"백두산에 놀러갔단 말이오?"

"백 대사님이 중병에 걸려서 치료받으러…."

"무슨 병인데요?"

"간염이 간암으로 악화됐답니다."

"작년에 제네바에 못 온 것이 그 병 때문이오?"

"그때는 급성 간염이거니 했는데 정밀 진단해보니 간암으로 판정되었디요."

"간암 환자가 백두산으로 치료받으러 갔다니, 거기에 불치병 고치는 산신령이라도 있단 말이오?"

"있디요. 있고말고요."

"농담 마시오."

"농담이 아니고… 백두산 비탈에서 자라는 약초로 만병을 다스리는 명의가 계신답네다. 내일 그 도사님도 함께 오신다 하니 병 있으면 고치시라요."

"병 없소."

북한의 의술 수준은 어떨까. 고위층인 백영규가 약초로 치료받을 정도로 서양의학이 덜 발달되었나?

북한의 김봉한이라는 의학자가 1960년대에 인체에서 기(氣)가 흐르는 관(管)을 발견해 '김봉한 관'이라 명명했다는 글을 읽은 적이 있다. 오늘날 연구에서 혈관, 림프관에 이어 제3의 관인 기관(氣管)의 존재가 증명되고 있단다. 이것이 확실히 규명되면 노벨의학상 몇 개를 받을 만한 획기적인 성과라고 한다.

이런 잡념이 맴도는 내 머리 속엔 지도자의 얼굴이 내내 떠나지 않는다. 나와 성유리가 지도자를 만난다면 남한 인사로서는 최초가 아닐까. 그를 만나면 어떻게 설득할까. 두려울 때마다 단전에 힘을 주며 깊은 숨을 쉬었다.

"오후에 골프 치시갔습네까?"

진종국이 골프 이야기를 꺼내기에 내가 잘못 들었나 하고 귀를 의심했다. 이 심산유곡에 무슨 골프장이 있단 말인가.

"인적이 드문 이런 곳에도 골프장이 있소?"

"일단 따라와 보시면 아십네다. 하하하…."

사방이 훤히 트인 초원. 여체의 곡선처럼 완만한 구릉들이 멀리 펼쳐 있다. 야생의 들판이다. 늦봄인데도 정수리 위를 스치는 바람이 차고 빠르다.

"이게 골프장이오?"

"천연 골프장 아닙네까?"

"말이 좋아 천연 골프장이지 그냥 풀밭이네. 골프공과 채는 어디 있소?"

"골프 보조원이 곧 가져올 겁네."

누군가가 골프채를 어깨에 메고 우리 쪽으로 다가오고 있었다. 그가 점점 가까이 오자 어쩐지 낯익은 사람인 것처럼 보인다. 배우 오마 샤리프, 장동건? 그가 다가와 그의 시선이 내 눈과 마주쳤다.

"사장님!"

"자네, 강금칠?"

"오랜만입네."

제네바에서 헤어진 우리 회사 직원, 강금칠이었다. 이곳에서 재회할 줄이야. 그가 제네바에서 진종국 하수인 노릇을 할 때는 괘씸해 따귀를 때리고 싶었으나 막상 눈앞에 나타나자 그런 감정이 풀렸다. 골프채 가방은 하나만 들고 왔다.

"퇴직금이라도 받고 가야지, 갑자기 사라지면 어떡해?"

"오늘이라도 주십시오. 하하하…."

"자네가 골프 보조원인가?"

"골프선수했다고 입사면접 때 말씀드리지 않았습네까. 이 부근이 제 고향이어서 골짜기 구석구석 훤합네. 오늘 골프 치시면서 개마고원 생태를 구경하십쇼. 제가 이곳 동·식물들을 소개하겠습네."

진종국은 우리를 감시하려는 것인지 골프를 치지 않으면서도 따라다녔다. 강금칠은 캐디 노릇을 했다. 나와 고열태는 골프채를 함께 사용했다.

딱!

내가 친 하얀 공이 포물선을 그리며 초원을 향해 뻗어나간다.

"나이스 샷!"

고열태는 큰 소리로 개마고원의 정적을 깼다. 공이 검불 부근에 떨어지자 족제비 같은 동물이 후다닥, 하고 달아난다. 순식간에 사라졌기에 내 눈엔 보이지 않았다.

"뭐가 획 달아났는데…."

"산달이랍네다."

"산달? 처음 듣는 동물 이름인데…."

"남조선에서는 담비라고 하지요? 산달은 족제비보다는 조금 큽네다. 머리는 새카맣고 몸통은 노랗디요. 자그마하고 예쁘게 생겼지만 사슴도 잡아먹는 무서운 사냥꾼이랍네다. 먹성이 좋아 야생벌꿀, 들쥐, 다람쥐, 나무열매 등을 가리지 않고 먹는답네다."

고열태가 친 공은 검불 깊은 곳으로 들어갔다. 새파란 잎사귀가 달린 키작은 식물이 무성했다.

"이게 풀인가, 나무인가?"

"키높이가 4센티밖에 되지 않지만 풀이 아니고 낭그(나무)입네다. 담자리꽃나무라고 하디요. 해발 2,000미터가 넘는 산지는 바람이 세차게 불고 추워서 키 큰 낭그는 자라기 어렵습네다. 담자리꽃나무는 땅바닥에 달라붙어 바람을 피하고 땅의 온기를 받아들입네다."

티샷을 하려고 공을 노려보는데 바로 옆에 활짝 핀 자줏빛 꽃이 눈에 들어온다. 길쭉한 주머니 같은 게 달려 있어 모양이 특이하다.

"이 꽃 이름이 뭐요?"

"아, 제 입으로 말하기가 좀 민망합네다."

"민망할 게 뭐가 있소? 도대체 뭔데?"

"털개불알꽃…."

"허허… 이름 하나 멋지군."

끼끼이이!

머리 위에 시커먼 맹금이 날아간다.

"독수리인가?"

고열태가 중얼거리자 진종국이 대답한다.

"북조선에서는 독수리를 번대수리라고 합네다."

야생 들판 골프이다 보니 퍼팅할 곳이 마땅찮았다. 보들보들한 풀이 깔린 곳에 공이 떨어지자 강금칠이 그 부근의 움푹 팬 곳에 퍼팅하라고 했다. 스코어를 셈할 수도 없는 골프였다.

어느 수풀 부근에서 찍찍, 소리를 내며 도망가는 낯선 짐승을 봤다.

"쥐? 토끼?"

내가 고개를 갸우뚱거리며 독백하자 강금칠이 설명했다.

"우는토끼라는 짐승입네다. 남조선에는 없고 공화국에도 개마고원에서만 살디요. 우는토끼는 귀가 짧아 토끼보다는 쥐처럼 보이디요. 낮에는 동굴에서 잠을 자고 해거름 때부터 나와 두루(들판)를 뛰어다니며 먹이를 찾는답네다. 여름에 먹이를 햇볕에 말린 다음 굴속에 저장해 놓고 겨울에 먹는 영리한 짐승이디요."

강금칠은 개마고원에 대해서는 만물박사였다.

"스라소니는 이 부근에 살지 않소?"

"여기보다 낮은 지대인 울창한 숲에서 살디요. 스라소니는 자기보다 덩치가 서너 배 되는 동물도 잡아먹을 만큼 용맹하디요."

야생골프를 치며 개마고원 곳곳을 살펴보다 보니 어느 덧 사위가 컴컴해지며 삽상한 바람이 불어왔다. 바람을 온몸으로 맞으며 광활한 초원을 한동안 응시했다.

원초적 생명력을 여전히 간직한 성역!

호랑이, 표범, 삵, 스라소니, 불곰 등 맹수들의 낙원!

이런 곳에 대규모 리조트타운을 짓겠다는 발상을 한 나 자신이 부끄러워졌다. 성역은 손대지 않아야 한다. 처녀림의 정조(貞操)는 보호해야 한다….

2

2인 1실 숙소였다. 작은 침대 2개가 있는 소박한 방이었다. 책상, TV, 옷장 등이 비치돼 있었다. 나는 진종국과, 고열태는 강금칠과 같은 방을 썼다. 진종국과 둘이 나란히 침대에 누우니 마음이 편치 않았다. 그는 감시원임에 틀림없으리라. 단도직입적으로 물었다.

"이 방에 도청장치 있소?"

"도청이라니요. 그런 거 없습네다."

진종국이 당황해하며 대답했다.

"백영규 대사… 권력서열 몇 위 되는 인물이오?"

"저는 모릅네다. 저는 그저… 대사님과 평양 사이를 왔다갔다하며 심부름이나 하는 사람입네다."

"제네바에 올 정도면 당신도 대단한 자리에 있지 않소?"

"평범한 외교관일 뿐입네다."

"외교관? 당신 생김새는 총잡이인데?"

"특수 훈련을 받아서 그렇게 보일 겁네다. 이래 뵈도 러시아, 폴란드에서 근무했습네다."

"폴란드… 바르샤바?"

"예?"

진종국은 바르샤바라는 말에 흠칫 놀라는 눈치였다.

"백영규 대사는 권력자리에서 밀려났소? 그렇지 않고서야 아무리 아프다지만 이런 산골짜기에서 요양할 리가 없잖소."

"저는 그런 것, 자세히 모릅네다."

진종국의 입은 무거웠다. 뭐 하나 알아내기가 어려웠다.

크르르… 크르르….

"바깥에 들리는 저 소리가 뭐요?"

"불곰이 돌아다니는 모양입네다. 야행성이어서 지금 이 시간에 돌아다니디요."

이튿날 아침, 열어놓은 창문으로 맑고 시원한 바람이 들어왔다. 정갈한 산나물 반찬 위주로 차린 아침밥상을 받았다. 조, 옥수수가 든 잡곡밥은 쌀밥보다 몸에 좋겠다. 한 그릇을 금세 비웠다. 밥상 앞에 앉은 고열태와 강금칠은 묵언수행하듯 고개를 숙인 채 밥만 먹는다. 그들은 간밤에 무슨 이야기를 했을까? 강금칠에게 슬쩍 말을 걸었다.

"다시 나와 함께 일하고 싶지 않소?"

"그런 기회가 오갔디요. 사장님이 개마고원에 골프장을 짓는다면 말입네다."

"여기에 와보니 골프장을 개발한답시고 개마고원을 훼손하면 죄를 짓는 일인 것 같소. 개마고원 생태계를 잘 보존하는 게 훨씬 보람된 일이오."

"……."

강금칠은 내 발언에 동의하는지 고개를 끄덕이며 반찬을 집는다.

"제네바에 여러 번 가봤소?"

강금칠은 나의 이런 엉뚱한 질문에 놀란 듯 젓가락에 반찬을 든 채 나를 멍하게 쳐다본다.

"예… 그렇습니다만… 그런데 그건 왜 묻습네까?"

"외교관도 아닌 사람이 제네바에 왜 자주 갔는지 궁금해서….."

"이런저런 일로….."

"그럼 바르샤바에는?"

"예?"

강금칠은 어제 진종국보다 더 놀랐다. 나는 진종국, 강금칠 두 사람을 번갈아 응시하며 물었다.

"당신들 둘이 함께 바르샤바에 간 적이 있지요?"

내 질문에 그들은 각자 눈두덩에 희미한 경련을 일으켰다. 내가 바르샤바를 거론한 것은 서연희 박사의 남편 사망사건 때문이었다. 그녀의 남편 뒤베르제 박사는 바르샤바 교외 도로에서 변사체로 발견되었다. 교통사고를 가장한 살해가 아닐까.

진종국과 강금칠이 바르샤바에서 그런 짓을…? 추리가 거기까지 미치자 등골이 서늘해졌다.

짙은 아침 안개 때문에 눈앞이 부옇다. 별장 앞 벤치에 앉아 개마고원의 낭림산맥에서 캐낸 만삼으로 만들었다는 '삼룡고'를 더운 물에 타서 마셨다. 아침밥을 먹고 잠시 자리를 뜬 강금칠의 목소리가 안개 너머에서 들렸다.

"사장님, 단너삼을 캤습네다."

이윽고 강금칠이 칡뿌리 비슷하게 생긴 같은 것을 들고 시야에 나타났다. 활짝 웃는 그의 얼굴에서 이 뿌리가 대단한 약재임을 느꼈다.

"뭐라?"

"단너삼이라고 하는 개마고원 특산물입네다. 도미황기, 염주황기라고도 하는데 인삼보다 뿌리가 훨씬 굵디요? 몸이 허할 때 먹으면 그만이디요. 개마고원에서도 부전령에서 나는 단너삼이 최고입네다."

"머리를 맑게 하는 데도 효험이 있소?"

"물론이디요."

강금칠이 신나게 이야기하는데 누군가가 불쑥 나타나 우렁찬 목소리로 말했다.

"머리를 맑게 하는 데는 단너삼보다는 장군풀이 훨씬 낫지요."

수염을 기르고 한복을 입은 50대 남자였다. 깡마른 몸에 광대뼈가 불거져 나온데다 눈에서는 형형한 빛을 뿜어 도인 풍모를 풍겼다. 머리칼과 수염은 허옇다. '산신령'을 방불케 한다. 그는 나에게 합장하며 자신을 소개했다.

"장창덕 사장님이시지요? 소생은 백두산 삼지연 부근에서 살고 있는 약초꾼입니다."

"저를 어떻게 아십니까?"

"서연희 박사님에게서 말씀 들었습니다."

"아, 그럼 백영규 대사를 치료하신 산신령?"

"아이고, 듣기 민망합니다. 이름 없는 약초꾼일 뿐입니다."

"장군풀… 어떤 약재입니까?"

"백두산과 개마고원 일대에서만 자라는 높다란 풀인데 뿌리를 약재로 씁니다. 왕대황 혹은 조선대황이라고도 하지요. 이 뿌리를 원료로 먹기 좋게 동글동글하게 만든 소화제 영신환은 효험이 탁월하답니다. 소화뿐 아니라 두뇌활동에도 효과가 좋습니다."

안개가 걷히면서 서연희의 모습이 드러났다. 그녀의 옆에 선 허리가 구부정한 백발의 남자가 백영규이겠다. 나이보다 겉보기가 노쇠한 듯했다. 백석 시인과 많이 닮았다.

"서 박사님, 오랜만입니다. 고생 많으셨지요?"

"고생이라뇨. 남한에서나 북한에서나 모두 저를 칙사 대접을 해주시는데요."

서연희의 얼굴엔 생기가 그득해 보였다. 개마고원에서의 자연친화적 생활 덕분일까. 그녀는 나에게 백영규를 소개했다. 서연희를 통해 백영규에 대해 많은 이야기를 들어서인지 처음 봤는데도 친근감이 들었다. 그도 마찬가지인 모양이다.

"지난해에 제네바에서 뵙지 못해 안타까웠습니다."

"지금 거의 다 나았습네다. 약초 전문가인 도사님 덕분에…. 평양에도 명의가 많이 계신데 간염, 간암에 백약이 무효더군요. 그런데 여기 와서 이렇게 호전될 줄은 몰랐디요."

"개마고원에서 백두산을 올려다보니 이곳이 선경인 것 같습니다. 온갖 동물들이 뛰어놀고 식물들이 싹을 틔우는 곳… 신비로운 지역이군요. 여기 머물면 만병이 나을 것 같습니다. 서 박사 말씀에 따르면 백 대사님은 말씨가 서울 표준어라고 하던데 실제로 들으니 그렇지는 않군요."

"아, 서 박사를 제네바에서 만날 당시엔 긴장한 마음가짐으로 말해서 그랬었지요. 지금은 그냥 편하게 리북말을 쓴답네다. 하하하…."

안개가 완전히 걷히자 백영규를 호위하는 무장병력이 드러났다. 사냥꾼 차림새의 사내들로 얼추 100여 명은 돼 보였다. 털옷을 입어 얼핏 보면 곰 같았다. 총도 길다란 사냥총을 들었다. 정규 군인이 아닌 이들이 북한 땅에 존재한다는 사실이 믿어지지 않았다. 나는 눈길을 호위병 쪽으로 돌리며 백영규에게 물었다.

"저 병사들, 정체가 뭡니까?"

"인민군이 아닙네다. 개마고원에 오래 살아온 독립군 후예…."

"독립군이라면?"

"항일투쟁하던 독립군이디요. 홍범도 장군 부대원들이 만주, 백두산 일대를 누비며 명맥을 이어가고 있답네다. 이들은 요즘도 깊은 산골 은거지에서 집단생활을 하디요. 공화국 당국에서도 이들의 존재를 한동안 몰랐습네다. 제 사조직 간부가 이들과 손이 닿아…."

전설적인 항일투사 홍범도 장군의 후예 '산포대'가 지금도 활동한다니 놀라지 않을 수 없다.

"저 사람들 이외에 인원이 더 있습니까?"

"물론이디요. 산포대는 만주, 러시아 산악지대에 널리 퍼져 살고 있습네다. 너무 자세한 걸 알려고 하지 마시라우. 하하하…."

나는 고열태와 성유리를 백영규에게 소개했다. 백영규는 성유리와 악수를 나누며 불어로 말을 걸었다. 둘이서 한참 대화를 나누는 바람에 불어를 모르는 나로서는 눈만 멀뚱거리며 지켜볼 뿐이었다.

"중학교 선배님이시네요."

성유리가 백영규와의 불어 대화 끝에 한국어로 그렇게 말했다. 백영규도 오래 전에 스위스 베른중학교를 다녔다고 한다. 백영규의 아버지도 핵심 권력층 인사였던 듯하다. 백영규가 제네바에 외교관으로 근무하며 베른에 출장을 다녔던 이유를 짐작할 만하다.

백영규에게 진종국은 머리를 깍듯이 조아렸다. 이런 모습만 보면 백영규가 권력핵심에서 완전히 멀어지지는 않은 듯하다. 얼핏 들으니 백영규는 온천 별장에 머물며 가끔 평양에도 간다고 한다. 삼지연 공항에서 비행기로 평양에 나들이한다 하니 특권층임에 틀림없다.

진종국이 우리 일행을 평양에서 백두산 부근의 삼지연 공항으로 안내할 때 "이 비행기는 매우 중요한 인물들만 이용하는 것"이라며 몇 번이나 생색을 냈던가.

삼지연 베개봉호텔에서 하룻밤을 묵을 때 진종국은 호텔 부근의 경관을 간결하게 설명했다.

"잎갈나무 숲속에 자리잡은 이 호텔에서 잠을 자면 백두산 정기를 흠뻑 받습네다. 이 부근에 장군풀이라는 멋진 식물이 있습네다. 이 장군풀을 발견하는 사람은 큰 벼슬을 한다는 전설이 있디요."

3

갓 삶아 김이 솔솔 나는 감자와 옥수수로 점심을 때웠다. 별장 부근의 귀틀집을 구경하고 싶다는 내 요구에 따라 그 집에 가서 먹은 식사였다. 점심이지만 반주로 개마고원산 들쭉술을 마셨다. 유리잔에 따른 진홍색 액체에서 향긋한 냄새가 풍겨 나왔다. 통나무와 나무껍

질로 지은 귀틀집 안에 그득한 싱싱한 나무냄새와 들쭉술 냄새가 묘한 조화를 이루었다. 술은 의외로 독주였다. 두세 잔 마시고 나니 취기가 올랐다.

나는 백영규와 둘이서 조용히 이야기를 나누고 싶었다. 내가 눈짓을 하니 그는 점심식사 후 나를 데리고 귀틀집 밖으로 나왔다.

"지금 북한은 어떻게 돌아가고 있습니까?"

"긴박한 상황이디요."

"핵무기 때문에요?"

"그렇습네다. 핵무기를 포기하라는 국제적 압력을 감당하기 어려운데 군부에서는 핵폭탄을 지키려 버티디요."

"지도자의 의중은?"

"비핵화를 실천하는 대가로 지원을 받고 싶기도 하고 다른 한편으로는 핵무기를 손에 쥐어야 미국에 무시당하지 않을 것이라 믿기도 하고…."

"대사님의 견해는?"

"서방세계에서 외교관으로 오래 근무했는데 세상 흐름을 모르겠습네까? 핵무기 버려야디요. 개혁 개방해야 살 수 있습네다. 하지만 지금 공화국에서는 이런 말을 아무도 못합네다."

"지도자에게 대사님의 견해를 밝혔습니까?"

백영규는 좌우를 살피더니 목소리를 낮춰 대답했다.

"당연하디요. 지도자를 코흘리개 때부터 알아 나는 쓴소리도 할 수 있는 사람입네다."

"그러면 지도자가 왜 비핵화 용단을 내리지 않을까요?"

"아까 언급한 것처럼 군부가 핵폭탄을 움켜쥐고 있어서…."

"지도자가 군부를 장악하지 못했군요."

"군부 내에서도 지도자를 맹목적으로 추종하는 세력과 비판적으로 지지하는 세력으로 나눠졌습네다. 아직까지는 전자가 후자보다 약세입네다."

"대사님은 왜 이런 산골짜기에 계십니까?"

"제가 평양에서 지도자 곁에 있는 것을 군부 강성파들이 싫어합네다. 지도자는 겉으로는 나를 숙청하는 것처럼 해서 이 오지로 쫓았디요. 군부 강성파가 나를 제거하려는 움직임이 감지돼 나를 보호하기 위한 조치이기도 합네다."

백영규는 여러 모로 카멜레온 같은 인물인 듯하다.

"지도자는 여기에 언제 옵니까?"

"잘 모르갔습네다. 얼마 전에 여기에 지도방문을 오신 적이 있답네다. 그 사업이 어떻게 돌아가는지 살필 겸해서…."

"무슨 사업인데요?"

"비밀입네다. 좋은 결과를 기대하고 있습네다."

이런 첩첩산중에 지도자가 왔다니 의아하다. 백영규와 모종의 밀담을 나누려 온 것일까.

백영규에게 백석 시인의 재조명 작업이 한국에서 활발하게 이루어진다고 말하자 그는 반색했다. 그는 백석의 미발표 원고를 갖고 있다며 서연희를 통해 전해주겠다고 밝혔다. 나는 백영규와 서연희와의 관계에 대해 넌지시 물었다.

"백 대사님, 부인은 어디에 계십니까?"

"평양에 살디요."

"서연희 박사님… 어떻게 생각하십니까?"

328

"어떻게 생각하다니요? 오해하지 마시라우. 서로 돕는 동지 사이일 뿐입네다. 남녀관계 애정 같은 거, 전혀 없습네다."

백영규는 목덜미가 벌게지면서 손사래를 쳤다.

"윤경복 회장의 지원금… 어디에 쓰셨습니까?"

"일일이 밝힐 수는 없습네다. 통일자금으로 썼다는 것만은 틀림없습네다."

"통일자금이라… 북한의 통치자금으로?"

"아닙네다. 우리 공화국을 국제사회에서는 '불량국가'니 '악의 축'이니 하며 헐뜯는데 공화국의 좋은 측면을 부각시키는 일에 사용했다는 정도만 밝히갔습네다. 산포대에 무기를 사주는 데도 썼고요."

백영규의 발언을 액면대로 믿어도 될까. 의문투성이지만 별달리 확인할 길이 보이지 않는다. 뒤베르제 박사의 사인에 대해서도 물었다.

"진종국과 강금칠… 이들이 폴란드에도 갔다던데… 혹시 뒤베르제 박사의 교통사고를 일부러 일으킨 것 아닙니까?"

"천만의 말씀입네다. 그렇잖아도 서연희 박사님이 저에게 꼬치꼬치 캐물으셔서 제가 난처했습네다. 서 박사님이 제게 처음 접근한 것은 남편 사인을 확인하기 위해서라고 털어놓으시더군요. 제 설명을 듣고 서 박사님의 오해는 다 풀렸습네다. 진종국과 강금칠이 폴란드 바르샤바에 간 시기와 뒤베르제 박사의 사고 날짜는 전혀 다릅네다."

"진종국과 강금칠, 이 두 사람은 외국에서 무슨 업무를 맡았습니까?"

"자세한 것은 저도 모릅네다. 특수사업을 한다는 것 정도만 짐작할 뿐이디요."

특수사업이란 마약밀매 또는 위조달러 유통을 뜻하는지? 나 혼자 그렇게 추정해 봤다. 강금칠이 제네바로 떠나기 직전 인천공항 라운지에서 달러 지폐를 살피며 "가짜 달러가 아닌지?"하고 독백하던 광경이 떠올랐다.

백영규를 만난 김에 백석 시인의 말년에 대해 물었다.

"백석이 이 부근 삼수갑산에서 노년을 보냈다면서요?"

"마흔여덟 되던 1959년에 삼수 관평리로 오셨디요."

"당성이 약한 문인들이 대거 숙청될 때 이곳에 오신 것이군요."

"여기서 노동을 하셨디요. 벌목, 농사, 양 치기, 돼지 기르기…. 맑은 공기 덕분인지 장수하셨답네다. 여든 다섯 살인 1996년 2월에 감기를 앓아 별세하셨습네다. 눈을 감으면서 모든 원고를 불태우라고 당부하셨답네다. 평양에서는 아무도 문상 오지 않았는데 삼수갑산 주민들은 큰어른을 보낸다면서 애도하였디요."

"노동을 하시면서부터는 시는 못 쓰셨겠네요?"

"몇 작품을 쓰긴 했습네다. 반면 러시아 작품을 번역하는 활동은 꾸준히 하셨답네다. 번역문학의 최고봉을 이루었디요."

"말년의 작품 가운데 암송할 수 있는 게 있습니까?"

"1959년에 발표하신 〈하늘아래 첫 종축기지에서〉란 시 앞부분을 읊어보갔시오."

백영규는 하늘을 향해 고개를 들고 천천히 백석의 시를 낭송했다.

　　어미돼지들의 큰 구유들에
　　　벼 겨, 그리고 감자 막걸리,
　　새끼돼지들의 구유에
　　　만문한 삼배 절음에, 껍질 벗긴 삶은 감자,

그리고 보리길금에 삭힌 감자 감주

이 나라 돼지들, 겨웁도록 복되구나
이 좋은 먹이들 구유에 가득히들 받아
하늘아래 첫 종축기지로 오니
내 마음 참으로 흐뭇도 하구나

나는 백석의 이 시를 종이에 적어 여러 번 읊었다. 오늘 밤까지 암송하겠다는 작은 목표를 세웠다. 저녁밥을 먹고 숙소 밖에 나와 풀숲에 서서 백석 시를 낭송했다. 길쭉한 상현달이 떠오르면서 백석의 얼굴이 시야에 어른거린다.

<h1 style="text-align:center">4</h1>

탕! 타앙!

총성이 바로 귓가에서 들린다. 나는 침대에서 벌떡 일어났다. 옆자리에 누운 진종국은 잠에서 깨어나 권총을 빼들었다. 숙소 바깥에서 총격전이 벌어진 듯하다. 진종국은 나에게 방에 남아있으라고 당부하고 밖으로 뛰어나갔다.

탕! 탕! 타타타타….

총격전이 치열하게 벌어진다. 공포감이 엄습해 침대 아래에 들어가 몸을 숨겼다. 총성은 멈추지 않는다. 어두컴컴한 공간에 숨어 코를 바닥에 대고 있으려니 스스로 한심하다는 생각이 든다. 이윽고 총

소리에 익숙해졌나 보다. 침대 바깥으로 나와 창문을 열고 실외를 살폈다.

산포대 부대원들이 숙소 곳곳의 벽에 붙어 응사하고 있다. 상대는 누구일까. 백영규를 체포하러 온 병력들인 듯싶다.

탕! 탕! 타타타타….

총성은 끊이지 않는다. 두어 시간이 지났을까. 어슴새벽이 되어서인지 하늘이 희붐하게 밝아온다.

"읽!"

신음과 함께 진종국이 숙소로 들어온다. 절뚝거리는 그의 다리에서 피가 쏟아진다. 나는 급한 대로 수건을 찢어 지혈시켰다. 방바닥에 시뻘건 피가 금세 흥건히 퍼진다.

"상대방은 누구요?"

내 물음에 고통으로 얼굴을 찡그린 진종국은 숨을 헐떡이며 간신히 대답한다.

"백영규 대사를 잡으러 온 군인들…."

내 예상이 맞았다.

"백 대사는 안전하오?"

"잘 모르겠시오."

날이 밝아오면서 총성은 잦아들었다. 진종국은 출혈이 심했는지 의식이 가물가물하다. 나는 진종국의 손에서 권총을 빼 들었다. 총을 잡으니 갑자기 몸이 부르르 떨리며 야릇한 쾌감이 들었다. 잠재된 킬러 본능이 살아난 것인가.

총을 들고 조심스레 바깥에 나가봤다. 사위는 고요했다. 숙소 주변 곳곳에 피를 흘리며 쓰러진 시체 10여 구가 보였다. 곰털 옷을 입은 산포대 몇몇의 시신은 뒤에서 보니 아기곰 같았다. 쓰러진 인민군 저격수들의 복장은 일반 병사의 것과 달랐다. 아래위 검은 색 옷으로 야간위장용 특수복이었다.

백영규의 숙소 쪽을 바라보니 문 앞에 또다른 시신 10여 구가 보였다. 살아남은 독립군들이 시신을 치우고 부상자들을 응급가료하고 있다. 아마 숙소를 지키다 무더기로 숨진 듯하다. 서연희 박사와 성유리, 고열태는 무사할까.

백영규 숙소의 창문이 열리더니 백영규가 고개를 내민다. 그는 나를 발견하고는 거기로 오라고 손짓한다. 나는 사방을 살피며 그곳으로 갔다. 그는 몇 시간 만에 몸집이 절반으로 줄어든 것 같았다. 새벽 공기가 찬데도 진땀을 흘리고 있었다.

"어떻게 된 겁니까?"

"예상대로 그자들이 나를 잡으러 들이닥친 겁네."

"서 박사님은요?"

"방금 보고를 받았는데… 납치된 모양입네."

"성유리는?"

"간밤에 둘이 같은 방에서 잤는데 성유리도 안 보인다 하고…."

그때 강금칠이 들어왔다. 셔츠에 벌건 피가 묻었으며 사냥총을 들었다. 강금칠도 산포대 후예인가?

"강 실장, 서 박사와 성유리는 어디에 있소?"

"저쪽 동무들에게 붙잡혀 간 모양입네."

"그자들은 어디로 철수했소?"

"아마 저어기 보이는 창고에…."

강금칠이 가리키는 쪽으로 바라보니 100미터쯤 떨어진 곳에 낡은 시멘트 블록 건물이 있다.

"강 실장! 귀하는 서 박사의 경호실장이잖소. 서 박사를 구출해 오시오."

"남조선에서 경호실장… 여기는 공화국인데…."

"남조선, 공화국 따질 것 뭐 있소? 아무 상관도 없는 사람 둘이 납치되었으니 구출해야지요!"

내가 눈을 부라리며 목소리를 높이자 강금칠은 사냥총을 버리고 권총을 손에 쥐었다.

"저쪽 창고에 가서 상황을 알아보갔습네다."

강금칠이 창고 쪽으로 터벅터벅 걸어가는 뒷모습을 보고 그가 이쪽저쪽 메신저 역할자인 것으로 짐작했다.

1시간 쯤 후에 강금칠이 돌아왔다.

"두 분 모두 무사하십네다."

"직접 봤소?"

"아침식사로 갱기를 먹고 있었습네다."

"언제 돌려보내 준다고 하던가?"

강금칠은 백영규 쪽으로 시선을 돌리며 대답했다.

"대사님과 맞바꾸자는 심산인 모양입네다."

서연희, 성유리는 인질이 된 셈이다. 백영규로서는 별 답답하지 않겠다. 서연희와 성유리를 구출하려고 자신이 갈 이유가 없으리라. 답답한 사람은 나 자신이다. 나는 백영규의 심경을 떠보았다.

"백 대사님, 한국에서 온 저 여성들이 무슨 죄가 있다고 목숨을 위협받습니까? 대사가 나서서 해결해 주시오."

"잘 알갔습네다. 하지만 내 목숨 하나가 아깝다고 내가 여기서 머뭇거리는 것은 아닙네다. 나는 살 만큼 살았고, 간암까지 걸린 마당에 죽음이 두렵지 않습네다."

백영규는 단호하게 말하며 숨을 골랐다. 나는 그가 창고 쪽으로 가서 여성들을 구출하기를 다그쳤다.

"왜 가시지 않습니까? 뭐가 문제인데요?"

"내가 저자들에게 붙들려 가서 처형당하면 우리 조국에 재앙이 닥칠 것이기 때문입네다."

백영규는 충혈된 눈에서 눈물을 글썽이며 말했다.

"재앙이라뇨?"

"저자들은 남조선에 세균무기를 쓰려 한답네다. 탄저균…."

탄저균이라. 전염성이 강해 수십 만, 수백 만 명을 숨지게 하는 그 무시무시한 세균무기 말인가. 대재앙, 아마겟돈!

한낮이 되어서야 간밤의 혼란상황이 파악됐다. 사냥꾼 부대의 피해는 사망 14명, 중상 18명, 경상 20명 등이었다. 만만찮은 피해였다. 약초꾼 도사는 부상자들을 치료하느라 온몸에서 땀을 뻘뻘 흘린다. 진종국은 왼쪽 다리에 관통상을 입어 걷지 못하고 자리에 누웠다.

오후에 강금칠을 다시 창고에 보냈다. 돌아온 그는 협상의 빌미를 갖고 오지 못했다. 백영규가 오지 않으면 '에미나이'들을 죽여버리겠다고 협박하더라는 것이다. 분노와 의협심이 치솟았다. 다시 백영규를 다그쳤다.

"대사께서 용단을 내리시오!"

"아까도 말했다시피 내 한 몸 죽는 것은 두렵지 않습네다."

"말과 행동이 다른 것 같은데요."

내가 백영규를 노려보며 윽박질렀더니 그는 한숨을 내쉬며 말을 이었다.

"전후 사정을 밝히갔습네다. 지도자 동지께서 탄저균 사용에 대한 재가를 내리지 않았습네다. 백영규의 동의가 있어야 한다고 버티는 형국이디요. 생화학 무기를 사용하면 공화국이 국제사회에서 파멸한다는 사실을 지도자는 잘 알고 있습네다. 제가 사라지면 저 아이들이 장난을 칠 거 아니겠습네까?"

백영규의 설명에 수긍이 가면서도 미심쩍었다. 지도자가 백영규를 멘토처럼 여긴다는 것인가?

팽팽한 긴장감이 감도는 가운데 어느 새 하루해가 저물고 있었다. 적진에서 서연희와 성유리는 얼마나 떨고 있을까. 내가 직접 나서야 했다. 총을 손에 잡으니 공포심이 사라지면서 마음에 평정이 왔다. 누워 있는 진종국에게 갔다.

"지난 번 제네바에서 서 박사님 납치할 때 쓴 마취제… 그것 좀 주시오."

"뭣에 쓰려고요?"

"오늘 밤, 적진에 가서 서 박사님 모시고 오는 데 쓰려고…."

"장 사장님은 침투 공작원 훈련도 받지 않은 분인데 어찌 그런 발상을?"

진종국은 눈이 동그래지며 옷장에서 자기 가방을 꺼내보란다. 가방 안에는 클로로포름 약병과 솜뭉치가 들어있었다. 솜에 약을 묻혀 상대방 코에 갖다 대면 금세 마취상태에 빠진단다. 약효는 내가 제네바에서 이미 확인한 바 있다.

5

밤이 되자 하늘이 나를 도와왔다. 구름이 잔뜩 끼면서 달빛이 사라졌다. 컴컴한 심야여서 적진으로 잠입하기에 좋았다.

나는 적의 눈에 띄지 않으려 검은 옷을 입고 얼굴에 검정을 칠했다. 공포심이 솟을 때마다 미스 정의 얼굴을 떠올리며 스스로 '촌놈 정신'을 일깨웠다. 몸을 낮추어 창고 쪽으로 다가갔다. 입구에 보초 2명이 서 있는데 둘 다 벽에 기대어 졸고 있었다. 간밤의 격전 때문에 수면이 부족할 것이었다. 그래도 그들은 특수훈련을 받은 저격수들이어서 만만하게 볼 수 없었다.

부스럭!

입구에서 낙엽을 밟는 소리가 나자 보초 하나가 몸을 곧추세운다. 나는 순간적으로 물 찬 제비처럼 솟구쳐 약 묻힌 솜을 그의 코에 갖다 댔다. 그는 허수아비처럼 픽 주저앉았다. 나머지 보초도 그렇게 간단히 처리했다.

창고 안에 들어가니 칠흑 같은 어둠 때문에 아무것도 보이지 않는다. 한동안 숨을 죽이고 가만있었더니 한구석에서 인기척이 느껴졌다. 자세히 보니 적군 스무여 명이 바닥에 널브러져 자고 있었다. 조심해서 다가갔다. 맨 구석에 서연희와 성유리가 의자에 앉아 묶인 상태에서 잠든 모습이 희미하게 보였다. 누구를 먼저 구출하나 잠시 고민하다 서연희를 골랐다. 성유리는 내가 구출하지 못한다 하더라도 지도자와의 관계 때문에 적들이 함부로 대할 수 없으리라는 생각이 퍼뜩 들었다.

허리춤에서 꺼낸 등산용 칼로 서연희의 손목을 묶은 밧줄을 잘랐다. 서연희는 꿈틀하더니 잠에서 깼다.

"누구세요?"

"쉿! 형수님, 장창덕입니다. 여길 빠져나가야⋯."

서연희는 눈치를 채고 살며시 일어났다. 성유리 차례다. 밧줄을 칼로 자르려 할 때 성유리가 움직임을 느끼고 놀라 비명을 질렀다. 그 소리에 적군 몇몇이 잠에서 깼다.

"무시기?"

지체하다가는 들키겠다. 나는 서연희의 손을 잡고 잽싸게 창고를 빠져나왔다. 그때서야 적군들은 우르르 일어났다.

"잡아랏!"

이 소리를 등 뒤에 남기고 들판을 달렸다. 이슬이 내린 들판은 미끄러웠다. 서연희의 발이 미끄러지면서 쓰러졌다. 내가 일으켜 세우자 적 하나가 뒤따라 와 서연희를 덮치려 했다. 나는 거의 무의식적으로 그를 향해 권총 방아쇠를 당겼다.

탕!

그가 풀썩 쓰러지자 우리는 온힘을 다해 숙소로 달려왔다. 내가 총을 쏘자 적들도 총을 쏘기 시작했다.

탕! 탕! 타타타타⋯.

우리 쪽 사냥꾼들도 응사했다. 다시 총격전이 벌어졌다. 그러나 서로 멀리 떨어진 채 총을 쏘았기에 간밤처럼 사상자가 많이 생기지는 않았다.

날이 밝자 백영규와 서연희는 서로 무사함을 확인하고 안도의 숨을 쉬었다. 서연희는 머리칼이 헝클어지고 목덜미에는 땟국물이 자르르 흘렀다.

"서 박사님, 고생 많았디요?"

"그나저나 마드뫄젤 성이 고생할 텐데…."

"여러 모로 미안합네다. 아마 오늘이나 내일, 마드뫄젤 성이 풀려날 것입네다."

"무슨 수로?"

"조금만 기다려 보시라우. 곧 알게 될 겁네다."

대낮에 양측은 내내 팽팽한 신경전을 펼쳤다. 상대방을 향해 총을 겨누었고 간간이 공포심을 주려 방아쇠를 당겼다.

강금칠을 적진에 보내 동향을 알아오도록 했다. 껄끄러운 일일 텐데 강금칠은 별 불평 없이 다녀왔다.

"살모사…, 그자 머리가 완전히 돌았습네다. 하루 종일 분을 참지 못해 날뛴다고 합네다. 장 사장님은 신출귀몰하는 홍길동으로 알려졌고…."

"살모사라니?"

"저쪽 부대 책임자 별명입네다. 공작원 키우는 훈련소장을 지낸 인물인데 본명은 모르갔고 별명인 살모사가 더 유명하디요. 공작원 세계에서는 전설적인 인물입네다. 실제로 살모사를 백 마리 넘게 먹었다고 합네다. 피부가 뱀 껍질같이 얼룩덜룩합네다."

"성유리는 잘 지내는지?"

"슬쩍 살폈더니 눈두덩이가 퍼렇더군요. 화풀이를 당해 몇 대 맞았갔디요."

개마고원에 노을이 깔리자 복사꽃이 만발한 무릉도원처럼 보였다. 지상의 낙원에서 서로 총부리를 겨누고 있는 형국이란….

붉은 노을 속에서 까만 점 몇 개가 움직인다. 그 점은 점점 커지면서 우리에게 다가온다.

타타타… 타타타…

헬리콥터다. 육중한 몸매의 헬리콥터 3대가 동시에 접근해 온다. 헬기를 바라보는 백영규의 표정이 묘하다. 미소인지 울상인지 종잡기 어렵다. 지상에 돌개바람을 뿌리며 헬기가 착륙했다. 헬기 앞에 사냥꾼 부대원과 저격수 부대원, 양측이 모두 차려 자세로 절도 있게 정렬해 있다. 이윽고 헬기 문이 열리더니 군복 차림의 사내들이 내린다. 다른 헬기에서는 인민복 차림의 인사 몇몇이 내린다. 백영규의 표정이 굳어졌다. 누구인지 궁금했다.

"누가 탔는가요?"

"쉿!"

백영규는 눈을 껌벅거리며 제대로 대답하지 않았다. 몇몇 건장한 요원들이 시야에 나타나더니 이윽고 주인공이 보였다.

얼굴이 둥글넓적하고 하얀 남자…. 지도자였다.

6

지도자는 숙소 방향으로 천천히 걸어갔다. 경호 요원 10여 명이 그를 빙 둘러싸서 따라갔다. 요원 뒤에 선 중년 사나이의 몸에서는 살기가 뿜어져 나오는 듯했다. 멀리서 봐도 그의 눈에서는 뭔가 표독스런 기운이 번뜩였다.

"저 양반이 살모사?"

내가 강금칠에게 묻자 그는 고개를 끄덕였다. 살모사는 강성 군부

세력의 행동대장인 듯하다. 백영규를 잡으러 왔다가 성공하지 못한데다 간밤엔 납치한 서 박사까지 뺏겼으니 자존심이 크게 상했겠지.

온천 별장 가운데 가장 큰 숙소로 지도자가 들어갔다. 살모사와 백영규도 따라 들어간다. 나도 따라 들어갈까. 프로토콜에 맞지 않을 것 같아 멍히 바라보기만 했다. 강금칠도 숙소로 들어가는 게 보였다.

강금칠은 들어가자마자 도로 나와서 좌우를 두리번거린다. 나와 눈이 마주치자 다가왔다.

"장 사장님, 지금 안으로 들어가시면 됩네다. 지도자께서 부르셨습네다."

심호흡을 하고 단전에 힘을 주었다. 숙소 내부는 의외로 소박했다. 거실에 의자 몇 개와 탁자가 놓인 게 가구의 전부였다.

"먼길 오시느라 수고가 많았습네다."

지도자는 나를 반색한다. TV에서만 보다가 이렇게 만나 악수까지 하다니….

"초대해주셔서 감사합니다."

입에서 이런 의례적인 인사밖에 나오지 않았다. 내 옆에 살모사가 앉아 나를 빤히 쳐다보고 있어 심적 부담이 되었다. 백영규도 동석했다. 백영규를 체포하려던 살모사가 지금 점잖게 앉아 있는 것도 지도자를 의식하기 때문이리라.

"불편한 것 없습네까?"

"별로 없습니다. 하지만 엊그제 총격전이 벌어져 불안합니다."

"손님 앞에서 활극을 벌인 점, 유감스럽습네다."

지도자는 살모사를 쳐다보며 원망하는 눈길을 던졌다. 살모사는 눈초리가 파충류를 연상케 했다. 한쪽 입술을 비쭉거리며 음산한 미소를 짓는 그는 지도자의 지적에 별 위축되지 않는 듯했다. 나는 평정심을 잃지 않으려 계속 심호흡을 하며 질문했다.

"궁금한 것부터 여쭈어 보겠습니다. 한국의 많은 기업인 가운데 하필 저 같은 영세업자를 초청하셨는지요?"

"공화국에 대한 애정이 가장 강한 기업인이라는 이야기를 들었습네다. 험한 밑바닥에서 일어나 큰 기업을 만든 분… 당사자 본인의 성공 스토리를 듣고 싶습네다."

"별로 내세울 성공 스토리가 없는데요. 앞으로 북한에 적극 진출해 성공신화를 많이 만들 작정입니다."

지도자, 살모사, 백영규, 나, 이렇게 네 사람이 둘러 앉아 차를 마셨다. 차를 마시는 동안 별 말이 없었다. 지도자도 살모사와 백영규가 옆에 있어 부담스러운 눈치였다. 나와 단 둘이 마주 앉아 허심탄회하게 이야기하고 싶은 것 아닐까. 나는 그렇게 짐작하고 지도자에게 제안했다.

"지도자 동지와 독대하고 싶은데요. 이 두 분을 잠시 밖에 나가 있으라 하면 좋겠습니다."

지도자는 기다렸다는 듯이 반색했다. 백영규, 살모사에게 바깥에 나가라고 손짓을 했다. 이렇게 해서 지도자와 나 사이에 '독대'가 진행됐다. 커다란 찻잔에 뜨거운 감잎차를 가득 부어 조금씩 마시면서.

"우리 공화국을 어떻게 보십네까?"

"공화국의 국격이 형편없이 떨어져 있습니다. '악의 축'이라는 악명으로 불리지 않습니까? 핵무기로 세계를 위협하는 나라로 인식되고 있습니다."

"그거야 미 제국주의가 걸핏하면 핵잠수함과 전략폭격기로 우리를 위협하니 자존 수단으로 대항하는 것입네다. 미국의 '압살정책'이 계속되는 한 핵무기를 포기할 수 없습네다. 경제개발과 핵무기개발, 이를 병행하는 목표는 아직 변함이 없디요."

"핵무기를 가지면 체제가 안전하기는커녕 오히려 불안정해질 것입니다. 주변국들을 더 불안하게 만들므로 외부압박이 더 커질 것이기 때문입니다. 일본이 핵무장을 할 구실을 제공할 수도 있지요. 이렇게 되면 한반도에서의 군사적 긴장이 높아집니다. 우리 한민족의 앞날에 어떤 재앙이 닥치겠습니까. 북한은 재래식 무기도 많이 가졌는데 무리하게 핵무기를 보유할 필요가 있습니까?"

"우리도 원자력의 평화적 이용에 대해서도 검토하고 있습네다. 조-미 사이에 평화협정이 맺어지지 않는 한 핵무기를 쉽게 포기할 수 없습네다."

"핵무기 개발에 드는 엄청난 비용을 경제개발에 쓰면 훨씬 유용할 것 아니겠습니까? 북한의 살 길은 개혁, 개방입니다."

나는 핵문제 전문가가 아니어서 상식 수준의 의견을 제시했다. 지도자의 표정을 세심히 살폈더니 핵무기를 가져야 한다는 당위성에 대해 확고한 의지는 없는 듯했다. 선대(先代) 지도자와는 달리 핵무기를 포기할 수 있다는 유연성을 지닌 것 같다. 그걸 포기하면 반대급부로 받을 수 있는 대가가 훨씬 클 것임을 아는 듯하다. 그러나 그도 군부의 압력에서 자유롭지 못한 것 아닌가. 평화를 수호하려 군이 존재하지만 역설적으로 평화가 정착되면 군의 존재가치가 상실되지 않나. 군은 평화를 지향하지만 평화를 꺼리는 이중적 속성을 지녔다. 북한 군부도 마찬가지다.

감잎차를 거의 다 마셨을 무렵, 바깥에서 우당탕거리는 소리가 났

개마고원의 늦봄 **343**

다. 백영규의 비명이 들리기에 내가 벌떡 일어나 문을 열고 나가봤다. 살모사가 백영규의 멱살을 잡고 끌고가려 하고 백영규는 저항했다.

"놓아주시오! 지도자 앞에서 뭐하는 짓이오?"

내가 고함을 치며 살모사의 손을 내려쳤다. 그의 피부와 잠시 접촉했는데도 냉혈인간의 서늘함이 내 몸에 전해오는 듯했다. 그와 눈이 마주치자 그의 눈에서 퍼런 불꽃이 번쩍였다. 그는 권총을 빼들어 백영규를 겨냥했다. 당장 쏠 태세였다.

"그만, 그만!"

지도자가 나서서 살모사를 말렸다. 그래도 살모사는 총을 거두지 않고 백영규를 위협했다. 백영규는 얼굴이 허옇게 되어 몸을 부들부들 떨었다.

"인민군의 자존심을 걸고 체포해야갔소."

살모사는 그렇게 말하고 왼손으로 백영규의 허리를 낚아챘다. 지도자로서도 별 도리가 없는 듯 놓아주라는 말만 되풀이했다.

나는 내 호주머니에 넣어두었던 권총을 빼들고 살모사에게 비호처럼 다가가 그의 목에 들이댔다. 내 순발력에 나 자신이 놀랄 정도였다.

"얼른 풀어줘!"

"······."

살모사는 곁눈질로 나를 흘깃 보더니 내 눈에서 뿜어나오는 살기를 느꼈는지 백영규를 슬며시 놓아주었다.

"백 대사를 체포할 수 없다고 당신 두목에게 보고하시오."

내가 살모사에게 그렇게 말했더니 그는 분통이 터지는지 식식거리면서 대꾸했다.

"우리 인민군을 모독한 당신, 결코 용서하지 않갔어."

살모사는 나를 한동안 노려보더니 등을 돌려 자기 진영인 창고로 달려갔다. 그의 부하들도 살모사를 뒤따라 달렸다.

나는 지도자에게 성유리가 감금됐다고 밝히고 얼른 구출해야 한다고 말했다.

"성유리가?"

지도자는 그렇게 중얼거리며 자신이 직접 창고 쪽으로 걸어갔다. 백영규와 사냥꾼 부대, 강금칠이 뒤따랐다. 나도 권총을 빼들고 나섰다.

지도자와 내가 나란히 앞장섰다. 어둠이 깔리고 저녁바람이 세차게 불기 시작했다. 나는 지도자에게 슬며시 말을 걸었다.

"탄저균, 개발했습니까?"

"극비사안인데… 그걸 어떻게 아셨습네까?"

"핵무기보다 개발비용이 싸다고 탄저균 개발에 열을 올린다는 첩보를 들은 바 있습니다만….''

"나는 인간의 존엄성을 강조하는 서방세계에서 교육받은 사람입네다. 체제유지에 필요하다지만 그런 세균무기까지 사용하는 것엔 나도 반대합네다.''

"그럼 세균전은 누가 주도합니까? 군부 강경파?"

"……."

지도자가 군부 강경세력을 확실히 장악하지 못했음을 다시 확인할 수 있었다. 살모사의 두목이 강경세력의 핵심인 듯하다.

"지도자 동지, 혹시 권총을 갖고 다니십니까?"

지금과 같은 비상상황에서 지도자가 권총을 소지했는지 궁금해서 물었다. 그는 싱긋 웃으며 허리춤에서 권총을 꺼내 보여주었다. 다이아몬드가 박힌 화려한 권총이었다. 그는 권총을 손에 쥐고 풀밭을 걸었다. 퉁퉁한 몸매였으나 몸놀림이 재빨랐다.

창고 앞에 도착했다. 지도자가 나타나자 살모사의 부하인 저격부대원들은 일제히 경례하며 몸을 빳빳하게 굳힌다. 창고에 들어가니 어두컴컴했다.

"성유리, 어디 있어?"

지도자는 어둠 속에 큰 소리로 성유리를 불렀다. 불을 켜라는 지도자의 지시에 부대원 하나가 전력사정이 나빠 이곳에는 요즘 전력이 공급되지 않는다고 대답했다. 마침 강금칠이 갖고 온 손전등이 있었다. 강금칠이 손전등으로 구석을 비추자 의자에 앉은 성유리가 보였다. 머리칼을 풀어헤치고 고개를 푹 숙인 채 실신해 있다.

"빨리 풀어줘!"

지도자가 고함을 치자 살모사가 나타났다. 어둠 속에서도 그의 눈은 맹수의 눈처럼 자체 발광하는 듯 번쩍였다.

"풀어줄 수 없습네다."

살모사는 지도자의 명령에도 아랑곳없이 버텼다.

"건방진 종간나… 정신 나갔어?"

"나는 우리 조직 두목의 지시만 받겠습네다."

지도자는 어이가 없는 듯 허허, 하고 혼잣말을 내뱉더니 갑자기 권총을 살모사에게 겨누었다.

"빨리 풀지 않으면 처단하갔어!"

지도자의 말이 끝나자마자 살모사도 권총을 빼들었다. 살모사는 권총을 성유리의 머리를 향해 겨누었다.

"지도자 동지, 총 내려놓으시갔습네까?"

살모사는 느물느물한 말투로 대꾸했다. 잠시 침묵이 이어졌다. 쌔액 쌔액, 하는 지도자의 숨소리가 들렸다. 살모사의 하극상에 분통이 터지는 모양이었다.

"총 버리시라요!"

살모사는 성유리의 머리에 총을 들이대며 다시 고함을 쳤다. 지도자는 침을 꼴깍 삼키더니 어쩔 수 없이 총을 버렸다. 살모사의 요구는 또 이어졌다.

"백영규를 넘기면 이 아가씨를 넘겨주갔어."

살모사는 성유리의 얼굴을 왼손으로 슬슬 문지르며 우리 측을 조롱했다. 그의 눈알은 더욱 번들거렸다. 침묵이 지속됐다.

내가 나섰다. 도저히 참을 수 없었다. 나도 살모사를 향해 총을 겨누며 고함쳤다.

"해도 해도 너무 하시네. 당신 작전은 실패로 끝났어. 아가씨를 순순히 넘겨주고 떠나시오."

"이건 뭐 말라비틀어진 개뼈다귀야?"

살모사는 나를 노려보며 욕설을 퍼부었다. 그때 성유리가 혼몽한 상태에서 깨어난 듯하다. 움찔하는 움직임이 희미하게 보였다.

"아악!"

살모사가 갑자기 비명을 지르며 몸을 숙인다. 성유리가 살모사의 손가락을 물고 흔든 모양이다. 살모사가 몸을 웅크린 사이 내 몸이 살모사 쪽으로 공중부양하듯 날아갔다. 내 박치기는 살모사의 아래턱을 가격했다.

픽!

살모사는 박치기 공격 한 방에 썩은 볏단 쓰러지듯 고꾸라졌다.

지도자는 바닥에 떨어진 총을 주워 분을 삭이려 살모사를 향해 총구를 겨누었다.

"참으세요."

내가 지도자의 팔을 잡고 만류했다. 지도자는 그때서야 분이 풀린 듯 총을 집어넣었다.

"장 선생, 고맙습네다."

내가 성유리의 몸을 묶은 밧줄을 풀었다. 정신을 차린 그녀는 지도자를 보고 깜짝 놀랐다.

"오… 오랜만이야."

"미안해. 멀리 오라고 해놓고 이렇게 고생하게 해서….''

일단 사태는 수습되었다. 살모사와 그 부하들은 즉시 철수하도록 했다.

7

"장 선생, 우리 베른중학교 동창회 저녁모임에 오십시오."

지도자가 쾌활하게 웃으며 말했다. 지도자가 머무는 숙소의 거실에 들어갔더니 지도자, 백영규, 성유리 등 3인의 스위스중학교 선후배들이 모여 있었다. 그들이 개마고원에서 벌이는 모임이라니 기묘하다.

안주와 술이 차려진 둥근 식탁 주위에 서연희 박사와 함께 모두 5명이 둘러앉았다. 대화는 주로 지도자와 성유리가 나누었다. 몇 년 만에 만났느니, 중학교 때 어느 선생님이 어땠느니 하며 수다를 떨었다. 지도자는 기분이 좋아져 들쭉술을 내 술잔에 가득 따라 주었다.

"남조선에서는 술 마시기 전에 멋진 건배사를 해야 한다면서요? 오늘 무협영화 주인공 같은 활약을 펼친 장 선생께 건배사를 부탁드립니다."

나는 머리에 얼른 떠오르는 '개마고원'을 외치기로 했다. 내가 '개마'를 선창하면 다른 분들은 '고원'을 후창하라고.

"개마!"

"고원!"

향긋한 들쭉술이 목구멍으로 넘어가니 신선이 된 기분이 든다. 밤이 깊어가면서 대화내용이 점점 심각한 현실문제로 방향을 튼다. 핵무기, 생화학무기 등이 언급됐다. 통일 가능성, 북한개발 등에 대한 의견도 논의됐다.

성유리가 단순 명쾌하게 질문했다. 지도자도 명료하게 답변했다. 그들은 편하게 서로 반말을 했다.

"핵무기 포기하고 미국과 한국 지원받아 인민들 잘 살게 해주지 않으련?"

"애써 개발한 핵무기인데… 유훈(遺訓) 정치이기도 하고… 핵무기가 없으면 미국이 우리를 무시하지 않을까? 우리는 꼼짝없이 당할까 두려워."

"미국이 공작을 벌여 정권을 무너뜨릴까 봐 걱정된다는 거지? 인민들을 굶어죽게 방치하면 언젠가 폭동이 일어나지 않을까? 그러면 인민들 손에 의해 권좌에서 끌려내려올지 모르지. 루마니아의 차우체스쿠, 이집트의 무바라크, 리비아의 카다피…."

"끔찍한 이야기 그만하라우."

"중국의 덩샤오핑을 봐. 개혁 개방으로 오늘날 중국을 세계 2대 강국으로 변모시키지 않았어? 너도 과감하게 추진해 봐. 북한에 투자하겠다는 세계 기업들이 줄을 섰는데 결단만 내리면 될 것 아냐?"

"우리 주체적으로 해야디. 잘못 휘둘리면 자본주의 노예 되는 것 아닌가?"

"인민들 귀와 눈을 막고 '악의 축'이란 비난을 받는 식으로 언제까지 통치해야 하나? 인민들을 먹여 살리고 인권도 보장해줘야 해."

이들의 대화를 묵묵히 듣고 있던 서연희 박사가 지도자에게 말을 걸었다. 그녀는 국제적인 식견을 지닌 학자답게 놀라운 아이디어를 제안했다.

"노벨평화상… 잘 아시지요?"

"그거 모르는 사람 어디 있갔습네까."

"지도자께서 노벨평화상 받고 싶지 않습니까?"

"예? 제가 어떻게….."

"받게 해 드릴까요?"

"서 박사님, 농담도 잘하십네다. 제가 악마 수괴라고 손가락질 받는 사람인데…."

"선대 지도자가 개발한 핵무기, 생화학무기 내역을 공개하고 즉시 폐기하겠다고 선언하는 겁니다. 그리고 국제기구에 폐기업무를 일임하고… 한반도 평화를 위해 모든 노력을 아끼지 않겠다고 천명하고… 북한의 인권개선, 민주화를 위한 용단을 내리고… 이러면 노벨평화상을 받을 자격이 충분히 생깁니다. 한국의 김대중 대통령도 노벨평화상을 받지 않았습니까?"

"그게 가능하갔습네까?"

"불가능하지 않지요. 노벨평화상을 받으면 하루아침에 국제사회에서 정신적 지도자로 부상하며 그에 맞는 대우를 받습니다. 유엔 총회에 가서 연설도 하고 미국 하버드, 예일대학에서 특강도 하고… 선진국을 순회하며 북한의 경제개발을 위한 투자유치에도 유리하고…."

"핵무기, 생화학무기를 폐기하겠다고 밝히면 강경파 아이들이 나를 연금할지 모릅네다."

"연금당하면 그 상황을 오히려 역이용하는 겁니다. 미얀마의 아웅산 수치 여사처럼…. 그때는 제가 앞장서서 지도자를 북한 민주화의 기수(旗手)로 국제사회에 부각시키겠습니다."

"모든 정책의 최우선을 선군(先軍)정치로 잡은 현 체제를 나 혼자서 하루아침에 뒤엎기는 역부족입네다."

"그럼 한국의 지도자와 정상회담을 열어 새로운 돌파구를 마련하시면 되지요. 남북 지도자가 함께 한반도 평화체제를 구축한다면 두 사람이 공동으로 노벨평화상을 받을 수 있습니다. 남북 정상이 머리를 맞대고 앉아 통일방안을 논의해야 합니다."

"점입가경입네다."

"1973년에 월맹(越盟)의 정치지도자 레둑토와 미국의 키신저 박사가 노벨평화상 공동수상자로 선정된 바 있잖습니까? 베트남전쟁을 종식시키는 파리평화회담을 성사한 공적으로…. 물론 레둑토는 수상을 거부했습니다만…. 아무튼 남북 지도자의 공동수상을 기대합니다."

"허허, 꿈같은 이야깁네다."

지도자의 얼굴에 화색이 돌았다. 처음 서연희의 말을 들을 땐 심드렁한 표정이었으나 가만히 듣고 보니 일리가 있다고 느끼는 모양이다. 나는 지도자의 술잔에 들쭉술을 가득 부어주었다. 그도 내 술잔을 채웠다. 우리는 술잔을 부딪치고 호기롭게 들이켰다. 나도 지도자에게 황당무계한 제안을 던졌다. 술김에 내뱉은 말이어서 논리에 맞지 않고 내 단견이라 폭이 좁지만 발언 그대로 옮겨 보겠다.

"통통령… 이런 말 들어보셨습니까?"

"통통령이라… 금시초문입네다. 남조선 신문이나 책에서도 그런 말을 본 적이 없는데…."

"통일한국대통령… 이 말을 줄인 것입니다. 앞으로 남북이 통일된 후의 대통령이지요."

"말은 그럴듯한데…."

"지도자께서 혹시 통통령이 되고 싶은 마음은 없으신지?"

"무시기?"

"독일 총리 메르켈… 동독 출신입니다. 합법적인 선거를 통해 통일 독일의 총리가 되었지요. 지도자께서도 노벨평화상을 받고 북한 인권 개선에 앞장서면 북한 인민들에게서 진정한 지지를 받지 않겠습니까? 이런 지지를 바탕으로 북한개발에 성공하면 통일 이후에 남북한에서 골고루 지지를 얻을 수도 있지요."

"만화나 영화를 보는 것 같습네다."

"지도자 당대에 불가능하다 해도 다음 세대를 생각해서라도… 지도자의 자제분이 또 권력을 세습할 수 있을 것으로 확신하십니까? 공화국이란 간판을 내걸고 세습하면 낯 뜨겁지 않습니까? 자제분이 장성하여 존경받는 정치가로 활약하려면 아버지가 이런 명예로운 정치 자산을 물려주는 것이 낫지요."

"……."

352

"지도자의 적(敵)은 누구입니까?"

"적?"

"살모사를 똘마니로 둔 강경파 우두머리 아닙니까?"

"……."

"적의 적은 친구라는 사실… 아시지요?"

"……."

"지도자의 친구는 한국 지도자일 수 있습니다. 그렇지 않습니까?"

"……."

지도자는 머릿속이 혼란스러운지 대답을 하지 않고 들쭉술을 계속 들이켠다. 잔을 들 때 그의 손목에 찬 시계가 돋보인다. 최고급 파텍 필립? 장난기가 발동했다. 나는 소년시절 소매치기로 활약할 때 간간이 손목시계를 훔쳤다. 지도자의 시계를 가로채 볼까. 그의 오른쪽 어깨에 뭐가 묻었다고 하면서 내 손수건으로 문질렀다. 그는 시선을 오른쪽 어깨로 돌렸다. 그의 신경이 거기에 쏠려 있을 때 왼쪽 손목에 찬 시계를 슬쩍 풀었다. 이른바 '어깨치기 기술'이다. 순식간의 일이었다. 나는 그 시계를 내 손목에 찼다.

"지도자 동지, 지금 몇 시입니까?"

내가 묻자 그는 시계를 보려 했다.

"어! 내 시계가 어디에?"

나는 껄껄 웃으며 내 손목을 뻗어보였다.

"여기 있습니다. 제가 잠시 장난을 쳤지요."

"귀신 같은 재주를 가졌습네다. 하하하… 그럼 장 선생 시계를 제게 주시겠습네까? 서로 바꿔 찹세다."

그렇게 해서 나는 지도자의 시계를 가졌다.

밤이 새도록 토론했다. 갓밝이가 시작되자 그는 떠났다. 그는 작별인사를 하면서 벌겋게 충혈된 눈으로 나를 오래 응시했다.

"장 선생, 또 봅세다. 꼭!"

"기대하겠습니다. 서울에서 뵈어도 좋구요."

"다음에 만나면 시계를 바꿉세다."

"좋습니다. 노벨평화상을 받으신다면 저도 만사를 제치고 시상식장에 가겠습니다."

"공화국 경제개발에 장 선생이 더 적극적으로 나서주기를 기대합네다."

"물론입니다."

"장 선생도 쐐기문자를 배우면 좋갔습네다."

"저와도 직접 소통하시게요?"

"그렇습네다."

대화를 듣고 있던 성유리가 쐐기문자를 나에게 가르쳐주겠다고 약속했다.

성유리는 지도자에게 다시 당부했다.

"꼭 노벨평화상을 받기를 기원할게. 상에 집착하는 게 아니라 한반도의 평화를 위해서야. 큰 결단을 내려야 해!"

지도자는 성유리의 말에 웃음으로 대답했다.

"허허허…."

8

지도자를 만났으니 이제 개마고원 장진호에 가는 일만 남았다. 다친 다리가 거의 나은 진종국에게 장진호 탐방을 주선하라고 요청했다. 개마고원에서 초원 골프를 치는 일도 지겨워졌다.

"나를 장진호에 데려다 주시오."

"무슨 일로?"

"6·25전쟁 때 우리 아버지가 전투에 참가한 곳이오. 아버지의 쌍둥이 동생, 즉 내 삼촌도 함께 참전했고… 삼촌이 거기서 전사했소. 삼촌 유해를 갖고 오지 못해 아버지가 내내 통곡했다 하오."

"작은 아바이 유해라도 찾겠단 말입네까?"

"그 넓은 장진호 어디에서 찾을 수 있겠소. 자식 된 도리에서 아버지와 작은 아버지에게 효도하는 심정으로 부근을 둘러보려는 거지요."

"상부에 보고해서 알려드리갔네다."

진종국은 이튿날 오후에 얼굴이 노랗게 되어 나타나 장진호 여행이 곤란하다고 답변했다. 상부에 보고했더니 허용하지 못하겠다는 반응이었단다.

"어려운 발걸음을 한 사람에게 그런 여행도 못하게 한다면 지나친 푸대접이오. 처음 초청받았을 때 장진호 방문조건을 제시한 바 있소. 다시 한 번 보고하시오."

진종국은 이튿날 아침에 같은 답변을 했다. 나로서는 물러설 수 없었다. 성유리를 불렀다.

"마드뫄젤 성, 내가 장진호에 갈 수 있도록 지도자에게 요청하시오. 쐐기문자 글을 보내서…."

성유리의 쐐기문자 탄원서가 주효했음인지 장진호 여행이 허용되었다.

장진호로 가는 길은 험준했다. 지프차로 구절양장(九折羊腸) 길을 굽이굽이 돌아 찾아갔다. 진종국이 운전하고 고열태가 동행했다.

언젠가 TV에서 방영된 다큐멘터리가 기억에 떠올랐다. 단 1명의 전사자와 실종자라도 끝까지 찾아 귀환시킨다는 미국 전쟁포로 및 실종자 확인합동사령부의 활동을 소개한 내용이었다. '돌아오지 못한 영웅들'을 고국의 품으로 되돌아오도록 하는 일이 얼마나 숭고한 국가적 책무인지 잘 보여주었다.

미국 국방부 산하 전쟁포로 및 실종자 확인 합동사령부(JPAC)가 내건 구호들이 귀에 맴돈다.

조국은 당신을 잊지 않는다(You are not forgotten)
한 명의 병사도 적진에 내버려두지 않는다(Leave no man behind)
그들이 집으로 돌아올 때까지(Until they are home)

나는 그 프로그램을 보고 JPAC에 대해 더 알고 싶어 국내외 자료를 찾아 읽었다. 간략하게 정리하면 다음과 같다.

이 부대는 2003년 10월 미국 하와이의 히컴 공군기지 안에 창설됐다. 2차 세계대전, 6·25 전쟁, 베트남전쟁 등에서 전사하거나 실종된 미군 유해를 찾아 유족에게 돌려보내는 게 임무다.

JPAC은 단 1명의 실종자를 찾기 위해 세계 어느 곳이든지 달려간

356

다는 원칙을 세웠다. 포로로 붙잡혀 적진에서 신음하는 미군이 "언젠가 조국이 나를 찾으러 올 것으로 믿는다"고 독백하며 미국정부를 굳게 믿는 뿌리가 바로 JPAC이다.

베트남전에서 산화한 미군의 신원확인을 위해 1973년 창설된 미 육군 중앙신원확인연구소(USACIL)가 JPAC의 모태이다. 이 연구소는 인도네시아 보르네오에서 2차대전 중 전사한 미 공군 전투조종사들의 유해확인에도 나섰다.

2차 세계대전 이후 걸프전에 이르기까지의 미군포로 또는 실종자는 8만3천여 명. 이 가운데 6·25 전쟁 실종자는 8천여 명이다. 미국방부, 육해공군 관계자, 민간 전문가 등 450여명으로 이뤄진 JPAC의 18개 발굴팀은 미군 유해를 찾아 세계 각지를 훑는다. 태국, 베트남, 라오스, 유럽, 파푸아뉴기니 등에 지역분소를 두었다.

JPAC의 유해 감식연구센터에 소속된 수십 명의 석박사급 연구원들은 첨단 과학기술을 이용해 감식한다. 미세한 뼛조각과 작은 유품을 단서로 신원을 찾아내는 것이다. 전문 역사학자가 전황자료에서 전사 및 실종 위치를 찾아내고 거기에 고고학자와 군 전문요원들을 보내는 것으로 시작한다. 발굴팀은 시신검안 전문가, 폭발물 해체 전문가, 통역관, 사진 발굴담당기록관, 의사 등 10~14명으로 구성된다.

미국 전문가들은 JPAC이 창설되기 전인 1995년부터 북한에 들어가 장진호 주변에서 발굴작업을 벌였다.

2012년 5월 북한에서 발굴된 국군용사 12명의 유해가 62년 만에 귀국한 것도 JPAC의 숨은 노력 덕분이었다. 이들의 유해는 JPAC 발굴팀이 2000~2005년 장진호에서 찾아낸 미군유해에 섞여 하와이

본부로 옮겨졌다. 유전자 및 치아를 감식해보니 한국군 전사자일 가
능성이 크다고 판단됐다. 한국 국방부 유해발굴감식단과 JPAC 관계
자들은 서울과 하와이를 오가며 추가조사를 벌여 한국군 전사자라는
결론을 내렸다.

12명 가운데 신원이 확인된 전사자는 미 7사단 15전차대대 소속
고(故) 이갑수 일병과 같은 사단 소속 고(故) 김용수 일병이다. 이갑
수 일병은 1916년 경남 창녕 태생으로 34세의 늦은 나이에 아내와 어
린 두 자녀를 두고 전장에 뛰어들었으며 미 7사단에 배속돼 북진한
후 하갈우리 전투에서 목숨을 잃었다. 김용수 일병은 1933년 부산
태생으로 17세의 어린 나이에 학도병으로 자원입대해 미 7사단에 배
속돼 북진 후 장진호 전투에서 장렬히 전사했다.

미국은 2005년 5월 작업을 중단할 때까지 북한지역에서 400여 구
의 유해를 옮겨오는 대가로 북측에 2천8백만 달러란 거액을 지급했
다. 이 작업에는 북한군도 동참했다. 북핵사태로 북미관계가 위기로
치닫는 상황에서도 미국 정부는 미군 유해를 1구라도 더 송환하기 위
해 막후에서 애썼다. 북한과 미국은 2011년 10월 태국 방콕에서 열
린 회담에서 미군 유해 발굴작업을 재개하기로 합의했다. 하지만 북
한이 장거리 로켓을 발사하면서 발굴작업은 또 중단된 상태다.

"이 동네가 하갈우리입네다."

장진호 남단에 있는 자그마한 마을에 들어서니 낡은 시멘트건물들
이 듬성듬성 서 있다. 빈 땅에는 온갖 화초들이 심어져 있다.

처참한 전투가 벌어졌던 마을답지 않게 외견상으로는 평화스럽게
보인다. 길거리를 오가는 주민들이 별로 없다. 하교하는 어린 학생
몇몇이 보일 뿐이다.

"유해 발굴지에 찾아가 봅시다."

내가 다그치자 진종국은 관공서에 가서 위치를 알아냈고 우리 일행은 장진호가 내려다보이는 언덕으로 왔다.

장진호! 시퍼런 물이 시야에 들어온다. 1934년에 수력발전소를 짓기 위해 장진강을 막아 만든 면적 62㎢의 인공호수. 고산준령 가운데 자리 잡고 있으니 마치 태고부터 존재했던 것 같다.

먼발치에서 인부들이 땅을 파는 모습이 보였다. 지금도 유해를 발굴하나? 그곳으로 가보니 인민군 병사 20여 명이 삽과 곡괭이로 땅을 파고 있었다.

"차 안에서 잠시 기다리고 계시라요."

진종국은 혼자 차에서 내려 그들에게 다가갔다. 책임자로 보이는 장교에게 진종국이 뭐라고 말하니 그 장교는 진종국에게 경례를 했다. 아마 진종국이 고위관료여서 장교가 깍듯이 모시는 듯했다. 멀리 떨어져 있어 그들의 대화내용을 알아듣지는 못하겠으나 진종국이 여기 현장을 참관하고 싶다는 뜻을 내비친 모양이다. 진종국이 내게 다가와 차에서 내리라고 했다.

"장 사장님, 마침 발굴작업을 하고 있다고 합네다. 미군 유해를 찾아 놓았다가 언젠가 송환기회가 생기면 넘겨주려고…."

병사들이 판 구덩이를 살폈다. 시커먼 흙속에 허연 뼈가 드러나 있었다. 기다란 게 다리뼈 같았다. 체구가 자그마한 병사가 호미로 흙을 더 깊이 파니 두개골이 나타났다.

"해골이다!"

까까머리 병사는 외쳤다. 그의 콧잔등엔 땀방울이 송글송글 맺혀 있었다. 럭비공처럼 길쭉한 걸로 봐 서양인 두개골 같았다. 병사는 목장갑을 낀 손으로 다리뼈, 팔뼈, 두개골 등을 집어 들어 나무판 위에 가지런히 놓았다. 대충 인체모양이 갖추어졌다. 30대 후반으로 보이는 책임 장교는 누런 이빨과 뻘건 잇몸을 드러내며 웃었다.

"어제부터 작업해서 처음 찾은 것이라우."

우리 일행은 작업광경을 지켜봤다. 나는 삼촌의 유해를 이곳에서 찾을 수 있을지 모른다는 부질없는 망상을 품었다. 머릿속엔 장정호, 장진호 일병이 총을 쏘며 중공군과 싸우는 광경이 떠올랐다.

탕!

귀에 총성이 이명으로 들리며 장진호 일병이 쓰러진다. 장정호 일병이 동생 장진호 일병을 일으켜 세우려 한다. 하지만 장진호 일병은 팔다리가 축 늘어져 눈을 감는다. 장정호 일병이 동생의 피투성이 몸을 안고 오열한다. 으흐흐흐….

"사장님, 진정하십시오."

내 곁에 선 고열태가 내 옷소매를 잡아당기며 말했다. 아마 내가 눈을 감고 장진호 일병의 전사장면에 몰입하며 혼자 흐느낀 모양이다. 실제로 눈가에 물기가 촉촉했다.

"또 뼈가 보입니다!"

장교의 환호에 따라 흙구덩이를 살폈더니 병사 하나가 다른 지점에서 파낸 뼛조각을 들어보였다.

"서양인 거요?"

내가 장교에게 물었다.

"정밀한 검사를 하지 않으면 모릅니다. 하지만 굵기로 보아 동양인 것 같습니다."

병사는 팔뼈, 다리뼈와 몇 개 부스러진 척추뼈 조각을 찾아냈다. 두개골은 어디로 갔는지 발견되지 않았다. 나무판 위에 가지런히 올려놓으니 아까 발견된 서양인 체격과는 달리 자그마했다. 한국인 카투사 병사의 것? 나는 그렇게 맘대로 상상하고 척추뼈 조각 하나를 슬쩍 집어 들어 내 호주머니에 넣었다. 나의 재빠른 손놀림을 장교와 병사들은 보지 못했다.

"사장님, 장진호 전투를 소재로 한 〈혹한의 17일〉이란 영화, 보셨습니까?"

고열태가 눈곱 긴 눈을 껌벅거리며 내게 물었다.

"에릭 브레빅 감독이 만든 작품? 당연히 보았소. 내가 태어나기도 전에 만들어진 흑백영화 〈지옥의 철수작전〉도 봤고…. 모두 극한상황에서 벌어진 전쟁의 참상을 잘 그렸더군요. 전우애, 지휘관의 리더십 등 전쟁영화의 주요 요소를 고루 갖추었고…."

"중국도 장진호 전투영화를 만든다 하지요?"

"펑샤오강(馮小剛) 감독이 연출을 맡는다고 하오. 기대되오. 중국은 장진호 전투에서 미국을 물리쳤다고 의미를 부여하지요. 미국이 1·4 후퇴라며 대거 물러났으니까."

숙소로 돌아오는 길에 나는 호주머니에 손을 넣어 내내 무명용사의 뼛조각을 만지작거렸다. 아버지가 거제도 방파제에서 동생을 사무치게 그리워하는 광경을 연상하면서…. 내 귓전엔 샹송가수 실비 바르탕의 〈무명용사들에게 바치는 노래〉가 잔잔히 울려 퍼졌다.

"그들은 무기를 들고 말에 올랐지/ 아침 해가 뜨자 그들은 떠났지/ 더 잃은 것이 없는 사나이들은/ 마을을 향해 내려갔지…."

9

이제 북한을 떠날 때가 되었다. 여기에 온 지 며칠이 지났는지 기억이 가물가물할 정도로 개마고원 생활에 적응이 되어갔다. 떠나기 전에 독립군 대장 홍범도 장군의 투혼이 어린 삼수읍성을 둘러보고 싶었다. 백영규에게 부탁했다.

"여기 온 김에 삼수읍성 구경 좀 시켜주십시오."

백영규는 진종국에게 지시하여 지프차 2대를 준비하도록 했다. 우리 일행은 울퉁불퉁한 산길을 따라 오르락내리락한 끝에 삼수읍성 아래에 도착했다. 1460년대에 압록강을 넘어오는 여진족을 막기 위해 국경에 지은 읍성이었다. 서연희 박사가 삼수읍성에 대해 해설했다.

"군대가 주둔했고 봉수대가 있었답니다. 무과에 급제한 장수들이 처음 부임하는 근무지이기도 하고요. 이순신 장군도 이곳에서 처음으로 무관으로 봉직했습니다."

하천 2개가 합류하는 삼각지점의 언덕바지에 돌로 쌓아 만든 성이었다. 성 꼭대기엔 화려한 단청의 2층 누각이 우뚝 서 있었다. 1층과 2층을 이어 세운 배흘림기둥은 수백 년 세월이 흘렀는데도 힘을 잃지 않아 보였다. 누각엔 '朝日門'(조일문)이란 현판이 걸려 있었다.

서연희의 해설이 이어졌다.

"홍범도 장군이 여기서 일본군과 치열한 전투를 벌였습니다. 장군은 개마고원에서 명사수로 이름을 떨치던 사냥꾼이었답니다. 당시엔 '산포수'라 불렸지요. 홍 장군은 개마고원 산포수들을 모아 항일 의병을 조직했는데 부대 이름은 자연스레 '산포대'라 붙었답니다."

서 박사의 해설에 따르면 1907년 일본은 대한제국 군대를 해산하고 총포를 강제로 거둬들였다. 겨울 농한기엔 사냥에 집중하는 산포수들은 이를 거부하고 산포대를 결성했다. 그 선봉에 홍범도 장군이 섰다. 개마고원 지형을 훤히 아는 산포대는 일본군들을 기습공격하며 큰 타격을 주었다. 일본군은 산포대원 가족들을 잡아들여 마구 때리거나 죽였다. 홍 장군의 부인도 일본군에게 죽임을 당했다.

"일본군의 대대적인 토벌작전 때문에 산포대는 마침내 개마고원을 떠날 수밖에 없었지요. 일부 산포대원은 백두산과 개마고원의 산과 골짜기를 비밀기지로 삼아 일본군을 수시로 공격했지요. 만주나 연해주로 떠난 의병들은 세력을 키워 일본에 저항합니다."

삼수읍성 2층 누각으로 올라갈 때 서 박사에게 슬쩍 질문했다.

"위안스카이의 자손이라는 위안 박사… 무엇 때문에 만나셨는지요?"

"극비리에 만났는데… 세상에 비밀이 없군요. 위안 박사는 미국, 중국, 북한, 이 3자를 연결하는 역할을 맡은 분입니다. 핵기술의 평화적 이용 프로젝트를 추진하는 전문가이지요. 제가 위안스카이 연구를 하면서 미국에서 처음 만났는데 최근에 북한에 그분을 초청해서 재회한 것이지요. 위안 박사는 자신의 모계(母系) 혈통인 한국을 방문하고 싶어 하시더군요."

떠나기 전날 성유리가 새로운 정보를 갖고 왔다.

"여기… 개마고원에서 얼마 전에 지질조사가 대대적으로 있었다고 합니다. 로스차일드 금융팀이 극비리에 보낸 미국 광물자원탐사팀이 저희가 지금 묵고 있는 별장에서 기거하며…."

"결과는 언제 판명되오?"

"바로 며칠 전에 분석결과가 나왔답니다."

우리 대화를 엿듣던 백영규가 나서 대답했다.

"희토류 광물이 집중된 곳을 찾았습네다. 천문학적인 매장량이 확인됐다고 합네다. 또 노다지 금광도 발견됐다고 합네다."

"희토류?"

내가 고개를 갸우뚱거리자 고열태가 희토류에 대해 설명한다.

"요즘 첨단산업에 많이 사용되는 지하자원이지요. 바스트네사이트, 모나자이트, 제노타임… 휴대전화, 액정표시장치(LCD), 광학렌즈, 전기자동차, 미사일, 레이더 등을 만들 때 쓰이지요."

희토류에 대해 얼핏 듣긴 했으나 고열태의 설명대로 이렇게 널리 쓰이는 줄 몰랐다. 나는 백영규의 얼굴을 빤히 쳐다보며 물었다.

"그래요? 그럼 좋은 일 아닙니까? 그런데 왜 표정이 무겁게 보이지요?"

"아시다시피 희토류를 둘러싸고 강대국끼리 치열한 다툼을 벌이지 않습네까? 중국, 미국, 일본이 개마고원 희토류 냄새를 벌써 맡았다고 합네다. 자원을 개발하는 과정에서 우리 공화국이 별 이득을 취하지 못할까 걱정이 되어서 그렇지요."

"행복한 고민을 하시네요."

금융자본과 노다지 광산물과의 결합…. 뭔가 새로운 판이 벌어질 전조로 보인다. 혹시 북한 지도부 내부에서 자원에 대한 이권을 둘러싸고 헤게모니 쟁탈전이 벌어지는 것 아닐까.

강금칠이 소쿠리에 삶은 감자를 그득 담아 점심 밥상 위에 올려놓는다. 할리우드에서도 통할 만한 미남자가 허름한 작업복을 입고 감자를 들고 오니 시대를 잘못 만난 사람이란 느낌이 든다. 월부책 장수 시절에 읽은 생텍쥐페리의 《인간의 대지》 한 대목이 생각난다. 주인공은 프랑스에서 폴란드로 가는 열차 3등칸에서 흙투성이 노동자 가족 수백 명을 만난다. 그 틈에서 잠든 귀여운 아이…. 그 아이가 제대로 배우고 사랑받으면 모차르트가 될 수도 있잖겠는가.

"요즘, 연기 연습은 하지 않소?"

"갱기(감자) 키우기에 바빠서…."

"골프 연습은?"

"이젠 몸이 굳어서…."

"골프선수로 영화에 출연하겠다는 꿈은?"

"아스라이 사라져 갑네."

"언젠가는 이뤄질 꿈이오. 잘 간직하시오."

"설마?"

"개마고원을 배경으로 한 영화 몇 편을 내가 제작할 날이 올 것이오. 개마고원 출신의 산골소년이 세계적인 골프선수로 대성하는 스토리의 영화… 홍범도 장군과 산포대가 일본놈들 물리치는 이야기… 우리 손으로 만드는 장진호 전투영화… 그때마다 귀하를 주연으로 캐스팅하겠소."

강금칠은 그 말을 듣고 고개를 푹 숙이며 흐느끼기 시작했다.

"사장님, 고맙습네다."

나는 강금칠을 가볍게 감쌌다. 그의 흐느낌 진동이 내 몸에도 전달됐다. 하늘을 우러러 봤다. 그날따라 청명한 하늘은 더욱 높아 보였다. 강금칠과의 포옹을 풀자 백두산 약초도사가 나에게 다가와 작별인사를 했다.

"이제 백 대사님도 완쾌되셨으니 소생은 초막으로 돌아가렵니다. 마침 먼 곳에서 아우가 찾아왔다기에 서둘러 가겠습니다."

"도사님, 서울말을 쓰시네요."

"……."

그는 빙긋 웃으며 합장하고 뒤를 돌아보지 않고 길을 떠났다. 그는 무중력 상태에서 떠다니는 사람처럼 날아가는 듯하다. 선계로 돌아가는 자태 같다. 어쩐지 그는 영영 속세에 돌아오지 않을 것 같은 느낌이 든다. 그는 누구일까. 혹시 진짜 서운대가 아닐까.

귀국 짐보따리를 싸는데 고열태가 내 방으로 찾아왔다.

"저는 여기에 남겠습니다."

"뭐라? 서울에 가지 않고?"

"한국에 가봐야 반길 사람도 없습니다."

"가족들은 어떻게 하고?"

"제가 기러기 아빠입니다. 마누라와 아들은 호주에 가 있습니다. 또 제가 신용불량자여서 한국에서 제대로 행세하기 어렵습니다. 여기서 새 삶을 살고 싶습니다."

"북한주민들은 목숨을 걸고 탈북하는데 귀하는 스스로 북한에 머물겠다니…."

"탈북자가 있다면 탈남자도 있어야 할 것 아닙니까? 여기도 사람 사는 곳인데… 대한민국 영토는 한반도와 그 부속도서로 한다고 헌법에 명시돼 있잖습니까? 여기도 대한민국 영토이니 살고 싶은 곳, 마음대로 골라 살아도 한국법에 저촉되지 않겠지요."

고열태는 눈에서 강한 결기를 내뿜으며 말한다.

"뭘 할 건데?"

"개마고원의 친환경적 개발사업에 일조하고 싶습니다."

"마음대로 되겠소?"

"제 활동에 대해 내락을 받았습니다. 저도 지도자를 따로 잠시 만났답니다. 꽤 가까운 친척이더군요. 호주에 사는 제 가족들도 여기에 데려와 함께 살면 좋겠는데….."

"음….."

"사장님의 원대한 대북사업에 언젠가 동참하겠습니다. 앞으로 평화분위기가 조성되면 두만강 개발 프로젝트가 본격화되겠지요. 두만강 일대는 동북아시아의 핵심 요충지로 부상할 겁니다. 만주철도, 중국 횡단철도, 시베리아철도가 서로 만나는 곳 아닙니까? 일본도 두만강 지역을 통해 시베리아로 진출하는 방안을 노립니다. 그때를 기다리며 여기 상황을 잘 살피겠습니다."

"외로워서 어떡하겠소?"

"염려 마십시오. 진종국, 강금칠과 의형제를 맺었답니다. 제가 맏형이 되었습니다. 든든한 아우 두 명이 생겼으니 무슨 걱정입니까? 하하하….."

소년, 천마天馬를 좇다

1

서울에 돌아와 북한산 비봉에 올랐다. 청년 시절엔 다람쥐처럼 재
빠르게 오르던 비봉이 이젠 왜 그리 미끄럽고 높게 보이는지…. 일부
러 등산객들의 발길이 뜸한 월요일 아침 일찍 올랐기에 비봉에 오른 등
산객은 나와 윤경복 회장 둘뿐이었다. 오랜 세월이 흘렀는데도 우뚝
솟은 진흥왕 순수비(巡狩碑)는 창공에 우뚝 서서 기개를 과시한다.

발아래 서울 시가를 내려다보니 세속의 번뇌뭉치들이 그득한 듯하다.

"여기는 신선들이 노니는 곳 같군요."

"높은 땅에 올라가 속세와 멀어지면 그런 기분이 들지."

"개마고원에 가서도 그런 기분이 들었답니다."

"나는 언제 개마고원에 가볼 수 있을까…."

"형님은 유명한 기업인이어서 함부로 몸을 움직일 수 없지요. 거대
한 그룹을 움직이려면 숨 돌릴 틈 없이 바쁘기도 할 것이고…."

"앞으로 덜 바쁘게 될지 몰라."

"대북사업을 펼치려면 더 바빠질 것 아닙니까?"

"그래야 할 텐데….'"

윤 회장의 한숨 밴 말이 이어졌다. 최근 들어 고약하게도 조선 경기가 곤두박질친단다.

"T조선을 괜히 인수했어. '승자의 저주'가 내려진 것 같아. 도남그룹엔 T조선 인수가 무리였어. T조선이 부실화하면 도남그룹 전체가 공중분해될지도 몰라."

인수 후 처음 건조한 컨테이너선박의 이름이 '버어지니아'(Virginia) 호였다. 진수식 때 국회의원이 축사에서 배 이름을 '버지아니아'라 잘못 낭독했다. 진수식 세리모니에 도끼로 밧줄을 자른 여성은 지역유지의 딸이었다. 그 배는 첫 출항에서 심한 풍랑을 맞아 좌초될 뻔했다. 두 번째 항해에서는 선박 안에서 불이 나 화물 상당수가 잿더미로 변했다. 그러니 '버어진(Virgin) 아니야'로 들리게 축사를 잘못 읽는 바람에 악운이 붙었다는 설이 돌았다. 또 도끼를 자른 여성이 실제로 숫처녀가 아니라는 풍문이 떠돌았다. 그 일 이후 도남그룹은 성장세가 주춤했다. 지금까지 거침없이 전진하던 도남그룹의 행보가 비틀거리기 시작했다. 윤 회장으로서는 이젠 대북사업은 진행하기 어렵게 되었단다.

윤 회장은 한숨을 쉬며 퀭한 눈빛으로 서울 시가지를 응시했다. 바로 옆에서 살피니 그의 머리칼은 지난 몇 달 사이에 갑자기 허옇게 셌다. 피부는 탄력을 잃어 푸석푸석해졌고 안면 곳곳에 검버섯이 어른어른 비친다. 허리도 구부정해졌다.

"서 박사님과는… 어떻게 하실 겁니까?"

"……."

"백영규를 만나보니 서 박사와 연인관계는 아닌 것 같았습니다. 백영규 자신도 완강히 부인하였고요."

"연희와는 그냥 친구로 지내고 싶네."

서연희 박사는 서울로 오지 않고 프랑스 파리로 갔다. 천주교 파리 외방전교회에서 소장한 '천주교의 북한전도 자료'를 찾기 위해서란 다. 서연희는 개마고원에서 나에게 다음과 같이 말한 적이 있다.

"남편 뒤베르제 박사의 외가쪽 어른이 한국에 와서 전도활동을 한 천주교 신부였던 것 같습니다. 북한 과학원의 어느 학자가 100여 년 전에 불어로 작성된 편지를 제게 주셨는데 거기에 그런 사실이 담겨 있었습니다. 그 신부님은 개마고원 부근에서 사목활동을 하셨습니 다. 그러니 저도 개마고원과 인연을 가진 사람이네요. 구체적인 내 용을 확인하고 싶어요. 파리외방전교회에 가면 한국관련 자료들이 아직 산더미처럼 쌓여 있답니다."

그녀의 말을 윤 회장에게 전했더니 고개를 끄덕이며 들을 뿐 대꾸 하지 않았다. 윤 회장은 자꾸 실눈을 하고 하늘을 멍히 바라보았다. 그는 얼이 빠진 사람 같았다. 서연희가 귀국하지 않은 것을 결별선언 으로 해석하는 듯했다.

비봉에서 내려와 대남문 쪽으로 걸어왔다. 능선을 느릿느릿 걷는 데도 윤 회장은 숨이 차는지 자꾸 쉬어가잔다. 대남문에 올라 서울시 가지를 바라보며 준비해 간 막걸리를 마셨다.

"카!"

시원 달콤한 막걸리가 식도로 넘어가자 경복 형님과 나는 동시에 카, 하는 소리를 내뱉었다. 형님은 갈증이 사라지지 않는지 한 잔 더 마셨다. 이윽고 형님의 눈 주변이 불그레해졌다.

"아우님, 배신감을 느껴본 적이 있나?"

불쑥 던지는 형님의 질문에 나는 머뭇거렸다. 배신감? 나는 직감적으로 형님이 서연희 박사에게 그런 감정을 느꼈음을 알았다.

"살다 보면 크고 작은 배신감을 느끼지 않는 사람이 어디 있겠습니까?"

"소소한 것 말고 삶의 뿌리를 흔들 만한 배신감 말이야."

"저는 아직 그런 경험이 없습니다만⋯."

형님은 후, 하고 한숨을 내쉰 뒤 말을 이었다.

"요 며칠 새 서연희에게 그런 감정을 느꼈어. 내가 싫어 한국에 오지 않는다면 그건 어쩔 수 없다 치고⋯ 사실은 자네에게 자꾸 돈심부름 시키기가 미안해서 서 박사에게 스위스은행에서 예금을 인출하는 권한을 허용했어. 비상시에 꺼내 쓰라고 말이야. 며칠 전 한도액 전액을 인출했더군. 나에게 일언반구 사전협의도 없이⋯."

"그 거액을 어디에 썼을까요?"

"보나마나 백영규 돕는다고 쓰지 않았겠어?"

"제가 파리에 가서 서 박사님을 직접 만나 확인할까요?"

"그럴 필요 없어. 도남그룹 파리 지사장을 보냈더니 이사를 가고 사라졌다더군. 범죄자 찾듯이 서 박사를 추적하고 싶지도 않아."

"개마고원에 머물 때 서 박사님이 저를 자꾸 피하는 눈치여서 이상하다 생각했는데⋯."

"나는 연희를 원망하지 않아. 곰곰 생각하니 배신감이 연희에 대한 것이 아니고⋯."

"그럼 누구에 대한 배신감?"

"바로 나 자신에 대한 배신감이네. 서연희를 위해서라면 목숨이라도 바치겠다고 맹세한 사람이 나 아닌가. 그런데 서연희가 돈을 빼냈다고 크게 실망한 나 자신이 한심스러운 거야. 오늘날 도남그룹이 있게 한 원동력이 뭐야? 서연희란 존재 아닌가? 서연희는 나의 지고지선(至高至善)한 천사요, 신앙이야. 나는 서연희라는 여신을 배신한 거야. 배교자는 바로 나 자신이야."

윤 회장은 오른손 주먹으로 가슴을 탁탁 치며 자학했다.

하산할 때 윤 회장은 독백 비슷하게 중얼거렸다.

"그래도 화영이가 있어서 외롭지는 않다네. 우리 화영이⋯."

이화영은 외할머니 상(喪)을 치른 후 혈육인 윤경복 회장의 '경복궁'에 살러 갔다. 윤 회장의 손녀뻘인 그녀는 창졸간에 '재벌 손녀'로 변신했다.

그러나 이화영은 곧 궁궐에서 나와 병원에 가야 했다. 오랜 기간의 영양실조로 건강이 엉망이어서 종합 정밀진단을 위해서다. 병명은 폐결핵으로 판명 났다. 오래 전에 사라진 것으로 알려진 폐결핵이 아직도 남아있다니⋯. 윤 회장은 이화영의 근황을 전해주면서 손수건을 꺼내 눈시울을 훔친다.

"화영이가 노래도 불러줍니까? 〈굳세어라 금순아〉⋯."

"물론이지. 내가 우쿨렐레도 좋은 것으로 장만해주었지. 얼른 화영이가 퇴원해야 할 텐데⋯."

"요즘 의술이 발달됐으니 폐결핵 정도야 금세 낫겠지요."

"폐결핵 치료 노하우를 가진 의사가 이젠 한국에 드물다는 게 문제야. 북한엔 여전히 폐결핵 환자가 많다고 하네. 사실은 화영이 병세가 중증이라고 하네. 최악의 경우 올해를 넘기기 어렵다 하는데⋯ 화영이에겐 말하지 않았지."

윤 회장은 손수건을 꺼내 눈가의 물기를 닦는다. 나는 이화영에 대한 죄책감이 들어 몸이 부르르 떨렸다. 초췌한 얼굴을 보고 얼른 진료를 받도록 해야 했는데….

북한에 갔다가 한국으로 돌아와 보니 그 사이에 북한의 핵실험이 있었다. 핵실험의 강도는 높지 않았다. 북한은 미사일도 몇 방 날렸다. 유엔 안전보장이사회에서는 북한에 대한 경제제재를 결의했다. 이런 상황은 과거에도 자주 있었기에 만성이 되었다.

개마고원의 희토류 광물 매장량에 관한 기사가 보도되었는지 국내외 언론 홈페이지를 뒤졌다. 한 줄도 보도되지 않았다. 인터넷으로 여러 사이트를 검색했으나 마찬가지였다. 이에 대한 정보는 현재 극소수 인사만이 알고 있는 셈이다.

새벽에 배달된 조간신문을 보고 개각이 단행됐음을 알았다.

신임 외교부장관에 성철현.

그는 성유리의 아버지다. 언론에 보도된 그의 프로필을 보니 정통 외교관이라는 밋밋한 내용뿐이다. 그가 왜 외교부장관에 발탁되었는지에 대한 배경을 속 시원히 밝힌 언론은 한 군데도 없었다.

출근하자마자 마드뫄젤 성을 내 방에 불렀다.

"아버지 입각, 축하합니다."

"사장님께서 많이 도와주셨지요. 감사합니다."

"잔 다르크님 활약 덕분에 아버지가 입각했겠지요."

"암튼 아버지께서 남북한 평화정착에 기여하시면 좋겠습니다."

"평화를 상징하는 문화행사는 없을까?"

"북한이 버린 천재음악가 정추 선생의 추모음악제를 서울과 평양에서 열면 좋겠네요."

"정추?"

"러시아 음악계에서 '검은 머리 차이콥스키'로 알려진 작곡가이지요. 전남 곡성 출신으로 광주서중에 다닐 때 조선어를 사용하다 퇴학을 당한 민족주의자였지요. 해방 직후 영화감독인 형 정춘재 감독과 함께 월북했지요. 모스크바 차이콥스키 음악대학에 유학중에 김일성 우상화를 비판하다 소련에 망명해 카자흐스탄에 정착했지요. 그분의 교향곡 '조국'을 듣고 싶네요."

"정춘재 감독이라면 무용가 최승희가 출연하는 영화를 만든 거장인데…."

"6·25때 납북된 천재음악가 윤정호 선생의 '통일교향곡'도 서울과 평양에서 연주되기를 기대합니다."

"윤정호?"

"북한에서 인민작곡가로 활약한 거장이랍니다."

"마드파젤 성이 북한 음악계에 대해 어떻게 그리 잘 아시오?"

"언젠가 제가 남북한 평화를 도모하는 음악축제 행사를 진행하고 싶어 꾸준히 연구하고 있답니다. 서울시향 정명훈 선생이 북한 은하수관현악단을 객원 지휘한 소식을 듣고 너무도 감동을 받아서요. 정추, 윤정호, 윤이상, 김순남 등 거장 작곡가들의 대작을 서울시향, 은하수관현악단이 공동으로 서울과 평양에서 공연하는 날을 손꼽아 기다립니다."

"김순남… 어떤 음악가인가요?"

"월북한 천재작곡가이죠. 오랫동안 한국에서 거명조차 되지 못하다가 요즘 그의 음악세계가 재조명되고 있지요. 그가 남쪽에 남긴 외동딸을 그리며 지은 〈자장가〉라는 노래를 들으며 저는 얼마나 눈물을 흘렸는지 모른답니다. 그 따님이 지금도 성우로 맹활약하는 김세원 선생이지요. "

"그 공연, 멋지겠네요. 내가 적극 지원하겠소."

마드뫄젤 성은 외교부장관 최종 후보자로 자기 아버지와 서재권 도남문화재단 이사장이 올랐다고 막후 비화를 털어놓았다. 서 이사장이 탈락한 결정적인 이유는 도남문화재단의 법인카드 사용내역 때문이었다고 한다. 유흥업소 사용액이 많아 추적했더니 태국식 마사지업소, 룸살롱, 호화 한정식집 등이 수두룩했다는 것이다. 서 이사장의 역량도 정밀검증을 벌이니 별 것 아니라고 판명 났단다.

성철현 장관이 기용된 것은 성유리의 '대업' 덕분이었다. 그는 잔다르크의 활동내용을 사전 사후에 고위층에 보고했다고 한다. 사실 북한이 탄저균을 대량 배양하여 남한에 살포할 움직임이 포착돼 한국정부 지도부는 초긴장 상태에 빠졌다. 공론화되면 어마어마한 혼란이 생길까 우려해 극비리에 사태해결을 꾀했단다.

2

북한에 다녀와서 미스 정과 둘이서 남산 기슭의 힐튼호텔에서 마주 앉았다. 개마고원 잔상이 눈앞에 어른거려 일상생활로 돌아오기가 쉽지 않았다.

"그것 파텍 필립 아닌가요?"

미스 정이 내 손목에서 '지도자 시계'를 발견하고 탄성을 지른다. 나는 빙긋 웃으며 시계를 얻은 경위를 말했다. 그녀는 고개를 끄덕이며 감탄사를 연발했다.

여름이 오지도 않았는데 팥빙수를 팔기 시작한다고 알리는 안내문이 붙어있었다.

"오랜만에 팥빙수 함께 먹을까?"

그렇게 중얼거리면서 주문하고 난 뒤 자리에 앉자 서울에 올라온 소년시절의 아득한 옛일이 생각났다. 힐튼호텔이 들어서기 전에는 여기가 사창가, 소매치기 소굴이었다. 요즘 '망탕'을 끊었더니 과거의 치부가 하나둘씩 되살아난다.

소매치기 두목은 부하들이 위험을 무릅쓰고 남의 금품을 열심히 훔쳐오도록 나름대로 인센티브 계책을 썼다. 부하의 몫으로 현금은 3분의 1을, 금목걸이와 시계 등은 장물아비에게 처분한 돈의 절반을 주었다. 나는 우리 소굴의 소매치기 20여 명 가운데 늘 최고 실적을 올렸다. 배분 방식대로라면 나는 금세 부자가 되어야 했다. 그러나 두목은 내가 미성년자라는 이유로 자기가 재산을 맡아주겠다며 내 몫은 주지 않았다. 현금 부스러기 몇 푼을 던져줄 뿐이었다. 그래서 나는 지갑을 훔치면 현금을 미리 빼돌려 용돈으로 썼다.

매주 월요일 밤이면 또 다른 인센티브 향연이 열렸다. 1주일간 실적이 뛰어난 부하에게 아가씨 방에서 자게 해주는 포상행사가 실시된 것이다. 이 파티는 포주영업을 하는 두목 아내 '싸모님'에 의해 베풀어졌다. 싸모님은 수상자 서너 명을 이곳저곳 방에 넣어주었다. 소매치기들은 그 월요일을 '똘똘이 목욕하는 날'이라 명명했다.

선배들은 한결같이 '마릴린 먼로' 방에 들어가기를 열망했다. 머리 칼을 노랗게 물들이고 가슴이 수박통만큼 큰 누나는 별명이 '마릴린 먼로'였다. 양동 일대 홍등가에서 최고의 인기녀였다. 누나의 방에는 홍등가 쪽방에서는 유일하게 샤워실이 설치돼 있었다. 그만큼 고급이었고 누나는 화대도 갑절로 받았다.

권투선수를 하다 소매치기 판에 들어온 어느 선배는 먼로 누나와 하룻밤 자고 난 뒤 "뽕갔다"고 말하면서 그 후 밤마다 자리에 누워 "뽕… 뽕…" 하는 헛소리를 되풀이했다. 내 또래 소매치기 소년들도 먼로 누나에게서 총각 딱지를 떼이는 게 일생일대의 소망이었다. 나는 예외였다. 어느 날 싸모님이 내게 물었다.

"창덕아, 너도 똘똘이 목욕시켜줄까?"

"아, 아녜요. 저는 여자에 관심 없어요."

싸모님은 뻘건 루주를 바른 입술을 크게 벌려 웃으며 다시 물었다.

"먼로 누나가 해준다 해도?"

"……."

내 뺨은 홍시처럼 빨개졌으리라. 싸모님은 갑자기 털장갑을 벗고 허옇고 두툼한 손으로 내 거시기를 왈칵 움켜잡았다.

"짜아식, 벌써 빳빳하게 섰네."

나는 중년여성의 비인격적인 폭력에 속수무책이었다.

싸모님은 그 후 자기 방으로 자주 나를 불러 어깨를 주물러 달라느니, 허리를 밟아 달라느니 하고 요구했다. 언젠가는 란제리 차림으로 드러누워 있다가 허벅지가 뭉쳐서 그러니 안마를 해달라고 했다.

"곤란한데요."

내가 거절하자 그녀는 내 뺨을 후려치면서 강요했다.

"건방진 놈, 시키는 대로 하지 않으면 네가 나를 겁탈하려 했다고 두목에게 이를 거야!"

이번에 기가 꺾이면 그녀의 노리개가 될 것이라는 위기감이 엄습했다. 나는 오기가 나서 고함을 치며 방문을 박차고 나왔다.

"이르든 말든 맘대로 하쇼!"

그날 이후 싸모님의 보복이 시작됐다. 두목에게 이렇게 귀띔한 모양이다.

"요즘 창덕이 실적이 부진해요. 현금을 많이 삥땅치는 것 같아요."

두목은 나를 골방에 가두고 채찍으로 때렸다. 이실직고하라면서. 나는 현금 배분의 부당성 때문에 그랬다고 실토했다.

"다른 사람은 3분의 1이나 주면서 나는 10분의 1밖에 못 받잖아요."

"네 장래를 위해 저축해 두는 거야. 내가 보관하고 이자까지 붙여 준다는데 웬 의심이 많아?"

피멍이 든 채 골방에서 나오자 마침 그 앞에 서 있던 면로 누나가 나에게 다가왔다.

"아이고, 창덕아, 이게 무슨 봉변이야?"

누나는 커다란 눈에서 눈물을 뚝뚝 흘리며 내 코에서 흐르는 피를 닦아주었다. 그리곤 나를 와락 껴안았다. 풍성한 젖가슴의 탄력이 내 상처를 순식간에 치유해주었다. 누나의 향긋한 체취 때문에 정신이 어질해졌다. 이 안락함, 이 풍요로움!

"야, 그림 조옿다!"

소매치기 선배 하나가 놀렸다. 우리는 그런 놀림에도 아랑곳 않고 한동안 그렇게 안은 채로 흐느꼈다. 나에게 누나는 마리아 막달레나요, 에바 부인이었다. 성녀(聖女)요, 성숙한 부인이었다.

　누나가 나를 더욱 세게 안을수록 내 가슴엔 고압전류가 흐르는 듯했다. 전류는 아랫도리로 내려갔다. 불수의(不隨意) 근육인 거시기가 발기했다. 나는 죄책감에 몸을 떨어야 했다.

　그날 이후 나는 먼로 누나의 방에 들어가는 손님들과 소매치기 형들을 적의(敵意) 가득 찬 눈으로 쏘아보았다.

　미스 정과 팥빙수를 먹는데 불현 듯 '봉선화 사건'이 머릿속에 떠오른다. 혼자 기억하기도 민망한 일이다.

　싸모님은 소매치기 수입이 줄었다고 투덜거렸다. 그녀는 마침내 수입을 획기적으로 늘리는 꾀를 냈다. 서울역이나 버스 안에서 승객들을 대상으로 좀도둑질을 하는 것보다 신세계, 미도파 백화점에서 부잣집 마나님의 핸드백을 터는 게 훨씬 낫다는 관점에서 나온 잔꾀였다. 내가 주인공으로 발탁됐다.

　몸집이 작고 호리호리한 내가 여자옷을 입고 가발을 쓰고 백화점에 잠입하는 것이었다. 먼로 누나의 옷을 입고 브래지어도 누나 것을 찼고 하이힐은 새로 사 신었다. 먼로 누나는 내 얼굴에 화장을 해주었다. 눈썹을 그리고 입술에 루주를 칠했다.

　"야, 정말 미인이네!"

　누나는 박수를 치며 환호했다. 싸모님도 '정윤희 뺨치는 미녀'라고 맞장구를 쳤다. 누나는 그런 내가 봉선화처럼 예쁘다며 나를 '봉선화'라 불렀다.

　나는 크리스마스 선물을 사러 백화점에 몰려든 손님들의 핸드백을 하루에 10여 개 훔쳤다. 여자 화장실에 들어가 내용물만 빼냈다. 부잣집 사모님들의 핸드백에는 수표, 구두상품권, 현금 등이 그득했다. 전리품을 갖고 소굴로 돌아갔더니 두목, 싸모님, 먼로 누나 등이 나를 영웅으로 대접해줬다. 도둑질에 양심이 찔렸으나 누나가 격려해주는 통에 죄책감이 날아갔다.

"그년들이 갖고 다니는 수표들이 어디서 나온 줄 알아? 죄다 그년 남편들이 뇌물받은 거야. 네가 아무리 훔쳐도 아무 죄가 아니야."

싸모님이 거들었다.

"먼로 누나는 밤새 요분질하며 밑구멍을 팔아도 수표 1장도 못 벌어. 네가 그 부자년들 핸드백을 훔치는 것은 떳떳한 일이야."

백화점 일대를 누비던 봉선화의 행각은 오래가지 못했다. 시경국장의 부인이 신세계백화점에서 핸드백을 소매치기 당해 관할 남대문경찰서의 서장이 범인을 잡으려 형사 전원을 백화점에 배치했다. 그런 사정을 모르는 나는 여느 때처럼 트렌치코트 차림에 스카프를 두르고 미도파백화점에 나가 작업을 개시했다. 여성복 세일 매장에서 피팅룸에 들어가는 중년 부인의 핸드백을 슬쩍 낚아채는 순간 내 뒤에서 누군가가 내 팔을 잡았다. 돌아보니 낯익은 형사였다. 그렇게 허무하게 붙잡혔다.

경찰서에 끌려가 조사를 받고 보호실에 갇혀 있었다. 쇠창살을 통해 바깥을 보니 그곳은 피안(彼岸)이었다. 수첩을 들고 안경을 낀 젊은이들이 여럿이 몰려와 보호실 안을 기웃거린다. 그들은 경찰서 출입기자들이라 했다. 그들이 내 이름을 불러도 대답을 하지 않고 고개를 푹 숙이고 있었다.

오후에 배달된 석간신문에 내 범행이 보도되었다. '여장(女裝) 소매치기, 백화점에서 활개'라는 제목으로 나왔다. 나를 취조했던 형사가 금니를 드러내며 씩 웃으면서 그 신문을 보여줬다. 며칠 후 〈선데이〉라는 주간신문에는 한술 더 떠 내 사진과 함께 2개 페이지에 걸쳐 큼직하게 보도되었다. '신출귀몰 봉선화, 시경국장 부인 농락하다'라는 제목은 주먹만큼 큰 활자로 인쇄되었다.

"빙수 다 녹겠어요. 얼른 먹지 않고….."

미스 정이 숟가락으로 빙수 그릇을 탕탕, 치며 공상에 빠진 나를 깨웠다.

몇 년 만인가. 학교를 갓 졸업하고 단발머리가 채 길게 자라지도 않은 미스 정과 마주 앉아 덕수제과에서 팥빙수를 먹었던 때가….. 이제는 덕수제과도 사라졌지….

"미스 정, 영어 잘 하시데?"

"겨우 몇 마디 하는 정도죠."

"그러고 보니 옛날에 미스 정이 〈타임〉, 〈뉴스위크〉 공부하던 모습이 떠오르네. 그때는 미스 정이 폼 잡으려 영어잡지 읽는 시늉을 하는 것으로 오해했소."

"폼을 잡긴요. 제 딴엔 사생결단 내겠다는 비장한 각오로 공부한 걸요. 정식 졸업장 대신에 실력을 갖추자고 다짐하면서….. 창덕 씨가 서울대 교복을 입고 종로거리를 헤매는 모습도 우연히 봤답니다. 무안해 할까 봐 아는 체하지 않았지만….."

"아이코, 내 부끄러운 과거 행각이 들켰네."

"저도 이화여대 배지 달고 가짜 이대생 노릇을 꽤 했답니다. 피장파장이죠. 영문과, 정외과, 경영학과 강의를 여러 개 들었답니다. 물론 도강이지요. D여상에서 배운 복식부기 실력 덕분에 경영학과의 회계학 과목에선 대리시험을 쳐서 A학점을 맞게 해주었다니까요. 대리시험, 대리출석으로 용돈도 벌었지요."

"가짜가 진짜를 압도했구만."

"말 마세요. 과대표로 선출될 뻔했다니까요. 당선됐다간 가짜 학생임이 들통 날까 봐 손사래를 쳤지만요."

"전설적인 가짜 학생 열전(列傳)을 들어보면 실제로 과대표로 뽑혀 맹활약한 인물도 있었다는구만. 엠티, 수학여행도 함께 가고… 졸업 후 동창회에도 얼굴을 내밀고… 결혼할 때 지도교수를 주례로 모시고…."

"봄날 밤에 창경원에서 열린 '야(夜)사꾸라' 단체미팅에도 나갔죠. 파트너인 서울법대생이 무릎을 꿇고 사랑고백을 하는데 얼마나 양심이 찔리던지…. 세월이 흘러 어느 날 TV를 보니 그때 그 서울법대생이 검찰총장이 되었더군요. 머리가 훌렁 벗겨졌지만 짙은 눈썹 때문에 단박에 알아보겠더군요."

"나도 가짜 서울대학생 시절에 별별 일을 다 겪었소. 시위대에 휩쓸려 '독재 타도!'를 외치다 경찰서에 잡혀갔는데 뺨 몇 대 맞고 금세 풀려났다오."

"어떻게요?"

"경찰관이 내 신원을 조회해보더니 소년원 경력을 알아내곤 '너 같은 잡범놈은 이런 국사범 사이에 낄 인물이 못 된다'고 핀잔을 주더군요. 얼마나 모멸감을 느꼈던지…."

"가짜이니 감수해야죠."

"홍경래, 전봉준같이 나라를 흔드는 국사범이 되고 싶더라구요. 그날 경찰서에서 나오면서 서울대 교복을 벗어 던졌고 가짜 서울대생 노릇을 끝냈답니다."

"창덕 씨는 나라를 흔들지 말고 바로 세우는 영웅이 되세요."

"영웅?"

"영웅이란 말에 제국주의 냄새가 난다면 취소하겠어요. 뭔가 큰 족적을 남기시라… 이 말입니다."

미스 정이 간단찮은 인물임을 절감했다. 그녀는 사려 깊고 배포가 크며 재력이 풍부했다.

"그러고 보니 미스 정이 얼마 전에 몇몇 대학에 발전기금을 낸 것이 대학생 행각과 무관하지 않겠군."

"그때 공짜로 배운 부채의식 때문에…. 하다못해 제가 수강했던 교수님이 저서를 내시면 그 책이라도 꼬박꼬박 산답니다. 저자에 대한 가장 기본적인 예의는 책을 사서 정독한 다음 독후감을 보내드리는 것이라 생각해요. 이런 점에서 저는 예의를 지키려 무진 애를 쓰지요. 남들은 주경야독한다지만 저는 주독야경…."

"주독야경이라니?"

"낮엔 책 읽고 밤엔 룩소에서 물장사…."

"혹시 대학교를 운영할 의향은 없소? 집안 형편이 어려운 수재들에게 반값 등록금이니 어쩌니 하며 받지 말고 전액 장학금을 주는 명문 대학으로 키워…."

"대학교?"

"윤경복 회장이 인수하려다 그만둔 학교가 있어요. 그 학교를…."

"굿 아이디어!"

3

내 손으로 승용차를 몰고 귀가했다. 집이 텅 비었다.

서연희 박사는 개마고원의 삼수읍성 답사를 마친 후 나에게 샤를르 달레 신부가 1874년에 펴낸 《한국천주교회사》라는 책을 꼭 읽어 보라고 권유했었다. 한국의 근대사 연구에 매우 귀중한 자료라고 한다. 한국에서는 1979년에 번역 출판되었다.

성유리에게 이 책을 사오라 했더니 절판되었단다. 그녀는 동시통역대학원에 출강하던 날에 학교 도서관에서 빌려왔다. 상·하 2권인데 그 두툼한 부피에 압도되었다. 깨알같이 작은 글씨의 묵은 책이었다. 한국에서 활동한 신부들이 보내온 편지를 달레 신부가 정리해서 출판했다. 저자의 치열한 집필정신, 번역자의 열정적인 끈기에 대한 경외심 때문에도 함부로 이 책을 대할 수 없었다.

순교자들의 처절한 목소리가 담긴 책이었다. 그들은 조선 말기의 참담한 현실에서 벗어나 구원을 향해 몸뚱이가 찢어지는 고통을 겪었다. 이른 새벽에 휑한 거실에 홀로 앉아 옷깃을 여미고 정독했다. 종교적 신념이란 무엇일까. 신앙이 얼마나 독실하면 순교에까지 이를까.

뒤베르제 박사의 친척인 사제가 먼 이방(異邦) 한반도에서 피를 뿌리며 숨지는 광경이 눈앞에 어른거린다. 서연희는 그 조상의 족적을 찾아 또 프랑스로 건너갔다. 인연의 고리는 세월을 넘어 면면히 이어진다.

조선에서의 천주교 박해는 세계 천주교 역사에서 유례가 흔치 않을 만큼 처절했다. 벌겋게 달군 인두로 몸이 지져지고 주리를 틀어

뼈마디가 부러지는 극한의 고통을 받고도 배교(背敎)를 거부했던 순교자들. 일본에서는 대작가 엔도 슈사쿠(遠藤周作)가 포르투갈 신부의 심적 갈등을 그린 《침묵》이란 걸작을 썼다. 과문한 탓이겠으나 한국에서는 천주교 박해를 그린 명작이 거의 없는 것으로 알고 있다.

6·25전쟁과 남북분단 상황에 대해서도 마찬가지다. 6·25전쟁 때 한국역사상 가장 참혹한 상황을 체험했는데도 이를 소재로 한 문학작품 가운데 수작(秀作)이 드물다. 체험의 강도가 임계치를 넘으면 작가의 펜이 부러지고 마는 것일까.

나는 문학에 대해 문외한이지만 연애타령이나 늘어놓는 사(私)소설 따위를 문학의 본령이라 보지는 않는다. 역사의식을 담은 스케일 큰 대작이 그립다. 그런 작품을 쓸 역량을 갖춘 작가들을 내가 돕는 방법은 무엇일까. 내가 겪은 파란만장한 체험을 사실 그대로 기술하면 역사의 영역에 속할 것이다. 여기에다 문학적 상상력인 픽션을 가미한다면 문학의 영역에 들어갈 수 있을까.

역사와 문학에 대해 이런저런 상념에 빠지는 바람에 비몽사몽의 밤을 보냈다. 명작소설을 바탕으로 만든 영화 〈레 미제라블〉, 〈전쟁과 평화〉, 〈닥터 지바고〉 등의 장면이 꿈속에서 현란하게 펼쳐졌다. 〈닥터 지바고〉에서 주연 배우로는 오마 샤리프 대신에 강금칠이 나왔다.

영화는 바뀌었다. 제목은 〈개마고원〉. 감독은 장창덕…. 광활한 고원 위에 하얀 말 한 마리가 달린다. 그 말을 뒤쫓아 소년이 유영하듯 질주한다. 말 꼬리를 잡을락 말락 한다. 해가 지고 별이 뜬다. 별과 달이 어우러진다. 별똥이 떨어지고 꽃비가 내린다. 말은 질주하고 소년도 달린다. 평평했던 고원지역이 끝나고 완만한 구릉으로 접어든다. 구릉은 여인의 몸매처럼 부드러운 곡면이다. 마침내 천둥이

치면서 말은 하늘로 날아오른다. 소년도 말꼬리를 잡고 비상(飛上)
한다.

　숙면을 이루지 못하는 밤이 며칠 계속되자 대낮에도 비몽사몽의
시간을 보낸다. 6·25 전쟁의 처절한 살육장면과 피붙이를 잃고 오
열하는 민간인, 부모를 찾아 울부짖는 아이들 모습이 꿈에서 자꾸 떠
오른다. 장진호 전투에서 얼어 죽거나, 총에 맞아 피 흘리거나, 포격
에 온몸이 찢기는 병사들의 얼굴이 선명히 다가온다. 한국군뿐만 아
니라 미군, 영국군, 중공군, 인민군 모두 떠오른다. 적군들도 고향
에서는 선량한 청년들이다.
　선잠을 자다 깨어나면 전신이 땀으로 흥건하게 젖는다. 의지가 치
열하지 못해서 그럴까. 의부를 살해하려는 뜻을 품었는데도 속죄하
지 않아서 그런 걸까. 몸이 불편한 어머니에 대한 불효막심함에 때문
에 천벌을 받는 걸까. 생부에 대한 무심함 탓에 단죄받는 걸까. 미스
정과 낳은 딸아이에 대한 무책임에 대한 응징일까. 미스 정의 결합
제의를 거절한 데 대한 인과응보일까.
　파주 통일동산에 새로 세워진 '참회와 속죄의 성당'에 혼자 찾아갔
다. 고(故) 김수환 추기경의 제안으로 건립된 성당의 이름을 듣고 나
는 지금껏 살아오면서 '참회와 속죄'를 한 번도 하지 않았음을 처음으
로 깨달았다.
　성당 외형은 2층 한옥으로 북한 신의주에 있는 진사동 성당을 본떠
만들었단다. 실향민들의 피땀 어린 성금을 바탕으로 지어진 성당 안
으로 들어서니 제대 위 둥근 천장에 거대한 모자이크 벽화가 눈에 들
어왔다.

예수님은 맨 가운데 앉아 '평화'라 쓰인 책을 펼쳐 들었다. 예수님 가르침의 요체는 '사랑과 평화'임을 알겠다. 예수님의 좌우에는 김대건 신부를 비롯한 남북한의 성인 8위가 둘러 앉아 기도를 드리고 있다. 한국인 성인 103위 가운데 남한 출신, 북한 출신을 골라 남북한 화합을 상징했다고 한다. 아녜스 김효주, 골룸바 김효임 여성 성인이 눈길을 끈다.

이 벽화는 남북한 화가들이 합작해서 그렸단다. 북한의 만수대 창작사 벽화창작단의 공훈화가들이 신의주 맞은 편 도시인 단둥 외곽에 작업실을 차려놓고 한국 측 주문에 따라 그림을 제작했다고 한다. 모자이크 벽화 재료는 북한 원산의 유리공장에서 공급했단다.

성당 정면부 외면에 예수님 모자이크가 한 점이 더 보였다. 예수님이 들고 있는 복음서에는 쓰인 문구가 눈에 띄었다.

성부여, 내가 당신과 하나이듯이 이들도 하나 되게 하소서

남북한 통일을 염원하는 절실한 기도가 아닌가. 성당 제대 안에는 북한에서 갖고 온 흙을 넣어두었다고 한다. 미사할 때마다 북한 주민과 함께 봉헌한다는 뜻에서 그랬단다.

천주교 신자가 아닌데다 성당에 가본 적이 거의 없어 분위기에 익숙하지 않았다. 그러나 내 귓전에서는 공민학교 다닐 때 영어회화를 가르치던 신부님이 부르던 라틴어 성가 '하느님의 어린 양'이 아련히 들려왔다.

아뉴스 데이 뀌 똘리스 뻬까따 문디

미세레레 노비스 도나 노비스 빠쳄
(하느님의 어린 양, 세상의 죄를 없애시는 주님,
저희에게 자비를 베푸소서)

나는 어깨를 들썩일 만큼 몸을 떨며 울었다. 눈물이 주체할 수 없
을 만큼 흘렀다. 내 생애에 가장 많은 눈물을 흘리며 통곡했다.
성당에서 나와 차를 몰고 파주 적성면에 조성된 파주 적군묘지에
참배하러 갔다. 6·25전쟁 중 남한지역에서 전사한 북한군과 중공군
의 유해 1,000여 구가 묻힌 곳이다. 어느 중국인 무명용사의 묘소 앞
에서 나는 꽃을 바치고 묵념했다. 내 입엔 구상 시인의 〈적군묘지 앞
에서〉라는 시가 맴돌았다. 외운 지 오래돼 일부만 기억에 살아났다.

살아서는 너희가 나와
미움으로 맺혔건만,

이제는 오히려 너희의
풀지 못한 원한이
나의 바램 속에 깃들여 있도다.

손에 닿을 듯한 봄 하늘에
구름은 무심히도
북(北)으로 흘러가고,

어디서 울려오는 포성(砲聲) 몇 발,
나는 그만 이 은원(恩怨)의 무덤 앞에

목놓아 버린다.

연세라는 퇴원해서 미스 정의 집으로 들어갔다. 뜻밖에 패혈증 증세가 생겨 입원기간이 길어졌다. 병원에서 나올 때 연세라의 몸무게는 거의 절반으로 줄었다. 이제 이자벨 아자니와 흡사한 모습으로 변했다.

"보기 드문 서구형 미인이군요."

미스 정이 연세라를 데리고 청담동 미용실에 갔을 때 미용실 원장이 내뱉은 감탄사라고 한다. 원장은 연세라의 나이가 좀 어렸다면 미스코리아 대회에 나갔으면 좋았을 것이라 몇 번이나 혀를 끌끌 차며 아쉬워했단다.

미스 정과 연세라는 친 모녀처럼 다정하게 지낸다. 미스 정은 자신의 소유 빌딩에 입주한 잡지사를 인수했다. 여성 패션 전문잡지를 내는 그 회사를 사들여 연세라에게 경영을 맡겼다. 연세라는 잡지계의 신데렐라로 떠올랐다. 연세라가 기자로 근무했던 타블로이드판 신문의 표지에 연세라의 전신사진이 큼직하게 나왔다. 그녀는 '성공한 여성 CEO'의 대표선수임을 예고했다.

"작은 할아버지 오셨어요?"

"응?"

이화영의 병실로 들어갔더니 나를 '작은 할아버지'라고 부른다. 맞다. 윤경복 회장이 할아버지뻘이니 나는 그녀에게 그렇게 불리는 것이 마땅하다. 함께 간 윤 회장은 병상에 누운 이화영을 안쓰럽게 바라본다.

"작은 할아버지 덕분에 제 뿌리를 찾게 되었으니 이 은혜를 어떻게 갚을지요."

"은혜를 보답한다니? 네가 건강하게 살면 그게 제일이지."

"늦게라도 공부해서 진짜 대학생이 되고 싶어요."

"앞으로 뭐를 하고 싶니?"

"불문학을 배워 프랑스에 진출해서 가수로 활동하는 게 꿈이에요. 유럽에서 활약하는 나윤선이라는 유명한 재즈가수가 제 롤모델이랍니다."

"재즈를 부르겠다고?"

"제 음악적 감수성은 재즈와는 어울리지 않아요. 저는 주야장천 트로트로 밀고 나가렵니다. 한국 유행가풍 노래의 세계화 선구자로…. 윤영 시인님의 시에 제가 곡을 붙여 노래를 부르고 싶기도 하고…."

윤 회장은 이화영의 손을 꼭 잡으며 뒤를 확실히 밀어줄 것임을 다짐했다. 그는 침대 옆에 놓인 우쿨렐레를 보고 반색했다.

"마침 잘 됐다. 아까 병원에 들어오면서 보니까 로비에서 작은 음악회가 열리더라. 장사익 선생을 비롯해서 직업가수들 여럿이 출연한다더군. 환자나 가족도 무대에 설 수 있다고 하니 너도 한번 나가볼래?"

윤 회장의 제의에 이화영은 환호했다.

"와우! 할아버지께서 새로 사 주신 멋진 우쿨렐레… 오늘 제대로 연주해보겠어요."

이화영은 환자복 위에 스웨터를 하나 걸치고 우쿨렐레를 들었다. 병원 로비에 마련된 가설무대에 선 젊은 아이돌 지망생 가수들이 역동적인 춤과 함께 열창한다. 나는 내 또래 세대와는 달리 아이돌 가수의 노래를 좋아하는 편이다.

윤경복 형님은 아이돌 노래가 탐탁잖은 듯 미간을 찌푸리고 듣는다. 아마추어들의 노래시간, 환자 몇몇과 가족들도 주로 아이돌 가수의 노래를 불렀다.

경복 형님은 화영에게 나지막이 말했다.

"내가 열 살 때쯤이었어. 어머니는 건강이 좋지 않아 종일 방에 누워계셨지. 그때 유일한 낙이 라디오 듣는 거였어. 그 무렵에 유행하던 노래, 〈과거를 묻지 마세요〉를 따라 부르시며…. 어릴 때는 몰랐는데 나중에 그 가사를 살펴보니 의미심장하더라구. 아마 어머니는 불현듯 아버지를 만나면 그 노래를 부를 작정으로 연습하셨을 거야. 화영아, 너도 그 노래 부를 줄 아니?"

"그럼요. 할아버지의 어머니, 그러니까 제 증조할머니의 아바타가 되어 불러볼게요."

무대에 올라간 이화영은 두 눈을 지그시 감고 우쿨렐레를 퉁겼다. 원곡을 부른 나애심 가수와 비슷한 음색을 가진 화영은 장중한 멜로디를 훌륭히 소화했다. 아쉬운 것은 폐결핵 환자여서 호흡이 길지 못하다는 점이었다. 그래도 이화영은 혼신의 힘을 다해 열창했다. 경복 형님은 흐르는 눈물을 주체하지 못하며 경청했다.

> 장벽은 무너지고 강물은 풀려
> 어둡고 괴로웠던 세월도 흘러
> 끝없는 대지 위에 꽃이 피었네
> 아~ 꿈에도 잊지 못할
> 그립던 내 사랑아
> 한 많고 설움 많은
> 과거를 묻지 마세요

4

토요일 아침 일찍 일어나니 텅 빈 거실이 더욱 넓어 보인다. 큼직
한 종이를 펼쳐 놓고 굵은 사인펜으로 쐐기문자를 연습 삼아 써본다.
아직 익숙하지 않아 내 눈엔 문자라기보다는 어느 회사 로고처럼 보
인다. 한참 쓰니 눈이 따끔따끔하다.

𒀭 𒁹 𒂷 𒌋 𒅂 𒉿 𒀫 𒈾 𒐊 𒐊 𒀸 𒌋 𒆳

여러 잡무를 마무리하니 드디어 거제도에 내려갈 여유가 생겼다.
개마고원에서 갖고 온 뼛조각은 유리병 속에 담았다. 옷가지 몇 개를
챙겨들고 내 손으로 차를 몰고 떠났다.

주말을 맞아 고속도로는 행락객들로 붐볐다. 휴게소에 들렀더니
〈이별의 부산정거장〉, 〈굳세어라 금순아〉 따위의 트로트 메들리
노래가 울려 퍼진다. 1년 여 전에 윤경복, 서연희, 이화영 등과 함께
내려갈 때와 흡사한 상황이다. 그때 샀던 배호의 씨디를 틀었다.

통영과 거제도를 잇는 거제대교를 건너 남쪽으로 향했다. 한국에
서 제주도에 이어 2번째로 큰 섬인 거제도는 거제대교, 거가대교 개
통 이후엔 말로만 섬이지 육지나 마찬가지다.

〈거제타임스〉 유진호 회장에게 전화를 걸었다.

"장창덕입니다. 서울에 보내주시는 〈거제타임스〉 잘 받아보고 있
습니다. 앉아서 천 리를 본다는 현인처럼 유 회장님은 거제도에서도
온 세상 돌아가는 상황을 훤히 아시더군요."

"무슨 과찬의 말씀을… 바쁘시더라도 신문사에 잠시 들러 차 한잔

소년, 천마를 좇다 393

하십시오."

큰 신문사와는 달리 편집국, 영업국 사무실을 함께 사용했다. 마감시간인지 기자와 데스크가 컴퓨터 앞에 앉아 부지런히 자판을 두드린다. 구석에 칸막이를 쳐 마련한 회장실에 들어가니 유 회장이 환히 웃으며 나를 반긴다. 수인사가 끝난 다음 그는 T조선의 경영상황에 대해 귀띔했다.

"윤경복 회장이 고생하시겠습니다. 하필 인수하자마자 조선경기가 내리막이어서…. 사람 운수라는 게 참 묘하네요."

유 회장은 그렇게 운을 떼더니 본론으로 들어갔다.

"저번에 윤 회장과 함께 오신 서 박사라는 여성분… 지금 어디에 계신지 아십니까?"

"프랑스 파리에 계실 건데요."

"노르웨이 오슬로에 체류하십니다."

"예? 그걸 유 회장님이 어떻게 아십니까? 그야말로 좌견천리(座見千里)네요."

"대단한 일 아닙니다. 노르웨이에 〈거제타임스〉 통신원이 있는데 서연희 박사가 북한 인권관련 세미나에 나와 주제발표를 하셨다고 알려왔답니다."

"노르웨이 같은 작은 나라에도 통신원을 두었습니까?"

"놀랄 것 없습니다. 거제도 조선소에 파견된 노르웨이 선급협회의 총각 전문가가 한국여성과 줄줄이 결혼해서 귀국한답니다. 노르웨이에는 코리안 우먼 커뮤니티가 형성돼 있을 정도랍니다. 주(駐) 노르웨이 한국대사가 오슬로에 부임하면 노르웨이-한국인 부부에게 인사하는 게 최우선 업무라고 합니다. 친한파 남편들이 수두룩해서 한국

대사는 노르웨이에서 외교활동하기가 수월하다고 하지요. 저희 신문에 글을 즐겨 기고하던 여성이 노르웨이 신랑을 만나 오슬로에 갔기에 통신원으로 채용했습니다."

"서 박사의 발표요지는 무엇이었습니까?"

"자세한 내용은 모르겠습니다만, 북한 인권을 개선하려면 한국정부가 대북 압박정책보다 유화책, 특히 경제협력을 활성화해야 한다는 취지인 모양입니다. 남북한 지도자의 결단이 무엇보다 중요하다는 점을 강조했다는군요. 남북한 정상이 한반도의 평화를 위해 진심으로 협력하면 둘이 함께 노벨평화상을 받을 수 있다고 역설한 점도 특이하더군요."

"현지 언론에 비중 있게 보도되었는지요?"

"전혀 주목을 끌지 못한 모양입니다. 아무튼 서 박사는 오슬로에서 부지런히 움직이겠군요. 아시다시피 노벨상 시상식은 주로 스웨덴의 스톡홀름에서 열립니다만, 평화상만큼은 오슬로에서 개최됩니다. 오슬로가 국제정치적으로 매우 중요한 도시임을 알 수 있지요."

"유 회장님, 그 통신원에게 서 박사의 동향을 잘 살펴달라고 부탁해 주십시오."

"거제의 아들인 장 사장님, 미래에 활동무대를 넓혀 한반도의 위대한 사업가가 되십시오. 제가 미력이나마 돕겠습니다."

"위대한 사업가…."

유 회장의 격려를 듣고 보니 뭔가 사명감 같은 게 가슴 한구석에서 꿈틀거렸다. 사업을 사명감만으로 하지는 않지만….

"제가 주니어 기자 시절에 쓴 기사를 보고 싶다고 하셨지요? 여기 복사한 것을 드리겠습니다. 저는 1959년 부산에서 기자를 시작했습니다. 그해 추석 무렵에 고향인 거제도에 명절 쇠러 왔다가 사라호 태풍이 몰아치는 바람에 일 복(福)만 터졌답니다. 차례도 지내는 둥 마는 둥하고 취재를 다녔지요."

유진호 기자가 그때 작성한 신문기사를 보니 격세지감이 느껴졌다. 세로쓰기인데다 깨알같이 작은 글씨에 한자투성이였다.

"앗! 이 기사는…."

나는 하마터면 비명을 지를 뻔했다. 방파제에서 물에 휩쓸려 숨진 주민 장정호 씨에 관한 내용이었다. '장진호 그리다 사라진 장정호'라는 제목이었다. 기사를 요약하면 다음과 같다. 괄호 안의 한글은 내가 붙였다.

長津湖(장진호) 전투에 참가했다 전사한 張眞鎬(장진호) 씨를 그리워하던 쌍둥이 형 張正鎬(장정호) 씨가 사라호 태풍의 희생자가 되었다. 주민들의 증언에 따르면 장진호 전투에 카투사 병사로 참전했던 숨진 장 씨는 동생의 시신을 수습하지 못한 죄책감으로 평소 방파제에 나가 바다를 바라보며 속죄의 눈물을 흘렸다는 것이다. 사고가 난 그날에도 비바람이 몰아치는데도 방파제에 앉아있었다는 것. 유족으로는 부인과 생후 3개월 젖먹이 아들이 있다.

갑자기 온몸에 힘이 쭉 빠지면서 눈앞에 모기가 날아다니는 듯한 비문증(飛蚊症) 증상이 느껴졌다.

"으으…."

내가 이렇게 신음을 내뱉으며 몸을 숙이자 유진호 회장이 나를 부축해서 일으켰다.

"장 사장! 정신 차리시오!"

396

유 회장은 나를 소파에 누이고 얼굴, 목, 어깨 등을 집중적으로 주물렀다. 그의 따스한 손길 덕분에 나는 숨통이 트이며 정신을 차릴 수 있었다. 냉수를 마시고 기운을 회복했다.

"유 회장님, 아니 유 기자님. 이 기사에 난 장정호 씨가 제 생부입니다. 젖먹이 아이가 바로 저입니다."

"예?"

유 회장도 놀라 한동안 말문이 막혔는지 입맛만 다셨다.

나는 장진호에서 갖고 온 뼛조각을 꺼내 유 회장에게 보여주었다.

"이것, 어디서 입수했습니까?"

"장진호 부근에서….."

"장 사장이 직접 가셨단 말입니까?"

"……."

"직접 가서서 가져온 것이라면 대특종감입니다."

"당국에 알리지 않고 몰래 북한에 다녀왔습니다. 그러니 남북한 긴장이 완화될 때까지 보도를 자제해 주십시오. 간곡하게 부탁합니다."

"당사자를 익명으로 처리하면 되지 않을까요?"

"저는 앞으로 대북사업을 크게 벌일 계획입니다. 지금 보도돼 제 신분이 노출되면 이 계획 자체가 무산될 것입니다."

"대승적인 차원에서… 장 사장 요구를 받아들이겠습니다만, 언젠가 보도하겠습니다. 남북문제도 마음대로 보도하는 날이 속히 오기를 기대합니다."

"유 기자님과 저와의 인연도 예사롭지 않네요."

"전생에 한가족이었을까요?"

"유 기자님이 몇십 년 전에 쓴 기사의 주인공이 제 아버지라는 사실이 알려지면 다른 사람들은 지어낸 이야기라 여기겠지요?"

"그만큼 공교롭네요. 어찌 이런 인연이….'"

신문사 사무실에서 나와 눈앞에 펼쳐진 쪽빛 바다를 바라보며 성유리에게 전화를 걸었다. 성유리와 통화할 때는 우리끼리 정해놓은 암호를 쓴다. 주로 반대개념을 사용한다. 남북은 동서, 정상은 실무자로 바꿔 말한다. 제3자가 들으면 다른 내용으로 이해할 것이다.

"혹시 동서 직원(남북 정상)이 환경경영상(노벨평화상)을 받는 사안을 회사(정부) 차원에서 검토하도록 어머니(아버지)에게 귀띔했소?"

"제주도(개마고원) 다녀온 후 어머니에게 말씀드렸답니다. 좋은 아이디어라면서 반색하시더군요."

성유리의 아버지, 즉 성철현 장관이 이 사안을 아마 통치자에게 보고했으리라.

나는 남북한 지도자가 오슬로 노벨평화상 시상식장에 나란히 서서 메달을 목에 걸고 한반도 평화와 번영을 다짐하는 장면을 멋대로 공상했다.

공상에서 깨어나자 초등학교 후배인 최갑식에게 연락했다. 곧 도착할 텐데 최갑식의 아버지를 뵙고 싶다고 말했다. 최갑식은 울먹이는 목소리로 대답했다.

"마침 잘 오셨심더. 영감께서 병원에 계시는데 아무래도 오래 살지 못하실 것 같심더."

병원에 갔더니 온몸의 뼈가 툭 불거져 보일 정도로 수척한 노인은 눈을 감은 채 힘겹게 숨을 고르고 있었다. 이런 상태가 사흘째란다. 1년 새 몸피가 두툼해지고 머리칼에 허연 서리가 앉은 최갑식은 자신의 집에 잠시 들러야 한다고 말했다.

"쪼매, 기다리이소. 긴요한 물건을 가져와야 해서…."

노인의 손을 잡으니 체온이 식어갔다. 맥박이 희미하게 뛴다.

최갑식은 사각형 플라스틱 케이스를 갖고 왔다. 그 속에 담긴 물건을 꺼냈다. 누렇게 바랜 책이었다. 곰팡이가 슬고 썩어서 책 형태를 겨우 유지했다. 얼룩이 그득한 표지를 자세히 보니 파란색 굵은 글씨로 쓰인 제목이 눈에 들어왔다. 〈개마고원〉이었다. 유노영 시인이 주도해 만든 문학동인지…. 표지엔 천마와 소년 그림이 실려 있었다. 의붓아버지가 그리던 바로 그 그림!

"병원에 오시기 전에 어르신이 찾아낸 겁니더. 저희 집 뒷산에 묻어둔 건데 제가 곡괭이로 파보니 그대로 있데예. 항아리에 넣어 묻어둔 건데 보다시피 크게 훼손돼서 내용을 읽기가 어렵심더."

책은 너덜너덜했다. 조심해서 책장을 들추니 깨알같이 작은 글자가 듬성듬성 보였다. 최갑식은 유화 2점을 들고 와 내게 건네주었다.

"이 그림은 장창덕 사장님 몫 같심더."

"이 귀중한 그림을 제가…."

윤경복 회장에게 전화를 걸었다.

"형님, 개마고원을 찾았습니다!"

"개마고원을 찾다니? 식당 이름인가?"

"동인지 시 〈개마고원〉 말입니다."

"뭐? 자네 지금 어디 있어?"

"거제둡니다."

"나도 당장 내려가겠네. 김해공항에서 헬기를 타고⋯."

〈개마고원〉을 손에 든 윤 회장의 눈은 금세 충혈됐다. 그는 유노영 시인의 자취를 찾으려는 듯 책 표지를 어루만졌다.

"책이 찢어지겠심더."

최갑식이 윤 회장에게 눈총을 주었다. 윤 회장은 이에 아랑곳 않고 책을 쓰다듬었다. 최갑식이 돌려달라고 하자 윤 회장은 정신을 차리고 대답했다.

"최 선생에게도 이 책이 중요하겠지만 저에겐 선친의 유일한 유품인 셈입니다. 저에게 인도하십시오. 가격은 얼마든지 쳐 드리겠습니다."

"T조선 인수로 거제도에서도 유명인사가 된 윤경복 회장님, 저는 여전히 윤영 시인으로 모시고 싶심더. 저도 명색이 시인의 아들임더. 어떻게 아버지 유품인 시집을 값으로 흥정할 수 있겠심니꺼?"

최갑식은 물러날 기미를 보이지 않았다. 두 사람 모두 난감한 표정을 지으며 입맛을 다셨다. 내가 중재안을 냈다.

"이 책은 최 선생 아버님과 유노영 시인의 아름다운 우정과 치열한 예술혼의 상징물 아니겠습니까? 이 지역에 자그마한 문학관을 지어 거기에 소장하는 게 좋겠습니다."

두 사람 얼굴에서 화색이 돌았다. 윤 회장이 먼저 말문을 열었다.

"최 선생님께서 동의하신다면 저는 쌍수를 들어 환영하겠습니다. 물론 문학관 건립자금은 제가 대지요."

"저도 동의합니더. 그렇잖아도 이 지역에 문화시설이 척박한데 문학관이 들어서면 좋지예."

"이왕 짓는다면 모양새 있게 세워야지요. 평화를 추구하는 개념으로…. 문학과 예술이 지향하는 중요한 가치가 평화 아니겠습니까. 전쟁, 학살, 분단, 이념투쟁… 이런 비극을 줄이기 위해 시심(詩心)이 작동해야지요."

"좋심더."

의붓아버지가 그린 그림을 들고 있던 나는 그림을 그 문학관에 기증하겠다고 밝혔다. 그림 이름은 '소년과 천마'라고 지었다. '시인 유노영'은 어느 정도 알려졌지만 '화가 윤오영'은 지금까지 전혀 평가받지 못했다. 남긴 그림이 이 2점뿐이니 재평가 받기도 곤란하다. 이중섭과 쌍벽을 이루는 화가로 한국 화단에 우뚝 섰을지도 모를 거목이 이렇게 이름도 없이 스러진 것이다.

"이 뼛조각도 문학관에 전시하고 싶습니다."

장진호에서 갖고 온 뼈를 꺼내 말했다. 무명용사의 뼈인데 내 삼촌 장진호 일병의 유해 일부라 간주하겠다고 밝혔다. 전쟁 피해자의 상징물이므로 역설적으로 평화의 가치를 일깨우는 전시물이 될 것이라 역설했다. 나는 문학관 이름을 '사랑과 평화'로 하면 좋겠다고 제안했다. 윤 회장과 최갑식은 모두 고개를 끄덕였다.

윤 회장은 속이 타는지 오랜만에 담배를 피우며 최갑식에게 하소연하듯 말했다.

"제가 관장으로 와 있을지 모르겠습니다."

"윤 회장님처럼 바쁜 기업인이 관장 자리에 앉으실 수 있겠심니꺼?"

"바쁘지 않게 될지 몰라서…."

최갑식은 아버지의 귀에 대고 소근거렸다.

"아부지예, 유노영 시인님의 아드님이 오셨습니더. 아부지와 유 시인님의 우정을 기리는 문학관을 짓기로 했심더."

노인은 그 말을 알아들었는지 눈을 감은 채 눈알을 천천히 굴렸다. 속눈썹 언저리는 물기로 촉촉이 젖었다. 최갑식은 노인의 손을 잡고 묵상하는 자세로 무릎을 바닥에 꿇었다. 10여 분이 흘렀을까.

환기하려고 블라인드를 젖히고 창문을 열었다. 멀리 거제 앞바다 가 붉게 물들고 있었다. 거대한 불덩어리가 바다로 가라앉기 직전이 었다. 장엄한 노을이었다.

"아부지!"

최갑식이 노인의 손을 흔들며 외쳤다. 그가 운명했다.

윤경복도 윤오영 시인의 시우(詩友)를 붙들고 오열했다.

나도 내 눈앞에 노인과 의붓아버지의 얼굴이 겹쳐 떠오르며 다리에 힘이 빠지면서 무릎을 꿇었다. 내 생부(生父)도 저런 얼굴이었을까.

"아버지…."

최갑식, 윤오영, 나 이렇게 세 사람의 목소리가 거의 동시에 터져 나왔다.

어느새 어둠이 대지 위에 가없이 깔렸다. '아버지'를 외치는 곡성 (哭聲)도 잦아들었다. 이윽고 거제도 밤바다 상공에 잔잔한 빛을 뿌 리는 달이 떠올랐다. 개마고원에서 보던 바로 그 상현달이었다. 달 빛에 반사된 바다의 잔물결이 은빛으로 반짝인다. 광활한 개마고원 위의 야생화 군락이 바람을 맞아 움직이는 광경과 비슷하다. 야간에 먼 바다로 떠나는 하얀 고깃배가 고원 위를 달리는 백마처럼 보인다.

백마는 힘찬 발길질을 하며 하늘로 치솟아 천마가 된다. 말 꼬리를 잡아 등에 올라탄 소년도 저 하늘의 반달을 향해 끝없이 날아오른다.

"세상은 인과관계로 얽힌 거대한 덩어리랍니다. 모든 존재는 하나의 요동(搖動)으로 이어져 있습니다. 당신의 가녀린 숨결 하나, 작은 손놀림 하나도 광대무변한 우주의 움직임과 연결됩니다."

청년시절에 영화관에서 '우연'히 만난 껑다리 스님이 그렇게 말했다. 어느 가을날, 속리산에 갔다가 서울로 돌아오던 길이었다. 속리산터미널을 떠난 버스가 청주에 도착했을 때 청주터미널 부근의 극장 간판에 〈달마가 동쪽으로 간 까닭은〉이라는 영화간판이 보였다. 탁발하는 스님이 바랑을 메고 낙엽 휘날리는 가을 길을 소요(逍遙)하는 장면을 그린 간판이었다. 인체 데생 따위의 정규 미술공부를 하지 못한 시골극장 간판장이가 싸구려 페인트로 그린 조악한 그림이었지만 역설적으로 그 조악함 때문에 묘한 매력을 풍겼다.

그림 속의 그 퀭한 눈망울을 가진 스님은 어디에선가 본 듯한 낯익은 사람이었다. 영화제목도 자석 같은 힘을 발휘해 나를 끌어당겼다. 달마가 왜 동쪽으로 갔는지 궁금해 도무지 견딜 수 없었다. 버스에서 내려 영화관으로 들어갔다. 영화를 보고 막차로 서울로 갈 작정이었다.

대사가 별로 없는 영화였다. 수려한 산수 풍광이 영상에 잘 구현돼 눈길을 끌었다. 알록달록한 단풍잎이 맑은 물에 흘러가는 장면은 압권이었다. 상영시간이 3시간 넘는 장편인데도 전혀 지루하지 않았다. 하지만 국

403

제영화제에서 큼직한 상을 받았다는 명작임에도 불구하고 안타깝게도 관람객은 10여 명에 불과했다.

영화가 끝나고 극장 안이 훤하게 불이 켜졌을 때 앞자리에 앉은 관람객이 머리를 박박 깎은 스님이라는 사실을 알았다. 그는 벌떡 일어나 뒤로 돌아섰다. 볼이 깡마르고 광대뼈가 툭 불거져 두 눈이 더욱 퀭하게 보이는 초로의 스님이었다. 그와 눈이 마주쳤다.

"아이구! 형님, 반갑습니다. 여기서 뵙다니….'

스님이 그렇게 큰 소리로 말하기에 나는 어리둥절했다. 주위를 둘러봤으나 아무도 없었다. 내가 대꾸를 하지 않고 머뭇거리자 그는 내 손을 덥석 잡으며 다시 외친다.

"제 얼굴을 못 알아보시겠지요?"

"누… 누구신지요?"

"아우입니다. 형님의 아우….'

"나는 동생이 없는데요. 그리고 스님은 제 아버지뻘 나이가 되는 분 같습니다만….'

"현세에서는 그렇지요. 하지만 전생에서 저는 분명히 형님의 동생이었습니다.'

"전생?'

"형님과 저는 후생에서 다시 형제의 인연으로 태어날 겁니다.'

"허허… 스님… 영화와 현실을 혼동하시는 모양인데… 영화가 끝났으니 이제 나가십시다. 저희들은 영화 속 배우가 아닙니다.'

황당무계한 말을 내뱉는 스님을 뒤로 하고 나는 얼른 영화관을 빠져나왔다. 스님은 내 뒤에서 외쳤다.

"인과관계로 엮인 우리는 오늘 '필연'에 의해서 만났습니다."

영화관 앞 횡단보도에 파란불이 깜박거려 나는 부리나케 건너편으로 걸어갔다. 도로를 건너 맞은 편 영화관을 바라보니 간판에 그려진 스님이 아까 영화관 안에서 만난 껑다리 스님과 닮았다.

전생, 현생, 후생 ….

나는 이런 모호한 존재를 믿지 않는다. 아무도 증명할 수 없는 명제를 내세워 사람을 현혹하는 개념 아닌가. 옷깃만 스쳐도 인연이니 뭐니 하는 말도 나에겐 허황되게 들린다. 우주의 모든 삼라만상은 거대한 인드라 그물로 서로 연결됐다는 화엄경 내용도 종교적 신비로밖에 여겨지지 않는다.

그러니 '한 송이 국화꽃을 피우기 위해 봄부터 소쩍새는 그렇게 울었나 보다'라는 미당 시의 연기론(緣起論)은 무상(無常)을 초극(超克)하려는 시인의 간절한 염원일 뿐이라고 이해했다.

그러나 인연의 의미를 애써 축소하려 할수록 내가 실제로 겪은 인연이 더욱 두드러져 당혹스럽다. 윤경복, 미스 정과의 만남을 단순한 우연이라 할 수 있을까. 운전기사 채용광고로 빚어진 일련의 사태도 우연의 연속이라 보기엔 너무도 필연적인 요소가 많다. 삼라만상은 인드라 망(網)으로 연결됐을까. 전생, 현생, 후생은 숱한 인연을 매개로 끊임없이 이어질까.

젊은 시절부터 일기를 썼더라면 훨씬 정확하게 내 삶을 기록할 수 있었을 것을…. 망탕으로 희미해진 기억을 어렵게 되살려 가며 썼기에 오류가 적잖으리라. 나를 중심으로 기술했기에 상대방의 시각에서는 동의하지 않는 내용도 많으리라.

〈달마가 동쪽으로 간 까닭은〉이라는 영화의 비디오를 구했다. 거실에 혼자 앉아 꼼짝하지 않고 감상했다. 청주터미널 앞의 극장에서 봤을 때의 광경이 되살아난다. 그 키다리 스님은 실존 인물이었을까. 세월이 흐르니 실제로 그 스님을 만났는지 의문이 생긴다. 상상의 소산이 아닌지…. 어쨌든 그의 목소리는 종종 내 귀에서 환청처럼 울려 퍼진다.

만남은 헤어짐을 낳고 헤어짐은 또 다른 만남의 어머니가 되는 걸까.

사해동포(四海同胞)의 '사랑과 평화'를 기원하며 돈수(頓首) 합장(合掌)!